LA TRAQUE

BERNARD PETIT

LA TRAQUE

fleuvenoir

ISBN : 978-2-265-15521-3

Dépôt légal : février 2021

Ce roman s'inspire de faits criminels réels vécus par l'auteur, mais narrés de façon romancée. Les noms des personnes ont été changés et les faits transformés. Il s'agit donc d'une œuvre de fiction.

C'est l'histoire de deux mondes qui ne devraient jamais se croiser, habités d'hommes et de femmes que tout oppose, des destins différents qui font en réalité les tumultes de la vie.

Ce livre prétend décrire la part obscure de notre société et, dans une certaine mesure, la complexité des relations humaines.

À l'amitié, aux amis, aux vrais,
et à tous ceux qui luttent contre
la criminalité sans haine et sans colère.

Quand on n'est plus qu'un paria,
on ne vit plus vraiment. On attend.
On attend sans savoir quoi au juste,
jusqu'à ce qu'on comprenne.
On attend juste la fin...

PREMIÈRE PARTIE

VIOLENCES ET ENGRENAGES

1

10 mars, centre-ville de Bruxelles

Vêtus de leurs combinaisons blanches, équipés de leurs appareils de mesure, les techniciens de la police scientifique sont déjà à l'ouvrage. Ils procèdent aux premières constatations, mais l'opération ne révèle rien d'intéressant : aucune trace de lutte ni de sang, et pas de traces papillaires, si ce n'est celles de la victime. Quant aux profils ADN, il faudra attendre quelques jours pour les résultats.

En présentant ses conclusions au procureur du roi[1], le chef du laboratoire de la police scientifique conclut laconiquement : « C'est comme s'il s'était purement et simplement évanoui dans la nature ! »

La Belgique est donc encore une fois secouée par une terrible affaire judiciaire. Henri Boutemens, une figure politique très populaire du pays, de surcroît ancien ministre de l'Intérieur, a disparu dans des circonstances qui ne laissent guère de doute : il s'agit d'un enlèvement !

1. La Belgique étant un royaume, il n'y a pas de procureur de la République, mais un procureur du roi.

La famille a donné l'alerte aussitôt après avoir découvert la voiture du patriarche, portières béantes, comme abandonnée, à l'intérieur du parking privé de son immeuble. La victime a été vue pour la dernière fois aux environs de 20 heures au volant de son véhicule, attendant l'ouverture automatique de la porte du garage.

Surnommé « le Cardinal » en raison d'un mode de vie des plus austères, Henri Boutemens rentrait chez lui tous les soirs pour dîner avec les siens. Pour tous ceux qui le connaissent, une escapade improvisée est tout bonnement impossible. Et puis, il y a cette lettre qu'on a retrouvée dans sa voiture et dont le grand public ignore encore l'existence.

Quelques heures plus tôt, le procureur a aussitôt pris la décision de confier cette enquête à la police criminelle. Il sait que les moments à venir vont être difficiles : il va falloir gérer l'impatience des politiques et les interrogations de l'opinion, orchestrées par les médias qui, comme d'habitude, font preuve d'une réactivité sans pareille.

Directement ou *via* le procureur général, le cabinet du ministre va le harceler et exiger d'être tenu informé au fur et à mesure des investigations : hors de question en effet que le gouvernement soit pris de court. Sans parler de la famille de la victime qui se plaindra tôt ou tard de l'action ou de l'inaction des pouvoirs publics… Il connaît tout ça par cœur. Demain, il réunira tous ses substituts dans la grande salle du Conseil et fixera clairement les missions de chacun.

Il se dit aussi que cette affaire tombe mal, vraiment mal, pile au moment où il est pressenti pour remplacer le procureur général, bientôt à la retraite. Il se doit d'être irréprochable ! *La police a intérêt à se bouger le cul*, pense-t-il en composant le numéro du directeur de la police criminelle.

Il songe également à son épouse et à leur soirée théâtre qui tombe à l'eau. Il est maintenant presque minuit. Ce soir, il se sent bien las, comme il l'est de plus en plus souvent, ces temps-ci. Plus de trente-cinq ans qu'il fait ce métier…

En face du palais de justice, dans son bureau de la place Frédéric-Toussaint, au septième étage, malgré l'interdiction de fumer, le chef de la police criminelle, Paul Van Erste, a allumé un cigare. Il a dégrafé sa cravate et ouvert le col de sa chemise. Il soupire. La nuit va être interminable, mais cela ne le gêne guère. Il y a longtemps qu'il a rejoint la cohorte de ceux qui se sentent mieux au travail que chez eux.

Bruxelles est désormais en état de siège. Des sirènes de police résonnent dans les rues et des lumières bleues éclairent par intermittence les façades des immeubles. Le procureur du roi vient de le contacter pour lui remettre un coup de pression. Il a cru bon d'ajouter : « Je ne veux surtout pas de fuite dans la presse, nous devons être irréprochables ! » La remarque a fait sourire le directeur qui s'est retenu de lui répondre que les fuites ne sont pas l'apanage de la police et que les magistrats eux-mêmes y sont en fait rarement étrangers. Mais qu'importe, il est trop fatigué pour relever le gant et, surtout, il a passé l'âge. Les postures et l'hypocrisie ne l'amusent plus depuis un moment.

Il en est là de ses réflexions quand le téléphone sonne de nouveau. Cette fois, c'est un conseiller du cabinet qui l'avertit « amicalement » que le ministre suit en personne le dossier et qu'on attend de lui des résultats le plus vite possible… Comme s'il fallait le lui rappeler, comme s'il n'avait pas hâte, lui aussi, d'arrêter les coupables ! Et voilà, maintenant, il est bougon. Il déteste les tire-au-flanc, mais plus encore les « lapins de corridor », ces individus qui hantent les bureaux de la très haute administration et ignorent totalement la réalité du terrain tout en se permettant de donner des conseils à la terre entière.

Et toujours ce maudit téléphone. Cette fois, c'est le directeur général de la police, son supérieur direct. Paul Van Erste se saisit prestement du combiné, il serait contre-productif de faire patienter celui que tout le monde ici surnomme « la voix qui tue ».

— Van Erste ?

— Oui, monsieur le directeur général...

— Rien de neuf ?

— Non, monsieur le directeur général.

— Vraiment rien ?!

— Non, rien pour l'instant.

— Van Erste, vous réalisez qu'on court à la catastrophe si cette affaire n'est pas résolue dans les plus brefs délais ?

— Oui, bien sûr...

— On n'a pas droit à l'erreur ! Les plus hautes autorités prennent ce dossier très à cœur !

— Oui, monsieur le directeur général. Soyez assuré que nous allons élucider cette disparition.

— Mais j'y compte bien, Van Erste, qu'est-ce que vous croyez ! Ce que je veux surtout, c'est que vous accélériez le mouvement !

— Je fais de mon mieux...

— Le ministre doit être libéré au plus vite, vous m'entendez ?

— Oui, bien sûr...

— Cette lettre retrouvée dans la voiture apporte quelque chose, au moins ?

— Oui et non. De toute façon, nous n'avons rien d'autre à nous mettre sous la dent...

— J'espère que vous m'avez bien compris, Van Erste... Ne vous ratez pas, surtout ne vous ratez pas !

— Oui, monsieur le directeur général.

— Vous allez voir, les journalistes vont nous tomber dessus !

— Certainement.

— Bon, vous m'appelez dès qu'il y a du nouveau, quelle que soit l'heure ! Saisi ?

— Oui, monsieur le directeur général.

Van Erste n'a pas le temps de lui dire au revoir que le directeur général a déjà raccroché. Enfin au calme et profitant de la sérénité que lui apporte son cigare, il songe à ces coups de fil en cascade. Le ton du directeur général était clairement hostile, mais l'homme est réputé pour prendre plaisir à faire perdre tous leurs moyens à ses collaborateurs. Il est dans son rôle. Van Erste se fait la réflexion que les choses étaient plus simples « avant », à ses débuts, quand il n'était encore qu'un « sans-grade ». Il arrêtait les bandits et protégeait les honnêtes gens, rien d'autre. Un monde binaire, certes, mais qui, il s'en rend compte à présent, lui suffisait amplement.

En suivant du coin de l'œil les volutes de son cigare dans le silence de la nuit, il se conforte dans l'idée qu'agir de manière précipitée sur ce dossier pourrait être catastrophique. Qu'arrive-t-il au monde ? Pourquoi veut-on que les choses aillent toujours plus vite ? Les gens ne vivent désormais que dans l'immédiat et l'empressement. À cet instant, il a une pensée furtive pour ses amis du club cigares, « La cape et l'épée[1] », et pour leurs éternels débats sur le monde d'aujourd'hui.

Le contraste entre le calme de son bureau et ce qui se passe au-dehors est saisissant, voire inapproprié, gronderait « la voix qui tue ».

---

1. La cape, pour la cape du cigare, et l'épée, car la plupart des membres de ce club sont des militaires, des policiers, des juges et des avocats.

L'annonce de l'enlèvement a fait l'effet d'une bombe. Sous l'action des médias et des informations en continu, la ville s'est instantanément mise en ébullition. Même quand il n'y a rien à dire, il se trouve un envoyé spécial pour l'expliquer et, par ricochet, un expert pour le commenter. Le « Muppet Show » a commencé ! Tous les vieux directeurs de police sortent de leur placard pour apporter leur analyse, et peu importe qu'ils aient quitté leurs fonctions depuis bien longtemps. D'aucuns ont même le culot de téléphoner aux services pour savoir de quoi il s'agit avant d'aller faire les beaux sur les plateaux télé. Les appels des journalistes auprès de leurs « contacts » police-justice sont aussi plus pressants. Et quand on ose demander un peu de retenue dans la communication pour ne pas nuire à l'enquête, certains montent au créneau en brandissant le droit inaliénable du public à l'information. Inaliénable…

Une poignée d'heures seulement après la disparition de Boutemens, le pays vit donc déjà au rythme de cette affaire. Dans pareilles conditions, l'État se doit de montrer qu'il réagit avec fermeté. Et, comme d'habitude, le choix a été vite fait : des escadrons noirs et casqués ont aussitôt envahi la ville. La bataille de la communication elle aussi est lancée : les communicants du ministère de l'Intérieur font feu de tout bois, directement ou par le biais de leurs experts affidés, pour valoriser l'action du gouvernement, n'hésitant pas à gonfler le nombre des effectifs mobilisés sur cette enquête ou à en promettre une conclusion rapide.

Pendant ce temps, les journalistes s'agglutinent au pied de l'immeuble où demeurait la victime tandis qu'au dernier étage de ce bâtiment la famille attend anxieusement des nouvelles de son patriarche.

Pour Paul Van Erste, c'est un travail de bénédictin qui s'annonce. La plupart des dossiers se résolvent grâce à la sueur des enquêteurs bien davantage que grâce aux fulgurances de leurs chefs. Il en sait quelque chose. Il a été l'un avant de devenir l'autre. On ne doit absolument rien négliger. Les premiers moments sont délicats, il faut recueillir un maximum d'éléments objectifs, très vite et sans les altérer. La police technique et scientifique est là pour ça, encore faut-il que les agents puissent travailler dans le calme. Or, la manie qu'ont désormais les autorités de se déplacer sur le terrain compromet parfois la scène de crime. Et dans cette affaire, c'est un véritable défilé ! Tout le monde veut voir de ses propres yeux le garage avant de monter saluer et soutenir la famille.

Il faut donc beaucoup de constance aux enquêteurs pour parvenir à s'opposer à chacun. Un barrage essentiel puisque des constatations ratées au démarrage peuvent menacer tout le déroulé des investigations. De sinistres affaires hantent encore les mémoires, comme celle de cet enfant retrouvé attaché et noyé dans une rivière, ou encore celle de cet homme politique qui se serait suicidé dans quarante centimètres d'eau...

Pour se préserver de tels errements, tout doit être immédiatement prélevé, photographié, consigné avec précaution, pour être ensuite examiné ou expertisé. Tant qu'on ne sait pas à quoi on a affaire, aucun élément, pas le moindre détail ne doit échapper à la vigilance des hommes de terrain. Pour autant, on n'a jamais aucune certitude, et ce travail de fourmi peut se révéler aussi déterminant qu'infructueux. Bien souvent, seuls les résultats des expertises et le recul permettent d'y voir plus clair.

En attendant, les appels affluent. Comme le redoutait le directeur, la médiatisation extrême de ce dossier a produit très rapidement ses effets indésirables. Les services de police doivent faire face à une multitude de témoignages spontanés, mais erronés. On croit ainsi reconnaître l'ancien ministre à une station de taxis, dans une boutique, dans une salle d'embarquement d'un des aéroports et même dans un hôpital ! Et il faut *tout* vérifier. Une débauche d'énergie et une pure perte de temps, mais un mal nécessaire pour ne pas prêter le flanc à la critique.

Les témoins sont une race à part. Ils sont ainsi faits que certains ne se rappellent rien tandis que d'autres fournissent des détails ahurissants. Mais une chose est sûre, la mémoire n'est jamais l'exact reflet de la réalité. Elle la réécrit, souvent pour protéger, parfois pour flatter… Avec l'expérience, tous les flics savent que rien n'est plus fragile que cette parole. Le témoin est capable de se tromper sur tout, ou presque : sur les jours, les heures, la taille, ou la couleur de cheveux. Combien de « tapissages » – c'est ainsi qu'on nomme les séances d'identification des criminels – où des témoins sont formels dans leurs accusations alors qu'ils désignent un policier glissé là, au tout dernier moment, juste pour compléter le panel des suspects qu'on leur présente ! Exploiter absolument toutes les pistes, ne rien omettre, ne pas se figer sur un seul scénario, douter en permanence. C'est ce qu'on enseigne à l'école de police… Plus facile à dire qu'à faire.

À ce stade, les hommes de Van Erste n'ont qu'une seule piste dont ils voudraient bien qu'elle reste confidentielle, même s'ils sont sans illusions. Le procureur du roi et le directeur général de la police ayant été avisés, ceux-ci ont certainement déjà relayé l'information auprès de leurs ministres de tutelle respectifs. Peut-être même l'information est-elle remontée jusqu'au Premier ministre en personne… En conséquence, sous quarante-huit heures, leurs directeurs de cabinet et leurs plus proches collaborateurs seront affranchis à leur tour, et on peut compter sur ces *happy few* pour vouloir éblouir le Tout-Bruxelles lors des dîners mondains…

En fait, ce que peu de gens savent et, fait extraordinaire, ce que la presse semble elle-même encore ignorer, c'est qu'on a retrouvé dans la voiture de l'ex-ministre, outre ses effets personnels, une grande enveloppe de papier kraft contenant un mot manuscrit sur un bristol blanc, le tout posé bien en évidence sur le siège conducteur. Le fils aîné de la victime ayant eu le bon réflexe de ne pas y toucher, le document a été ouvert avec toutes les précautions d'usage par les hommes de la police scientifique pour préserver les éventuelles traces, puis photographié avant d'être transmis aux enquêteurs. À vrai dire, la lecture de cette pièce a laissé tout le monde perplexe, à commencer par le directeur.

Nous déclarons la guerre aux capitalistes et aux oppresseurs. Nous revendiquons l'enlèvement de l'ancien ministre Henri Boutemens et nous exigeons pour sa libération le versement de 10 millions d'euros en compensation de ses méfaits. Nous fixerons prochainement les conditions de ce versement. Faute d'accord, ou si la police fait obstacle aux négociations, nous exécuterons l'otage. Vive la liberté, vive nous !

ACAB

Si les premières recherches faites au plan national sont restées vaines, une vérification auprès d'Europol, l'office européen de police basé à La Haye, dont les fichiers automatisés sont parmi les plus puissants au monde, a révélé que l'acronyme ACAB était usité en Europe par des groupuscules d'extrême gauche et qu'il signifiait : *All Cops Are Bastards*[1].

Plutôt maigre, mais le directeur de la police criminelle, Paul Van Erste, est relativement serein : l'enlèvement est revendiqué et, surtout, il est question d'une rançon. Les ravisseurs vont donc se manifester, ce n'est qu'une question de temps. Il en est certain. Plus de quarante ans qu'il fait ce métier, son expérience lui dicte qu'il va devoir être patient et laisser travailler ses hommes. Affaire de droit commun[2] ou terrorisme ? Il n'en sait foutrement rien, mais il se fait la réflexion qu'argent et droit commun se marient plutôt bien… Peu importe. Ces types veulent de l'argent, et il va bien falloir qu'ils sortent du bois pour récupérer les billets. Ce sera une belle occasion de les coincer en flagrant délit. Il prend aussi conscience que les aspects politiques de la revendication et l'acronyme ACAB vont amener les services de renseignement à interférer dans son enquête. Bien que ceux-ci n'aient rien vu arriver, il ne fait aucun doute qu'ils auront le culot de dire qu'ils connaissent ce groupe et qu'ils doivent impérativement être associés au dossier. Et puis il faudra se coltiner leurs notes de renseignement dans lesquelles il n'y aura bien sûr aucune information exploitable, rien pour nommer les ravisseurs ni pour dire où est détenu l'otage, les deux seules choses qui comptent pourtant à cet instant…

---

1. « Tous les flics sont des salauds. »

2. Entendre ici la criminalité de droit commun, le crime en général, par opposition au terrorisme.

2

10 mars,
espace Schengen, frontière franco-belge

Bouger dans la voiture n'est pas aisé. Les gilets pare-balles entravent nos mouvements. Au sol, nos pieds ont peu d'espace. Nous y avons déposé des sacoches qui contiennent des boîtes de munitions. Nous avons aussi les fusils d'assaut, des R4 et des kalachnikovs AK 47, canons tournés vers le bas, crosses maintenues entre les cuisses et chargeurs engagés. Un sentiment de puissance nous habite.

La Lancia Thema roule à bonne allure. La nuit est tombée. Nous allons passer la frontière. Nous avons choisi cet endroit parce qu'il n'y a pas de poste de contrôle. C'est aussi ça, Schengen : une passoire ! Reste qu'un contrôle volant de douane ou de gendarmerie est toujours possible, d'autant que, pendant nos repérages, nous avons été doublés deux fois par des *go fast*[1] qui descendaient des Pays-Bas pour livrer de l'ecstasy en France. Ces petits cons avec leur drogue ! Pour dire vrai, je me demande si ce n'est pas eux

1. Convois de véhicules, faussement immatriculés, roulant de nuit, à grande vitesse, et transportant des stupéfiants.

qui ont raison. Ils se font un maximum de blé en jouant au chat et à la souris avec des flics patauds. Nous, on risque notre vie chaque fois.

La tension est palpable. Le point de passage de la frontière n'est qu'un lieu-dit fait de quelques maisons tristes en brique rouge. Pas de lumière dans ce petit hameau ouvrier. Tout le monde semble déjà couché. Je hais ce pays, triste et pluvieux, où la vie du soir se réduit aux ombres grises que les téléviseurs projettent sur les murs intérieurs, ces villages étriqués où l'opinion des autres peut vous écraser.

Si des flics ou des douaniers sont là en embuscade, ils ne se montreront qu'au dernier moment ou presque. Je reste pourtant confiant. Nous sommes prêts tant mentalement que matériellement à une confrontation. Dans ces instants-là, on peut tuer ou être tué sans ressentir la peur ni la douleur. Cela vient toujours après. Je sais de quoi je parle. Je m'appelle Yanis Meertens, on me surnomme « le Balafré », et je suis un des criminels les plus recherchés de Belgique.

Il n'y a plus un bruit dans l'habitacle. La nuit est noire, sans étoiles ni lune. La lourde berline semble glisser sur la route comme un vaisseau de guerre dans l'espace. Il n'y aura donc personne pour nous arrêter ? C'est que, à force de s'en tirer, voyez-vous, on finit par se croire invincible.

Au sortir du village, nous commençons à reprendre de la vitesse, et tout le monde se détend. Nous sommes maintenant en France où les autorités ignorent encore l'enlèvement. Les risques sont désormais bien moindres.

On en oublierait presque notre prisonnier ! Allongé sur le ventre à l'arrière du véhicule, mains et pieds entravés, bouche bâillonnée et bandeau sur les yeux, il ne bouge pas. Il ne sait pas ce qui lui arrive. Que peut-il se passer dans la tête d'un homme dans sa situation ? Qu'imagine-t-il tandis que nous restons silencieux ? Fait-il le lien avec cet article de magazine qui le présentait comme l'une des plus grandes fortunes du pays ?

Trois longues heures de route plus tard, nous voilà parvenus à destination. Une petite villa dans la banlieue du Touquet. Il fallait un endroit touristique où personne ne repérerait nos allées et venues. La ville est endormie depuis longtemps. La double porte du garage est restée ouverte pour nous faciliter les choses. C'est aussi le signal pour dire que tout va bien.

À l'intérieur de la maison, un réduit sans fenêtre a été transformé en chambre – ou plutôt en cellule. L'ameublement est minimaliste, juste un petit lit, un matelas et une couverture.

Un anneau a été scellé dans le mur pour y attacher l'otage. Avant de le laisser, nous convenons avec lui qu'il devra mettre son bandeau sur les yeux chaque fois que l'un de nous lui rendra visite. Il a vite compris que, moins il en saurait sur nous, plus il aurait de chances de survivre, ce qui ne l'empêche pas de demander où il est et ce que nous voulons exactement…

Nous savons que le paiement de la rançon va prendre du temps, mais nous sommes préparés.

3

11 mars,
centre-ville de Bruxelles

La ville s'est réveillée au son des sirènes et des contrôles de police. La nuit a été courte, tandis que la journée qui vient promet d'être très longue. Le directeur de la police criminelle, Paul Van Erste, a fait un saut chez lui et est reparti de bonne heure. En chemin, il s'est arrêté comme d'habitude à la Brasserie du Palais pour y prendre un café. Il en profite pour regarder les titres du matin. Des portraits de l'ancien ministre s'étalent sur toutes les unes. *Rien de bon pour l'enquête*, pense-t-il en les parcourant, un rien désabusé. Son café expédié, il reprend sa route jusqu'à la place Frédéric-Toussaint. En montant l'escalier qui le conduit à son bureau, il rumine. Sacrifier l'accessoire pour le principal est une chose, mais tout laisser de côté pour ne plus s'occuper que d'un seul dossier, voilà qui est nouveau.

Il ne doute pas que les heures à venir vont être pénibles, et ça commence par une grand-messe avec tous ses collaborateurs. Il ne pouvait pas y couper. Les affaires de cette ampleur sont comme des spectacles, des va-et-vient sans fin, rythmés par le ballet des réunions et de la com', tandis que les seuls véritables artisans de la représentation, les enquêteurs et les malfaiteurs, continuent à s'affairer en coulisses.

Dans la salle, sur la table octogonale, propriété du mobilier national, des chevalets ont été disposés avec le nom et le titre de chacun des participants, comme le veut le protocole.

- Commissaire divisionnaire Philippe Delise, chef de l'Antigang (BRI)
- Commissaire divisionnaire Franck Péroni, chef de la Brigade criminelle
- Commissaire divisionnaire Éric Barrella, chef de la police technique et scientifique (PTS)
- Commissaire divisionnaire Fred Zargas, chef du service de renseignement criminel
- Commissaire divisionnaire Vitto Ermice, chef des relations internationales
- Commissaire divisionnaire François Kennel, chef de la Brigade de répression du banditisme
- Commissaire divisionnaire Richard Treki, chef du service technique
- Commissaire divisionnaire Anne-Sophie Duflot, chef du service antiblanchiment

Et ils sont tous là, assis sur des chaises habillées d'un cuir patiné et garnies de clous de tapissier aux dorures passées. Le décorum produit l'effet escompté, c'est à voix basse que se tiennent les conversations. En les observant, le directeur se fait la réflexion qu'un œil extérieur n'y verrait que du feu : on jurerait qu'ils sont tous amis alors que la confiance mutuelle entre ces hommes est inexistante. En effet, la rivalité entre services va bien au-delà de l'entendement alors que tous sont censés travailler main dans la main. Il se rassure mollement en se disant que c'est encore pire dans les autres directions.

Les portes capitonnées sont maintenant fermées. Paul Van Erste peut prendre la parole :

— Bonjour à tous. Je vous ai réunis pour fixer les priorités et répartir les tâches dans l'affaire qui doit désormais être notre priorité, à savoir l'enlèvement de l'ex-ministre de l'Intérieur, M. Henri Boutemens. Je vous informe, pour ceux qui l'ignoreraient, que ce crime est revendiqué par un groupe qui se fait appeler ACAB et dont nos chers amis du renseignement disent qu'il est lié à l'extrême gauche européenne. En outre nous savons déjà qu'une rançon va être exigée. Et donc – je suppose que vous me voyez venir – je veux qu'on mette le paquet pour être les invités-surprises lors de la remise de l'argent !

Le directeur fait un signe du menton au commissaire Richard Treki, le chef du service technique, qui poursuit aussitôt :

— À la demande du directeur et avec l'accord du procureur, nous avons déjà branché tous les téléphones des membres de la famille, appareils fixes comme portables. On s'est également organisés pour que les écoutes soient exploitées H24 en direct. On a établi que le téléphone du ministre a borné pour la dernière fois sur le relais de son domicile. C'était hier soir à 20 h 30. Ensuite, il a cessé d'émettre. Nous serons immédiatement avisés s'il est réactivé. J'allais oublier… la Carte bleue et les comptes bancaires de la victime font aussi l'objet d'une surveillance en temps réel.

Le directeur reprend le relais pour s'adresser cette fois au chef de la Brigade antigang :

— Je veux, commissaire Delise, que vos équipes prennent en charge tous les membres de la famille, filatures et surveillances physiques. On ne les lâche plus, jour et nuit ! Je ne veux surtout pas qu'ils paient la rançon à notre insu !

— Monsieur le directeur, réagit aussitôt Delise, puis-je vous rappeler que nous sommes déjà sur l'enquête des fourgonniers[1] et qu'une nouvelle surveillance non-stop sera difficile à assurer vu l'état de nos effectifs ? Peut-être qu'une autre unité pourrait s'occuper de cette mission ou, au moins, nous aider ?

Le regard du directeur devient mauvais. Il a toujours eu du mal à cacher son agacement vis-à-vis de ce collaborateur rebelle, têtu, jouant en solo avec sa brigade, ou plutôt sa bande. Des sortes de chiens sauvages toujours en mouvement, de façon presque convulsive. Le directeur reste cependant lucide. Il ne peut pas se passer de l'Antigang, surtout en ce moment. Il fait l'amer constat que les hommes de Delise sont sans doute les plus à même de conduire la traque telle qu'il l'exige. Il sait que cette meute finit toujours par rattraper sa proie.

— Delise, écoutez-moi bien. Votre priorité, maintenant, c'est la famille de la victime. C'est le seul moyen que nous ayons de remonter jusqu'aux ravisseurs. Vous reprendrez vos dossiers après, comme tout le monde ! Ça fait des mois que vous êtes sur les fourgonniers et que vous n'avancez pas, alors je vous veux sur ce coup !

Paul Van Erste a répondu d'un ton vif, mais il n'en a pas tout à fait fini avec son commissaire qui se risque encore à discuter les ordres :

— Les fourgonniers sont dangereux, ils peuvent passer à l'action à tout instant et il peut y avoir de la casse si on n'y est pas…

1. Surnom donné par les policiers aux hommes des gangs spécialisés dans les attaques sur les fourgons blindés.

Là, le directeur voit rouge :

— Il n'y a pas à parlementer, Delise ! Vous m'avez bien entendu ? Si vous n'obtempérez pas, vous n'aurez pas affaire à un ingrat, je vous le garantis ! Votre insubordination commence à me fatiguer ! Soyez par ailleurs réaliste ! Dans le contexte actuel, quand bien même vos fourgonniers nous péteraient un braquage, le procureur saisirait la gendarmerie et exigerait de nous que nous restions concentrés sur l'enlèvement !

La menace n'a pas échappé à Delise. Il décide donc de se taire pour ne pas envenimer la situation, mais cela ne change rien à ce qu'il pense. Rien ne peut l'atteindre, et il en a vu d'autres.

Cette question réglée, le directeur poursuit :

— Péroni, vous et votre brigade, vous conduirez l'enquête sous l'angle procédural en suivant scrupuleusement les instructions du parquet. Qu'on n'ait pas d'emmerdes de ce côté-là…

Péroni a toujours été un taiseux. Il acquiesce en hochant la tête et sans prononcer un mot. Le directeur continue donc sur sa lancée :

— Barrella, votre PTS se tiendra à disposition. Il nous faut une cellule de veille H24, au cas où…

— Oui, monsieur le directeur, répond le chef de la police technique et scientifique, un brin obséquieux, comme à son habitude.

— Quant à vous, Zargas, putain, bougez vos tontons ! Je veux du renseignement ! Même si c'est du terro[1], les mecs qui ont fait ça doivent avoir des contacts avec nos voyous ! Il faut bien qu'ils se fournissent en armes ! Il leur faut des voitures ! Il leur faut des planques ! Alors trouvez-nous quelque chose !

1. Abréviation de « terrorisme ».

Ça se saurait si c'était si simple, se dit celui que tous surnomment « le Hibou ». Mais compte tenu de l'échange précédent avec Delise, Zargas, prudent, préfère se contenter d'opiner du chef. De toute façon, il n'est pas encore assez réveillé pour se lancer dans une joute oratoire.

— Ermice, conclut le directeur, vous veillerez à la coopération avec nos voisins, les Néerlandais, les Luxembourgeois, les Allemands et les Français. C'est vous aussi qui ferez le lien avec Europol.

— On zappe Interpol ? questionne avec inquiétude celui dont tout le monde sait qu'il est proche de cette organisation dont il ne manque jamais les réunions internationales, surtout les plus exotiques.

— Vous prenez un contact courtois, mais sans donner de détails, c'est pas eux qui vont résoudre notre enquête. S'ils avaient déjà fait une seule affaire de leur vie, on serait au courant ! le rabroue le directeur, définitivement de mauvaise humeur.

4

12 mars,
Villa Passiflore

Dans son réduit, l'otage commence à trouver ses marques. Son poignet droit est en permanence entravé à un anneau scellé dans le mur. Un babyphone vidéo a été installé dans la pièce. Cet appareil placé hors de sa portée permet ainsi à chacun d'entre nous de l'écouter et de le voir du salon que nous avons transformé en quartier général.

Comme convenu depuis le début, Boutemens n'est autorisé à enlever son bandeau que quand il est seul. Pour l'aider à passer le temps, nous lui avons acheté des magazines et des livres. Nous veillons aussi à le nourrir correctement, car on le veut en forme. Il ne le sait pas encore, mais nous avons besoin de lui. Nous nous doutons que toute sa famille ainsi que ses plus proches collaborateurs sont sous surveillance policière. Les contacts que nous allons avoir avec eux n'auront d'autre but que d'amuser la galerie et surtout de rassurer les flics en leur faisant croire qu'ils détiennent le bon scénario, qu'ils ont bien compris la trame de l'histoire et qu'ils n'ont plus besoin de se casser la tête… Il faut endormir ces bâtards, la vraie négociation sera ailleurs.

En fait, nous attendons de notre victime qu'elle nous indique le nom d'un homme de confiance éloigné de son cercle familial, mais capable de réunir la rançon que nous exigeons.

Pour ça, il faut qu'il craque. Alors nous avons décidé de commencer par laisser la lumière de sa cellule allumée de jour comme de nuit pour qu'il perde peu à peu toute notion du temps.

5

12 mars,
École nationale supérieure de la police

Les sorties de promotion sont une belle occasion pour chaque direction de police d'attirer à elle les meilleurs éléments – par meilleurs éléments, entendez les têtes de classement –, et toutes s'y essaient avec plus ou moins de succès.

En effet, depuis quelques années, la tâche de la police criminelle n'est pas aisée, car les métiers de l'investigation connaissent une véritable crise des vocations. La lourdeur des procédures, la paperasse, les contraintes professionnelles et une mésentente chronique avec certains juges rebutent de plus en plus les éventuels candidats.

Cette fois, en raison de l'enlèvement récent, le directeur Paul Van Erste n'a pas pu faire le déplacement comme il l'avait prévu. Il a donc délégué cette mission aux représentants des services les plus prestigieux de sa direction, dont certains font figure de légende, comme la Brigade criminelle. Les élèves apprécient la venue de ces « stars », et le directeur espère bien que certains dans l'amphithéâtre vont s'identifier aux grands flics qu'il leur a envoyés. La manœuvre n'est pas désintéressée, il s'agit ni plus ni moins d'une opération séduction...

Sur place, le contraste est saisissant entre tous ces jeunes d'un peu plus de vingt ans en costume-cravate ou en tailleur strict, avec leurs ordinateurs portables plantés devant eux comme des menhirs, et les quatre enquêteurs qui posent sur l'estrade.

Saisissant... au point qu'on pense immanquablement au film de Claude Zidi, *Les Ripoux*. La salle est en effet remplie de jeunes encore pétris d'illusions tandis que sur la scène trônent trois hommes et une femme burinés par le temps et les épreuves, condamnés à jouer ici les représentants de commerce d'un genre nouveau.

Le directeur, confiant, a tout de même prévenu : ne parler que des réussites et des bons côtés du job en essayant d'occulter les inconvénients. Il serait malvenu de s'étendre sur le manque de moyens, sur les nuits passées dans les voitures ou encore sur les vies de famille bousillées.

En son absence, il a demandé à Franck Péroni, le chef de la Brigade criminelle en qui il a toute confiance, de prendre les choses en main. Pour mener à bien sa mission, celui-ci s'est fait accompagner par Richard Treki, le chef du service technique et Anne-Sophie Duflot, en charge de l'unité antiblanchiment. Il était question que le chef de l'Antigang soit également du voyage, mais Delise leur a fait faux bond au dernier moment. Et, le moins qu'on puisse dire, c'est que Péroni en est mécontent. Non pas qu'il regrette l'absence de Delise – loin de là –, mais la brigade de ce dernier est très populaire, et il n'est pas sûr que le commandant qui a été désigné au pied levé pour le remplacer fera un tabac auprès des jeunes recrues. Le look et les manières comptent beaucoup.

Pour la première fois de sa vie, le commandant Hartmann va donc se coltiner une présentation à l'École nationale supérieure de la police. Approchant la quarantaine, le cheveu court, l'homme est plutôt grand, avec des bras musculeux et de larges épaules. De nombreux tatouages recouvrent son corps. L'un d'eux, sur son avant-bras gauche, rappelle qu'il a servi dans les forces spéciales sud-africaines avant de revenir au pays pour y intégrer la police belge. Un tatouage pour la vie. Deux drapeaux qui s'entrecroisent, le belge et le sud-africain, et surmontent une tête de mort avec une maxime écrite en petites lettres gothiques : « *Mercenaries never die, they just go to Hell to regroup*[1]. »

Seule concession à l'événement du jour, il a renoncé aux boots et à ses éternels pantalons de combat multipoche en toile. Il a cependant gardé son blouson d'aviateur, histoire qu'on ne le confonde tout de même pas avec un de ces « comptables » de la section financière ou un des « encravatés » de la Crim'. Manquerait plus que ça !

Après plus d'une heure de prise de parole, la prestation des policiers s'achève sur celle du commandant Hartmann :

— Mesdemoiselles, messieurs, futurs collègues, je suis le commandant Hartmann et on m'a demandé de vous faire un topo sur la Brigade antigang. Comme il reste peu de temps et qu'on vous a déjà soûlés avec les organigrammes et les chiffres, j'ai décidé de ne vous parler que de nos

1. « Les mercenaires ne meurent jamais, ils vont juste en enfer pour se regrouper. »

« clients », et même d'une seule catégorie d'entre eux, la plus belle à mes yeux, ça vous changera un peu…

Cette introduction provoque comme un frémissement dans la salle, et bon nombre de jeunes premiers semblent enfin lâcher leur ordinateur. *Plutôt bon signe*, se dit alors le chef de la Crim', tout en redoutant la suite.

— Certains criminels sont des prédateurs hautement spécialisés. Les fourgonniers sont de ceux-là. Ils appartiennent à la grande famille des braqueurs, mais ils ne ciblent que les fourgons blindés et les transporteurs de fonds. Évidemment, les convoyeurs ne sont pas des proies faciles, ils sont tout à fait capables de riposter pour se défendre. Mais ces bandes redoutables qui les attaquent comptent parfois jusqu'à neuf membres et ne laissent rien au hasard. Ce sont de véritables commandos que rien n'effraie, pas même la mort. Leur organisation et leur préparation sont dignes des meilleurs scénarios de films policiers. Ces criminels n'agissent que sur renseignement, ils repèrent longuement les lieux, posent des caméras de surveillance, chronomètrent avec précision les trajets, anticipent les difficultés, notamment les possibilités d'intervention de renforts de police.

Là, Hartmann s'octroie une petite pause avant de reprendre :

— Les fourgonniers se servent d'un matériel « lourd » entreposé dans des cantines métalliques ou des grands sacs de sport. Cet équipement, « leur matos », comme ils disent, comprend des gilets pare-balles, des explosifs, des fusils d'assaut, des pistolets, des lots de munitions, des cagoules, des gants, des cales métalliques et de la graisse pour bloquer les roues des fourgons, des Serflex et des adhésifs de toutes sortes, des gyrophares, des brassards « police », de fausses cartes de réquisition, souvent un lance-roquettes et bien d'autres choses encore. Ils ont aussi une « flotte » de téléphones uniquement dédiés à leurs opérations avec des cartes prépayées achetées par des tiers sous de fausses identités, le tout aussitôt détruit après leur crime. Nous appelons ça des téléphones balourds. Quant aux véhicules utilisés pour l'attaque, le plus souvent des voitures volées fournies par un intermédiaire, elles ont été vérifiées au préalable pour s'assurer que la police ne les a pas balisées. Et cette opération demande du savoir-faire, car nos mouchards électroniques, vous l'imaginez, sont toujours bien cachés. Il faut donc chercher manuellement le long des pare-chocs et derrière les phares, ouvrir le capot, et regarder sous la voiture en la montant sur un pont dans un garage partenaire. Ce n'est qu'après que les véhicules peuvent être remisés dans un lieu sûr, un lieu secret qui devient dès lors hautement sensible. Au point que certains bandits y placent des marqueurs, c'est-à-dire des petits indices extérieurs, quasi invisibles pour un œil non averti, disposés çà et là pour révéler toute intrusion dans le garage. Il suffit d'un bâton d'allumette dans l'interstice d'une porte, d'un morceau de fil sur une poignée ou encore d'une pièce de monnaie placée en équilibre sur le radiateur de l'auto pour trahir une éventuelle intervention de la police... Des flics qui seraient venus discrètement pour baliser leurs voitures afin de les piéger ensuite en flagrant délit.

Le commandant, il le sent, tient son auditoire en haleine. Alors, avec satisfaction, il conclut son discours :

— Quand le jour de l'attaque arrive, les fourgonniers se retrouvent tous dans ce fameux garage. Leur rituel est toujours le même : une fois les marqueurs vérifiés, les cadenas des mystérieuses cantines métalliques sont ouverts, et chacun commence à s'équiper. Les combinaisons d'intervention et les gilets pare-balles remplacent les tenues de ville. Les poignets de veste et les bas de pantalon sont scotchés avec des bandes adhésives larges pour éviter qu'un poil ou une fibre ne les trahissent quand la police scientifique sera à l'ouvrage. Et quand ils montent enfin dans leurs voitures, il faut savoir que plus rien ne peut les arrêter. C'est un aller sans retour : dans chaque coffre se trouvent déjà les bidons d'essence qui serviront à incendier les véhicules. Les esprits sont alors fermés, tendus vers leur objectif. Ils ne se libéreront qu'après l'attaque. Celle-ci sera aussi brève que violente. Dans aucun autre type de vol à main armée le risque de mort n'est aussi grand – pour les convoyeurs de fonds, pour les malfaiteurs, pour les policiers, mais aussi pour les malheureux passants. Dans l'univers criminel, les fourgonniers constituent l'aristocratie du banditisme, et c'est aussi l'aristocratie de la police judiciaire qui les traque…

Sans surprise, un tonnerre d'applaudissements accueille ces derniers mots.

6

12 mars,
état-major de la police à Bruxelles

Pendant ce temps, aussi bien au palais de justice que dans les directions de la police, on n'arrête pas de faire le point durant d'interminables réunions pour constater que les « portes ouvertes[1] » se referment les unes après les autres et que rien n'avance vraiment. Le temps passé à expliquer tout ce qu'on fait est autant de temps en moins à travailler sur l'affaire, mais tout le monde s'en moque. La présence de chacun est expressément requise. Il faut communiquer, rassurer, et convaincre qu'on est dans l'action…

Dès que le briefing s'achève, le directeur Paul Van Erste s'éclipse. Comme tous les matins à partir de maintenant, un dossier récapitulant l'état des investigations au sujet de l'affaire Boutemens l'attend sur son bureau. Et la lecture de la première page qui en résume le contenu lui suffit à comprendre qu'il n'y a rien de nouveau.

---

1. « Ouvrir une porte » en procédure signifie mentionner un élément qui devra obligatoirement faire l'objet de vérifications supplémentaires.

- exploitation des traces papillaires dans la voiture et sur l'enveloppe laissée par les ravisseurs : voir rapport PTS joint (aucune connue au fichier automatisé des empreintes digitales)
- interceptions téléphoniques : 9 lignes en cours (exploitation en direct, RAS)
- témoignage : audition de M. Durier, voisin retraité qui est le dernier à voir la victime à 20 heures à l'entrée du parking de l'immeuble
- enquête de voisinage : 105 procès-verbaux, rien de particulier à ce stade
- exploitation des appels spontanés : 287 appels, 201 exploités
- téléphonie et étude des bornages : 57 cartes prépayées détectées (en cours d'exploitation)
- surveillance des membres de la famille : voir rapport surveillance BRI
- renseignements Europol et Interpol : voir note jointe sur le groupuscule ACAB et note d'information de la DGSI sur le groupe ACAB

Avant de retourner ce dossier à son chef d'état-major, le directeur griffonne quelques mots dessus, histoire de montrer qu'il entend bien suivre cette affaire personnellement et au fil de l'eau. Il inscrit donc : « Maintenir la surveillance sur la famille et les comptes bancaires. Continuer à bouger les informateurs ! »

Après quoi il ne se remet pas aussitôt au travail. Comme de plus en plus souvent dans ses instants de solitude, il laisse libre cours à ses pensées. Il réfléchit à son boulot. Un boulot qui prend trop de place, un boulot qui pèse lourdement sur sa vie de famille et même sur l'intimité de son couple, et puis, toute une existence faite de crimes et de délits, même si ce ne sont pas les vôtres, ça vous transforme un homme. Il a bien conscience qu'il n'est plus le même… Mais ce boulot n'est pas responsable de tout. Son caractère renfermé et son manque de convivialité, sa difficulté à sourire, aussi, ont fini par lasser ses proches et ses amis. Il sait tout ça. Quand il fait le bilan, il ne reste pas grand-chose.

Et Delise, le chef de l'Antigang ? N'est-il pas injuste avec ce commissaire ? Au fond, que lui reproche-t-il exactement ? De ne pas porter un costume et une cravate ? D'être trop brut de décoffrage ? De tutoyer ses hommes et de se faire tutoyer par eux ? Bref, de ne pas se comporter comme un « haut fonctionnaire » ? Il sait que Delise ne restera jamais assis sagement à son bureau à gérer un service. C'est avant tout un chasseur. Il a ça dans le sang. C'est même pour cela qu'il a choisi de faire ce métier !

S'ils étaient plus proches, il prendrait le temps de lui expliquer que l'époque a changé et qu'il est arrivé trop tard…

7

13 mars,
Villa Passiflore

Je me méfie comme de la peste des voitures volées qu'on utilise pour nos braquages. Je m'en méfie jusqu'à en devenir parfois déraisonnable. Je l'admets, mais c'est parce que je ne me fais aucune illusion : les flics ne renoncent jamais ! Ils sont toujours après nous. Je répète à l'envi qu'il ne faut pas avoir une confiance absolue en « Speedy », ce qui agace prodigieusement le groupe, y compris « le Grand ». Patrick est tellement plein d'assurance que je trouve qu'il nous fait baisser la garde.

En fait, ce n'est pas que je croie Speedy capable de nous trahir, là, pour le coup, ce serait terrible, mais nom de Dieu, il n'est pas infaillible ! Quand je dis ça, le Grand me répond qu'il a un contrat moral avec lui. Mon cul, oui ! Il faut toujours rester vigilant, point barre !

Chacun d'entre nous sait très bien que les flics cherchent à pastiller[1] nos voitures. Ça, chacun en a conscience et personne n'est assez stupide pour aller directement les

1. Poser une balise tracking GPS.

remiser dans un de nos box sans avoir méticuleusement vérifié qu'elles étaient *clean*. Mais après, ils se comportent comme des gosses !

Je l'ai déjà expliqué je ne sais combien de fois : je veux des marqueurs sur les véhicules *et* sur les garages ! Bordel, c'est trop demander ? Je veux qu'on sache si quelqu'un est entré dans le box où nous garons les bagnoles. Quand bien même ce ne serait qu'un petit con qui viendrait siphonner de l'essence, je veux le savoir ! Putain, on dirait qu'il n'y a que moi qui aie conscience que c'est une question de vie ou de mort !

J'ai l'impression qu'on oublie tout...

Avant que Speedy se fasse des couilles en or en devenant notre fournisseur exclusif, on récupérait des voitures ici et là, et notamment auprès d'un garagiste véreux établi du côté de Bruges. Un type un peu grassouillet à l'allure négligée qui nous disait tout contrôler avec soin. Et est arrivé ce qui devait arriver ! On a trouvé une balise sous une BMW que ce connard nous avait pourtant certifiée propre...

Axel était si content de lui en la découvrant que c'était comme s'il n'avait pas compris ce que ça signifiait ! Tomber sur une balise GPS, bien sûr que c'est mieux que de passer à côté, mais ça reste une catastrophe ! Et même une putain de catastrophe ! Ça veut dire que la police vous surveille, et sans doute pas n'importe quelle unité...

Je me rappelle très bien cette période. On s'est mis à regarder partout et à soupçonner tous les passants, tous les véhicules aussi. On se demandait comment ils avaient fait pour savoir. Comment ils avaient pu arriver jusqu'à nous. On s'est fait tout un film qu'on se repassait en boucle et on en est vite arrivés à suspecter notre entourage direct.

On cherchait la taupe qui avait pu nous balancer… Dans le fond, ce n'est pas le fait de dormir avec un pistolet sur la table de nuit ou avec un fusil au pied du lit qui dérangeait, c'est qu'on ne dormait plus du tout ! On passait ces putains de nuits à guetter les bruits, tous les bruits, même ceux de l'extérieur, surtout ceux de l'extérieur ! Les claquements de portière ou les pas dans la rue. Et au final, on se réveillait avec une boule à l'estomac vers 6 heures, l'heure où les flics ont légalement le droit de défoncer votre porte pour vous arrêter. Je ne veux plus jamais vivre ça et je sais qu'on ne me fera jamais prisonnier…

Il va sans dire que le garagiste adipeux n'est plus de ce monde et que c'est moi qui lui ai réglé son compte. De toute façon, c'est toujours à moi qu'on fait appel pour réparer les conneries. Le Balafré par-ci, le Balafré par-là ; on ferait mieux de me surnommer « le Nettoyeur ».

8

13 mars, centre-ville de Bruxelles

Ce matin, les titres de la presse sont sans équivoque : « Un acte terroriste au cœur de la capitale », « ACAB, le nouvel ennemi public », « ACAB, héritier des CCC[1] ? ». Ainsi donc, les journalistes ont été informés de l'existence de la lettre de revendication, peut-être même leur a-t-on fait lire le document. Il n'y a rien d'impossible.

Le directeur Paul Van Erste n'est ni en colère ni indigné. Il y a longtemps que personne ne se demande plus comment ces fuites peuvent avoir lieu, tant la proximité entre policiers, juges, journalistes et politiciens est grande. L'État contribue lui-même à cette situation en organisant des sessions d'études sur la sécurité où tout ce beau monde se retrouve et noue des contacts durables.

Le bon côté des choses est que cela donne du grain à moudre aux autorités pour leur sacro-sainte communication. Elles n'attendaient même sûrement que ça ! L'idée traverse alors l'esprit du directeur qu'elles ne sont

1. Cellules communistes combattantes.

d'ailleurs peut-être pas tout à fait étrangères à tout ce tohu-bohu…

Il y a quand même un point positif, la presse va maintenant se focaliser sur ACAB et les services de renseignement. *À leur tour, donc, d'être dans la ligne de mire des commentateurs de tout poil*, se dit Van Erste pour se réconforter.

9

14 mars,
Belgique

Deux BMW noires s'engagent sur l'autoroute. Les vitres fumées déjouent les caméras de sécurité, empêchant d'en identifier les occupants. On ne voit que les mains des conducteurs et on devine plus ou moins un passager à l'avant. Passé la bretelle d'accès, les berlines prennent de la vitesse et continuent sur l'autoroute sur une quinzaine de kilomètres pour rejoindre le flot des gens qui rentrent du travail.

Les cylindrées remontent la file des voitures comme deux squales inspectant un banc de poissons jusqu'à trouver leur proie, en l'occurrence un camion de transport de fonds de la société Loomis. Quand elles le doublent, une des berlines a déjà actionné son toit ouvrant. Un homme encagoulé se hisse debout sur le siège et la partie haute de son corps sort à présent de la BM. Il pose ensuite un fusil d'assaut sur la galerie du toit. Il vise soigneusement, et une longue rafale atteint le pare-brise du fourgon. C'est un bon tireur, car, malgré la vitesse et les conditions difficiles, tous les projectiles arrivent dans un cercle de moins de vingt centimètres. L'effet de surprise est total. Le conducteur du fourgon blindé est impressionné par la concentration des impacts. Pendant ces quelques secondes, à tort, il ne fait plus confiance à la protection que constitue son pare-brise. Dans un mauvais réflexe, il cherche à se soustraire aux tirs et commet l'erreur de donner un coup de volant à droite. Les deux dernières balles ratent ainsi leur cible et s'écrasent sur le montant gauche de son rétroviseur. Le changement de direction et le freinage rendent, eux, le fourgon incontrôlable. Le lourd châssis heurte violemment la glissière de sécurité et s'immobilise de travers en labourant l'herbe du bas-côté. Les deux voitures s'arrêtent aussitôt sur la voie de droite. Les autres usagers de l'autoroute ont tous ralenti, ils ont du mal à croire à ce qu'ils voient. Des hommes, cinq, peut-être six, sortent d'un même mouvement des berlines. Ils portent tous des combinaisons noires et leurs visages sont dissimulés par des cagoules. Selon les témoins, deux ou trois courent à l'arrière du fourgon et posent une sorte de cadre aimanté sur un des montants de la portière. Quelques véhicules réussissent encore à passer en se serrant sur la voie de gauche. Ils aperçoivent alors distinctement l'action en cours. Ils parleront aussi de deux individus à pied devant, à l'avant du fourgon, dont un de grande taille avec un fusil d'assaut.

À l'intérieur du blindé, dans la cabine, les deux convoyeurs ont déclenché l'alarme, la sirène couine tel un animal aux abois. Par une réaction en chaîne bien rodée, le centre-fort dont ils dépendent est déjà en train d'appeler la gendarmerie.

Le troisième convoyeur est à l'arrière. Il a fermé le sas de sécurité. Il est désormais seul avec les sacs d'argent et son fusil à pompe. Il a peur. Il pense à sa femme. Il s'est disputé avec elle ce matin pour une broutille. Soudain, une explosion très violente détruit une partie des portes et le tue sur le coup. Ses deux collègues sont sous le choc. La détonation les a rendus sourds. Ils se tassent dans l'habitacle. Maintenant, ils veulent juste survivre.

Le pillage de la tirelire ne va prendre que quelques minutes. Fusils en bandoulière, les malfaiteurs font à présent la chaîne. Les sacs passent de mains en mains et vont du fourgon au coffre d'une des BMW sans jamais toucher le sol. Pendant ce temps, un membre du commando se charge de stopper la circulation. Depuis l'arrière du blindé, il tire quelques rafales en l'air pour intimider les conducteurs. Plusieurs automobilistes qui roulent en sens inverse assistent, médusés, à la scène. Plus tard, ils raconteront que le malfaiteur qui bloquait l'autoroute avait calmement changé de chargeur à plusieurs reprises. Plus de soixante douilles de calibre 7,62 percutées seront retrouvées sur place.

C'est alors qu'un véhicule sérigraphié avec deux gendarmes à son bord fait son apparition. On entend d'abord le deux-tons de leur sirène, puis on voit la lumière bleue du gyrophare qui se rapproche à faible allure. Ils ont emprunté la bande d'arrêt d'urgence pour éviter l'embouteillage qui commence à être important. Bien qu'avisés par radio d'une attaque à main armée en cours sur l'autoroute, les deux militaires n'imaginent pas à cet instant qu'un tel ralentissement puisse en être la conséquence. Ils abordent les lieux comme s'il s'agissait d'un simple accident, d'autant qu'ils n'aperçoivent pas tout de suite la silhouette menaçante qui se dresse au milieu de la voie centrale.

C'est seulement quand ils distinguent le fourgon de transport de fonds éventré sur le bas-côté qu'ils comprennent. Mais il est trop tard. Ils sont cueillis par une averse de balles. Le fonctionnaire au volant est touché de plein fouet par un projectile à l'épaule. Un autre traverse le véhicule et vient lui briser la hanche. Leur voiture s'immobilise. Le passager avant sort et fait feu sur l'assaillant en se protégeant derrière l'aile droite de son véhicule. La puissance de tir du fusil d'assaut l'oblige à abandonner sa position, d'autant que l'individu cagoulé se dirige d'un pas sûr vers lui. Le gendarme se laisse rouler sur le talus et rampe vers des buissons pour se mettre à couvert.

Son collègue, blessé, a réussi à ouvrir sa portière, mais il saigne abondamment. Impossible pour lui de s'enfuir ou de se défendre. Dans son état, il ne peut qu'attendre de l'aide. Il s'extrait donc avec peine de l'habitacle et se traîne jusque sous la voiture.

Le malfaiteur a continué d'avancer. Il est maintenant juste au niveau de la roue avant gauche du véhicule de la gendarmerie. Il tire une longue rafale au jugé dans les buissons qui s'agitent comme sous l'effet du vent. Des branches sont littéralement hachées et tombent par terre. Heureusement, le militaire a eu le temps de se recroqueviller derrière une sorte de butte qui lui sauve la vie. Le fourgonnier n'a pas oublié l'homme qu'il a vu se dissimuler sous le véhicule d'intervention. Ce dernier, malgré son hémorragie, attend courageusement, l'arme à la main. Comme il ne voit pas les pieds du malfrat cachés par la roue, il se demande ce qu'il se passe. En apercevant le canon noir qui glisse au sol, pointé dans sa direction, le gendarme comprend enfin. Il sait que sa fin est toute proche. Résigné, il pense aux siens, mais la détonation ne vient pas. Il n'entend que le bruit d'une culasse qui percute... à vide. L'homme en noir ouvre alors sa veste de combat et sort un nouveau chargeur qu'il s'apprête à engager dans l'arme quand ses complices l'appellent. Il tourne la tête et les voit qui commencent à remonter dans les voitures. C'est le moment de repartir. Sans un regard pour les malheureux qu'il laisse derrière lui, il se met à courir et s'engouffre à son tour dans une des BM.

L'attaque a duré moins de dix minutes et les berlines noires filent déjà comme des bolides le feraient sur un circuit. Sept kilomètres plus loin, elles ralentissent brutalement pour emprunter une voie d'accès technique en sens interdit, réservée aux engins de service. Une énorme pince surgit d'un des coffres, et le gros cadenas qui condamne la barrière est cisaillé sans peine. Aussitôt passés, les malfaiteurs referment la grille et remplacent le cadenas par un autre, identique, un Unicity modèle 60 en acier, le modèle standard utilisé sur toute cette portion de l'autoroute. Les cylindrées disparaissent ensuite dans la nuit tombante.

Côté police, le plan Épervier a été déclenché. Les forces de l'ordre ont presque tout misé sur la sortie numéro 9, située à quinze kilomètres du lieu de l'attaque, et sur le péage principal, à trente kilomètres. Deux barrages très impressionnants sont mis en place en un temps record tandis que, en liaison avec un hélicoptère, des voitures sérigraphiées avec à leur bord des hommes lourdement armés remontent l'autoroute en contrôlant un à un tous les refuges possibles. Elles vérifient ainsi une station-service, deux aires de repos et un accès à une voie technique. En vain. Les malfaiteurs restent introuvables et on ne signale aucune prise d'otage, aucun véhicule volé ou en feu.

— Le fil est rompu… On les a perdus ! dit avec abattement le chef de la salle de commandement qui supervise en direct la traque des braqueurs.

Un visionnage de toutes les bandes vidéo devient maintenant nécessaire.

10

**Nuit du 14 au 15 mars,
forêt de Montiers**

Après la sortie de l'autoroute, nous avons pris un itinéraire fait de petits chemins préalablement repérés. Presque une heure que nous roulons. À l'intérieur de la BM, c'est un peu le bordel et la place manque à cause des armes et des munitions.

C'est moi, Yanis Meertens, qui conduis. Je suis relativement grand et imposant. Enfin, c'est comme ça que je me vois, même si certains disent que je suis massif à en faire peur. J'aurais pu être beau sans cette balafre qui part du milieu du nez et court jusqu'à la mâchoire inférieure en passant par les commissures des lèvres. J'ai l'impression qu'on ne voit que ça. Du coup, on me surnomme « le Balafré ». Et ça m'agace.

On me présente aussi comme le lieutenant de Hanssen. Des conneries ! On est amis et on ne se quitte jamais, c'est tout. Et c'est valable pour tous les membres de l'équipe. On reste toujours entre nous. Sans personne de l'extérieur. C'est ça, la vie d'un gang, et c'est ce qui fait notre force.

Un côté secte qui déroute les flics et qui complique sacrément le jeu de leurs indics.

À côté de moi, il y a Patrick, Patrick Hanssen, qu'on appelle entre nous « le Grand ». Dans les voitures, il prend toujours la place du passager avant. Il faut dire qu'il a du mal à caser son mètre quatre-vingt-quinze. C'est lui qui s'est occupé des convoyeurs de la cabine. Tout s'est passé comme il l'avait prévu, ils n'ont pas bronché. En fait, toute l'opération s'est passée comme il l'avait prévue... Sauf la mort d'un des types. Ça arrive.

Patrick revient de loin. Il y a deux ans, on l'a littéralement arraché d'un fourgon cellulaire qui l'amenait de la prison au palais de justice de Bruxelles où il devait être interrogé par le juge Berthod pour plusieurs braquages. C'était mal nous connaître que de penser qu'on allait laisser faire ! Nous sommes passés à l'action et il n'est jamais arrivé à destination. C'était relativement facile. Ralenti par les embouteillages, le fourgon roulait au pas lorsque l'explosion l'a éventré. Patrick était indemne, mais tellement sonné qu'il a fallu qu'on l'extraie nous-mêmes du tas de ferraille.

Évidemment, tout ça ne s'est pas fait sans casse. Un type de l'administration pénitentiaire a été tué par la déflagration. Et puis il y a eu le gars de l'escorte, un flic de l'Antigang. Sans doute un jeune mec trop sûr de lui. Il s'est interposé alors qu'on n'avait vraiment pas de temps à perdre, tout était minuté. J'ai dû lui coller une balle en pleine tête, c'était le prix de la liberté de Patrick.

Après son évasion, on s'est remis en selle tout de suite. On devait se refaire. Les fourgons, c'est beaucoup plus compliqué que les banques, mais il y a plus d'argent à prendre. Pour dire la vérité, moi, l'argent, je m'en fous. J'en ai maintenant plus qu'il m'en faut. Je pourrais arrêter, mais j'aime ce qu'on fait. Difficile à expliquer.

On est des « beaux mecs[1] », comme disent ces connards de flics. De l'adrénaline, le sentiment qu'on a des couilles et qu'on est tous des frères d'armes. Que demander de plus à la vie quand on est des affranchis ?

À l'arrière, il y a Branko et Axel.

Avec son physique à la Mel Gibson, Branko Jovanovic ne laisse pas indifférent. Il est belge d'origine serbe. Il n'a peur de rien. Quand j'y pense, tout à l'heure, il fallait quand même le faire ! Tout seul face à ces voitures, et puis ces flics qu'on n'attendait pas si tôt… Il a vraiment géré ! Tuer, mourir, il vient d'un pays où tout ça, c'est pareil. Son monde est peuplé de disparus. Presque toute sa famille a été décimée durant la guerre de Bosnie en 1995. Après quoi il s'est réfugié en Belgique. C'est là qu'on a fait connaissance. Nous sommes devenus amis et il a intégré le gang naturellement. Une nouvelle famille pour lui. Il ne lui reste plus que nous et, depuis peu, Samantha, une jeune femme qui l'aime et dont il semble vouloir prendre soin. Moi aussi, j'ai une femme dont je voudrais prendre soin ; elle se prénomme Corinne.

Axel Nielsen, lui, est blond, de taille moyenne, les cheveux coupés court. Il a des yeux gris qui lui donnent un regard froid, sans expression. C'est notre artificier, c'est lui qui confectionne les cadres de métal et qui place les charges d'explosif, du C4 que Jovanovic nous rapporte de Serbie. Aujourd'hui, Axel est encore plus taiseux que d'habitude. Je l'observe dans le rétroviseur, il est livide. Sa charge vient de tuer un convoyeur de fonds. Quand la porte a été pulvérisée, on ne voyait que le corps de ce type et du sang partout. Axel était tétanisé. Les yeux dans

1. Dans le jargon policier, désigne les voyous fichés au grand banditisme.

le vague, il n'arrivait plus à bouger. J'ai dû le pousser sur le côté pour accéder à l'intérieur du fourgon et sortir les sacs. Il m'a fallu patauger dans le sang et la chair déchiquetée.

« Rien n'arrête le Balafré », s'amuse à répéter Patrick. Je crois que c'est vrai. Nous sommes bien sûr tous troublés par ce dommage collatéral, mais, en ce qui me concerne, c'est moins par compassion que par la pensée de ma propre mort...

Dans la voiture qui nous suit, il y a Marco Manzani et Léo Vandaele. Je regarde le compteur, nous sommes presque à deux cents kilomètres-heure, mais j'imagine aisément « l'Italien » en ce moment. Il doit trépigner en se demandant pourquoi je me traîne à cette vitesse. Quel phénomène, celui-là. Même pour aller acheter des cigarettes au tabac du coin, il roule pied au plancher ! C'est bien le seul d'entre nous qui se rase de près avant de monter sur un coup sous prétexte qu'il veut être beau si la mort vient le cueillir. Une élégance à toute épreuve.

Avec lui, il y a donc Léo. J'aime bien Léo. Un homme discret, mais une valeur sûre. Contrairement au reste de l'équipe, pas besoin de cavale pour l'instant, il peut encore mener une vie normale, loin de la clandestinité, car la police ne l'a toujours pas identifié. Et il a opté pour une activité des plus paisibles : il est fleuriste ! Avec l'argent des braquages et l'aide de Patrick, il est devenu propriétaire d'une belle boutique dans le centre de Bruxelles et il a ouvert une société de jardinerie qui compte maintenant une vingtaine d'employés. Pour tout dire, ses camionnettes ne font pas que des livraisons. Elles nous sont bien utiles pour les repérages et le transport du matériel. Étrange mec, quand même, qui parle de fleurs et jamais de gonzesses.

On entre à présent dans la forêt de Montiers. La pluie commence à tomber. La lune peine à éclairer la végétation. Avec cette demi-obscurité et sous l'effet du vent, les arbres ressemblent à des spectres agitant leurs bras sur notre passage. Je prends conscience qu'il n'y a tout autour que des ombres déformées, monstrueuses comme nous. Je me dis parfois que nous sommes à la frange de l'humanité. Tous ces morts derrière nous, ils pourraient finir par nous rattraper.

Après une petite route, nous bifurquons sur un chemin blanc caillouteux dont chaque bosse est un martyre pour les châssis. Nous continuons de nous enfoncer au cœur du massif forestier. La nuit nous enveloppe dans sa noirceur jusqu'à ce que des points scintillants apparaissent soudainement et que des masses noires surgissent dans le faisceau de nos phares.

En les voyant, la torpeur contre laquelle je luttais se dissipe et je donne un bon coup de freins.

— Putain, mais c'est quoi, ça ?!

— Des yeux…, dit laconiquement Patrick.

— Mais des yeux de quoi, bordel ?

— Rassure-toi, ce ne sont pas des démons, ce n'est pas encore l'heure ! répond le Grand sur un ton résigné.

— Alors c'est quoi ?

— Des sangliers.

— J'en avais jamais vu… Mais qu'est-ce qu'ils foutent ?

— C'est toute une troupe, elle va traverser…

Et c'est en effet ce qui se passe. Dès que le défilé est terminé, nous reprenons notre chemin jusqu'à ce que nos phares éclairent cette fois une modeste cabane de chasse derrière laquelle se trouvent nos nouveaux véhicules, deux 4 × 4 que Speedy a garés là pour nous. Les clés sont, comme d'habitude, sous la roue avant gauche. Il faut déjà pousser à la main la voiture pour la faire reculer afin que le pneu libère le sésame.

Des bagnoles nickel, des doublettes parfaites. Il existe quelque part deux Land Rover absolument identiques à celles-ci. Les plaques d'immatriculation, la carte grise et l'attestation d'assurance contrefaites sont au nom du vrai propriétaire, de telle sorte que, si nous faisons l'objet d'un contrôle de routine et que le fichier Schengen des véhicules volés est consulté, ces voitures n'apparaîtront pas en tant que telles. Et même si on les examine de près, il n'y aura aucune trace d'effraction, nous présenterons même une clé électronique semblable à celle d'origine.

Je dois reconnaître que Speedy fait vraiment du bon boulot. Non seulement il fournit toujours le modèle dont on a besoin, mais il n'y a surtout jamais de mouchard ! Même le GPS tracking du constructeur est neutralisé. Personne ne peut remonter jusqu'à nous, par aucun moyen. N'empêche que, si une des voitures déconnait, j'irais régler le compte du Speedy aussi sûrement que j'ai réglé celui de son prédécesseur.

Quand nous nous arrêtons, la pluie redouble. Elle frappe maintenant furieusement les vitres, et les arbustes plient sous les bourrasques. En sortant, nous nous protégeons tant bien que mal. Mais en quelques secondes, nous sommes trempés. Il y a une forte odeur de terre. Il faut faire vite, se changer d'abord, puis transvaser tous les sacs dans les coffres des 4 × 4.

Avant de repartir, il nous reste un rituel à exécuter. L'Italien répand toute la poudre des extincteurs dans l'habitacle des deux BMW. Aussitôt après, Axel entre en action. Sur chaque banquette arrière, il place un bidon d'essence flanqué d'un dispositif chimique de sa composition à base de phosphore. Nous avons à peine fait trente mètres que la nuit est déchirée par une violente lumière, bleue et orangée. Des flammes montent d'un coup très haut dans le ciel au milieu de la forêt et retombent en s'abattant sur les carcasses métalliques qu'elles s'empressent de dévorer. Une scène de désolation supplémentaire. Peut-être un aperçu des flammes de l'enfer.

Pas le temps d'observer davantage ce spectacle. Après trois kilomètres tout droit sur cette route caillouteuse inconfortable qui sépare la forêt en deux, nous bifurquons à gauche et faisons sept kilomètres sur un chemin de terre uniquement accessible à des véhicules tout-terrain comme les nôtres. La voie est si étroite que deux voitures ne pourraient pas se croiser. Il m'appartiendrait alors de faire le nécessaire…

Nous sortons ensuite du couvert des arbres pour couper à travers un grand champ à hauteur du village de Barrois. Nos 4 × 4 sont maculés de boue. Le reste est désormais un jeu d'enfant. Quarante minutes plus tard, nous arrivons à la planque, une maison louée pour la semaine. La double porte du garage est ouverte : signe que tout va bien.

Derrière les carreaux de la cuisine, une ombre guette notre retour. C'est Mélanie, la femme d'Axel. Il y a longtemps que ses nuits sont sans sommeil… Elle nous adresse un regard triste et sans expression, de profonds cernes témoignent de ses insomnies. Dans le rétroviseur, je vois Axel qui lui fait un petit signe de la main dès qu'il l'aperçoit, mais elle ne lui répond pas.

Une fois le garage bouclé, nous commençons à décharger le matériel et l'argent. Mélanie nous a rejoints. Elle reste là, immobile et silencieuse. Une grande lassitude se lit dans ses yeux. En l'observant, je comprends que cette vie commence à nous épuiser. On ne pourra pas continuer comme ça éternellement. Nous sommes tous à la peine, tout est plus lourd, plus difficile, même les sentiments, je crois.

Pourtant, ce braquage était un mal nécessaire. Il nous fallait vraiment du cash pour patienter jusqu'au paiement de la rançon et il n'était pas question de piocher dans notre trésor de guerre planqué à l'étranger. C'était aussi un bon moyen de brouiller les pistes. Cette attaque de fourgon est pour ainsi dire signée. Tout le monde va immédiatement penser que c'est nous, et la presse en fera ses choux gras. Personne n'imaginera que les auteurs d'un vol aussi spectaculaire sont aussi ceux qui se cachent derrière ACAB et un enlèvement qui a eu lieu à peine quatre jours plus tôt ! Il faudra du temps pour que quelqu'un fasse le lien et, en attendant, cela éloigne les risques de voir tous les flics du pays faire cause commune contre nous. Il faut éviter à tout prix qu'ils s'unissent dans une sorte de chasse à courre à coup sûr mortelle pour tous les participants.

Tandis que nous nous couchons, j'entends la conversation entre Mélanie et Axel qui sont restés dans la cuisine.

— Axel, c'est déjà passé à la radio !

— Ah oui ?

— Toutes les radios parlent de ce que vous avez fait !

— C'était prévisible, tu sais...

— Ils disent qu'un convoyeur est mort et qu'un gendarme est grièvement blessé.

— Oui, c'est un accident..., répond Axel d'une voix triste.

— Ils vous cherchent, Axel, ils vous chercheront toujours !

— Ça va aller, Mélanie, tu es fatiguée, la rassure-t-il d'un ton monocorde.

— Non, ça ne va pas aller ! Tu sais très bien comment tout ça va finir, la mort rôde...

Sa voix s'est faite plus basse, plus grave, comme si elle s'adressait à elle-même.

— Calme-toi, tu veux ?

— Non. Non, je ne peux pas me calmer ! Je ne veux pas rejoindre le peuple des âmes en peine, tu comprends, ça ?

Je ne les écoute plus. Je pense à ce qu'elle vient de dire. Elle a raison. Les flics n'abandonneront jamais. Ils vont disséquer nos vies, surveiller nos familles, identifier tous nos amis, tirer tous les fils pour remonter jusqu'à nous. Il faut faire vite, très vite, prendre le fric de la rançon et se barrer très loin si on veut échapper au destin qu'ils nous préparent. J'imagine déjà le bleu des océans.

11

17 mars,
Paris, rue du Faubourg-Saint-Honoré

Au 127, qui héberge les principaux services de la police judiciaire française, on entre comme dans un moulin ou presque. L'imposant portail métallique n'est fermé que la nuit. La journée, seuls trois plantons montent langoureusement la garde. Ce sont eux qui sont chargés de filtrer les entrées et les sorties du bâtiment. Ce passage obligé une fois franchi, on tombe sur deux petits immeubles bourgeois de six étages que l'administration a plus ou moins transformés en bureaux.

C'est au troisième étage du premier édifice que se trouve la salle de réunion de l'OCRB, l'Office central pour la répression du banditisme. Et c'est précisément là qu'aujourd'hui un colonel de la gendarmerie belge, Marius Deysel, s'apprête à prendre la parole devant les forces de l'ordre françaises.

Le colonel est venu accompagné d'un homme du groupe Diane, un groupe spécial d'intervention créé en Belgique après les attentats de Munich de 1972, l'équivalent du GIGN en France. Comme beaucoup de membres de ces unités, c'est un balèze, le cheveu court, certainement un as du tir et des sports de combat, mais aussi un de ces grands gabarits qui supportent mal de rester longtemps en voiture et qui attirent trop le regard pour passer inaperçus en filature.

La démarche des Belges est tout ce qu'il y a de plus officiel, elle a même été précédée par un télégramme d'Interpol. Et tout le monde est sagement installé dans la salle quand l'officier belge se lance. Le ton se veut grave, et l'homme va droit au but :

— Messieurs, j'ai fait ce déplacement pour solliciter votre aide dans le cadre d'une enquête sur une attaque de fourgon qui a été commise dans mon pays il y a trois jours. Un convoyeur de fonds a été tué et un gendarme, grièvement blessé. Nous pensons que cette attaque est le fait d'un gang que nous connaissons bien et que nous appelons « la bande à Hanssen ».

Et tandis qu'il continue de parler, des photos commencent à défiler derrière lui. Au début, de simples plans de situation de l'autoroute, puis des douilles sur la chaussée, des gros plans d'impacts de balle sur des carrosseries pour finir par des clichés d'un corps ensanglanté replié sur lui-même.

— Lors du braquage, il y avait, selon les témoins, cinq ou six auteurs. Comme je vous l'ai dit, nous suspectons fortement la bande à Hanssen. En Belgique, il n'y a qu'eux pour agir ainsi, poursuit le colonel. Patrick Hanssen, Yanis Meertens, Branko Jovanovic et Marco Manzani, voilà nos principaux clients… Ces quatre-là ne se séparent jamais. Je dois vous préciser que nous les recherchons également pour d'autres faits distincts, mais tout aussi graves : évasion, attaques à main armée, destruction par explosifs, association de malfaiteurs et meurtres. Les clichés derrière moi montrent de quelle violence ces types sont capables. Ces criminels sont en cavale depuis maintenant deux ans, c'est vous dire s'ils sont organisés.

Le diaporama s'achève avec les photos anthropométriques de ces hommes dont l'administration a eu la bonne idée de tirer le portrait des années auparavant à l'occasion de leurs premières arrestations pour de petits délits.

Après avoir achevé de narrer l'attaque du fourgon telle qu'il l'avait déjà consignée avec précision dans son rapport au procureur du roi, le colonel Deysel ajoute :

— Un jour après ce braquage, deux BMW ont été retrouvées totalement calcinées. Elles étaient abandonnées sur un chemin forestier, près d'une cabane de chasse, à environ soixante kilomètres de l'autoroute. Malgré le martèlement des numéros de série pour les faire disparaître, nous avons pu établir que ces voitures avaient été volées plus d'un mois avant les faits en Allemagne. Chaque fois, on s'est emparé des véhicules sans bris de glace et en réussissant à neutraliser le tracking constructeur pourtant réputé inviolable sur ces modèles haut de gamme. Nos experts estiment que les voleurs sont des « pros » qui disposent certainement de clés électroniques et des codes constructeur. Ce qui constitue, vous l'imaginez, un obstacle supplémentaire pour notre enquête. Je dois aussi vous dire que, autour des carcasses trouvées dans la forêt, on a découvert de nombreuses traces de pas. Elles correspondent à plusieurs individus de tailles et de poids différents et, pour la plupart, longeaient le mur de la cabane, à l'abri de la pluie, si bien qu'on pense que c'est là qu'ils se sont changés. D'autre part, des prélèvements du laboratoire faits à l'endroit des empreintes ont révélé des traces de sang et, c'est terrible à dire, des débris humains. Nous devons bien sûr encore attendre le résultat des expertises pour en être absolument sûrs, mais il pourrait bien s'agir de ceux du convoyeur tué. Pour s'emparer des sacs d'argent, les tueurs ont dû enjamber son corps et patauger dans le sang. Enfin, toujours à proximité de la cabane de chasse, la police scientifique a relevé des traces de pneus, vraisemblablement celles de leurs véhicules relais. Il s'agit peut-être de 4 × 4, mais malheureusement la pluie et le sol détrempé ne nous ont guère permis d'aller au-delà. Voilà pour les faits et tout ce que nous en savons ! Maintenant, je suis à votre disposition si vous avez des questions…

L'hôte des lieux, le commissaire Maxime Rey, le chef de l'OCRB, en profite pour intervenir :

— Monsieur Deysel, qu'est-ce qui amène votre enquête en France ?

— Un informateur, répond le Belge, qui semble embarrassé.

— Et que dit votre source ?

— Qu'avant l'attaque, Hanssen et les siens sont venus à plusieurs reprises chez vous. Ils recherchaient une maison, tranquille, un peu à l'écart. Ils en auraient trouvé une au bord de la mer. Nous pensons que c'est là qu'ils se planquent.

— Une maison en bord de mer, ce n'est pas très précis ! Vous n'avez vraiment que ça ? demande un autre enquêteur.

— Nous avons appris que la mère de Corinne Sénéchal, la compagne de celui qu'on appelle le Balafré, en réalité Yanis Meertens, habite à Nice. Elle s'appelle Georgette Revert. Nous avons récupéré son adresse et son numéro de téléphone. Elle les a déjà aidés dans le temps…

— C'est quand même très peu…, fait remarquer le commissaire Rey.

— Oui, mais nous n'avons que ça et, bien sûr, une commission rogatoire internationale en bonne et due forme.

Les Français espéraient beaucoup plus, et la déception se lit sur les visages. Les regards échangés ne sont pas ceux d'hommes enthousiastes. Ils ont compris qu'ils ne partiraient pas à la guerre tout de suite ! Il va déjà leur falloir explorer la piste de cette Georgette Revert. *Un travail qui prendra du temps et dont le résultat est incertain*, se dit Rey tout en consultant sa montre avec anxiété. Il est déjà midi passé. Pas question d'être en retard, une bonne table les attend, comme c'est la tradition à la PJ quand on reçoit des collègues étrangers en mission. On ne dérogera pas à la règle, d'autant que le commissaire Rey entend bien en apprendre un peu plus de son collègue belge à cette occasion.

Le Griffon est une grande brasserie parisienne. L'établissement est situé à l'angle de la rue du Faubourg-Saint-Honoré et de la rue Saint-Philippe-du-Roule. Le midi, il faut déjà savoir se faufiler adroitement parmi le mobilier si on veut atteindre sans trop de casse le fond de la salle et accéder au petit escalier qui mène au sous-sol. On arrive alors dans une pièce qui peut accueillir une quinzaine de convives, un lieu réservé aux seuls flics du 127 grâce à la bienveillance maternelle de Jeannine, la patronne de l'établissement.

Quand tout le monde a trouvé sa place et que le bruit redevient enfin acceptable, Rey se risque à questionner Deysel, lequel s'est installé en face de lui.

— Comment va la Belgique ? commence-t-il poliment.

— Mal ! soupire le militaire.

— Vraiment ?

— Oui. L'enlèvement d'un de nos anciens ministres de l'Intérieur a mis tout le monde sous tension. C'est la police qui est chargée de ce dossier. Toutes ses unités étant sur le pont, l'enquête sur l'attaque du fourgon nous est revenue...

— Je suppose que cela ne doit pas faciliter vos relations avec les collègues policiers !

— Effectivement ! Je crois qu'ils vivent très mal d'avoir été écartés, même temporairement, de la traque des Hanssen.

— Et cette femme dans le Sud dont vous nous avez parlé tout à l'heure ?...

— La mère de la compagne de Meertens, Georgette Revert ? l'interrompt le colonel.

— Oui, c'est ça. Êtes-vous sûrs qu'elle est toujours en contact avec sa fille ?

— Nous en sommes convaincus.

— Pardonnez encore mes doutes, mais votre source est-elle fiable ?

— Oui, enfin, autant que peut l'être un informateur, vous savez cela comme moi.

— Et il ne dit vraiment rien de plus ?

— Non. En fait, il n'est pas au contact des fourgonniers ni de leur premier cercle. Une des grandes difficultés que nous rencontrons avec ce gang, c'est qu'il fonctionne comme une secte. Ces hommes ne restent qu'entre eux ! Qu'il s'agisse des voitures qu'ils utilisent, des armes ou des explosifs, on n'arrive pas à savoir qui les leur fournit. Du coup, quand on a un renseignement, c'est un peu comme l'homme qui a vu l'homme qui a vu l'homme qui a vu l'ours, si vous voyez ce que je veux dire..., explique le colonel.

Rey sait qu'il ne tirera guère plus de son interlocuteur. Pour ça, il aurait sans doute fallu qu'ils se connaissent davantage.

— Une toute dernière question, mon colonel, pourquoi vous adresser à nous et pas à la gendarmerie française ?

— Parce que vous êtes l'office central. Je crois savoir que vous avez compétence sur tout le territoire français, et Hanssen peut être n'importe où chez vous. Et puis, vous avez déjà travaillé avec nous dans l'affaire de Gembloux[1]. Ça avait très bien fonctionné.

Quelque chose tracasse cependant Rey. Il a le sentiment confus que son collègue ne lui dit pas tout... à moins que les Belges ne soient vraiment à la ramasse !

En guise de conclusion à leur échange, le chef de l'OCRB prononce enfin la petite phrase que le colonel attendait :

— Pour Hanssen, on va vous aider, mais ne nous faites pas bosser pour rien. Si vous avez du nouveau, faites-le-nous savoir.

— Oui, bien sûr, vous pouvez compter sur moi, acquiesce le Belge, soulagé et sincèrement reconnaissant.

Dans le train qui le ramène à Bruxelles, le colonel Deysel songe au risque qu'il a pris en faisant cette démarche. Certes, il a besoin des Français, mais il ne peut pas écarter la possibilité que, à un moment ou à un autre, le cousinage des polices n'ait un effet négatif sur son enquête.

Mais avait-il vraiment le choix ? La triste réalité, c'est qu'il n'a aucun autre fil à tirer. Il lui a même fallu inventer à contrecœur cette lamentable histoire d'informateur pour

1. Attaque à main armée sur un établissement bancaire commis par des malfaiteurs belges et français finalement arrêtés en France par l'OCRB.

donner plus de corps à sa demande de surveillance. Oui, il a menti. Ses tuyaux, il ne les tient que de la documentation criminelle, c'est-à-dire des archives… Et, même s'il sait que l'adresse et le téléphone de Georgette Revert n'ont pas changé, il n'a aucune raison d'affirmer qu'elle est toujours en contact avec la compagne du Balafré.

Il se rassure en se disant que mentir est parfois un mal nécessaire pour susciter l'intérêt et obtenir la coopération des autres.

12

18 mars, centre-ville de Bruxelles

Quand le capitaine Sabban entre dans le bureau du commandant Hartmann, c'est comme si deux mondes se rencontraient. Les deux hommes sont de la même promotion d'officiers, mais la ressemblance s'arrête là.

Sabban appartient à la Brigade des stupéfiants. Un univers glauque avec ses informateurs dangereux. Plus jeune, il était souvent sollicité pour participer à des « coups d'achat ». Avec son physique, il pouvait en effet aisément se faire passer pour un toxicomane à la recherche de sa dope et piéger ainsi les dealers en flagrant délit. Puis, avec le temps et sa calvitie naissante, il a dû changer de registre. Il est donc monté en gamme et s'est mis aux « livraisons surveillées », une technique qui consiste à laisser filer volontairement de la came pour mieux identifier les grands pontes du trafic et leurs méthodes de blanchiment. Des opérations montées pour la bonne cause, certes, mais de façon obscure pour les pékins moyens. Sans parler des infiltrations au cours desquelles des flics doivent mener la même vie que les voyous pour mieux pénétrer le monde criminel et parvenir à leurs fins.

Bref, un milieu totalement à part dans la police où des officiers à l'allure négligée doivent trouver la force de se lever tous les matins avec pour mission d'aller écoper l'eau des océans à la petite cuillère. Un boulot qui demande une énergie considérable et qui finit par vous user physiquement et moralement avant de vous laisser un jour brisé comme un pantin désarticulé. Un boulot qui peut aussi vous rendre cynique et un brin filou…

Tout le contraire des membres de l'Antigang, et en particulier du commandant Hartmann. Propre sur lui, avec un côté martial, sportif accompli, tireur hors pair, celui-ci s'enorgueillit d'appartenir de longue date à cette prestigieuse brigade dont il est devenu avec le temps l'un des piliers. Dans cette unité, on a l'habitude de mener des combats *mano a mano* contre les plus dangereux des malfaiteurs. Des confrontations physiques qui nécessitent du courage et qui font grimper l'adrénaline, précisément ce que cherchent tous ces hommes. À ce petit jeu, Hartmann a gagné sa réputation de bravoure qui fait dire aujourd'hui à nombre de ses collègues qu'il a « des couilles en bronze »…

— Salut, Hartmann, je ne te dérange pas ? demande Sabban, posté dans l'encadrement de la porte du bureau.

— Sabban ? Ça alors ! Ça fait un bail…

— Oui, ça fait longtemps.

— C'est vrai qu'on n'arrive pas à la même heure au boulot ! lance Hartmann, ironique.

— On n'en part peut-être pas non plus à la même heure, le pique à son tour Sabban.

— Qu'est-ce qui me vaut cette visite ?

— Je voulais te parler.

— Laisse-moi deviner. Avec les Stups, c'est toujours un peu la même rengaine : un de tes tontons est dans la merde et tu as besoin de quelque chose, c'est ça ?

La remarque se veut cinglante, et elle l'est. Elle atteint Sabban de plein fouet, mais ce dernier ne laisse rien paraître. À force de manipuler des indics, il y a longtemps qu'il a appris à maîtriser ses sentiments. En plus, il est là, comme qui dirait, en mission…

— On se connaît depuis combien de temps ? Tu crois vraiment que je viendrais quémander ton aide ? dit Sabban d'une voix posée.

— Alors c'est quoi ?

— Un tuyau pour toi et ton taulier.

— Ça, c'est nouveau…, ricane Hartmann.

— Si ça t'intéresse pas, je peux aussi aller voir la BRB[1], lui rétorque alors Sabban, sûr de son effet.

Et il ne se trompe pas. Il est de notoriété publique que BRI[2] et BRB sont à couteaux tirés. La guerre fait rage depuis des années entre ces services qui appartiennent pourtant à la même direction. Leurs chefs en sont arrivés à se haïr mutuellement, et tous leurs hommes leur ont emboîté le pas. Entre eux, tous les coups sont désormais permis, ou presque.

— C'est bon, pas besoin de me faire la grande scène du II, je t'écoute, lâche Hartmann, agacé. Mais si tu peux m'éviter une de vos histoires alambiquées, j'apprécierais…

— Je peux m'asseoir ?

— Fais comme chez toi, lui répond Hartmann en désignant du menton la chaise en bois de l'autre côté de son bureau.

— C'est assez simple et, tu vas voir, ça vaut le détour…

— On verra bien, déballe déjà ton barnum !

1. La Brigade de répression du banditisme.

2. La Brigade de recherche et d'intervention, plus communément appelée « antigang ».

— J'ai un tonton qui livre habituellement des bagnoles à des gars qui font des *go fast*.

— Je t'arrête tout de suite. Ma brigade est surchargée de boulot. On ne fera pas d'intervention sur une équipe de petits cons qui remontent du shit de France ou d'Espagne. On a d'autres chats à fouetter !

— Il ne s'agit pas de ça, réplique Sabban, d'un ton ferme. Là, mon tonton vient de livrer des braqueurs, et c'est peut-être bien tes fourgonniers !

— Continue, lance Hartmann, tout à coup attentif.

— D'après lui, ses clients sont des types en cavale qui font des blindés...

— Tu m'intéresses. Mais il y a sûrement un loup, non ?

— Non. Mon indic connaît l'endroit où ils tankent les voitures.

— Comment il peut savoir ça ?

— Ça n'a pas d'importance.

— OK, mais pourquoi il balance ?

— Il a les jetons. Il ne veut pas être mêlé à leurs conneries. Ces mecs lui font peur.

— Il a peur ?

— Oui, il dit que ce sont des tueurs...

— Et qu'est-ce qui te fait penser que ce sont nos fourgonniers ?

— Ils ne sont pas si nombreux que ça sur le marché, il me semble.

— C'est quoi, les voitures qu'il leur fournit ?

— Des allemandes et, dernièrement, une italienne, une Thema V8.

— Ah... ça commence pas très bien..., rétorque Hartmann.

— Pourquoi ?

— Parce que nos fourgonniers n'utilisent que des allemandes.

— C'est toi qui vois...

— Je pourrais rencontrer ton informateur ?

— Non.

— Et il est prêt à nous communiquer l'adresse de la planque pour les voitures ?

— Il me l'a déjà donnée...

— Il te l'a déjà donnée ?!

— Oui. Tu la veux ?

— À ton avis ! s'exclame Hartmann en cherchant de quoi noter.

— C'est au 34, rue Verviers, à Lille.

— En France ?

— Ben oui.

— Tu n'as rien de plus simple ? Une adresse en Belgique, par exemple...

— Non. Je n'ai que ça, répond l'homme des Stups sans montrer la moindre hésitation.

— Il faudra rémunérer ta source, je suppose ?

— Il ne veut pas d'argent, il veut juste ne plus avoir affaire à ces types.

— Pratique, comme ça, je n'ai pas besoin de le rencontrer...

— C'est pas faux..., confirme Sabban en souriant.

— Qui est au courant aux Stups ?

— Personne. Seulement moi, c'est *mon* tonton.

— On peut vraiment lui faire confiance ?

— C'est un des meilleurs.

— Écoute, je vais réfléchir à tout ça et je te refais signe.

— Tu vas en parler à Delise ?

— Pourquoi cette question ?

— Parce que, moi, je n'ai rien dit à mon taulier, sinon il aurait exigé que je donne le tuyau à vos copains de la BRB plutôt qu'à vous. Et tu sais aussi très bien que, pour lui, parler à une autre brigade, à plus forte raison à ton antigang, c'est pire que de parler aux services secrets russes ou chinois !

— Ça ne m'étonne pas de ce connard…, lâche Hartmann.

— Alors ?

— Quand on nous donne un tuyau, on a l'habitude de l'exploiter sans jamais révéler notre source à qui que ce soit !

— Je préfère que ce soit dit clairement. Mon taulier ne doit rien savoir de ma démarche, insiste Sabban en fixant son interlocuteur.

— C'est compris, je vais réfléchir. Mais en attendant, je dois absolument conclure ce putain de rapport ! Cette bureaucratie finira par nous étouffer !

— On se rappelle, donc ? dit Sabban en se levant.

En guise de réponse, Hartmann lui fait un signe de tête et il se remet aussitôt à la rédaction de son rapport, comme si de rien n'était.

Sabban quitte les lieux sans se retourner, mais il est inquiet. Certes, il a capté l'intérêt de Hartmann, ça, il en est sûr. Mais ce n'est pas gagné pour autant. Ce dernier peut-il surmonter ses *a priori* contre les mecs des Stups et leurs « putains de tuyaux » ? L'échange sur son taulier n'a-t-il pas éveillé sa méfiance ? Et s'il mord à l'hameçon, combien de temps tout cela va-t-il prendre ? Il n'en sait foutrement rien !

À peine a-t-il atteint le bout du couloir que, de son côté, Hartmann s'est levé. Il se dirige à son tour vers la porte de son bureau comme s'il s'apprêtait à en sortir pour rappeler

Sabban. Il n'en fait pourtant rien. Il veut juste s'assurer que son visiteur du soir est bien parti. Il revient ensuite sur ses pas et se saisit du téléphone. Il compose le numéro de portable du commissaire Delise.

— Philippe, on a peut-être enfin une info sur eux, et je crois que c'est du lourd…

13

Du 18 au 24 mars,
Nice

Le travail de l'OCRB sur Georgette Revert a commencé. La femme est veuve et vit seule. Elle a 65 ans. Elle habite rue des Verpellières dans le centre-ville de Nice. Vérification faite auprès du registre de l'état civil, elle a bien une fille, née hors mariage, du nom de Corinne Sénéchal, et dont les Belges disent qu'elle est la compagne d'un des fourgonniers. Mais les Français ont découvert que Georgette Revert avait aussi un fils, Jordan Revert, qui loge avenue des Diables-Bleus, à Èze. L'homme est célibataire, sans enfants.

Grâce au concours des enquêteurs de l'antenne de police judiciaire de Nice, il a fallu peu de temps pour mettre en place des surveillances sur les deux domiciles et pour procéder à l'interception des communications téléphoniques. Ainsi, pendant sept jours non-stop, quatre policiers et deux véhicules sont présents dès 6 heures du matin à chaque adresse. Quatre membres de l'OCRB sont venus de Paris pour épauler ceux de Nice et ainsi marquer l'engagement de la Centrale[1]. Un geste qui, sans y paraître, est capital, car, depuis des lustres, les services territoriaux rechignent à s'investir sur une affaire apportée par les Parisiens, au point de croire parfois qu'il n'y a pas de police nationale, mais plusieurs polices avec chacune leurs propres objectifs. Les divisions et les chapelles, c'est la grande faiblesse des flics… Et sur cette affaire, c'est d'autant plus vrai que personne en France ne connaît cette équipe de malfaiteurs belges et que la mobilisation des services dans ces conditions est encore plus délicate.

Si les interceptions téléphoniques restent à la charge de la magistrature qui a validé la commission rogatoire internationale des Belges, quatre hommes en frais de mission pendant sept jours, auxquels il faut ajouter les frais de déplacement, l'essence, les péages et le roulage des véhicules, tout cela coûte une blinde. Même pour l'OCRB, la facture est salée. Le commissaire Rey ne doute pas qu'il aura des comptes à rendre. Et ça commence plutôt mal pour lui, car les surveillances ne révèlent rien d'intéressant. La mère et le frère n'ont apparemment pas de contact avec la fameuse Corinne : l'un et l'autre ne font que vaquer à leurs occupations domestiques.

Revert est retraitée. Quand elle ne fait pas ses courses, elle passe une grande partie de sa journée à regarder de sa fenêtre les gens déambuler dans la rue. Le soir, elle veille au plus tard jusqu'à 23 heures, le plus souvent devant sa télévision.

Quant à Jordan, le fils, il travaille comme barman dans une discothèque située à Cros-de-Cagnes, en bord de mer. Il se lève en début d'après-midi, se rend au boulot

1. Désigne la direction centrale de la police judiciaire basée à Paris, par opposition aux services territoriaux établis en province.

vers 18 heures et n'en revient qu'autour de 3 heures du matin. Il se déplace avec une Clio verte sans lustre et tout semble indiquer que le fils comme la mère ne roulent pas sur l'or.

Le capitaine de l'OCRB qui commande le dispositif sur le terrain s'est immédiatement fait la réflexion que ce ne serait pas de ce côté-là qu'on retrouverait l'argent des braquages !

Au soir du septième jour, il n'y a rien de plus. Le commissaire Rey se résout néanmoins à demander une reconduction des surveillances et des interceptions téléphoniques pour une nouvelle semaine.

Il l'obtient, non sans mal, car la police judiciaire française, celle que Clemenceau a fait naître sous le nom des brigades du Tigre, est désormais atteinte d'un mal pernicieux : la politique du chiffre et de la rentabilité ! La plupart des grands chefs ont maintenant l'œil rivé sur les indicateurs d'activité et les coûts. C'est pourquoi beaucoup préfèrent faire des « crânes[1] » faciles, quitte parfois à arrêter du menu fretin plutôt que d'investir du temps et du personnel sur des affaires plus intéressantes, mais dont l'issue est trop incertaine.

---

1. « Faire un crâne » : arrêter quelqu'un.

14

23 mars,
Paris, rue du Faubourg-Saint-Honoré

Hier, le commissaire Rey de l'OCRB a reçu un appel de Bruxelles. Un certain commissaire Delise a demandé à le rencontrer à propos d'une affaire confidentielle urgente. Les deux hommes sont convenus de se voir dès aujourd'hui. Les relations bilatérales permettent parfaitement de s'affranchir des canaux institutionnels tels qu'Europol ou Interpol quand il s'agit d'opérationnel, et à plus forte raison si l'objet est confidentiel, mais la démarche de Delise intrigue cependant son homologue français, d'autant que le Belge n'a rien voulu lui dire de plus par téléphone.

Delise est venu seul. Il a pris le Thalys de 7 h 10 au départ de Bruxelles. Et, comme convenu, il est accueilli par le commandant Florence Delambre qui l'attend au bout du quai.

De prime abord, l'homme n'est pas franchement sympathique. Il a le visage assez austère et une allure sans fantaisie. Ceux qui travaillent avec lui le surnomment « le Sphinx ». C'est un taciturne qui n'exprime jamais ses sentiments et qui, selon ses détracteurs, fait preuve d'un manque d'empathie quasi psychiatrique. Un paranoïaque, disent certains ; un bourreau de travail, car sa vie privée est un immense désert, affirment d'autres.

Ce qui est sûr, c'est qu'il faut du temps pour se faire à son style de commandement, mais les enquêteurs qui finissent par trouver leur place dans son unité ne jurent plus que par lui. C'est un vrai chef de guerre qui va toujours jusqu'au bout des choses avec un mépris affiché pour la haute hiérarchie. Un patron qui ne compte ni son temps ni son énergie et qui défend ses hommes bec et ongles, quelles que soient les circonstances.

Sur la route qui les mène de la gare du Nord à la rue du Faubourg-Saint-Honoré, le commandant Delambre se risque à vouloir lui faire la conversation pour rompre un silence qui commence à devenir pesant.

— Vous avez fait bon voyage ? demande-t-elle gentiment.

— Excellent.

— Ça va vite avec le Thalys, maintenant, non ?

— Oui.

— Vous êtes déjà venu à Paris ?

— Plusieurs fois, répond Delise, toujours sans lui adresser le moindre regard.

— Je peux me taire, si vous voulez ? lâche alors Florence Delambre que rien n'impressionne et qui n'entend pas cacher davantage son exaspération.

— Désolé, je ne suis pas un grand bavard. On me le reproche souvent…, explique Delise sur un ton monocorde.

Arrivée devant le bureau de Rey, le commandant Delambre demande à son visiteur de patienter quelques secondes, le temps, lui dit-elle, de l'annoncer à son chef. À peine entrée, elle s'assure de bien avoir refermé la porte derrière elle. Rey la regarde faire d'un air perplexe.

— Que se passe-t-il, Florence ?

— Rien...

— Mais tu n'es pas avec le Belge ?

— Si, mais je le fais attendre dans le couloir...

— Il y a un souci ?

— Écoute, je ne le sens pas du tout, ce type. Outre le fait qu'il n'a pas décroché un mot pendant tout le trajet et qu'il ne veut pas dire pourquoi il est là, j'ai un mauvais pressentiment...

— Il vient parler entre hommes, lui répond malicieusement Rey en guettant sa réaction.

Et il n'est pas déçu, Florence démarre au quart de tour :

— Je sais qu'il vient parler entre hommes, mais tu devrais te fier à mon intuition féminine, parfois. Je me suis renseignée ! Il y a longtemps qu'il piste cette équipe de fourgonniers sur laquelle son compatriote nous a fait un topo. C'est sûrement en lien avec ça.

— Je ne crois pas. Ce dossier est passé au second plan depuis qu'ils ont cette affaire d'enlèvement.

— Je te dis qu'il vient pour ses fourgonniers ! lance Florence d'un ton sec.

— La dernière attaque n'est même pas de son ressort...

— Alors, qu'est-ce qu'il fait ici, d'après toi ?

— Franchement, je n'en sais rien. On va bien voir...

— Moi, en tout cas, ce mec ne m'inspire pas, insiste Florence. Je suis sûre que c'est le genre de type qui peut te tuer sans états d'âme s'il estime qu'il doit le faire.

— Tu n'exagères pas un peu ?

— Non..., bougonne-t-elle en se dirigeant vers la porte pour faire entrer cet indésirable commissaire Delise.

En attendant dans le couloir, ledit Delise s'amuse à faire un rapide état des lieux : des moulures, un plancher fatigué, des linos défraîchis et même un lavabo dans un recoin, tout rappelle le passé privé des locaux. Les peintures murales sont aussi dans un triste état et les plafonds s'écaillent un peu partout. Le commissaire imagine que les toilettes ne doivent guère être plus adaptées à l'affectation actuelle de l'immeuble… Il se dit alors que l'administration est égale à elle-même, dans tous les pays. Elle ne fait que le strict nécessaire pour son personnel et elle en ferait moins encore si ses membres ne râlaient pas. Ici aussi, il n'y a plus que les élites qui comptent.

Au moment où il est enfin invité à entrer dans le bureau de Rey, le regard de Delise poursuit son analyse et s'attarde d'abord sur la magnifique cheminée prussienne ornée de faïence verte qui trône en majesté. Il note ensuite l'absence de rideaux aux fenêtres et en déduit que certains voisins ont probablement une vue plongeante sur l'intérieur de cette pièce. Puis son exploration le conduit vers le plateau du bureau où il repère un mug à café posé à même le bois et un grand cendrier immaculé avec un coupe-cigares posé dedans. Il n'y a aucun cadre ni aucune photo aux murs. Seule note personnelle, une imposante plante verte, genre ficus, apparemment en bonne santé, sans doute grâce au dévouement d'une secrétaire attentionnée.

Le commissaire Rey profite lui aussi de ce laps de temps pour scruter son visiteur. Celui-ci est grand et mince, à l'allure sportive. Cheveux blonds, plutôt beau gosse. Il est habillé de manière classique : un costume sans cravate. Ce qui frappe immédiatement, c'est son visage régulier, sans la moindre ride, au point de sembler presque dénué d'expressions. Un véritable masque dans lequel percent néanmoins des yeux vifs. Il ne l'imaginait pas ainsi.

Et puis leurs regards se croisent avant qu'ils se serrent la main. Les yeux gris de Delise le fixent sans ciller. C'est tout juste si Rey n'est pas parcouru d'un frisson. *Il ne doit pas être aisé de commander à cet homme, et encore moins de s'opposer à lui...*, pense le Français.

L'échange se fait en tête à tête, sans témoin, comme l'a demandé Delise, et autour d'un café, selon la volonté de Rey, qui consomme des litres et des litres de cette boisson. Chaque visite, chaque réunion, tout est prétexte pour s'en servir un. Le Belge, lui, n'en a accepté une tasse que par pure courtoisie.

— Je vous écoute..., lance Rey.

— Je vais aller droit au but. Des gendarmes de mon pays sont venus vous voir il y a un peu moins d'une semaine avec une commission rogatoire internationale du juge Bervilliers.

— C'est exact.

— Si ce n'est pas déjà le cas, vous allez donc travailler du côté de Nice, sur Revert, la mère de Corinne Sénéchal, la compagne du Balafré...

— Je constate que vous savez déjà tout ! fait mine de s'amuser Rey.

— Je sais *presque* tout. Il me manque l'essentiel...

— C'est-à-dire ?

— Le lieu où ils sont pour pouvoir leur mettre la main dessus.

— Ça, c'est notre lot à tous ! Policiers ou gendarmes ! rétorque Rey en se calant au fond de son fauteuil.

— Vous devez comprendre que mon unité est de loin celle qui connaît le mieux ces fourgonniers et qu'elle est sans doute la plus à même de les neutraliser.

— Je n'en doute pas.

— Ma requête est la suivante : pourriez-vous me tenir au courant, de façon informelle, bien entendu, si vous veniez à apprendre quelque chose sur ces hommes ?

— Vous savez pertinemment que la CRI[1] nous a désigné la gendarmerie de votre pays comme seul interlocuteur. Vous devez donc voir avec eux…

— Il s'agirait juste de me prévenir personnellement si vous appreniez quelque chose ou si vous arrêtiez quelqu'un. Si je suis dans la boucle assez tôt, je pourrai avoir, moi aussi, une commission rogatoire internationale de mon juge. Ainsi, vous serez couvert.

— Tout ça me semble possible, mais je ne le ferai qu'après avoir avisé les gendarmes de votre pays. Outre le fait qu'ils sont venus les premiers et qu'ils ont une pièce de justice validée par le parquet, je me suis engagé auprès d'eux.

— Je suppose que je n'ai guère le choix…

— Effectivement.

— Je m'en contenterai donc. Je vous donne mes numéros de téléphone, celui du bureau et de mon domicile, mon numéro de portable et celui de la permanence H24 de ma brigade, dit-il en tendant sa carte de visite.

— Ma parole, vous voulez vraiment être sur le coup ! s'exclame Rey.

— Assurément.

— Je vous comprends.

— Non. Vous ne me comprenez pas. Vous ne savez rien de cette bande. Vous n'imaginez pas ce à quoi vous allez être confronté, et tous ces diaporamas qu'affectionnent les pandores[2] ne vous seront d'aucune utilité ! Ces types ne sont pas que des voyous, ce sont des meurtriers…

1. Commission rogatoire internationale.
2. Surnom donné aux gendarmes par les flics.

— Peut-être, mais on finira par les attraper et ils feront un tour par la case prison, comme tous les autres.

— Je ne suis pas de ceux qui pensent que le sang peut disparaître juste en se rinçant les mains.

— Je ne suis pas sûr de comprendre, tique Rey.

— Vous savez comme moi que la prison n'amendera *jamais* ces hommes. Ce sont des tueurs et ils le resteront, explique Delise sur un ton grave avant de se lever pour prendre congé.

Resté seul dans son bureau, le commissaire Rey ne cesse de penser à son étrange visiteur. Quel personnage singulier que ce Belge ! Un aller-retour Bruxelles-Paris pour trente minutes de conversation. Ce Delise semble obsédé par ses fourgonniers. Il les chasse comme s'il pistait un fauve dans la savane. Ce doit être terrible d'être poursuivi par un homme qui paraît aussi impitoyable !

En tout cas, même s'il lui est pénible de l'admettre, Florence avait raison. Une fois de plus…

15

22 mars,
Lille, rue Verviers

Depuis quelques jours, dans le plus grand secret, les hommes conduits par le commandant Hartmann travaillent sur l'information communiquée par Sabban, le gars des Stups. Et ils ont découvert que le 34 rue Verviers à Lille correspond à l'adresse d'un petit immeuble moderne doté d'un parking privé souterrain comptant une cinquantaine de box répartis sur trois niveaux.

Après avoir attendu la pleine nuit pour pouvoir agir en toute discrétion, les membres de l'Antigang ont réussi à pénétrer les lieux. Et les portes des garages fermées à clé ne sont en rien un obstacle : un technicien du SAT[1] est venu avec son équipement, dont un endoscope, une sorte de petite caméra qui sert d'habitude à l'inspection des canalisations et

1. Le service d'assistance technique, une unité de la police judiciaire atypique. Elle est en charge du déploiement des moyens techniques spéciaux et ses activités sont classées « confidentiel ». On trouve dans ses rangs des serruriers, des menuisiers, des techniciens de toutes sortes ou encore des hackers…

que les policiers ont baptisé « le snake ». Le moindre interstice lui suffit pour s'introduire dans un local, et tout est ainsi contrôlé. Au fur et à mesure, chaque espace livre donc ses secrets sans qu'aucune serrure soit forcée. Toutes les plaques des voitures sont relevées et passées au registre des cartes grises grâce au représentant belge du CCPD[1] de Courtrai.

C'est en inspectant le box 215 que le technicien du SAT s'exclame soudainement : « Bingo ! » Hartmann se penche alors vers l'écran : une imposante Lancia Thema est garée derrière la porte et il est rapidement établi qu'il s'agit d'un véhicule volé faussement immatriculé.

Pour pousser plus loin les investigations tout en gardant le secret absolu, Delise autorise une intrusion dans le box, une « mexicaine », dans le jargon policier, une sorte d'intrusion-perquisition qui ne dit pas son nom, une opération illégale au regard de la loi, mais qui évite de perdre son temps... Hartmann et son équipe font donc appel à un serrurier du service d'assistance technique.

Lorsque les renforts arrivent sur place, le commandant donne ses ordres : le dispositif attendra en surface pendant que lui se rendra de nouveau au deuxième niveau, box 215, avec le serrurier.

Là, ce dernier se met aussitôt au travail. La tâche est délicate. Il ne s'agit pas de forcer outrageusement le mécanisme. Au contraire, il faut intervenir avec délicatesse, car, en repartant, il faudra refermer sans laisser la moindre trace. L'affaire ne dure à vrai dire que quelques minutes. La serrure ne résiste pas longtemps à l'homme de l'art.

Avant de pénétrer dans le box, les deux fonctionnaires enfilent une paire de gants en latex bleu et des surchaussures

1. Centre de coordination policière et douanière, appelé plus couramment commissariat commun.

de chirurgien. Ils entrent ensuite précautionneusement en rabaissant aussitôt la porte derrière eux. Les voilà donc dans l'obscurité…

Dans la rue, les autres policiers sont restés à bord de leurs véhicules. Comme convenu, ils font le guet, prêts à signaler une arrivée intempestive par la radio. Hartmann et son acolyte, qui sont maintenant à l'ouvrage, peuvent ainsi se concentrer sur leur mission. Ils ont allumé leurs phares halogènes et procèdent avec méthode. Ils regardent avec attention tout autour d'eux et constatent que le lieu est assez grand et qu'il pourrait abriter deux ou trois voitures de plus. Ils éclairent ensuite chaque mur, cherchant en vain une étagère ou des sacs posés à même le sol.

Vient le tour du plafond. Mais ils ne voient que la dalle de béton, lisse, sans goulette électrique ni canalisation : rien qui permettrait de dissimuler quoi que ce soit. Ils passent au peigne fin l'arrière de la porte qu'ils ont rabattue derrière eux. Le technicien revient brièvement sur la serrure tandis que Hartmann vérifie que rien n'est tombé par terre lorsqu'ils ont refermé.

Il reste maintenant à examiner la Lancia Thema elle-même, que la poussière a commencé à recouvrir. Les portières et le coffre sont verrouillés. Les deux intrus inspectent sommairement l'habitacle à travers la vitre. La tâche n'est pas simple, avec cette poussière et le reflet des lampes. Rien d'anormal *a priori*… En revanche, les plaques minéralogiques apposées sur le véhicule interpellent le technicien. Elles sont vissées et non rivetées. Intéressant, mais insuffisant pour en conclure qu'il s'agit d'une voiture de guerre.

Hartmann s'accroupit pour regarder cette fois sous le véhicule. Il prend son temps, mais là non plus il n'y a rien. Il décide alors d'en profiter pour poser le boîtier noir avec sa queue-de-rat qu'il trimbale dans sa poche… une balise GPRS dont la coque aimantée s'accroche au ventre métallique du bolide comme un rémora à celui d'un squale. Quand il se redresse enfin, son collègue lui fait un signe de la main pour qu'il le rejoigne. Alors qu'il se concentrait sur la roue avant droite et son logement, le technicien a découvert ce qui semble être une allumette dont le bout soufré a été enlevé. Elle n'était pas coincée dans un des interstices du pneu, mais plutôt posée sur celui-ci…

En la prenant délicatement entre le pouce et l'index, Hartmann s'assure qu'il n'y a rien sur l'objet ou sur le pneu qui aurait pu provoquer une adhérence naturelle, mais il n'en est rien. Il en déduit que quelqu'un l'a déposé là à dessein. Peut-être un de ces marqueurs utilisés par des fourgonniers ?

— Ça sent bon ! chuchote-t-il.

— Je ne sais pas… Pourquoi à cet endroit ? Le morceau ne peut tomber que si la voiture roule. Or si elle roule, c'est qu'on l'a fait démarrer. Et si la voiture n'est plus là, quelle utilité a ce bout de bois ?

— C'est juste. À moins que…

Hartmann demande au technicien de l'aider à pousser la Lancia vers l'arrière. Tous deux prennent appui sur la calandre avant et constatent aussitôt que le frein à main n'est pas serré.

— On continue, lance le commandant.

Tandis que les deux hommes poursuivent la manœuvre, une clé de contact jaillit du dessous du pneu avant gauche.

— Et voilà ! Cette fois, on va vraiment savoir ce que cette caisse a dans le ventre ! jubile Hartmann.

Il se dirige d'abord vers le coffre. Pas question pour lui d'utiliser la puce électronique intégrée. Il va l'ouvrir manuellement, à l'ancienne. Le hayon levé, les deux enquêteurs découvrent un énorme sac de sport noir, sous lequel ils distinguent plusieurs plaques minéralogiques, belges, françaises et allemandes…

Sans dire un mot, Hartmann fait glisser la fermeture Éclair du sac. Quand le contenu apparaît, les deux fonctionnaires peinent à croire à ce qu'ils voient : des fusils d'assaut à crosse repliable, des cagoules, des gants, des boîtes de munitions, des grenades en vrac et ce qui semble être de l'explosif, au moins 500 grammes d'une pâte grise roulée dans un chiffon gras.

— On est en plein dedans…, souffle Hartmann.

— Putain, ça craint ! murmure son partenaire.

— On peut dire ça…, s'amuse le commandant.

— Bon, maintenant qu'on a vu, on peut y aller ?

— On n'en a pas encore tout à fait fini. Il faut que je jette un œil à l'intérieur de la voiture.

Hartmann ouvre les portes une à une, et l'inspection de l'habitacle commence. Inutile de chercher longtemps. Quatre pistolets automatiques sont grossièrement dissimulés sous les tapis de sol, bien répartis au pied de chaque siège… Une grenade occupe quant à elle la boîte à gants.

— Oui, on est en plein dedans ! confirme le commandant, l'air grave.

— Et qu'est-ce qu'on fait ?

— On reste calmes. On va prendre des photos de tout ce qu'on peut en veillant à tout remettre en place. Il faut essayer d'avoir les numéros de série des armes et les plaques minéralogiques. On verra comment exploiter tout ça quand on sera de retour à la maison.

— Mais ça craint si ces mecs se pointent…

— Ne t'affole pas, tout va bien se passer. On a cinq collègues à l'extérieur et tu peux compter sur eux ! Et puis, t'es calibré, et moi aussi.

— Je sais, mais j'aime pas ces situations !

— Ça va aller, je te dis. Tu vas faire l'inventaire détaillé de tout ce qu'il y a dans le coffre pendant que je neutralise les pistolets de l'habitacle.

— Ça va prendre du temps ?

— Oui, un peu. Avant que j'oublie, tu relèves aussi le kilométrage et tu vérifies la jauge à essence…

— Ça sert à quoi, de vérifier la jauge ?

— Je t'expliquerai plus tard.

Sur le chemin du retour vers la Belgique, Hartmann et ses hommes font une longue pause sur une aire de repos de l'autoroute. Besoin de souffler un peu. Pour un temps, le café et les sandwichs font oublier les moments de tension qu'ils viennent de vivre. La cigarette aussi.

Tout en gardant un œil bienveillant sur son technicien, le commandant en profite pour passer un coup de fil à son taulier. Il est très tard, ou plutôt très tôt, mais la découverte qu'ils ont faite est trop importante pour qu'il attende.

Quand Delise repose son téléphone, il est 4 heures. Il est réveillé pour de bon. Il se lève pour se faire couler un café et allume la télé au passage. Il réfléchit à ce que vient de lui annoncer Hartmann. Le tuyau des Stups était donc bon. Ils ont trouvé une voiture de guerre et elle appartient certainement à des braqueurs, mais il reste pensif. Le plein a été fait, signe qu'elle va sans doute resservir, mais s'agit-il bien de *ses* fourgonniers à lui ?

16

Autour du 24 mars, Villa Passiflore

Boutemens, quand il était un politique de premier plan, était très populaire. Sa photo apparaissait régulièrement en une des quotidiens et on l'avait même présenté un temps comme « l'homme le plus puissant de Belgique ».

Le parti qu'il présidait, le Mouvement Unifié Belge, était de loin le plus important du pays, mais après une déroute rocambolesque aux élections fédérales, la structure s'est fracturée en plusieurs clans désormais irréconciliables. Contraint à la démission, Boutemens aime à dire aux rares qui lui restent fidèles qu'il s'est mis en réserve de la vie publique. En réalité, il est fini en politique et il le sait.

Depuis, il se consacre à la conduite de ses affaires personnelles. Il a des parts dans d'innombrables entités. Il chapeaute également, hors Belgique, plusieurs sociétés, dont une gigantesque entreprise de travaux publics, laquelle, quelques mois à peine avant son enlèvement, a remporté un marché mirifique : la construction d'une plateforme futuriste en France, le nouveau siège de la société internationale Meet The Locals, le géant mondial des activités touristiques. Le magazine *European Business* n'a pas manqué de saluer cette réussite et a aussitôt propulsé Boutemens au huitième rang des fortunes européennes.

Ses affaires sont donc qualifiées de florissantes, au point que, fatalement, la presse et la police s'y intéressent à présent avec l'arrière-pensée qu'elles peuvent avoir un lien avec son kidnapping…

Pendant ce temps, lui est comme un animal en cage. Il vit des moments difficiles, mais l'homme est solide. On le bouscule, on le menace, on lui dit même qu'on va lui couper les doigts s'il ne coopère pas, mais il ne bronche pas.

Ce n'est qu'au fil des jours, à force de parcourir les journaux que nous lui passons et, plus encore, en voyant les membres de sa famille totalement exposés, que la résistance de l'otage commence à fléchir. Cela semble d'autant plus l'inquiéter que, dès le début, des gratte-papier se sont mis à disséquer sa vie privée sans ménagement et que des révélations sont à craindre.

Le Cardinal n'a en effet rien d'un moine ! Depuis toujours il a multiplié les conquêtes féminines et amassé de l'argent qu'il a réparti un peu partout à l'étranger pour fuir le fisc. Il est évident que si l'affaire venait à durer, les allusions se feraient de plus en plus précises et son image se ternirait irrémédiablement.

En fait, ce que nous n'arrivons pas à faire, ces articles le font pour nous. Le moral de Boutemens est atteint, et cela ne nous a pas échappé. Le coup de grâce est donc plus facile à porter. Lors des repérages que nous avons faits pour préparer son enlèvement, nous avons recueilli beaucoup de renseignements, sur lui bien sûr, mais aussi sur les siens : adresses, voitures, enfants, petits-enfants, loisirs, habitudes… Il nous suffit donc de le menacer de s'en prendre à l'un de ses proches en lui donnant quelques détails judicieux pour qu'il donne crédit à nos intentions et accepte de se plier à nos exigences. L'heure de la transaction est enfin arrivée.

Les choses vont assez vite. Comme nous l'avons réclamé, Boutemens nous désigne une personne de confiance en dehors de son champ familial. Elle s'appelle Alain Auger, que nous avons aussitôt surnommé « AA ». Les deux hommes ont fait leurs études ensemble et ils sont toujours restés en contact, unis par la même passion, le business ! Depuis son divorce, AA vit seul. Il réside à Zurich où il dirige une société de gestion de fortunes et de patrimoines. Il nous semble tout à fait capable de réunir les 10 millions d'euros de rançon, d'autant qu'il gère, dans la plus grande opacité, une partie des placements personnels de notre prisonnier. L'éloignement géographique entre la Belgique et la Suisse ne constitue nullement une difficulté pour nous. C'est même un sérieux atout dans notre jeu, tant la coopération entre les forces de sécurité des différents pays européens reste compliquée.

Pour autant, il n'est pas question de nous précipiter. Il faut déjà vérifier que AA n'est pas dans les radars de la police. Ce que l'on fait en trois jours. Ni surveillance ni protection particulière. Le plus perfectionniste d'entre nous, le Serbe, va même arpenter à pied la rue où il demeure pour essayer de détecter une éventuelle surveillance statique de la police. Au cours de ces va-et-vient, il n'hésite pas à passer la main sur le toit des voitures en stationnement pour détecter des éraflures, stigmates probables de l'utilisation d'un gyrophare. En vain.

Une seule fois, un véhicule commercial, une camionnette de livraison restée assez longtemps au pied du domicile de notre homme, attire notre attention. Nous redoutons qu'il s'agisse d'un sous-marin de la police. Nous la suivons donc discrètement quand elle repart et elle nous conduit tout droit au siège de la société à laquelle elle est censée appartenir si on se fie à son calicot. Nous sommes rassurés : les flics ne sont pas aussi organisés. Leurs soums regagnent toujours le bercail après le service. Ils sont généralement planqués au dernier niveau des garages, dans le tréfonds des sous-sols des bâtiments administratifs, là où il y a le moins de passage.

Nous en concluons donc que nous pouvons entrer en contact avec AA, et l'ex-ministre lui téléphone un matin de bonne heure... sous notre contrôle.

— Alain ? C'est Henri... Henri Boutemens.

— Henri ?! s'exclame AA, très surpris.

— Oui, c'est moi, confirme notre otage d'une voix émue et les larmes aux yeux.

— Ils t'ont libéré ?

— Non.

— Non ?

— Je vais t'expliquer...

— Qui sont ces gens ? l'interrompt AA.

— Écoute-moi ! Ils ne me laisseront pas beaucoup de temps pour te parler. Ils sont là... à côté de moi... ils nous entendent...

— Je vois..., souffle AA, mesurant soudainement la gravité de l'instant.

— Va à ta boîte aux lettres, il y a un paquet dedans. Tout y est expliqué. Surtout ne préviens pas la police, je t'en supplie, ne préviens pas la police ! Lis, et tu comprendras. Je m'en remets totalement à toi. Je t'en prie, fais ce qu'ils demandent !

— C'est d'accord, Henri, j'ai compris. Je vais aller à la boîte aux lettres.

— Ma vie dépend de toi maintenant. Penses-y !

Après ça, les deux hommes échangent encore à plusieurs reprises en respectant toutes nos indications, l'un comme l'autre.

Boutemens commence par expliquer à son ami qu'il se trouve bien entre les mains d'un groupe terroriste et qu'il est en danger. Il l'implore de ne rien dire à sa famille et de ne surtout pas communiquer avec celle-ci à cause des surveillances dont elle fait l'objet. Il demande ensuite à son ami de toujours de liquider tous ses placements et lui donne toutes les informations nécessaires pour récupérer l'argent déposé sur certains de ses comptes à l'étranger.

Comptes secrets alimentés par le produit de placements éclairés, optimisation fiscale ou fraude : peu nous importe. Au final, il ne manque plus que 2 millions et, compte tenu du fait que nous avons imposé un délai maximum de quinze jours pour réunir la totalité de la rançon, AA accepte sans broncher d'avancer la somme manquante, Boutemens s'engageant sur l'honneur à le rembourser après sa libération.

Par sécurité, pour ces coups de fil, nous utilisons les services d'une plateforme de dématérialisation des appels située en Israël. Là, un numéro fictif allemand nous est attribué, celui-là même qui apparaît sur l'écran de AA quand nous le contactons. Tous les paiements relatifs à ce téléphone sont faits, *via* le Darknet, par un avatar que nous avons créé de toutes pièces il y a quelques mois. Les possibilités de remonter jusqu'à nous rapidement sont donc inexistantes.

Simultanément, nous avons adressé des courriers au fils aîné de Boutemens, courriers auxquels il doit répondre par le biais de petites annonces publiées dans un quotidien. Bien entendu, nous avons entamé cette négociation parallèle dans l'unique but de leurrer la police. Nous sommes certains qu'elle l'épie. Mais c'est sans importance pour nous, car la véritable transaction, elle, est sur le point d'aboutir, et bien loin de Bruxelles…

Comme convenu, AA vire d'abord 8 millions d'euros sur le compte de la Shanghai Bank dont nous lui avons communiqué le numéro. Aussitôt réceptionnée, cette somme est transférée sur un autre compte à Hong Kong, avant de rebondir, en un clic, et avec une garantie quasi totale d'anonymat, vers sa destination finale : l'Amérique du Sud, en l'occurrence l'Uruguay. L'argent est alors fractionné et réparti équitablement sur six comptes bancaires distincts.

Pour le solde de la rançon, ce sera une autre histoire. Il ne doit être versé que dans deux jours, et cette fois en liquide. Pour ce faire, nous exigeons de notre payeur qu'il quitte Zurich et se rende à Genève. Récupérer physiquement l'argent nous expose à une éventuelle action de la police, mais disposer d'importantes sommes en cash est une impérieuse nécessité quand on est en cavale. Dans la clandestinité, tout coûte beaucoup plus cher, sans parler du fait qu'il faut aussi faire passer de l'argent à la famille et aux avocats… Cette prise de risque est donc assumée.

Guidé par nos consignes, AA rassemble l'équivalent de 2 millions d'euros en francs suisses. Il place ensuite l'argent dans une valise à roulettes et demande à son chauffeur de le conduire à Genève. Il se rend à l'hôtel Hilton où nous avons réservé une chambre à son nom.

Il croit qu'il va devoir y rester cantonné en attendant qu'un certain « monsieur Louis » le contacte. J'imagine qu'il pense que nous sommes nous aussi dans cet établissement et que la transaction va avoir lieu sur place, d'autant que nous lui avons ordonné de donner congé à son chauffeur pour la journée.

En fait, nous avons prévu tout autre chose pour lui, une sorte de grand jeu de piste : l'ami de Boutemens ira d'un point à l'autre selon les informations que nous lui adresserons par SMS sur le téléphone que nous avons déposé le premier jour dans sa boîte aux lettres. Les règles sont simples : il doit toujours être seul, conduire lui-même son propre véhicule sans jamais verrouiller les portières ni le coffre arrière où il aura préalablement rangé la valise contenant l'argent.

Ce jeu de piste durera une grande partie de la journée. Il faut savoir fatiguer un porteur de rançon pour lui faire perdre progressivement toute lucidité... Et vers 16 heures, conformément au dernier message qu'il recevra, il roulera jusqu'au Bellevue, un hôtel de luxe situé place Jean-Marteau.

Trois personnes, une femme et deux hommes vêtus chacun d'un uniforme resplendissant, assurent l'accueil derrière un bat-flanc somptueux fait de bois rares sculptés sur lesquels a été installé un plateau de marbre rose. AA choisit de s'adresser à la femme qui arbore deux clés d'or brodées sur le revers de son habit, détail qui révèle qu'elle doit être la concierge de l'établissement et, par conséquent, la personne certainement la plus à même de lui répondre.

— Bonjour, monsieur, que puis-je pour vous ? dit-elle aussitôt.

— Bonjour, madame, on a dû déposer une enveloppe à mon nom...

— À quel nom, s'il vous plaît ?

— Alain Auger.

— Non, monsieur, nous n'avons rien à ce nom, répond poliment son interlocutrice après avoir consulté son ordinateur.

— Ce n'est pas un message, c'est plutôt un courrier que quelqu'un a dû déposer pour moi...

— Non, je suis vraiment désolée, répète-t-elle en regardant ostensiblement la case courrier vide derrière elle.

— Pouvez-vous vérifier auprès de vos collègues ? C'est important...

Après avoir interrogé les deux hommes avec lesquels elle travaille, elle confirme qu'il n'y a rien pour lui et qu'aucun coursier n'est passé depuis le matin.

C'est le premier rendez-vous auquel AA se rend où les choses ne se déroulent pas comme prévu. Il en est décontenancé. D'autant que nous lui avons précisé qu'il trouverait à l'intérieur de cette enveloppe un plan indiquant le lieu exact où il se délesterait enfin de l'argent. Sa perplexité se transforme rapidement en inquiétude. Il faut qu'il réfléchisse vite. Nous nous sommes toujours montrés précautionneux, au point de préférer lui faire remettre un plan plutôt que de donner une adresse par téléphone...

Sans ce plan, il ne sait pas où aller et il en conclut que toute la transaction risque de capoter. Comme il ne doute pas un instant que nous l'épions en permanence, il se dit qu'il n'a pas d'autre solution que de ressortir de l'hôtel et d'attendre devant l'entrée pour qu'on le voie et comprenne qu'il ne s'agit pas de mauvaise volonté de sa part, mais qu'il y a un véritable problème. De cet emplacement, il peut aussi surveiller la voiture et son précieux contenu.

Il patiente ainsi assez longtemps avant que le portable ne vibre dans sa poche. Il s'en réjouit presque. Nous venons de lui adresser un nouveau message. Il ouvre précipitamment le clapet pour prendre connaissance des nouvelles instructions. Il lit et relit plusieurs fois le message comme s'il n'en saisissait pas le sens. C'est pourtant simple : « *Game over.* »

Il pense d'abord que c'en est fini pour cette journée et que le jeu de piste va devoir reprendre le lendemain. Un simple galop d'essai voulu par les ravisseurs pour le tester ? Vérifier que la police ne le suit pas ? Mais en regagnant sa voiture, il est pris d'un doute. Il peut y avoir une autre explication, plus probable, même.

Comme il l'a déjà fait à deux reprises, il ouvre le coffre et constate que la valise a disparu…

Pendant ce temps, à Bruxelles, la police criminelle continue de se focaliser sur le fils Boutemens. Les réunions s'enchaînent avec les errements habituels : les directeurs se prennent pour des chefs de groupe, le procureur pour un enquêteur et les membres des cabinets ministériels pour des profileurs de séries télévisées… Tout le monde perd ses repères, ce qui n'est pas sans exaspérer au plus haut point les enquêteurs de la police judiciaire en charge de l'affaire, les seuls auxquels on demandera des comptes en cas d'échec…

17

26 mars,
Paris, rue du Faubourg-Saint-Honoré

Les journées du commissaire Rey commencent toujours de la même façon ou presque. Il est environ 7 heures quand il gare sa voiture rue du Commandant-Rivière, une petite rue adjacente à celle du Faubourg-Saint-Honoré. Il se dirige ensuite à pied vers la place Saint-Philippe-du-Roule et s'arrête au kiosque pour y acheter *Le Parisien*. Il prend ensuite le chemin du Griffon, la brasserie que les flics surnomment affectueusement « l'annexe ».

Il n'y a jamais grand monde à cette heure matinale. En le voyant arriver, le garçon derrière le bar lui sert un double espresso sans sucre que le commissaire sirote d'un air pensif en parcourant le journal d'un œil distrait.

Dix minutes plus tard, quand il ressort de l'établissement, il n'a qu'une vingtaine de mètres à parcourir pour atteindre l'entrée du 127, le siège de son service. Il salue le gardien de la paix de garde, échange avec lui quelques mots courtois, puis monte les trois étages qui conduisent à son bureau où il s'installe enfin.

Mais ce jour-là, il n'est pas encore assis que le téléphone se met à sonner. Il ne peut s'empêcher de regarder sa montre et de soupirer en faisant la moue.

— Allô ? Commissaire Rey ?

— Oui...

— C'est le colonel Deysel...

— Bonjour, comment allez-vous ?

— Bien, je vous remercie.

— Mon colonel, si vous m'appelez pour cette femme à Nice, je dois hélas vous dire que nous n'avons rien de neuf, mais...

— Je ne vous appelle pas pour ça, l'interrompt le Belge.

— Ah...

— J'ai une information, mais c'est un peu délicat au téléphone.

— Vous préférez qu'on se rencontre ? suggère aussitôt Rey.

— Non, on n'a plus le temps..., répond le militaire qui semble encore réfléchir à ce qu'il va dire.

Les deux hommes se comprennent. Ils écoutent suffisamment de monde pour savoir qu'il est possible d'être écouté soi-même. Rey prend alors conscience qu'il doit s'agir d'une réelle urgence.

— Un rendez-vous doit avoir lieu, vraisemblablement en France, entre une femme et un des fourgonniers, finit par lâcher Deysel.

— Un de vos fourgonniers ? Il faut m'en dire un peu plus.

— La compagne d'un des bandits qu'on recherche a été contactée par un homme. Ils vont se rencontrer et il va lui remettre de l'argent...

— C'est votre source qui vous le dit ?

— Non, mais cette information est sûre.

— Pardonnez-moi, mais qui est cette femme ?

— Elle s'appelle Samantha Jacobs. C'est la compagne de Branko Jovanovic, l'un de ceux qui ont permis à Hanssen de s'échapper lors de son transfert entre la prison et le palais de justice. Quelques mois après ça, Samantha a quitté la Belgique où elle se savait surveillée pour s'installer aux Pays-Bas. Mais nous ne l'avons pas lâchée d'une semelle pour autant. Pour dire la vérité, quand elle a déménagé, on était très emmerdés, mais finalement ça a été un sacré avantage !

— Comment ça ?

— Là-bas, ils font des écoutes plus facilement que chez nous, et comme elle s'y sentait plus en sécurité qu'en Belgique…

— Je vois…

— Comme je vous l'ai déjà dit, depuis l'évasion de Hanssen, ces hommes sont tous en cavale, mais ils font passer de temps en temps de l'argent à leurs proches.

— Et vous pensez que c'est votre Serbe qui en fait passer à sa femme ?

— C'est ce qu'on croit comprendre.

— Ce type est toujours en lien avec le reste du gang ? C'était quand, l'évasion ? demande Rey.

— Il y a deux ans.

— En deux ans, ils ont pu se séparer…

— C'est possible, en effet, mais ces gars sont du genre inséparables…

Rey aurait voulu en savoir davantage et tout de suite, mais il laisse la liberté au Belge d'apprécier ce qu'il peut lui dire par téléphone. Une pause silencieuse chez son interlocuteur le conforte d'ailleurs dans l'idée que ce n'est pas fini et que ce dernier réfléchit à ce qu'il souhaite encore partager.

— Je dois vous dire une autre chose… C'est très confidentiel…

Le timbre de la voix de Deysel vient de changer sensiblement et il parle maintenant plus lentement, comme s'il soupesait chaque mot.

— Je vous écoute...

— L'homme qui appelle cette femme n'est pas le Serbe.

— Qu'est-ce qui vous fait dire ça ? demande aussitôt Rey, pensant que tout était trop beau jusque-là et que ça allait forcément se compliquer.

— Un des enquêteurs dit qu'il reconnaît la voix. C'est celle de Yanis Meertens, celui qu'on surnomme le Balafré.

— Il reconnaît la voix ?! s'étonne Rey.

— Oui, les Néerlandais nous ont fait écouter la bande. Officieusement.

— Donc, si je comprends bien, Meertens va rencontrer cette femme pour lui remettre de l'argent de la part du Serbe, son compagnon ?

— Pour être honnête et très précis, Meertens fixe un rendez-vous à Samantha Jacobs pour qu'elle vienne récupérer de l'argent, mais on ne sait pas exactement qui viendra.

— Ce qui signifie qu'il pourrait s'agir d'un simple messager et pas forcément d'un des fourgonniers.

— C'est ça.

— Et dans ce cas ?

— Dans ce cas, il ne faudra surtout pas l'arrêter, mais le suivre, afin de savoir qui il est. Ce sera un nouveau fil à tirer, une nouvelle piste à exploiter..., explique le Belge, embarrassé.

— Et vous savez où ils vont se retrouver en France ?

— Avant d'aller plus loin, je veux m'assurer que vous autoriserez mes hommes à faire la filoche avec les vôtres.

— Vous réalisez que vous êtes en train de me demander ce que vous, comme les Néerlandais, vous nous refusez tout le temps ?

— Oui, mais vous savez que ça ne dépend pas de nous. C'est notre procédure pénale, et ce sont les magistrats qui veulent ça. Dans mon pays, même pour aller pisser, je dois faire une requête au parquet, vous imaginez !

— Non, je n'imagine pas ! Dites-moi plutôt où doit se rendre cette femme, relance Rey.

— Et pour mes hommes ?

— On en parle après, si vous voulez bien, je n'ai pas dit qu'on ne pourrait pas le faire, lâche Rey, agacé par la tournure de la conversation.

— Le Balafré évoque Metz.

— Alors, il va falloir s'organiser ! Ce n'est pas tout près..., répond Rey.

— Et pour les miens ?

— C'est d'accord pour deux des vôtres, pas plus, et ils monteront dans nos voitures.

— Ça me va... Je dois encore vous dire quelque chose...

— Décidément !

— Sur l'enregistrement, on a cru entendre à un moment le mot « gare ».

— La gare de Metz ?

— En fait, des hommes discutent en arrière-fond sur la bande qui nous intéresse. Dans le brouhaha ambiant, il nous semble distinguer le mot « gare », mais, sincèrement, on n'est sûrs de rien. Et quand bien même ce serait le cas, ça n'a peut-être aucun rapport avec le rendez-vous, précise le colonel.

— J'en prends note. Et ce serait pour quand ? demande finalement Rey.

— Demain, lâche Deysel en devinant par avance la réaction de son interlocuteur.

— Demain ? C'est samedi ! s'exclame Rey.

— C'est exact.

— Et vous avez une heure ?

— Non, *a priori* rien n'est convenu.

— Ça va être compliqué…

— Écoutez, si vous voulez, on peut se rappeler dans la journée, le temps pour vous de voir si vous arrivez à mettre en place quelque chose.

Rey ne s'y trompe pas. En disant cela, Deysel fait référence aux critiques habituelles que les Français formulent sur leurs collègues néerlandais et belges, pas toujours disponibles les jours fériés, et très attentifs au paiement des heures supplémentaires.

— Pas besoin. C'est OK, on va le faire, affirme Rey dans un sursaut d'orgueil.

— On fera une jonction à la frontière ?

— Oui.

— Vous allez vous déplacer vous-même ?

— Oui, je ne peux pas manquer ça ! lui répond Rey qui commence surtout à mesurer la montagne d'emmerdements que va lui causer cette affaire.

— Ce ne sera malheureusement pas mon cas, car je dois rester à Bruxelles pour coordonner l'opération avec les Néerlandais. C'est le capitaine qui m'accompagnait l'autre fois à Paris qui dirigera notre dispositif sur le terrain. C'est donc avec lui que vous ferez la jonction, si vous en êtes d'accord.

— Arnold Schwarzenegger, le type du groupe Diane ?

— Oui, confirme Deysel qui ne peut s'empêcher de sourire à l'autre bout du fil. Je vous aviserai au départ de la filoche et on verra ensuite en fonction de la situation.

— On fait comme ça. À demain !

18

27 mars,
Metz et ses environs

Les bureaux de l'OCRB sont restés allumés presque toute la nuit. Il est à peine 5 heures quand quatre voitures s'élancent enfin. À leur bord, huit hommes ont pris place avec leur équipement d'intervention. Les véhicules banalisés, deux BMW et deux Audi, commencent par descendre la rue du Faubourg-Saint-Honoré jusqu'à la place Saint-Philippe-du-Roule où elles tournent à gauche pour traverser tout le 17e arrondissement et rejoindre le périphérique intérieur. Là, elles filent en direction de l'autoroute A4.

À peine deux heures trente plus tard, tout le monde arrive aux abords de Metz. À l'entrée de la ville, six autres véhicules, de la BRI de Strasbourg, les attendent avec douze hommes vaillants connaissant parfaitement les lieux.

L'ensemble du dispositif se rend au 10, rue Belle-Isle, au siège de l'antenne de la police judiciaire de Metz qui va désormais servir de centre opérationnel.

Le premier briefing a lieu à 8 h 30. Le commissaire Rey explique l'affaire dans ses grandes lignes et revient sur le cadre juridique de leur intervention, à savoir l'exécution d'une commission rogatoire internationale belge. Compte tenu du profil des malfaiteurs et de la violence des faits qu'on leur reproche, il exhorte chacun à la prudence. La trentaine d'hommes et de femmes réunis autour de lui sont aguerris. Ils n'ont vraiment pas besoin de ce genre de rappel, mais cela permet de faire comprendre à chacun que l'opération va être très délicate.

— Nous sommes prêts. Maintenant, c'est aux Belges et aux Néerlandais de jouer…, conclut le commissaire.

À 9 heures, Rey n'est pas seulement impatient. Il redoute d'avoir mobilisé tous ces moyens pour rien, qui plus est durant un week-end. Pour se rassurer, il contacte le colonel Deysel afin de savoir un peu ce qui se passe là-haut, aux Pays-Bas.

— Colonel ? Commissaire Rey à l'appareil, je suis en place à Metz…

— Oui, bonjour, répond Deysel sur un ton affable. De notre côté, le dispositif avec les Néerlandais est effectif depuis cette nuit.

— La femme a bougé ?

— Non, mais ce matin, elle n'est pas allée travailler comme d'habitude. Il doit bien se préparer quelque chose, mais on en est réduits à attendre, soupire le Belge. J'espère qu'elle va partir !

— Et moi donc !

— Pas de panique, se rassure le colonel. Je vous donnerai le top départ.

Le « J'espère » était de trop. Après cet échange, le commissaire reste à cogiter dans son coin tandis que ses hommes bavardent avec ceux de Strasbourg. Ils paraissent tout contents de se retrouver. Les Parisiens interrogent ceux qui ont fait le grand saut en demandant leur mutation en province, et les Strasbourgeois demandent des nouvelles de la Centrale.

L'attente est longue et les bureaux de passage à l'hôtel de police, plutôt inconfortables. Le commissaire regarde régulièrement sa montre. Il en est déjà à son cinquième café. À chaque instant, il est tenté de rappeler le colonel, mais il y renonce pour ne pas lui mettre la pression. Sa propre anxiété suffit amplement, et il a appris depuis longtemps que la patience est la vertu cardinale des flics.

Ce n'est qu'à 11 heures qu'un coup de fil venant de Belgique le libère de ses angoisses.

— Maxime, la femme du Serbe est en route ! claironne le colonel en employant le prénom du Français pour la première fois.

— Dieu merci !

— Je te fais le point, poursuit-il en passant même au tutoiement. À 10 heures, elle a quitté son domicile. Elle portait un blouson marron en cuir avec un bonnet et une écharpe rouges, des lunettes de soleil, mais aucun bagage. On l'a suivie et elle nous a emmenés à quelques kilomètres de là devant une maison qu'on ne connaissait pas. Elle a garé sa voiture, une Peugeot 208 bleue, et une brunette comme elle l'a accueillie. Elles se sont embrassées avant d'entrer dans la maison. Dix minutes plus tard, la femme du Serbe est ressortie, toute seule, habillée pareil, mais avec un petit sac.

— Un sac… comme un sac de voyage ? demande Rey.

— Exactement.

— Elle part en vadrouille, on ne fait peut-être pas tout ça pour rien !

— Le dispositif hollandais l'a alors prise en filature et elle est allée direct à Bréda, dans le centre-ville…

— Elle n'a pas pris la direction de la France ? questionne avec anxiété Rey qui, depuis la veille, a étudié tous les itinéraires possibles.

— Attends la suite ! En fait, ils ont filé la Peugeot, mais deux équipages sont restés sur place pour surveiller l'arrière de la maison et voir s'il y aurait du mouvement après le départ de notre cible. Et au bout d'un bon moment, les gars ont vu une femme qui partait discrètement par le jardin. Au début, ils ont cru que c'était celle qui avait accueilli Samantha, mais c'était en fait la femme du Serbe !

— Et l'autre ?

— La première, celle qu'on s'est mis à suivre, avec son blouson bien cintré, ses lunettes de soleil, son bonnet et sa belle écharpe assortis, c'était la copine. Elles ont échangé leurs vêtements et son amie a pris sa voiture pour nous balader.

— C'est très fort !

— La Samantha, la vraie, est sortie quand le dispositif était déjà à plus de dix kilomètres de là. Elle a posé son cul dans une Golf GTI noire qu'on ne connaissait pas et elle a aussitôt pris la A58, plein est, en direction de Eindhoven-Heerlen. À l'instant où je te parle, elle est toujours sur l'autoroute…

— C'est incroyable ! souffle Rey.

— Oui, on est vraiment passés à deux doigts de la catastrophe, mais les Néerlandais ont bien joué le coup.

— Attention, ce n'est pas encore gagné, temporise le Français.

— C'est sûr ! La suite ne va pas être une partie de plaisir.

— Mais tu crois que ça reste bon pour nous ? Eindhoven… ce n'est pas la France, s'inquiète Rey.

— Il y avait plus simple comme route, mais elle veut sans doute éviter de passer par la Belgique. Elle se méfie !

En même temps, si elle prend autant de précautions, c'est bon signe…

— Tu as raison.

— Bien, je te recontacte quand il y a du nouveau, conclut Deysel.

À midi, le colonel Marius Deysel, à Bruxelles, rappelle comme convenu le commissaire Maxime Rey, toujours à Metz.

— Après Eindhoven, elle a continué tout droit et elle est en train de passer en Allemagne.

— C'est mauvais pour nous, ça. Elle va où ? s'enquiert le commissaire Rey, crispé.

— Je ne sais plus vraiment…, admet Deysel, morose.

— T'as prévu quelque chose avec les Allemands ?

— Oui, c'est en cours avec le BKA[1].

— Surtout, tu me tiens au courant dès que possible. Il faudra que je lève le dispositif si elle ne vient pas en France…, conclut Rey, un peu abattu.

— Bien sûr.

Quarante minutes plus tard, le téléphone de Rey sonne de nouveau.

— Elle est toujours en Allemagne, du côté d'Aix-la-Chapelle, annonce Deysel.

— C'est foutu pour nous, en déduit le commissaire qui consulte en même temps une des cartes routières fixées au mur.

— Non, non, pas du tout, elle peut encore venir chez vous. Elle a peut-être fait un grand détour pour éviter la Belgique. Elle fait très attention, c'est tout !

— Alors on attend toujours ?

1. Bundeskriminalamt, l'office fédéral de police criminelle en Allemagne.

— Évidemment !

— Et les Allemands ?

— Ils sont avec nous, ils nous laissent manœuvrer. On leur a dit que le dispositif ne faisait que traverser leur pays et qu'il se rendait en France.

— J'espère que c'est vrai…

Franchir toutes ces frontières sans que la target, *comme disent les Belges avec un de leurs anglicismes habituels, se doute de rien est quand même un exploit*, se dit Rey. Un vrai sans-faute pour la caravane de véhicules banalisés qui la filoche depuis maintenant des heures.

À 13 h 15, au bout du fil, la voix de Marius Deysel a totalement changé. Elle trahit son émotion.

— Cette fois c'est bon, elle vient droit sur toi ! J'en suis sûr.

— C'est-à-dire ?

— Elle vient d'entrer au Luxembourg, à hauteur de Clervaux, et elle file sur l'autoroute direction plein sud… vers la France.

— Compris, on se met en route.

— Je ne veux pas te mettre la pression, mais on joue gros… C'est le seul vrai fil qu'on a…

— Tu peux compter sur nous, le rassure Rey.

Positionnés neuf kilomètres après le passage de la frontière franco-luxembourgeoise, bien en retrait sur une aire de repos, les Français attendent. De l'étrange convoi qu'ils guettent ils voient d'abord arriver les précurseurs, c'est-à-dire l'avant-garde du dispositif belge, très en avance par rapport au reste des véhicules. Ils sont là pour s'assurer que le relais va s'effectuer dans de bonnes conditions. Comme convenu, deux gendarmes, un officier et un sous-officier, descendent de leurs voitures pour rejoindre et intégrer officiellement le dispositif français. Ils ont l'air fatigués et tendus.

Dès les premières secondes, la collaboration donne lieu à un échange aigre-doux entre le fameux capitaine Clémant du groupe Diane et le commissaire Rey. Arguant de son rang hiérarchique, le capitaine de l'unité belge souhaite légitimement monter dans le véhicule de commandement. Mais Rey préfère que ce soit Rudy, le sous-officier qui l'accompagne. Et pour cause : il a appris de la bouche du colonel Deysel que celui-ci était le seul à connaître *de visu* presque tous les membres du gang Hanssen. À part lui, personne n'est capable de les identifier avec certitude. C'est donc de lui qu'il a besoin. Pour finir, après quelques considérations diplomatico-policières, Rey obtient gain de cause. Le capitaine Clémant s'éloigne en grommelant et Rudy prend place à l'arrière de la voiture de Rey, une BMW au volant de laquelle se trouve le commandant Dany Charpy, un moniteur de tir formé à la conduite rapide qui a hérité du doux surnom de « Porte-avions », un clin d'œil au fait qu'il est toujours lourdement armé. Avec Rey, ils sont amis dans la vie et chacun d'eux sait qu'il peut compter sur l'autre en cas de coup dur.

Le trafic radio est intense, mais un message sort du lot : celui qui annonce que la Golf noire conduite par la femme du Serbe va arriver dans moins de dix minutes. *On est prêts*, se dit Rey qui n'ignore pas que, dans les filoches, le plus délicat, c'est toujours les départs ou les relais. Il demande alors à toutes les équipes de se mettre dès maintenant et tranquillement en mouvement pour anticiper. L'ensemble du dispositif français quitte donc l'aire de repos.

Pendant ce temps, la Volkswagen ainsi que les policiers néerlandais et les gendarmes belges qui la filent parviennent à hauteur de la barrière de péage. Une « sonnette[1] » postée à l'intérieur du poste frontalier informe à la radio de leur passage.

La femme du Serbe franchit normalement la borne, mais elle est lente à repartir et regarde sur sa droite en direction de l'aire de stationnement adossée aux locaux de la société d'autoroute. Deux véhicules professionnels y sont garés. Le poste paraît presque endormi. Après avoir contrôlé dans le rétroviseur qu'aucune voiture n'a démarré derrière elle, elle continue son chemin, rassurée, en reprenant de la vitesse.

À quelques kilomètres de là, les effectifs de la PJ roulent paisiblement dans le flux que leur propre dispositif a créé avec le concours bien involontaire de quelques usagers ordinaires de la route. Se méfiant surtout de ceux qui pourraient la suivre, Samantha Jacobs les rejoint avant de les dépasser, sans même s'en douter. Le relais est parfait et, alors que la filature française commence, les douze voitures du dispositif belgo-néerlandais qui la chassaient jusque-là se regroupent sur le parking du péage. Elles s'accordent une pause avant de rebrousser chemin.

Côté français, la conductrice de la Golf prend la direction du centre-ville de Metz, apparemment sans soupçonner quoi que ce soit. C'est vrai qu'elle jette de temps à autre un œil dans son rétroviseur, mais tout va bien. Les équipages BRI et OCRB sont rodés à ce genre d'exercice, le véhicule au contact de la cible change souvent et il n'y a qu'un seul conducteur par voiture. Le second de chaque binôme est allongé sur la banquette arrière, invisible.

1. Dispositif statique qui ne participe pas à la filature et dont la mission exclusive est d'observer pour informer les équipages par liaison radio.

On sort de la voie rapide pour emprunter des routes plus urbaines. C'est alors que, pour une raison inconnue, la Golf semble tourner en rond avant d'effectuer un terrible demi-tour en pleine ligne droite. La femme, elle, ne lâche plus son rétroviseur du regard. Est-elle perdue ? A-t-elle reçu la consigne de multiplier les mesures de sécurité afin de dérouter d'éventuels poursuivants ? Ou, plus grave encore, a-t-elle détecté la filature ? Toujours est-il que, plus le temps passe, plus elle s'éloigne du centre-ville.

Les radios crépitent et les messages fusent. Les communications et le ton des voix sont sans équivoque pour les habitués : rien ne va plus !

— C'est pas possible ! Elle cherche à détroncher le dispositif, entend-on.

— Là, c'est chaud ! Elle n'est plus sereine du tout, rétorque un autre.

— Nous, on vient de la croiser, elle ne va pas vite, mais elle mate comme une malade dans le rétro, renchérit un troisième.

— On ne peut pas faire demi-tour pour se remettre derrière, elle va nous repérer tout de suite ! lance quelqu'un.

— J'essaie de ramarrer, réplique un autre.

Rey, qui est en queue de peloton, la croise à son tour. Il constate qu'elle ne lui accorde aucune attention. Elle a en effet les yeux scotchés à son rétro. Il s'est passé quelque chose, mais quoi ? Elle a certainement eu un coup de chaud et, dans ce cas, il est évident qu'elle ne les conduira nulle part. Dans son propre rétroviseur, Rey observe la réaction de Rudy, le major belge. Il lit l'inquiétude sur son visage. Il la partage : le fil fragile que les Belges ont patiemment tissé avec le gang Hanssen est sur le point de se rompre.

Le commissaire français joue alors son va-tout. Il prend la décision de demander aux équipages de l'OCRB d'abandonner la filature et de regagner rapidement Metz et sa gare. Un commandant de la PJ de Strasbourg proteste aussitôt :

— Il ne faut pas se séparer ! Elle va revenir, elle a trop investi ! Ne vous barrez pas, l'OCRB, il faut qu'on reste derrière elle !

Savoir perdre une filature est parfois plus intelligent que de s'y accrocher. Une personne qui se croit suivie, à tort ou à raison, n'exécutera jamais son plan comme prévu. Il vaut mieux ne pas insister et lever la surveillance pour la laisser avec ses doutes plutôt que lui fournir une occasion de tout comprendre. Aussi, malgré cette apostrophe agressive, Rey réitère ses instructions à la radio :

— J'ai dit, *tous* les équipages OCRB me rejoignent à la gare !

S'il le pouvait, il exigerait la même chose de la PJ de Strasbourg, mais il n'a pas d'autorité hiérarchique directe sur eux…

L'habileté du commandant Charpy permet à Rey d'arriver haut la main le premier à la gare. Il se fait déposer avec Rudy devant l'impressionnant édifice tout en grès gris pâle. Le conducteur, lui, doit repartir pour trouver une place : outre le matériel radio, le véhicule transporte du matériel d'intervention, des gilets pare-balles, une arme longue et des munitions. Il n'est donc pas question de stationner la voiture et son précieux chargement n'importe où.

À peine dans le hall, le gendarme belge semble tétanisé, et son visage devient blême.

— Rudy, ça ne va pas ? l'interroge Rey.

— Le Serbe ! Il est là ! répond le major, affolé, en se retournant aussitôt.

— Où ? demande Rey tout en cherchant dans la foule.

— Là-bas, près du panneau d'affichage.

— Ils sont au moins vingt autour. Lequel, bon sang, lequel ?

— Le type qui est de profil avec le blouson marron foncé en cuir et le jean délavé.

— OK, je le vois... On va y aller, on va essayer de le serrer en douceur...

— Non, sans moi, lui répond Rudy, brisant net l'élan du Français.

— Mais pourquoi ?

— Je n'ai pas d'arme sur moi, on est en France...

Les deux hommes n'ont pas le temps d'échanger davantage à propos de l'absurdité de la législation concernant le port d'armes, car le Serbe se dirige vers la sortie. Juste le temps pour Rudy de s'éclipser, avant que la cible passe à quelques mètres de l'endroit où il se tenait quelques instants auparavant.

En attendant l'arrivée du commandant Charpy, Rey entame la filoche. Seul. Son idée est de ne pas perdre l'objectif le temps que les renforts se pointent. Pour cela, il ne doit pas lui laisser prendre trop d'avance. Le fugitif est maintenant dehors. En remontant la rue, il se retourne une première fois. Rey n'a aucune illusion sur le fait qu'il va être rapidement repéré, si ce n'est déjà fait. Comme pour confirmer cette crainte, malgré la circulation, l'homme franchit l'artère, s'arrête juste quelques secondes sur le terre-plein central pour, de nouveau, jeter un coup d'œil derrière lui. Rey a pris sa décision. Au moment où le Serbe reprend son chemin, il traverse à son tour, mais en courant le plus vite possible. Arrivé sur le trottoir d'en face, Jovanovic ralentit et s'apprête à se retourner une fois encore. Ce sera la dernière. Rey fond sur lui à pleine vitesse et le percute violemment. L'homme fait mine de se saisir d'une arme, celle de Rey est restée dans son étui. Ils chutent tous les deux lourdement sur le sol devant une brasserie messine, à deux pas de l'entrée d'un hôtel. Les passants observent la scène, interdits, sans bouger, pendant que le commissaire tente de ceinturer le fugitif. Il veut l'immobiliser, mais le Serbe, pourtant limité dans ses mouvements, parvient à donner un vigoureux coup de tête à son adversaire. Rey est étourdi. Il mesure alors l'énergie de Jovanovic, une force incroyable semblable à celle d'un animal aux abois. Le corps à corps sur le trottoir ne lui est cependant pas défavorable, car le commandant Charpy arrive à temps. Pointant son automatique sur l'adversaire, il hurle :

— Si tu bouges, je te fume !

Une fois menotté, le prisonnier est conduit à l'abri dans la brasserie voisine. L'homme a le regard absent. Il n'a rien sur lui, pas même une arme. Rey ne le quitte pas des yeux en attendant Charpy, parti vérifier quelque chose. Il lui a semblé que l'homme s'était débarrassé d'un objet durant l'empoignade. Certainement un calibre... mais ce que ramasse Charpy dans le caniveau, ce n'est pas un flingue, c'est une enveloppe rembourrée. Et quand les deux flics l'ouvrent, ils découvrent 200 000 francs suisses...

Le retour à l'antenne de police judiciaire de Metz se fait au gyrophare et deux-tons. La garde à vue n'est pas encore signifiée que les deux gendarmes belges, le major Rudy et le capitaine Clémant, prennent à part le commissaire Rey pour lui parler.

— Bruxelles nous dit que l'argent suisse que vous venez de trouver provient certainement d'une rançon qui aurait été versée en Suisse il y a un peu plus de vingt-quatre heures suite à l'enlèvement, en Belgique, de notre ex-ministre de l'Intérieur.

— Je ne suis pas sûr de tout comprendre...

— Le colonel voudrait que vous l'appeliez maintenant, indique le capitaine Clémant.

Rey se saisit aussitôt de son portable. Au bout du fil, la voix du colonel Deysel est chaleureuse.

— Félicitations, Maxime, pour une grosse prise, c'est une grosse prise !

— J'avoue que je ne réalise pas bien...

— Tu ne te rends pas compte ? Cet homme est un de ces fourgonniers qu'on recherche depuis des années et sans doute un des ravisseurs du ministre Boutemens. C'est une affaire d'État, chez nous !

— Vous soupçonnez donc vraiment ce type d'être lié à l'enlèvement de votre ministre ? C'est quoi, cette histoire de rançon ?

— Il semble que la famille ait payé une rançon, en Suisse, dans le dos de la police... qui est furieuse. Votre argent viendrait de là. Il faut attendre un peu que ça décante pour qu'on comprenne tout.

— Ça change quelque chose pour nous ?

— Non, sauf que vous allez être harcelés par tout le monde...

Marius Deysel n'avait pas tort. Rapidement, le téléphone n'arrête plus de sonner. Appel du commissaire Delise de la PJ de Bruxelles, appel du procureur de Nancy, appel du sous-directeur des affaires criminelles de la PJ à Paris, appel du directeur de la police judiciaire de Strasbourg, plainte du directeur départemental de la sécurité publique de Metz, tous furieux de ne pas avoir été informés préalablement de l'opération, nombreux appels de journalistes belges, appels de quelques journalistes français… Tout ça commence à donner le tournis.

La plupart du temps, Rey réussit à faire dire qu'il est sur le terrain et qu'on ne peut pas le joindre, mais il sait que cet artifice ne tiendra pas longtemps. Il décide donc de ramener son prisonnier à Paris, il y sera plus à l'aise. Le trajet lui permettra aussi de faire un point au calme.

Là encore, le retour se fait au gyrophare et au deux-tons. Ce n'est qu'arrivées aux portes de la capitale que les quatre voitures de l'OCRB se font plus discrètes, jusqu'à se fondre dans la circulation.

Dans les locaux du 127, tout le monde est très fatigué, mais personne n'a envie d'aller se coucher. Rey et ses hommes veulent pousser leur avantage jusqu'au bout de la nuit. Et pourtant, chacun a bien conscience que, pour gagner, il faut savoir durer.

19

28 mars,
Paris, rue du Faubourg-Saint-Honoré

Jovanovic est un beau mec à l'ancienne, pas du tout antipathique, une gueule à faire du cinéma, mais il reste avant tout un malfaiteur chevronné et, comme toujours en pareil cas, son audition se présente mal. Il déclare aussitôt qu'il n'a rien à dire et qu'il ne s'expliquera qu'avec le juge le moment venu. En attendant, il veut bien, à la limite, parler de sa vie et de ses ennuis passés avec la justice belge pour des faits qu'il n'a bien sûr jamais commis, mais rien d'autre !

Seulement voilà, les nuits d'interrogatoire sont longues pour les policiers comme pour les mis en cause. Trop longues. Au fur et à mesure des heures qui passent, la fatigue et la lassitude amènent toutes sortes de pensées, en lien ou non avec l'affaire en cours. Cette effervescence intérieure touche tous les acteurs de la pièce qui se joue à huis clos. Elle les conduit souvent à accepter de se laisser entraîner dans des conversations somme toute banales. Et les voilà donc qui se mettent à bavarder et à se tutoyer, ouvrant, parfois inconsciemment, des voies de communication inespérées. Les cafés et les cigarettes se succédant, les discussions durent. Le temps connaît comme une pause permettant une sorte de compréhension mutuelle, presque irréelle, et que chacun sait temporaire.

C'est ainsi que le Serbe et le commissaire Rey commencent à refaire le match de l'arrestation.

— Comment as-tu su qu'on était des flics au milieu de cette foule ?

— Le hasard. Je regardais dans la bonne direction, je vous ai vus entrer.

— Et comme ça, d'un coup, tu t'es dit : *C'est des keufs* ?

— Non. Ton copain s'est retourné bizarrement, comme s'il ne voulait pas qu'on le remarque, et puis vous ne vous êtes jamais approchés du panneau des arrivées. Je me suis demandé pourquoi vous étiez là.

— Parce qu'on pouvait checker tout le hall ! Tu voulais qu'on fasse comment ? lance Rey, exaspéré.

— C'est exactement ce que je me suis dit : vous étiez là pour regarder les gens, peut-être à la recherche de quelqu'un... De là à penser que vous étiez flics, il n'y avait qu'un pas.

— On pouvait aussi chercher un ami pour l'accueillir !

— Oui, mais chez moi, c'est un réflexe. Je pars toujours du principe que les gens autour de moi sont peut-être des flics...

— Et c'est tout ? Nous voir là, statiques, a suffi à te convaincre ?

— Non, bien sûr. C'est pour ça que j'ai bougé. Je voulais m'approcher pour voir vos chaussures. Mon père était cordonnier. On apprend beaucoup sur les autres en examinant leurs chaussures.

— Qu'est-ce qu'elles ont, mes chaussures ?

— Ce ne sont pas des chaussures de ville classiques, comme en ont les voyageurs, ni des baskets de jeunes. Ce sont des chaussures avec lesquelles on peut courir, des chaussures « de travail ».

— Elles disent tout ça, mes chaussures ? s'étonne Rey.

— Oui. Vous étiez probablement des flics, mais je n'étais pas sûr que c'était pour moi. Vous êtes toujours nombreux, dans les gares. Alors je suis sorti du hall pour voir si tu me suivais. J'ai remonté la rue au hasard en faisant comme si je matais les vitrines. Je me suis retourné et je t'ai vu. On ne voyait que toi, comme le nez au milieu de la figure ! Je me suis mis à traverser la rue et, une dernière fois, j'ai jeté un coup d'œil derrière moi en plein milieu pour être certain. J'ai vu que tu continuais ton chemin comme si de rien n'était. Tu marchais la tête baissée. Je pense que tu ne voulais pas croiser mon regard.

— D'après toi ?

— Quand on se regarde les yeux dans les yeux, on comprend vite, mais éviter un regard en dit long aussi. Alors j'ai pris ma décision : courir dès que j'aurais atteint le trottoir d'en face. Tu sais, quand je cours, personne ne peut me rattraper, personne !

— Si, moi ! La preuve…

— Non ! Je ne courais pas encore quand tu m'as sauté dessus. J'avais prévu de quitter mes chaussures. Quand je cours pieds nus, je suis encore plus rapide !

— À la gare, tu attendais qui ? demande alors Rey, qui entend bien en revenir au cœur du sujet.

— Personne, je voulais partir en train.

— Partir où ?

— À Paris.

— Tu habites Paris ?

— J'habite nulle part, je vis dans des hôtels.

Le Serbe ne se démonte pas, il ment comme un arracheur de dents. *Mais cette fois, on est dans le bois dur...*, se dit le commissaire.

— Et l'argent suisse que tu avais sur toi ?

— Un ami m'a fait une avance pour me dépanner.

— Tu te fous de moi ?

— Non, c'est l'argent d'un ami, je t'assure !

— Qui est-ce ? Tu as un nom ?

— Non, je ne le dirai pas. Vous allez lui faire des ennuis alors qu'il n'a rien à voir avec l'affaire...

— Quelle affaire ?

— Je ne sais pas, moi ! C'est vous qui m'avez arrêté !

— Tu n'as rien fait de spécial ?

— Non, je n'ai jamais commis d'infraction en France.

— Tu me prends pour un jambon ? Tu crois que tu as été interpellé par hasard ?

— Je ne sais pas. Je ne pige pas ce qui se passe. Au fait, c'est quoi, exactement, votre service ?

— Tu attendais qui à la gare ? insiste Rey.

— Personne, répète le Serbe.

Après un bref silence, Jovanovic ajoute, comme s'il se parlait à lui-même :

— Alors c'est comme ça que vous arrivez sur moi... Je comprends, maintenant...

— Tu comprends quoi ?

— C'est quelqu'un qui vous a conduits jusqu'à moi. Mais pourquoi vous m'avez emmené à Paris ? Pourquoi on n'est pas restés à Metz ? demande le Serbe.

— Tu veux que je te dise ?

— Oui...

— Et toi, tu me dis pour la gare et les francs suisses ? tente de marchander Rey.

— Tu sais déjà tout, non ? C'est toi, le flic !

À cet instant, Rey se rappelle les mots de son professeur de procédure pénale à l'École de police de Cannes-Écluse : « Un interrogatoire, c'est comme un accouchement plus ou moins long et douloureux. C'est un moment psychologique. Une confrontation que vous devez absolument avoir préparée. » Des mots que la pratique avait vite balayés. Car tout dépend des infractions, des circonstances et de la personnalité de l'auteur. Il y a une grande différence entre l'audition d'un assassin ou celle d'un escroc pris dans la toile que les enquêteurs ont tissée autour de lui depuis des semaines voire des mois et l'interrogatoire d'un type arrêté au débotté, en flagrant délit, à plus forte raison quand s'il s'agit d'un malfaiteur professionnel qui sait parfaitement ce qu'il risque : ceux-là ne reconnaissent jamais rien, pas même eux sur une photo d'identité !

En attendant, le lien fragile est rompu. Il reste à peine le temps pour prendre un dernier café, histoire de ne pas se quitter fâchés. De toute façon, le commandant Delambre vient de faire son entrée et elle apostrophe aussitôt Rey :

— Quand tu as un moment, j'ai quelque chose d'intéressant.

Aussitôt arrivée dans son bureau, situé au même étage que celui de son supérieur, mais au fond du couloir, le commandant Delambre se lance :

— J'ai procédé à un examen attentif de la fouille de ton Serbe. Outre un faux permis de conduire, un faux passeport, 5 000 euros et les 200 000 francs suisses, j'ai découvert un papier chiffonné, au fond d'une des poches intérieures de son blouson et, tiens-toi bien, c'est une facture qui provient de l'hôtel Méridien à Paris. Il y a dormi une nuit, et quelle nuit… celle de la veille de son arrestation !

Rey, qui n'en revient pas, se laisse aller à dire qu'il va falloir vérifier ça. En retour, le ton se fait plus cinglant :

— C'est déjà fait ! Tu crois qu'on fait quoi, pendant que tu papotes avec ton nouveau copain ? Je me suis rendue sur place, à cette heure-ci, ça prend moins de cinq minutes d'aller d'ici à la porte Maillot. Je connais très bien le chef de la sécurité de l'hôtel, c'est un ancien flic de la Crim' PP[1].

— Et alors ?

— Alors, c'est bien notre homme qui occupait la chambre 303. J'ai même visionné la vidéo de son enregistrement. Il était seul et sans bagage. Il est parti ce matin de bonne heure après avoir payé en liquide.

— Il habiterait Paris ? Dans des hôtels ? Et sans bagage ? C'est ça, ta théorie ?

— Pas du tout ! La voilà, ma théorie : il vient sans doute de Suisse, compte tenu de l'argent qu'on a trouvé. Il est allé à Paris où il a dormi une nuit juste avant d'aller porter de l'argent à sa chérie à Metz, explique fièrement Florence, comme si elle venait de résoudre une équation mathématique complexe.

— Tu as peut-être raison, mais ça ne nous avance pas vraiment...

— Détrompe-toi !

Rey n'est plus très attentif. Le ton mystérieux qu'elle emploie et ses yeux qui pétillent l'ont perdu... Ces yeux, c'est ce qui fait son charme !

— Maxime, tu m'écoutes ?

— Oui, bien sûr, raconte ! se ressaisit le commissaire, malgré la fatigue de plus en plus présente.

— Cette andouille a téléphoné de la chambre !

1. La Brigade criminelle de la préfecture de police.

— J'y crois pas !

— Et sa connerie est en cours d'exploitation ! Trois numéros. On fait les vérifs en ce moment.

— Là ? En ce moment ?

— Oui, j'ai fait réveiller nos correspondants chez les opérateurs de téléphonie. On aura un retour rapidement.

— On va surtout encore se faire engueuler d'avoir dérangé tout le monde en pleine nuit.

— Si on ne le fait pas pour une affaire d'enlèvement, on ne le fera jamais ! rétorque aussitôt Florence Delambre.

3 heures du matin…

Il y a belle lurette que Jovanovic a regagné sa cellule et qu'il dort malgré l'inconfort et la propreté douteuse de l'endroit. De leur côté, tous les enquêteurs ont maintenant rejoint leur bureau et se sont installés plus ou moins confortablement dans l'attente. Au troisième étage, tassé dans son fauteuil, les jambes allongées et les pieds sur son bureau, Rey somnole tant bien que mal quand Florence Delambre fait de nouveau irruption chez lui. Pris par surprise, il bondit de son siège et renverse sur ses dossiers la tasse de café froid qu'il avait oubliée.

— Merde ! Tu entres comme une tornade ! Fais gaffe, quoi !

— Dis, ce n'est quand même pas moi qui ai renversé ton café !

— J'étais en train d'essayer de me reposer ! soupire le commissaire. Ça ne peut pas attendre ?

— Je ne pense pas !

— Alors allons-y… Qu'est-ce qui se passe encore ?

— Notre braqueur a donc composé trois numéros depuis l'hôtel. Il y en a un à l'étranger, indicatif 381.

— Je t'interromps tout de suite, le 381, c'est l'indicatif de la Serbie. Il faudra des mois pour identifier le titulaire de la ligne, et encore, s'ils veulent bien nous répondre…

— Je sais, mais les deux autres numéros sont en France. Je te passe le premier, *a priori* sans intérêt, une réservation SNCF, mais le second, c'est une villa au Touquet. Elle appartient à un particulier, un certain Timothée Morris, inconnu au bataillon. J'ai donc pris contact avec le commissariat local pour savoir s'il le connaissait.

— Et ?

— C'est un vieux monsieur, un retraité sans histoire, passionné de golf. Il habite à Saint-Germain et il loue de temps en temps sa maison…

— Le Serbe a aussi pu faire un faux numéro, non ? dit Rey comme s'il réfléchissait à haute voix.

— J'y ai pensé, l'appel dure environ trente secondes.

— C'est pas long…

— En effet, mais ça l'est quand même trop pour une erreur. Du coup, pour comprendre, j'ai contacté le propriétaire, ce M. Morris.

— Mais tu es complètement folle ? Tu te rends compte du risque que tu as pris ? Si c'est leur complice, tu les as alertés !

— J'ai pris un risque, c'est vrai. Mais écoute, on a l'avantage. On ne peut pas perdre une journée à passer son nom à la moulinette dans tous les fichiers de la terre avant de s'autoriser à prendre contact avec lui !

— Bon, alors ? lâche Rey, un brin fataliste.

— C'est un monsieur tout ce qu'il y a de plus normal. Il m'a confirmé qu'il avait confié la location de sa villa à une agence…

— Quel rapport avec notre affaire ?

— Le rapport, c'est que la maison est actuellement louée par un couple de Belges, c'est l'agence qui le lui a dit.

— Tu vas trop vite, laisse-moi imprimer ! soupire Rey qui lutte contre le sommeil.

— Le numéro appelé par le Serbe, c'est une villa au Touquet occupée par des Belges. Tu me suis ?

— Et c'est loué pour combien de temps ?

— Deux mois.

— Hum…

— Tu penses comme moi ?

— Je devrais penser quoi ?

— Tu dois vraiment être épuisé pour ne pas voir que ça sent la maison de l'otage à plein nez ! s'exclame le commandant Delambre. Ah, et j'allais oublier de te dire, cerise sur le gâteau, ils ont tout payé d'avance, et en liquide, caution comprise !

— Ça sent bon, en effet ! Il faut réfléchir à ce qu'on va faire, maintenant…, lance Rey qui, en prenant conscience que l'enquête vient de faire un pas de géant, retrouve un peu d'énergie.

— Ils sont là, tout près. Ils sont même peut-être encore dans la maison. Tu réalises ? Si tu me donnes le feu vert, je pars tout de suite avec une colonne d'assaut.

— Je ne sais pas… Tu te penses suffisamment en forme ?

— Évidemment ! Laisse-moi y aller, on va les péter !

— Tu lâches jamais, toi !

— Jamais !

En la regardant s'en retourner, Rey ne peut s'empêcher de se dire que cette femme est de loin la meilleure de ses hommes…

20

28 mars,
Belgique

Dans la salle de veille ultramoderne de la Brigade antigang de Bruxelles, c'est l'effervescence. La balise tracking placée en France il y a environ une semaine dans le plus grand secret vient d'émettre un signal : la Lancia Thema s'est mise en mouvement !

Comme il en a reçu la consigne, le chef de salle prévient aussitôt le commissaire Delise et le commandant Hartmann. Il est 20 heures.

— Ce n'est pas une fausse alerte ? demande d'abord Delise au téléphone.

— Non, la voiture a bien bougé.

— Elle est toujours à Lille ?

— Affirmatif.

— Je serai là d'ici trente minutes, annonce le commissaire.

Delise et son adjoint, le commandant Hartmann, arrivent quasiment en même temps. Le chef de salle s'empresse de leur confirmer que la Lancia est toujours en mouvement.

— Elle va où ? lance Delise en tombant la veste.

— Elle est sortie de Lille, direction Loos. Elle a pris la A25, lui explique-t-on en lui montrant une carte projetée sur un écran géant.

— Elle ne va pas vers la Belgique ?

— *A priori* non.

Maintenant en bras de chemise, Delise s'est assis sur le bord d'un des bureaux de la salle opérationnelle. Il reste silencieux. D'un geste de la tête et de la main, il refuse le café qu'on vient lui proposer. Il est préoccupé. Son regard croise celui de Hartmann. Leurs esprits sont encombrés par les mêmes questions... Qui peut bien conduire cette voiture ? Et pourquoi ce soir ? Il doit certainement se passer quelque chose, mais quoi ?

En attendant, le technicien chargé du suivi en temps réel de la géolocalisation ne quitte plus des yeux la petite flèche rouge correspondant à la balise GPS placée sous la Lancia.

— Elle roule vite, très vite..., constate le fonctionnaire. Elle est toujours sur la A25, on dirait qu'elle roule vers Dunkerque...

— Dunkerque ? Et de Dunkerque, elle mettrait combien de temps pour rejoindre la Belgique ?

— Ça dépend où en Belgique...

— Au plus court ?

— Il faudrait qu'elle bifurque sur la A16 Nord, en direction de Nieuport. Ça représente un peu plus de quarante kilomètres et certainement moins de vingt minutes pour ce bolide.

— On en est réduits à attendre, c'est frustrant..., rage Delise.

— Oui, il n'y a que ça à faire, mais on sera bientôt fixés..., lui répond alors le technicien en souriant.

Une poignée de minutes plus tard, la géolocalisation indique clairement que le véhicule ignore l'intersection pour Dunkerque ! Il s'élance à présent sur la A16, mais dans la direction de Boulogne-sur-Mer, s'éloignant ainsi davantage de ceux qui la convoitent tant à Bruxelles…

— Non, définitivement, elle ne va pas en Belgique…, déclare à cet instant le technicien.

— Attendons un peu, ils se sont peut-être trompés, réagit Hartmann qui veut encore y croire.

— Non, la vitesse ne fléchit pas. Ils sont toujours aussi pressés d'arriver à destination.

Une urgence, sans doute, songe Delise.

Assez rapidement, Boulogne-sur-Mer est à son tour dépassé. La cible continue toujours tout droit sur la A16 jusqu'au croisement avec la D939 où elle ralentit considérablement avant de bifurquer vers Étaples. Puis elle s'approche du Touquet.

La Lancia vient d'avaler d'une traite cent quatre-vingts kilomètres en un temps record quand la petite flèche rouge qui la matérialise s'immobilise enfin sur les écrans de Bruxelles.

— Ils se sont arrêtés au Touquet ! annonce aussitôt l'opérateur.

— Une station-service ?

— Trop tôt pour vous répondre.

— Il faut le temps d'affiner la position avec Google, précise le chef de salle. Ça ne prendra que quelques secondes.

— Ils sont arrêtés avenue Amiral-de-Tourville, informe dans la foulée le technicien.

— Une station-service ? demande de nouveau Delise.

— Non, c'est une zone pavillonnaire.

— Pas de hangar ou d'hôtel ? insiste le commissaire.

— Il faut vérifier davantage, mais je ne vois que des maisons individuelles, répond son interlocuteur en scrutant son écran.

— Ils ont voulu voir la mer ! plaisante le chef de salle.

— Il y a plus près ! maugrée Hartmann qui apprécie modérément cette légèreté. Putain ! Mais qu'est-ce qu'ils peuvent foutre là ?

— Elle n'émet plus ! La balise n'émet plus ! s'exclame alors l'opérateur.

— Comment ça ? Il y a un problème technique ?

— Pas forcément...

— Ils ont découvert qu'on les traçait ? s'inquiète Hartmann.

— C'est toujours possible, mais franchement je ne pense pas.

— Alors c'est quoi, bordel ?

— À mon avis, la voiture a dû entrer dans un parking ou un garage souterrain et la balise ne passe pas.

Delise doit faire l'amer constat que l'opération qu'il a baptisée « Raptor » en référence au vélociraptor[1], un redoutable prédateur du temps des dinosaures, connaît une étape qu'il est incapable d'interpréter à ce stade. Un brin fataliste, il décide de commander des pizzas pour tout le monde et de manger en attendant que quelque chose bouge. Il ne doute pas que la nuit va être longue.

À l'arrivée du livreur, la salle opérationnelle, dans laquelle commençait à régner un grand calme, se réveille. À peine l'homme casqué et tout habillé de rouge a-t-il surgi que tout le monde s'est levé pour réceptionner les

1. Selon les paléontologues, le vélociraptor (« le voleur rapide ») était le plus rapide des dinosaures. L'animal pouvait atteindre les cinquante kilomètres-heure en vitesse de pointe.

boîtes en carton empilées les unes sur les autres. Et tandis que Delise règle la facture, il ne peut s'empêcher de sourire. *Des piranhas ! Je travaille avec des piranhas*, se dit-il avec amusement.

À 23 h 30, Delise s'est installé tant bien que mal dans un fauteuil, jambes allongées, les pieds posés sur une table. Il dort quand le chef de salle s'approche de lui.

— Patron... Patron...

— Oui ? répond le commissaire en réprimant un bâillement.

— Désolé...

— Non, il n'y a pas de quoi. Qu'est-ce qui se passe ?

— La voiture vient de repartir.

— La Lancia est repartie ?

— Oui.

— Ils sont restés combien de temps ?

— Un peu plus de deux heures.

— Et maintenant, ils sont où exactement ? questionne Delise en se levant pour aller vers l'écran mural.

— Elle remonte vers le nord. *A priori*, elle reprend le même chemin qu'à l'aller.

— Je vois...

— En revanche, ils vont beaucoup plus doucement, fait remarquer le technicien resté assis derrière son écran d'ordinateur.

— C'est-à-dire ?

— Cette fois, ils respectent les limitations de vitesse. Ils roulent même vraiment en dessous puisqu'ils sont à moins de cent dix kilomètres-heure en ce moment.

— Mais qu'est-ce qu'ils foutent ? lâche Delise, tout à fait réveillé.

— Ils ont peut-être tout simplement changé de pilote ? se risque le technicien.

— Non, il doit se passer un truc… Où sont Hartmann et les autres ?!

— Dans leurs bureaux, ils s'équipent, répond le chef de salle.

Ce dernier a à peine fini sa phrase que Hartmann apparaît. Il a déjà enfilé son blouson d'aviateur, et les hommes derrière lui sont tous sur le pied de guerre. Il n'y en a qu'un qui tient encore un gilet pare-balles à la main, bataillant avec les attaches pour l'ajuster à sa taille.

— On part direction Nieuport ! lance aussitôt Delise. Si on retient l'hypothèse, certes très optimiste, qu'ils viennent nous rendre visite, ils ne prendront pas le risque de passer par Lille, Courtrai, etc. Trop de monde, trop de flics. Nieuport, c'est le moins dangereux pour rentrer en Belgique.

— On se doutait que tu dirais ça, réplique Hartmann en souriant. J'ai regardé, depuis Bruxelles, par la E40, c'est tout droit. Cent trente kilomètres d'autoroute, on y arrive direct.

— Il faut absolument y être en moins d'une heure si on veut être sur place avant eux, dit Delise.

— On y sera en beaucoup moins de temps que ça… On ne va pas rouler vite, on va voler bas ! s'esclaffe Hartmann au milieu de ses collègues qui rient tous de bon cœur.

— Un point important, il faut qu'un équipage aille aussi à Lille, ajoute Delise.

— Bon… Je vais choisir les punis, prévient le commandant Hartmann.

La caravane de l'Antigang avec ses huit cylindrées et ses deux hommes d'équipage par véhicule est sur le point de partir quand, au dernier moment, Delise avise le fonctionnaire censé être son chauffeur qu'il va devoir faire la route tout seul. Le chef de l'Antigang a en effet décidé de faire le trajet avec Hartmann pour qu'ils puissent discuter.

Le conducteur de l'Opel Astra ne s'en plaint pas, il n'aura pas à conduire le petit bolide sous l'œil direct de son patron et, en prime, il pourra même écouter du rap. Deux heures de *Requiem en* do *mineur* ou, pire encore, *La Damnation de Faust*, il a déjà donné !

De son côté, Hartmann est confortablement installé sur le siège passager avant de la grande Audi grise, sa voiture fétiche. Il a confié le volant au brigadier Guy Deroche, un des pilotes parmi les plus rapides et les plus sûrs de chez eux. À peine Delise a-t-il bouclé sa ceinture à l'arrière que la berline démarre, donnant ainsi le signal du départ à tout le convoi. Et Hartmann ne tarde pas à exprimer ses doutes :

— Il n'y a rien d'évident, ni même de logique, à ce qu'ils viennent jusqu'en Belgique, et encore moins du côté de Nieuport…

— Tu as raison, ce n'est pas certain du tout, acquiesce Delise.

— Ils peuvent tout simplement retourner d'où ils sont partis et y redéposer la voiture, au box de la rue Verviers.

— Oui, c'est fort possible. C'est pour ça que j'ai envoyé un équipage là-bas en observation.

— Mais tu n'y crois pas… c'est ça ?

— Pas une seconde.

— Pourquoi ?

— Ils sont descendus comme des bourrins, à fond de train, jusqu'au Touquet et ils remontent maintenant en faisant super gaffe à leur vitesse. Comment tu expliques ça ?

— Ils n'étaient peut-être pressés qu'à l'aller ! Un truc à emporter ou quelqu'un à voir. Là, ils ont fini, alors ils rentrent tranquillos.

— À moins qu'ils ne remontent, comme tu dis « tranquillos », parce qu'ils ne veulent surtout pas se faire gauler maintenant, vu ce qu'ils préparent.

— Ça se tient aussi ! En tous les cas, ils ne sont pas allés au Touquet pour y récupérer des armes. Ils ont tout ce qu'il faut dans la voiture, et j'en sais quelque chose !

— D'où mon hypothèse… Nos lascars n'opèrent qu'en Belgique et ce depuis des années, probablement pour éviter d'être recherchés au plan européen. La France est une base de repli pour eux, une sorte de repaire… S'ils ont remis cette Lancia en route, c'est qu'il va se passer quelque chose, et si c'est une action violente, ce sera encore une fois chez nous, en Belgique…

— Tu oublies que ce ne sont peut-être pas *nos* fourgonniers… Si ça se trouve, c'est juste une équipe de trafiquants français qui a fait une livraison de shit et qui rentre au bercail. C'est d'autant plus possible quand on sait de qui vient le tuyau ! dit Hartmann en se retournant pour regarder Delise avec un air entendu.

— Pour ne rien te cacher, j'y ai pensé plusieurs fois pendant qu'on était dans la salle à scruter ce satané point rouge sur l'écran.

— Et ?

— Ça ne colle pas.

— Pourquoi ?

— Justement parce qu'il y a toutes ces armes.

— Tu te trompes, ces petits cons de dealers sont maintenant tous calibrés.

— Tu as raison pour les pistolets et, dans une moindre mesure, pour les fusils, mais les grenades, les cagoules, les explosifs... Ça, c'est signé, c'est des braqueurs, pas des trafiquants !

Delise l'a décrété : trafic radio uniquement en crypté pendant tout le trajet, plus aucun nom ne doit être donné sur les ondes, plus question de communiquer la marque ni le modèle de la voiture par ce canal. La Lancia Thema devient désormais la target. Trop de personnes peuvent écouter les conversations, à commencer par les voyous qui connaissent les fréquences de la police. Pas question non plus qu'un autre service comprenne qu'une opération de l'Antigang est en cours. Si la salle de permanence continue de leur délivrer des informations, c'est donc à présent exclusivement sur le réseau protégé, et en utilisant les indicatifs des équipages.

Bien qu'ils roulent à des vitesses qui font frémir les radars qu'ils croisent, Delise et Hartmann poursuivent paisiblement leur discussion, comme si de rien n'était.

— Comment tu comptes t'y prendre ? demande Hartmann.

— On ne va pas s'arrêter à Nieuport. Nous allons rouler jusqu'à Ghyvelde, en France. C'est à une vingtaine de kilomètres de Nieuport. Une fois à hauteur de Ghyvelde, nous sortirons pour reprendre aussitôt la même autoroute, mais cette fois dans l'autre sens, explique Delise.

— On va revenir sur nos pas ?

— Oui, et nous irons nous positionner sur l'aire de repos de Ghyvelde située juste avant la frontière.

— On va donc les prendre en filoche à partir de là ?

— Il s'agit d'abord de voir passer la target pour savoir combien il y a d'hommes à bord.

— Et après ?

— On commencera une filature, mais pas à vue.

— Comment ça, pas à vue ? On va uniquement s'appuyer sur les indications obtenues grâce à la géolocalisation de la balise ? questionne Hartmann avec une pointe d'inquiétude.

— Oui, dès que la Lancia sera annoncée, nous resterons en contact permanent avec la salle pour avoir le suivi balise en direct.

— Mais si on a une occasion de se les faire ?

— Tu es trop vieux dans le métier pour ne pas savoir que ça va dépendre de beaucoup de choses dont on ignore encore tout à cet instant.

— C'est pas faux, acquiesce Hartmann. L'idéal serait qu'ils soient à l'arrêt. On ne peut pas se faire une voiture en dynamique avec des types pareils, sinon il va y avoir de la tôle froissée, et tes copains du SGAP[1] vont pas apprécier.

— C'est certain. Il faut aussi qu'on s'assure qu'il n'y ait pas une autre voiture qui roule en convoi avec eux, car, dans ce cas, pas question qu'on bouge une oreille ! Deux véhicules, ça voudrait dire qu'ils montent au charbon et qu'on va avoir droit à une fusillade avec armes longues.

— Ça me paraît clair. Je ferai un topo aux autres quand on arrivera à Ghyvelde.

— Parfait, soupire Delise en se calant au fond de son siège, signe que la conversation est finie et qu'il va essayer de récupérer un peu.

Hartmann avait raison. Leurs bolides ont dévoré les kilomètres. Ils sont déjà arrivés sur zone que la target, très ralentie par des travaux sur l'autoroute, n'est qu'à hauteur de Vieille-Église, soit à environ quarante kilomètres de là.

1. Service en charge de la gestion des moyens matériels.

Sur l'aire de repos, deux des grands luminaires sont privés de toute lumière. L'obscurité est donc presque totale. C'est là que l'escouade est garée, tous feux éteints. Certains des hommes restent à bord des véhicules. Ils ont allongé leurs sièges pour se reposer. D'autres sont sortis fumer.

Dans ces moments d'attente semblables à des veillées d'armes, on cogite beaucoup. On revoit la journée qui vient de s'écouler, on regrette une dispute, on pense aux siens et même à la vie en général. Le silence est alors souvent votre seul compagnon.

Un petit flash lumineux dans l'habitacle de l'Opel Astra qu'il a finalement regagnée vient troubler les pensées de Delise. C'est le responsable de la salle opérationnelle à Bruxelles qui cherche à le joindre. Il se saisit aussitôt de son téléphone.

— Patron, la target va arriver à hauteur de Grande-Synthe...

— D'accord, répond laconiquement Delise.

— Si elle continue tout droit sur la A16 Nord, ça veut dire qu'elle se dirige vers vous, par contre, si elle quitte la A16 pour prendre la A25, c'est qu'elle retourne d'où elle est partie, sur Lille...

— Je sais, nous allons bientôt être fixés.

— Oui, c'est l'affaire de quelques minutes. Si vous en êtes d'accord, je vous l'annoncerai par téléphone plutôt qu'à la radio.

— Très bien, rappelez-moi aussitôt que vous savez, lâche Delise avant de raccrocher.

Dans la foulée, le commissaire redresse son siège et sort de sa voiture. Il se dirige d'un pas lent vers le véhicule de Hartmann, portable à la main. En le voyant approcher, celui-ci sort à son tour. Il a compris. En fait, il est l'un des rares à savoir décrypter la gestuelle de celui que les hommes surnomment le Sphinx. Le commandant et le commissaire attendent ensemble l'appel et, quand la sonnerie retentit, ils prennent le temps d'échanger un dernier regard.

— Patron, la target continue sur la A16 Nord..., annonce gravement le chef de salle qui, de là où il est, sent déjà l'odeur de la poudre.

— Vous êtes sûr ? demande Delise, imperturbable.

— Oui, elle vient dans votre direction, vous aviez raison.

— OK, à partir de maintenant, vous indiquez régulièrement la position de la cible, de façon que tous les équipages puissent suivre derrière, lui ordonne Delise.

À côté, Hartmann n'a pas besoin qu'on lui en dise davantage. Ce qu'il a entendu lui a suffi pour comprendre.

— On a environ quarante minutes avant qu'elle n'arrive jusqu'à nous, c'est ça ?

— Oui, et c'est à toi de jouer.

Hartmann se retourne alors vers ses hommes, il lève son index en l'air et le fait tourner comme une pale d'hélicoptère, le signal convenu pour dire : « En piste. » Des portières s'ouvrent aussitôt, les cigarettes sont écrasées, et on commence à s'affairer autour des coffres. On tombe vestes et blousons, on réajuste les holsters aux ceintures, on sort les fusils d'assaut de leurs boîtes de transport, on vérifie les culasses et les chargeurs, on s'empare des cartouches...

Des gestes cent fois répétés, accomplis avec précision et sans précipitation, le tout dans un silence uniquement ponctué de petits bruits métalliques. Puis chacun regagne son véhicule selon la répartition voulue par Hartmann : quatre voitures avec seulement un conducteur, les quatre autres avec trois hommes à bord, ceux-là plus lourdement équipés.

Avec Hartmann, on est loin d'un commandement inutilement anxiogène. Dans ces moments-là, il veille à ne pas stresser davantage ses effectifs. Il a toujours une blague pour détendre l'atmosphère et un sourire pour rassurer chacun. Mais ce sourire qui tranquillise tant ses collègues, Delise le connaît trop bien. Il signifie que le danger est là.

D'ailleurs, la radio a commencé à cracher ses messages. La discipline est stricte : les échanges en direct avec la salle opérationnelle sont réservés à Delise et à Hartmann, lesquels communiquent ensuite avec les équipages. Et les choses deviennent soudainement plus sérieuses quand la Lancia est annoncée toute proche.

— Target à environ cinq kilomètres de vous.

— Reçu, confirme Delise.

Hartmann, désormais seul à bord de l'Audi, démarre et rejoint l'autoroute en roulant à petite allure avec l'objectif de se laisser doubler par la target afin de déterminer combien d'hommes sont à bord… Ce qui se produit sans tarder.

— Ils sont deux. Je répète : ils sont deux.

— Tu en es sûr ? demande Delise.

— Affirmatif.

— Deux, ça le fait encore…, marmonne Delise comme s'il se parlait à lui-même.

— Pas certain, reprend alors Hartmann avec un timbre de voix changé.

— Qu'est-ce que tu veux dire ?

— Je n'ai évidemment pas trop tourné la tête lorsqu'ils m'ont dépassé, explique Hartmann qui cherche ses mots avant de poursuivre. D'après ce que j'ai vu dans le rétro quand ils arrivaient derrière moi, je crois, je dis bien *je crois*, que le passager à côté du conducteur…

— On t'écoute toujours…, l'encourage le commissaire, constatant que la suite a du mal à venir.

— Je crois que c'est « le grand méchant loup », si tu vois ce que je veux dire…

— Le « grand » ?

— Je ne suis pas catégorique, mais ça lui ressemble beaucoup.

— Et l'autre ?

— Là, tu m'en demandes trop !

Après cet échange, toutes les voitures de l'Antigang continuent de rouler comme si de rien n'était, en convoi serré et à bonne distance de la target. Mais l'annonce que Hanssen, le chef des fourgonniers, puisse être à bord de la Lancia a fait l'effet d'un électrochoc sur tous les hommes. Le guidage depuis Bruxelles devient à présent très frustrant, chacun voudrait voir la cible par lui-même.

Cinq minutes se sont à peine écoulées que l'opérateur radio recommence à s'exciter :

— Attention, elle ralentit beaucoup, on dirait qu'elle va s'arrêter. Non, elle roule toujours, mais elle bifurque…

— On n'est pas loin derrière. On aperçoit comme un échangeur…

— Je confirme, elle a pris la N8 en direction de la commune de Furnes.

— C'est noté.

— Attendez, ça ralentit encore…

— Encore ?

— Oui, oui, elle ralentit encore…

— Mais qu'est-ce qu'ils foutent !

— Elle est descendue à cinquante kilomètres-heure à peine. Et ça ralentit toujours ! Énormément, même…

— C'est reçu, dit Delise qui se trouve juste deux voitures derrière celle de Hartmann, toujours en tête de convoi.

— Attention, ça va s'arrêter… Je rectifie, c'est arrêté ! s'étrangle l'opérateur radio.

— À toutes les voitures du dispositif, je vous demande de stopper immédiatement et de vous garer en vous planquant sur les bas-côtés en attendant mes instructions. Et pensez à éteindre vos feux, ordonne aussitôt Delise.

— Faites gaffe, je crois que c'est arrêté avant l'entrée de la commune de Furnes, précise alors l'opérateur radio.

— Qu'est-ce qu'il y a à cet endroit ? questionne Hartmann.

— *A priori* rien, la route et des champs. Les premières maisons sont à plus de deux cents mètres de l'endroit où la voiture s'est immobilisée, répond l'opérateur.

— On est tout près d'eux, dit alors Delise à Hartmann.

— Oui, dire qu'ils sont là, juste au bout de cette ligne droite, à un kilomètre à peine de nous !

— Toi qui as toujours réponse à tout, qu'est-ce qu'ils peuvent bien mijoter ? demande Delise à Hartmann.

— Ils attendent dans le noir pour voir si quelqu'un les suit et le flinguer… ou bien… ils se sont tout simplement arrêtés pour pisser, répond le commandant que rien ne semble émouvoir.

Les deux hommes n'ont guère le temps d'échanger davantage. La salle de surveillance signale que la target repart.

— Stop, il y a quelque chose qui ne va pas ! s'exclame l'opérateur.

— Qu'est-ce qui ne va pas ? s'inquiète Delise.

— La voiture fait demi-tour.

— Demi-tour ? Putain, mais c'est quoi, ce bordel !

— Merde, on va les prendre en pleine gueule, rugit Hartmann.

— Qu'en penses-tu ? lui demande Delise.

— Soit c'est un coup de vice, soit ils cherchent leur chemin.

— En tout cas, il va falloir jeter un coup d'œil à l'endroit où ils ont stationné. Ça a quand même duré quelques minutes. Un équipage doit se rendre sur place.

— J'envoie Tauziède. Delta 6, Delta 6, si vous me recevez, dès que la voie est libre, vous poussez les gaz à fond jusqu'à Furnes pour voir à quoi ça ressemble et vous nous faites un retour par radio le plus vite possible. On a besoin de savoir ce qu'ils y ont fait. En attendant, pour tous les autres, on dégage d'urgence l'intersection et on se planque. Pensez à bien éteindre vos feux, qu'ils ne les voient pas au passage ! gronde le commandant.

Quelques minutes plus tard, la target rejoint l'embranchement qui mène à la E40, mais cette fois en sens inverse.

— J'y comprends rien, avoue Delise.

— Moi non plus, lui répond Hartmann. Mais on ne peut pas les laisser filer comme ça !

— Je suis d'accord, mais il faudrait déjà piger ce qui se passe pour pouvoir organiser quelque chose. Pas de nouvelle de Delta 6 ?

— Non, pas encore...

— Qu'est-ce qu'il fabrique, Tauziède ?... Il a été enlevé ou quoi ?! s'énerve Delise.

Hartmann donne enfin l'ordre à tout le dispositif de reprendre la filature avec les mêmes consignes que précédemment. Et, tandis que le convoi repart, la sonnerie de son téléphone résonne dans l'habitacle. C'est justement Tauziède...

— On avait dit par radio ! grommelle Hartmann.

— Commandant, vous n'allez pas me croire !

21

28 mars,
Lille, rue Verviers

Axel et Hanssen arrivent enfin au deuxième sous-sol du parking. Le silence est pesant. Dans ce lieu clos, le simple clic de l'interrupteur est amplifié et ajoute à l'angoisse de l'obscurité. Les deux hommes continuent de progresser jusqu'au box 215. Une fois qu'ils sont rendus là, Hanssen fait basculer la grande porte métallique en utilisant une petite clé plate en acier. Le vaisseau spatial – comme ils appellent cette voiture – est toujours là. Plus de deux semaines maintenant qu'elle est remisée dans ce garage, et elle est couverte de poussière.

— Tu checkes ces saloperies de marqueurs tout seul, moi ça m'emmerde, toutes ces vérifs à la con ! lâche Hanssen en refermant derrière eux.

— Putain, heureusement que le Balafré ne t'entend pas, sinon je sais comment il réagirait ! s'amuse Axel en allumant son phare halogène.

— « Vous déconnez plein tube, c'est du foutage de gueule », voilà ce qu'il dirait. Mais tu admettras que retrouver une pièce d'un centime posée en équilibre sur le radiateur et un bout d'allumette sur une roue, c'est pas évident !

— Si on avait déjà une idée de la taille du bout de l'allumette dont il nous a parlé…

— Parano comme il est, elle doit être minuscule ! s'esclaffe Hanssen.

— C'est sûrement ça, parce que là, je cherche toujours, dit Axel juste avant de se reprendre en découvrant enfin la petite tige de bois posée sur le pneu avant droit.

— Bon, maintenant, reste plus qu'à pousser la voiture pour choper la clé.

— Oui, mais sans trop la bousculer, histoire que je puisse vérifier si la pièce de monnaie est toujours à sa place, avertit Axel.

Prenant appui sur la calandre avant, les deux hommes poussent donc précautionneusement la Lancia jusqu'à ce que la clé de contact apparaisse. Axel s'en saisit aussitôt et actionne l'ouverture automatique. Il lève ensuite le capot et constate que la pièce est toujours là, sur le rebord du radiateur, mais…

— La pièce est à plat, elle n'est plus sur la tranche ! s'exclame Axel.

— Oui, bon, mais, elle est toujours sur le radiateur ! Elle n'est pas au sol. C'est certainement nous qui avons fait ça en poussant la voiture.

— Tu crois ? interroge Axel, dubitatif.

Mais le Grand s'en est déjà allé tout droit au coffre. Après avoir ouvert l'énorme sac noir, il s'assure que les armes et les boîtes de munitions sont toujours là. Rien ne manque, tout est en ordre.

Pendant ce temps, Axel est passé à autre chose. Après tout, si le Grand dit que tout est OK… Il se soucie à présent de la batterie qui pourrait être déchargée. À tort, puisque la voiture démarre sans problème.

Les deux hommes s'équipent légèrement, juste une arme de poing chacun. Pas besoin de fusils ou de gilets pare-balles, ils ne partent pas braquer, ils vont libérer un otage. Le risque est d'autant moins grand que personne, absolument personne, ne peut savoir ce qu'ils s'apprêtent à faire. Ils ont pris leur décision au tout dernier moment en raison de l'absence inquiétante du Serbe qui n'a plus donné de nouvelles depuis qu'il est parti pour Metz. C'est lui qui devait accompagner Patrick sur cette mission. Du coup, Axel l'a remplacé au pied levé.

Au sortir du parking, les fourgonniers retrouvent leurs réflexes… Ils observent partout autour d'eux et scrutent les voitures en stationnement. Ils prennent ensuite les précautions habituelles pour s'assurer de ne pas être suivis : deux tours de rond-point, un demi-tour inopiné sur une grande ligne droite, le regard constamment fixé dans le rétroviseur. Classique, mais efficace !

Une fois qu'ils sont sûrs de ne pas être filés, direction l'autoroute, et pleins gaz. Il leur faut à peine une heure pour expédier les cent quatre-vingts kilomètres qui les séparent du Touquet. La porte du garage de la villa qu'ils ont louée est grande ouverte, signe que tout va bien. Ils vont pouvoir se reposer un peu avant de reprendre la route.

Une paire d'heures plus tard, il est temps de plier bagage. Patrick, que le silence de Jovanovic rend de plus en plus nerveux, exige que tout le monde évacue les lieux. Maintenant qu'il n'y a plus personne à garder, la maison paraît vide, et en grand désordre aussi. Aucune importance, il faut y aller !

Pour le retour, Hanssen a demandé à Axel de conduire mollo. Pas question qu'ils se fassent contrôler pour un malheureux excès de vitesse avec le colis qu'ils ont dans la voiture… Alors, entre cette contrainte et les interminables travaux qu'ils rencontrent, la frontière franco-belge est passée sans qu'on s'en rende vraiment compte, après environ deux heures. L'otage est libéré aux abords d'une petite ville comme il y en a beaucoup en Belgique. L'homme est épuisé. On lui enlève ses liens et son bandeau. Il part sans se retourner et sans poser la moindre question jusqu'à disparaître dans la nuit en direction des premières lumières des habitations.

L'opération a duré moins de cinq minutes, et tout s'est déroulé en douceur. À présent, ils vont pouvoir rentrer tranquillement à Lille, où ils ont prévu de dormir à l'hôtel. Demain sera un autre jour. Il ne faut quand même pas qu'ils traînent trop. Ils doivent repasser la frontière avant que leur otage ne fasse parler de lui, histoire d'éviter tout risque de bouclage de la zone par la police. Il faut aussi refaire le plein d'essence. Le trajet pied au plancher jusqu'au Touquet a eu raison de leur réservoir, et il n'est pas question de se laisser prendre au dépourvu. Juste un peu avant de larguer l'ex-ministre, ils ont repéré une station ouverte. Ils ne pouvaient pas s'y arrêter à l'aller, c'était trop délicat. Désormais, les choses sont différentes…

Il n'y a pratiquement pas de circulation la nuit sur cette route, ce qui est un atout précieux pour détecter une filature. Ils parviennent enfin à se détendre un peu.

Axel a mis son clignotant et s'engage sur la voie qui mène à la station en roulant au pas. Les deux complices prennent le temps de scruter les alentours. Il n'y a personne, tout paraît normal. Ils arrivent à hauteur de la pompe. Axel coupe le moteur. Patrick baisse sa vitre pour renouveler l'air de l'habitacle. Axel ouvre sa portière. Il est sur le point de descendre quand une voiture se pointe, une Audi grise…

— C'est quoi, ça ? demande Patrick, crispé.

Par réflexe, Axel se rassied, faisant semblant de chercher quelque chose. Patrick lui lance un regard furtif. D'un même geste, lent et calculé, ils extraient leurs pistolets de leurs étuis. Les corps se tendent. Axel enlève la sécurité de son arme et la place sur ses genoux, la crosse serrée dans sa main droite, la gauche posée dessus pour la cacher un peu. Son attention, comme celle de Hanssen, est concentrée sur cette Audi et son occupant. Quand celui-ci sort pour faire son plein à la pompe d'à côté, ils ne voient qu'un visage fatigué et une barbe naissante. Le conducteur est grand, plutôt athlétique. Il porte un jean et un gros blouson d'aviateur, mais Axel ne distingue pas ses pieds. Le bruit de la pompe indique que l'homme fait le plein. Cela rassure Axel. De toute façon, les flics n'ont pas de telles voitures.

Quand le bruit s'arrête, le type remet le tuyau à sa place et se dirige vers la station pour payer. Pas un regard pour la Lancia Thema. Rassurant aussi. Les deux fourgonniers ne le quittent plus des yeux. Il est maintenant à hauteur de la caisse, parlant à travers l'Hygiaphone avec le pompiste. Il fouille dans sa poche, tire de son portefeuille ce qui doit être une carte de crédit. Ils n'en discernent pas les détails, bien sûr, mais elle semble jaune. *Sans doute une Gold, ça colle avec la bagnole*, pense Axel. Celui-ci se sent soulagé, il se dit qu'ils sont en train de flipper pour rien, que c'est juste un gars qui fait son plein et qu'il repartira dès qu'il aura payé. Mais Patrick, lui, reste tendu comme un fauve prêt à charger. Dans ces moments-là, ce n'est plus le même homme. Il fait vraiment peur.

Axel en est là de ses réflexions quand une Opel Astra arrive à son tour. Elle s'arrête presque à la hauteur de la Lancia. Une deuxième voiture à cette heure-là, au milieu de nulle part, une voiture dont la vitre passager avant est baissée, c'est plus qu'étrange... Axel en oublie le client à l'Audi grise et le voilà qui scrute ce nouveau venu qui les toise. Sur son visage, aucune expression, un masque. Difficile de se faire une idée...

Ensuite, les choses vont très vite. Deux autres véhicules avec plusieurs types à bord surgissent à leur tour. Patrick prend conscience qu'ils vont bientôt les empêcher de ressortir de la station. Il se met à hurler :

— Putain, les flics !

Son pistolet vise déjà celui qui est garé juste à côté. Il tire sur l'homme bien avant que ce dernier ne puisse esquisser le moindre geste. Pas d'odeur de poudre, pas de détonation. À croire que le coup n'est pas parti. Axel et Patrick ne comprennent pas, mais ils n'ont pas le temps de se poser de questions, la riposte est immédiate et terrible. Un projectile tiré de l'Opel par la fenêtre dont la vitre est baissée atteint Hanssen à la tête. Son complice est souillé par son sang. La balle finit sa course en pulvérisant une des lunettes arrière de la Lancia. Des micro-éclats de métal et de verre entaillent profondément le visage des deux hommes... Le flic sort aussitôt de sa voiture et tire encore une fois sur Patrick qui reste sans réaction, toujours affaissé sur son siège.

Axel a tout juste le temps de s'extraire de son bolide, arme à la main. Tout en cherchant à se protéger derrière le véhicule, il tente de localiser le salaud qui les vise. Il s'est accroupi. L'aile et la roue lui servent désormais de bouclier.

Toute son attention est focalisée sur les déplacements de l'homme qui vient d'abattre son coéquipier. Il entend le bruit de ses pas. Il le voit enfin qui s'avance sans précaution particulière. *Ce type est fou !* Axel comprend qu'il va devoir le tuer pour lui échapper. Il est sur le point d'agir quand un coup de feu claque derrière lui. La douleur est fulgurante et d'une rare violence. Axel a l'impression qu'un épieu lui a transpercé le dos. Sa poitrine est en feu. Il n'arrive plus à respirer. Il est perdu. Une seconde balle le touche au cou, et il s'effondre. Sa tête cogne lourdement le sol. Il lâche son arme. Il distingue maintenant des pieds, sans doute ceux de celui qui l'a plombé. Dans un ultime effort, il essaie d'associer un visage à ces pieds, mais son corps le lâche. Il n'a plus la force de se redresser. Il n'aperçoit qu'un blouson d'aviateur…

Le jeune fourgonnier ne contrôle plus rien. Du sang coule de son nez. Des gravillons sont entrés dans sa bouche, il ne peut plus déglutir. Il n'a jamais souhaité tout ça. Il voulait sincèrement tourner la page. Son histoire aura été celle d'un type qui a fait une erreur et qui n'aura jamais pu se tirer de l'engrenage dans lequel il avait mis le doigt. Ses dernières pensées sont pour Mélanie. Elle l'avait prévenu que la mort rôdait… En fait, il n'a pas peur de mourir, il a peur de la laisser seule. À cet instant, il n'y a qu'elle, elle occupe tout son esprit et son cœur, et il ne peut retenir ses larmes.

À présent, la zone est envahie de véhicules de police. Presque tous les membres de la Brigade antigang sont là, autour de leur chef. Celui-ci ordonne la saisie des bandes vidéo de la station-service. Elles attesteront formellement de la légitime défense en montrant les malfaiteurs armés tirant les premiers.

Plus le temps passe, et plus la station est saturée de policiers, de sapeurs-pompiers et d'hommes aux vestes orange fluorescent. Le Samu et la Croix-Rouge sont également garés à deux pas des pompes à essence.

Des équipes médicales s'affairent autour des deux victimes. Patrick est resté assis sur son siège, figé, son pistolet toujours dans sa main. Son corps et sa tête penchent sur le côté. En ouvrant la portière, de nombreux éclats de verre rougis par le sang tombent au sol, comme un sinistre présage. Le médecin ne peut que constater le décès.

L'autre équipe est au chevet d'Axel. Ils l'ont presque dénudé. Une première balle lui a traversé le thorax de part en part. Le sang, rouge et mousseux, s'écoule de cette vilaine blessure. Une seconde balle a largement entaillé la gorge, mais sans toucher la trachée. Axel est silencieux, les yeux grands ouverts. Les médecins lui parlent pour le maintenir conscient. Sa tension est basse et son rythme cardiaque, très irrégulier. L'urgentiste diagnostique une plaie soufflante avec une sévère détresse respiratoire. On l'assoit, on désinfecte sommairement ses blessures et on pose un pansement « trois côtés » qui devrait avoir un effet soupape et éviter un pneumothorax compressif mortel. On le perfuse aussitôt pour lui administrer une solution macromoléculaire qui devrait faire remonter sa tension. On se prépare à l'évacuer vers un hôpital. On le lui dit. On l'exhorte à tenir. Les soignants s'encouragent mutuellement à aller vite.

Axel entend tout ça, mais il glisse peu à peu. Les médecins n'arrivent pas à le stabiliser. Il lutte pour rester éveillé. Sa respiration est de plus en plus courte. Il est comme en apnée. Et envahi par une infinie tristesse. Il a l'impression que son cœur va exploser quand celui-ci s'arrête de battre. L'urgentiste se lance alors dans un massage cardiaque sans fin, mais les regards qui s'échangent autour de lui n'annoncent rien de bon. On apporte un défibrillateur. Quatre décharges successives se révèlent inutiles. Le praticien se relève lentement, un peu abasourdi, pour prononcer la phrase couperet : « C'est fini, il est mort… »

Côté police, les deux tireurs, le commandant Hartmann et le commissaire Delise, discutent entre eux. Des photographies de la scène de crime sont prises, des cavaliers portant chacun un numéro sont placés au fur et à mesure à côté des armes et de chaque douille. Le commissaire fait écarter avec précaution les pistolets des deux malfaiteurs, trop de monde s'agite autour de ces calibres encore chargés. Un technicien muni de gants intervient sans tarder. Il éjecte les chargeurs garnis de munitions, extrait les balles engagées dans les canons et glisse chaque pièce dans un sac en plastique transparent avant de les confier au chef de l'Antigang. À la demande de Delise, il fait ensuite de même avec les autres armes découvertes dans la voiture. Seules les grenades, en raison de leur extrême dangerosité, restent sur place en attendant l'arrivée des artificiers qu'on a appelés en renfort.

Pendant ce temps, derrière son guichet, comme brisé par les détonations et les mises à mort auxquelles il vient d'assister, l'employé de la station-service doit à son tour recevoir des soins… Il vient de faire une crise d'angoisse.

22

29 mars,
Le Touquet-Paris-Plage

Il n'a pas fallu beaucoup de temps au commandant Florence Delambre pour rallier Le Touquet. Après une courte phase d'observation qui ne révèle aucune activité particulière à l'intérieur de la villa, elle prend la décision de donner l'assaut dans l'espoir de surprendre ses occupants dans leur sommeil. À la tête des hommes en noir, elle est la première à se glisser dans la grande bâtisse. Chaque pièce est aussitôt visitée et balayée par les rayons rouges des visées laser des armes. Tout y passe, mais la maison est vide.

Ses hôtes sont visiblement partis dans la précipitation, en laissant beaucoup de choses derrière eux. En tout cas, l'objectif de cette location ne fait aucun doute : ils découvrent un réduit aménagé avec un simple lit de camp, un anneau fixé dans le mur, une paire de menottes laissée au sol, du ruban adhésif, un système radio bébé, un récepteur dans la pièce adjacente, de la vaisselle sale de la veille, des coupures de presse relatant l'enlèvement de Boutemens, un nécessaire de nettoyage pour armes longues et une boîte de cartouches de calibre 7,62.

— On arrive trop tard, constate amèrement Florence Delambre.

23

29 mars, communiqué de presse des autorités belges

Cette nuit, aux alentours de 2 h 30, la Brigade antigang de la police judiciaire de Bruxelles, en charge de l'enquête relative à l'enlèvement de M. Henri Boutemens, a intercepté, près de la commune de Nieuport, deux hommes très défavorablement connus des services de police. Au cours de cette opération, les deux malfaiteurs, qui ont immédiatement tenté d'ouvrir le feu contre les forces de l'ordre, ont été abattus. L'un d'entre eux s'avère être Patrick Hanssen, le fugitif le plus recherché de Belgique. L'otage, M. Boutemens, a été libéré. Il est sain et sauf. Les investigations se poursuivent sous la direction du parquet de Bruxelles.

DEUXIÈME PARTIE

LA VIE SECRÈTE DE BRIAN

24

La trentaine à peine entamée, les cheveux blonds, grand, le ventre plat, plutôt bel homme, Brian Spencer habite la banlieue chic de Bruxelles. Il est l'heureux propriétaire d'une maison cossue située dans une *gated community*, une résidence entièrement clôturée qui abrite des demeures aussi luxueuses les unes que les autres ainsi qu'un club de fitness et un terrain de golf.

Pour accéder à cet espace protégé de quelque huit cents hectares qui porte le nom de Silver Lakes, il faut passer par un véritable sas de sécurité surveillé jour et nuit : rien de moins que deux vigiles, des caméras, un mur d'écrans de contrôle, de puissants projecteurs et un impressionnant portail métallique vert automatisé haut de trois mètres. Si le déplacement des résidents est facile, il n'en va pas de même pour le commun des mortels. Ceux-là doivent impérativement s'arrêter sur le parking situé à l'extérieur de l'enceinte, quitter leur véhicule, se rendre à pied jusqu'au poste de garde, donner leur nom et indiquer celui de la personne visitée. Le gardien s'empresse alors de lui téléphoner. Si l'hôte est absent, ou s'il dit n'attendre personne, l'entrée leur est purement et simplement refusée. Jamais de surprise ni d'importun, voilà pourquoi Brian a choisi cet endroit.

Son épouse, Judith, gère la grande bâtisse. On dit que l'argent ne garantit en rien le bon goût, mais cela peut aider. En effet, leur intérieur reflète tout le raffinement de cette femme élégante qui, elle aussi, a récemment fêté ses trente ans. Le couple n'a pas d'enfants et fait chambre à part, à la demande de Brian, en raison des insomnies chroniques dont il souffre depuis toujours. Monsieur et Madame jouent au golf, s'habillent avec des vêtements de marque et dînent dans les meilleurs restaurants. Ils ont chacun leur voiture, mais leur garage abrite également une superbe automobile de collection, une Aston Martin Zagato refaite à neuf, la grande fierté de Brian et son porte-bonheur. Enfin, pour ne rien gâcher, le couple est aussi l'heureux propriétaire d'une résidence secondaire en Italie, non loin de Lugano. Un train de vie somme toute conforme à l'environnement de Silver Lakes, et même, à vrai dire, terriblement banal dans ce décor.

Il n'en a pourtant pas toujours été ainsi. Au contraire, les débuts de Brian ont été difficiles. « *Struggle for life* » est d'ailleurs encore sa devise. Issu d'une famille modeste, il lui a fallu besogner très tôt pour survivre. La faute à son père qui est mort bien avant que lui ne finisse sa scolarité et en laissant toute la maisonnée quasiment sans ressources. La mère de Brian s'était alors mise à faire des ménages, mais le compte n'y était pas. Et pour obtenir davantage d'argent, le jeune homme avait été obligé d'apporter sa contribution, abandonnant ainsi ses rêves d'instruction.

Il avait d'abord décroché un petit boulot chez Speedy, un garage de la grande banlieue de Bruxelles, ce qui lui avait valu son surnom. Ensuite, il avait travaillé pour une entreprise de nettoyage industriel. Pendant plus de deux ans, il s'était levé tous les matins à des heures où les transports en commun ne fonctionnent pas encore. C'était l'époque où ses copains s'appelaient Moussa, Abdelkader et Youri, l'époque où il rentrait du travail quand les autres y arrivaient à peine, l'époque où il devait faire des dizaines de kilomètres à scooter par tous les temps. Et puis il avait fini par trouver un emploi intéressant, avec la perspective d'apprendre cette fois un vrai métier, grâce à un artisan garagiste. Un homme bon et désireux de transmettre son savoir aux plus jeunes. Une espèce en voie de disparition. C'est là que sa passion pour les voitures était née.

Au fil des années, Brian s'imposa comme un excellent mécanicien, apprécié tant par son employeur que par les clients. Il enchaîna toutes les formations possibles en mécanique et en électronique, collectionnant les certificats professionnels. Et, en bon fils qu'il était, il continua de vivre avec sa mère pour qu'elle ne reste pas seule. Il subvenait également à ses besoins, car la pension de réversion du paternel était dérisoire. Elle, de son côté, le dorlotait en lui cuisinant des petits plats ou en lui racontant des histoires qui leur rappelaient à tous les deux les jours d'antan, quand le père Spencer était encore de ce monde. Des moments simples en dehors du temps où ils étaient heureux. Heureux sans le savoir, comme c'est le cas pour beaucoup d'entre nous.

Et puis, durant cette période, les femmes commencèrent à hanter son esprit. Il alla donc régulièrement boire un verre au Blue Corail, une boîte de nuit en vue à la périphérie de Bruxelles parfois fréquentée par de drôles de types, mais aussi par des filles très sexy.

L'une de ces créatures de rêve s'appelait Léa. Dès qu'elle apparaissait, il ne pouvait plus la quitter des yeux, mais il n'était pas le seul ! Jusqu'à ce jour – un jour béni des dieux sans doute – où elle passa tout près de lui, au point que leurs regards se croisèrent. C'était comme s'il avait cessé d'être invisible ! Elle lui avait souri en plissant les yeux, un sourire qui avait transfiguré l'instant. Et puisqu'il n'osait malgré tout pas faire le premier pas, ce fut elle qui vint à lui. Ce soir-là, elle lui demanda de la raccompagner et prit l'initiative de l'embrasser au pied de l'escalier qui menait à son appartement.

Elle occupait un logement luxueux situé au cinquième et avant-dernier étage d'un bel immeuble bourgeois. Un vaste salon et deux chambres aussi grandes l'une que l'autre desservis par un long couloir en enfilade avec un miroir en plein milieu. Le coin repas était attenant à une cuisine américaine, petite mais fonctionnelle. Le tout meublé avec beaucoup de goût. Brian se fit la réflexion que Léa gagnait certainement très bien sa vie.

De là, ils entamèrent une relation, mais tout en pointillé. En effet, outre le fait qu'il travaillait dur toute la semaine, Brian se faisait un devoir de consacrer du temps à sa mère. Cette situation ne semblait pas déranger Léa. Celle-ci lui avait appris avec malice qu'elle bossait « dans la dentelle », avant de lui expliquer qu'elle était cadre commercial dans une usine de sous-vêtements. Lui n'avait retenu que le mot « dentelle », et il y avait vu l'explication aux dessous à couper le souffle qu'elle portait.

Ajoutés à l'emploi du temps surchargé de Brian, les déplacements professionnels de Léa ne laissaient que peu de place à une véritable vie de couple. Le week-end était donc une sorte de renaissance. Ils avaient ainsi pris l'habitude de se donner rendez-vous au Blue Corail tous les samedis soir vers 22 heures avant de passer la nuit ensemble.

Un soir où il était arrivé, comme toujours, bien en avance, tandis qu'il était assis au bar à attendre sa belle, un client s'adressa à lui. Un homme seul, une sorte de dandy élégamment vêtu, un beau gosse charmant, mais aux traits durs, très grand, blond avec un regard bleu outremer. C'était la première fois que Brian le voyait.

— Alors, il paraît que tu t'y connais en mécanique ? lança-t-il à brûle-pourpoint.

— Qui vous a raconté ça ? répondit Brian, aussi surpris que méfiant.

— Personne en particulier, c'est ce qui se dit !

— Vous avez raison, c'est même mon métier.

— Moi, c'est Patrick, et toi ? dit le Grand en tendant la main à Brian.

Ces deux-là étaient faits pour s'entendre. Ils avaient la même passion pour les moteurs. Patrick le questionna sur les *boosters* qui permettent d'en augmenter le rendement. Brian lui expliqua en détail comment cela fonctionnait. Ensuite, Patrick l'interrogea sur les traceurs GPS, les antivols, les clés électroniques, les ordinateurs de bord… Sa curiosité semblait sans bornes, mais Brian était incollable. Ils passèrent ainsi presque deux heures à discuter sans jamais s'occuper des autres. Il faut dire que, contrairement à son habitude, Léa était très en retard…

Et puis leur conversation prit subitement fin. Patrick lui annonça qu'il devait se rendre à un rendez-vous… Brian sourit en pensant qu'il devait s'agir d'un rendez-vous galant, jusqu'à ce qu'il surprenne le regard de Patrick en direction d'un homme qui paraissait l'attendre. Un homme à la stature impressionnante, un physique massif et un visage barré par une vilaine balafre.

— À bientôt, lui lança Patrick en réglant leurs consommations.

Brian aurait voulu protester, mais compte tenu de sa situation financière, il se contenta de proposer qu'ils échangent leurs numéros de portable.

— Attends, je te donne déjà le mien, dit Brian en lui tendant la carte du garage où il travaillait et au dos de laquelle il écrivit à la hâte son numéro personnel.

— Ah, désolé, rétorqua Patrick. Moi, je n'en ai pas. J'ai une phobie de ces appareils, je t'expliquerai un jour. Mais je vais te rappeler, c'est sûr...

— Avec plaisir !

Brian était ravi d'avoir fait la connaissance d'un type, certes un rien mystérieux, mais aussi passionné que lui. Généreux également, car son nouvel ami était parti sans attendre le retour de la monnaie. Le jeune homme se dit que le hasard faisait quand même bien les choses.

Quand Patrick sortit de la boîte de nuit, le videur, un grand Black baraqué, ne lui accorda pas la moindre attention. Tel un boxeur qui évalue son adversaire avant un combat, il était tout occupé à jauger du coin de l'œil un homme au physique impressionnant : le Balafré patientait à présent un peu plus loin dans la rue.

En remontant en direction de la voiture, Patrick croisa tout un groupe de jeunes femmes qui se rendaient au Blue Corail. Elles étaient toutes jeunes, belles et court vêtues. Il s'arrêta à hauteur de l'une d'elles et lui glissa simplement à l'oreille : « Merci, ma belle », avant de poursuivre son chemin.

Il avait déjà commencé à ouvrir la portière du véhicule dans lequel le Balafré s'était installé au volant, quand, au dernier moment, il se ravisa, comme s'il avait oublié quelque chose. Il traversa alors rapidement la rue jusqu'à l'angle d'un immeuble bourgeois. Il se pencha vers un tas de cartons. Dessous se trouvait une vieille femme recroquevillée sur elle-même. Il lui tendit un billet de 50 euros plié en quatre, ainsi qu'il le faisait chaque fois qu'il passait par là. Le reconnaissant, la vieille dame passablement avinée lui lança un « Merci, mon prince » des plus sonores.

Quand il s'assit enfin côté passager, l'accueil du Balafré fut glacial :

— Tu fais chier, Robin des Bois !

— Lâche-moi.

— Alors ?

— Alors quoi ?

— Eh ben, qu'est-ce que tu penses du type ?

— J'en pense que c'est un gars comme ça dont nous avons besoin. C'est bien le genre de type qu'on cherche, mais…

— Mais… ?

— Il est de l'autre monde, et il est tout neuf dans la vie… Il va falloir un peu de temps pour l'apprivoiser.

Le conducteur émit une sorte de grommellement, et la Porsche démarra en grondant.

Tandis que Léa et ses amies arrivaient à l'intérieur de la boîte, dans le court laps de temps où elles se frayèrent un chemin jusqu'au bar, Brian se demanda comment il était encore possible qu'à notre époque un homme vive sans portable… Et puis Léa posa sa main sur son épaule. Ils s'embrassèrent. Elle passa ses doigts dans ses cheveux, sa poitrine l'effleura, et il ne pensa plus à rien d'autre qu'à la nuit qui l'attendait.

25

Patrick et Brian avaient commencé à se fréquenter régulièrement. Rien de mieux qu'une passion partagée pour créer une belle amitié. Celle qui donne l'impression qu'on se comprend au point qu'on peut rester ensemble sans parler, sans gêne, sans éprouver le besoin de meubler. Brian n'avait jamais eu d'ami aussi proche. Il était singulier, certes, mais ce n'était pas pour lui déplaire. Il ressentait toujours un vrai bonheur quand il le retrouvait. Un lien qui devint plus fort avec le temps et dans les moments d'adversité.

C'était toujours Patrick qui appelait, le plus souvent avec le portable d'un ami. Sa phobie envers ces appareils se confirmait. Sur ce point, Brian trouvait que Patrick se comportait un peu comme ces gens qui, sous prétexte d'éduquer convenablement leurs enfants, ne veulent surtout pas de télévision chez eux, mais vous demandent avec insistance s'ils peuvent venir chez vous voir la finale d'un championnat de football…

À l'occasion de leurs rencontres, ils parlaient, bien sûr, toujours voitures, moteurs et courses automobiles, mais aussi de choses de plus en plus personnelles… C'est ainsi qu'un jour Brian fut amené à dire à Patrick qu'il gagnait péniblement 1 500 euros par mois en comptant les réparations au black, et qu'il avait du mal à joindre les deux bouts. Il lui raconta combien sa pauvre mère angoissait depuis que, pour des questions d'économies, le gouvernement avait parlé de supprimer les pensions de réversion des veuves. Elle peinait déjà tellement avec ses 510 euros mensuels… Il évoqua même son grand rêve : ne plus s'occuper que de bolides et posséder un jour son propre garage ! De son côté, Patrick se livra également. Surtout au sujet de ses parents morts sans un sou et des injustices subies qui constituaient le ferment de sa révolte. Brian partagea alors avec lui son expérience au sein de l'entreprise de nettoyage où il avait côtoyé des gens très malheureux, usés par le travail et sans espoir.

Patrick finit par lui confier qu'il n'avait pas vraiment d'emploi, qu'il était une sorte d'affranchi qui vivait en spoliant les riches. Brian l'imagina en gentleman cambrioleur et se risqua à confesser que lui aussi avait déjà volé pour se faire un peu d'argent, des bolides qu'il avait cannibalisés pour les vendre en pièces détachées.

Après seulement quelques mois, c'était comme s'ils se connaissaient depuis l'enfance. Patrick, sur le ton du secret, lui avoua qu'il venait de se faire un petit plaisir en achetant une vieille Ford Mustang modèle 1954 qu'il avait remisée dans des locaux désaffectés qu'il louait à l'année. Brian, enthousiaste, demanda s'il pourrait la voir, et expliqua que ce serait une Aston Martin qu'il s'offrirait, lui, dès qu'il aurait de l'argent.

Arriva le jour où Patrick l'emmena dans son hangar pour qu'il voie la fameuse Mustang. Brian détailla la voiture en fin connaisseur qu'il était, mais il s'extasia aussi devant les lieux. Il avait pensé découvrir un simple box de parking, un endroit plus ou moins délabré et en désordre. Mais là, il était abasourdi ! Il y avait un pont et un incroyable outillage soigneusement rangé dans de magnifiques servantes rouges en métal… Aucun doute : on faisait de la mécanique ici, et pas seulement sur la Mustang… À ce moment, Patrick annonça à Brian qu'il serait honoré s'il acceptait de restaurer pour lui sa merveille.

— Tu sais, je bricole, mais je ne suis pas un vrai mécano. Il y a trop de trucs que je ne sais pas faire. J'ai besoin d'un pro…

Et comme il voyait que Brian ne réagissait pas, il continua :

— Tu pourras même amener ici les véhicules que tu répares au black, tu y seras plus à l'aise. Moi, je te paierai tes heures de travail, et bien sûr les pièces détachées que tu jugeras nécessaires. Tu pourras aussi acheter l'équipement qui manque et tu le garderas après pour ton garage…

Cette dernière phrase, que Patrick prononça avec un sourire bienveillant, fit chaud au cœur de Brian. Son ami n'avait rien oublié de leurs échanges. L'allusion à « son » garage remontait pourtant à quelque temps. Patrick ne considérait donc pas son rêve comme une pure utopie. Il croyait en lui. Comment, dans ces conditions, lui refuser son aide ? En revanche, il n'était pas question que son ami le rémunère pour ce service.

Le Grand lui remit alors un double des clés du garage. Il accompagna son geste d'une recommandation qu'il pensait à tort plutôt anodine :

— Tu feras attention de ne jamais en parler à personne.

Remarquant que Brian avait tiqué, il s'empressa d'ajouter :

— Je ne voudrais pas qu'on nous vole la Mustang ni les outils, tu saisis ? Et même pour toi, si tu te sers de cet endroit pour tes activités non déclarées, autant que le fisc te tombe pas dessus !

Brian avait néanmoins saisi qu'il y avait une certaine responsabilité à accepter ces clés. D'un autre côté, c'était assez logique que Patrick les lui donne. C'était le plus simple. Alors il les prit.

Aujourd'hui, quand il se remémore ces moments, Brian se dit que la bascule dans le monde obscur – c'est ainsi qu'il appelle l'univers criminel – n'est pas une fatalité, mais bien un processus...

Quelques mois plus tard, en se rendant à l'atelier, une surprise l'attendait. Au début, il se demanda vraiment si son imagination ne lui jouait pas des tours. Mais non, il y avait bien une autre voiture à côté de la Mustang sur laquelle il était venu travailler, et c'était une Aston Martin ! Il faillit en faire une syncope ! Une vieille Aston, en bien triste état, mais une Zagato tout de même ! Il ne sut pas immédiatement comment interpréter tout ça, mais il s'avéra vite que c'était un cadeau de Patrick. Il n'osait pas y croire ! Il était fou de joie.

Ce geste renforça leurs liens. Fini, l'univers clinquant du Blue Corail, ils ne se voyaient plus guère que dans leur repaire ou autour d'une bonne table pour partager un repas. Chaque fois, ils se livraient davantage sur leurs vies. Brian regrettait cependant que Patrick ne lui parle jamais de ses amis actuels. Ce dernier éludait toujours la question en affirmant qu'il en avait très peu. Brian aurait pourtant bien voulu savoir qui était par exemple cet impressionnant balafré qu'il avait entrevu lors de leur première rencontre...

En dehors de ça, tout se déroulait parfaitement entre eux. Jusqu'à ce que Patrick fasse une révélation fracassante : il n'était pas un simple voleur, comme Brian se l'était imaginé, mais un braqueur. Un choc pour le jeune homme. Pouvait-il rester ami avec un criminel ? Leur amitié pouvait-elle survivre à cette annonce ? Que devait-il faire ? Ces interrogations allaient lui tarauder l'esprit des jours entiers…

En réalité, même si Brian ne pouvait pas s'en douter, car leurs raisons étaient très différentes, pour Patrick aussi, la situation était compliquée. En effet, le Grand s'était pris d'une affection quasi fraternelle pour lui. Ce nouvel ami commençait à occuper une place à part dans sa vie. Il lui donnait l'impression de revivre normalement, loin des armes et du sang. Une sensation qu'il croyait à jamais perdue.

26

La Mustang et la Zagato envoyaient-elles des messages subliminaux ou était-ce à cause de cet atelier où il se sentait si bien ? Quelle que fût la raison, Brian ne pensait plus qu'à son rêve. Il lui en coûtait désormais de travailler pour un autre et de devoir se charger de simples vidanges ou de plaquettes de freins. Il lui fallait donc trouver de l'argent pour mener à bien ses projets, mais il n'avait personne pour l'aider et, à vrai dire, pas même quelqu'un à qui en parler. Sa mère, sans le sou, commençait à perdre la tête, au point qu'il envisageait de la placer dans un établissement spécialisé. Cette perspective lui brisait le cœur. Il avait même honte d'y songer. L'abandonner ainsi alors qu'elle avait tant fait pour lui... Chaque fois qu'il y réfléchissait, les larmes lui venaient aux yeux.

Côté banque, vite renseigné, vite découragé : business plan, garanties, étude de marché, investissement, trésorerie, amortissement, statut juridique, apport personnel... Tous ces mots résonnaient en lui comme autant d'obstacles tous plus insurmontables les uns que les autres.

Brian en arriva donc à la conclusion qu'il devait demander à Patrick. Une situation nouvelle et embarrassante, car il n'avait jamais été vraiment question d'argent entre eux.

Bien sûr, quand ils allaient manger ou boire ensemble, c'était toujours Patrick qui régalait. Mais c'était autre chose que de lui demander directement de l'argent. Et il redoutait que cela ne ternisse leur relation. Pourtant, il se lança un jour où ils s'étaient retrouvés à l'atelier.

— Combien ? demanda laconiquement Patrick.

— Quelque chose comme 60 000 euros…

— 60 000 ?

— Même moins ! 40 000, ce serait déjà super…

— C'est d'accord pour 60.

— Vraiment ? Tu m'avancerais cette somme ?

— Non. Te l'avancer, non. Je te donne 60 000.

— Je te signe une reconnaissance de dette immédiatement.

— Certainement pas ! Je ne veux aucun papier entre nous. Je ne suis pas une banque. Tu sais, le fric, ça va, ça vient… Mais si ça peut te rassurer, il y a quand même un prix à payer.

— Je ne comprends pas…

— Dans mon monde, il y a toujours un prix à payer, expliqua très sérieusement Patrick en le fixant du regard.

— Je ne comprends toujours pas…, répéta un peu bêtement Brian.

— Nous allons passer un accord, et la parole de chacun suffira.

— Un accord ?

— Oui.

— Mais c'est normal que je te rembourse…

— Tu me rembourseras en me fournissant les véhicules dont j'ai besoin.

Devant le silence de Brian, Patrick ajouta :

— Tu auras ton garage, ton propre boulot, mais tu feras des extras pour moi de temps en temps.

— Ça veut dire quoi, exactement ? bafouilla Brian qui peinait à trouver ses mots.

— Ça veut dire que tu auras tout l'argent qu'il te faut pour t'établir à ton compte, à charge pour toi, en échange, de me fournir en voitures. Et tu auras bien sûr un bonus à chaque livraison.

À cet instant, Brian repensa à ce que lui avait précédemment confié Patrick. Il se dit que c'était un voleur, pire, un braqueur, et l'image de la police s'imposa aussitôt. Patrick réagit comme s'il lisait en lui.

— Ça restera entre nous deux. Personne d'autre ne devra savoir, jamais. Pas même ceux que tu aimes, précisa-t-il en souriant.

— Concrètement, tu souhaites que je vole des voitures pour… ton « boulot », c'est bien ça ?

Brian s'en voulait d'avoir employé le mot « boulot », mais c'était le seul qui lui était venu. Il n'arrivait pas à dire « braquage ».

— Oui, pour mon boulot comme tu dis ! confirma Patrick.

— Combien ?

— Un certain nombre. Je ne sais pas précisément.

— Pendant combien de temps ?

— Tu veux en savoir plus que je n'en sais moi-même ! Disons que nous serons liés jusqu'à ce que ce soit fini. Rassure-toi, je ne ferai pas ça toute ma vie.

— Mais comment on va faire ?

Patrick se leva et prit sa chaise pour venir la poser juste en face de celle de Brian. Il s'assit ensuite dessus à califourchon et planta ses yeux dans ceux de Brian.

— Avant toute chose, tu devras apprendre à te méfier des commères. Sans cela, pas question de travailler ensemble, exposa-t-il d'une voix lente, comme pour marquer l'importance de ses paroles.

— Les commères… Quelles commères ? De quoi tu parles ?

— Je parle du flicage informatique, pauvre innocent ! Il est planétaire. Tu n'arrêtes pas de donner des informations sans le savoir. Tous les moments où tu te connectes avec ton téléphone ou ton ordi peuvent être utilisés par la police ! Du coup, certains de ces bâtards de flics ne savent même plus faire de filatures ou de planques comme les anciens. Tu t'imagines ? Ils sont passés en mode balise GPS, sonorisation, interception, caméra de surveillance, le cul vissé à leur fauteuil avec un casque sur les oreilles ! En même temps, ils auraient tort de se gêner, on leur donne le bâton pour se faire battre…

— Je ne pense pas que je serai capable de…

— Ne t'en fais pas, je vais t'apprendre, l'interrompit Patrick.

— Mais si j'ai un souci, je ne sais même pas comment te joindre !

— Ça va changer. À partir de maintenant, tu pourras toujours me contacter, le rassura Patrick. Nous nous servirons d'Internet, mais sans jamais émettre. Il n'y aura donc jamais rien à intercepter.

— Comment c'est possible ?

— Tu comprendras, nous procéderons par étapes.

— J'ai peur…, confessa enfin Brian à mi-voix.

— Peur de quoi ?

— De la prison…

— Mais tu es déjà en prison ! Prisonnier des autres ! C'est juste que tu ne le sais pas. Il est des prisons sans barreaux ! Tu ne vois pas que ceux qui conduisent le monde s'autorisent ce qu'ils t'interdisent ? Il ne te vient pas à l'idée que c'est justement comme ça qu'ils se maintiennent là où ils sont ? Et tu veux continuer d'obéir aux règles qu'ils t'imposent pour t'asservir ?

— Je n'avais pas envisagé les choses comme ça...

— La seule question que tu devrais te poser, c'est : quelle vie tu veux ?

— Ma mère...

— Je te le répète, elle n'en saura jamais rien ! Juste toi et moi, personne d'autre, et il n'arrivera rien.

— Et si je dis oui..., laissa échapper Brian, hésitant à poursuivre.

— Tu auras *tout* l'argent dont tu as besoin. Mais attention, tu seras personnellement responsable des voitures que tu me fourniras. Elles devront être propres.

— Propres ?

— Moteurs nickel, tracking neutralisé et, surtout, sans mouchard de la police.

— Je vois...

— Si j'attrapais la peste à cause de toi, ce serait très grave...

— La peste ?

— Oui, la peste. La peste, c'est quand les flics remontent jusqu'à toi, et donc jusqu'à moi, parce que tu as mal fait ton travail ou, pire, parce que tu as parlé à quelqu'un...

— Il se passerait quoi ? Tu me virerais ?

— Si ce n'était que ça, Brian... Le métier le plus dangereux du monde, c'est traître !

— Je ne suis pas une balance ! protesta aussitôt le jeune homme.

— Ce n'est pas ce que j'ai dit, se radoucit Patrick.

— Je ne sais pas si je suis fait pour tout ça...

— Tu as vu cette vieille femme qui traîne toujours à la sortie du Blue Corail, celle qui dort dans la rue ?

— Non.

— Ça ne m'étonne pas. On ne la voit plus parce que tout le monde s'est habitué à cette misère.

— N'exagère pas ! J'ai déjà vu des hommes dormir dans la rue et je viens d'un milieu très pauvre, se défendit Brian avec vigueur.

— Elle n'a plus d'âge, ses seuls compagnons sont ses sacs défraîchis et sa crasse, poursuivit Patrick. Un jour, elle ne sera plus là, et sois sûr qu'il n'y aura absolument personne pour s'en inquiéter. Pire que tout, elle ne manquera à personne ! C'est ça, le monde d'aujourd'hui.

— Je ne vois pas le rapport.

— Tu auras la vie que tu te choisiras, Brian. Prends-en conscience. Beaucoup de gens passent leur existence à être des gens bien, comme tes parents, et cela ne leur sert à rien… ! Tu m'entends, à rien ! Ils meurent tous dans la pauvreté, peinant pour ne pas laisser de dettes derrière eux. Tu crois que je suis différent de toi ? Tu crois que je viens d'où ? De tout en bas ! Et j'y serais encore si je n'avais pas pris mon destin en main.

— C'est quand même normal que je me pose des questions…

— Tu sais, au début, on se pose toujours des questions, et puis, un matin, ça s'arrête. Il suffit de cesser, une fois pour toutes, d'accepter d'obéir aux règles des autres. Tes rêves, tes projets, ils te portent, mais encore faut-il que tu te donnes les moyens de les rendre possibles. Tu veux tirer la langue éternellement ? Tu ne veux pas aider ta mère ? Tu ne veux pas ton propre garage ?

— Si, bien sûr…

— Alors rappelle-toi bien ce que je vais te dire : ce n'est jamais le plus juste qui l'emporte dans notre société, mais toujours le plus fort !

Patrick savait se montrer convaincant. La résistance de Brian s'effritait, lui qui se savait tout au bas de l'échelle dans ce monde fait de classes et de hiérarchie. Il pensait à sa mère, il se devait de tout faire pour qu'elle finisse dignement sa vie. Et puis son garage, il le voulait aussi, et même par-dessus tout... Sa conscience le tourmentait, mais il n'y avait rien à faire, tout le ramenait toujours à ça : sa mère et son garage. En fait, c'était d'une simplicité étonnante. Comme vaincu, il cessa de se torturer et finit par dire oui à Patrick. Certes, le pacte semblait à son avantage, mais pour combien de temps ?

Il ne lui échappait pas qu'il venait de signer pour une chevauchée avec le diable. Et, plus inquiétant encore, il ne connaissait pas la destination du voyage auquel il était convié. Il espérait simplement ne pas se réveiller en enfer trop tôt...

Il s'attarda alors à détailler Patrick comme il ne l'avait jamais fait, pour l'évaluer. Un physique d'acteur, des yeux bleu outremer, une sacrée belle gueule, une voix posée et rassurante, un type sympathique, très intelligent aussi. N'importe qui lui aurait donné le bon Dieu sans confession. Et pourtant, à cet instant, Brian devinait en lui un être inquiétant lui faisant miroiter, avec le sourire du Malin, un raccourci pour réussir dans la vie.

Après s'être séparés, les deux hommes retournèrent chacun à ses occupations.

Brian se rendit chez sa mère. Ce soir-là, il l'écouta parler sans dire un mot. Il avait l'esprit ailleurs. Il restait sur une étrange impression, le sentiment confus qu'il venait de sceller son destin.

De son côté, Patrick avait rejoint le Balafré et sa compagne, Corinne, une vraie femme de voyou, ne se mêlant jamais des conversations, mais toujours prête à soutenir son homme ou à faire quelque chose pour lui. Et, comme à son habitude, elle s'éclipsa rapidement pour laisser les deux hommes converser entre eux.

— Ça y est, j'ai parlé à Brian, dit Patrick en fixant le Balafré.

— Alors ? demanda ce dernier, impatient de savoir.

— L'argent a encore vaincu. L'argent vainc toujours…, répondit Patrick, le regard un peu triste.

— Putain, on dirait que t'es pas content ! C'est super, non ?

— Il est finalement comme tous les autres…, murmura Patrick avec un rictus aux lèvres, comme pour marquer sa déception.

— Mais tu t'attendais à quoi, bordel ?

27

Oublié, le diable ! Brian a fini par réaliser son rêve. Grâce au financement de Patrick, l'atelier clandestin de mécanique est devenu un véritable garage ayant pignon sur rue. Comme il le lui avait promis, son ami lui a laissé toute l'installation, des bancs d'essai jusqu'au précieux outillage, « à condition que tu veilles sur la Mustang », avait-il ajouté avec un sourire malicieux. Pour autant, Brian n'est pas naïf, il ne doute pas que viendra un moment où il lui faudra payer sa dette.

Tous les papiers officiels sont à présent au nom de Brian Spencer et à l'enseigne de son garage, « Dream's Cars – L'atelier ». Dans l'ombre, Patrick continue de lui donner de l'argent, suffisamment pour qu'il n'y ait jamais aucun souci de trésorerie en attendant que l'entreprise devienne rentable.

Et comme on pouvait le prévoir, elle le devient assez rapidement. Brian ne fait que travailler, énormément même, désormais il gagne bien sa vie. Mais le problème, quand on s'enrichit, c'est qu'on s'y habitue et qu'on ne veut surtout pas que ça s'arrête. Pas question pour Brian d'en rester là, d'autant qu'il a dû placer sa mère dans un établissement de soins très onéreux.

Chaque fois qu'il lui rend visite, le jeune homme se remémore les paroles de Patrick : « L'État nous abandonne tous à notre sort, n'en espère rien ! » Il ne pouvait qu'acquiescer au regard de la situation de celle qu'il chérissait. En effet, le sentiment que cette société a abandonné ses anciens est profondément ancré en lui. Seuls ceux qui ont de l'argent peuvent envisager de mourir dignement. Enfin, plus ou moins. En fait, une autre chose le navre profondément : rien n'indique aux autres à quel point sa mère a été une belle personne. C'est pourquoi il a mis dans sa chambre des photos des jours heureux, moins pour elle, qui ne se rappelle plus rien, que pour le personnel qui veille sur elle, dans l'espoir qu'il la respecte davantage.

Il y a aussi Léa qui refuse obstinément qu'ils s'installent ensemble et qui le fait dépenser plus que de raison. Quand il y réfléchit bien, tomber amoureux d'elle n'est peut-être pas ce qu'il a fait de mieux. Leur vie commune semble se réduire aux sorties, aux fêtes et aux restaurants, ainsi qu'à l'achat de vêtements de luxe. Elle ne vient jamais le voir au garage. Certes, elle ne pose pas de questions sur son passé ni sur sa famille, ce qui évite à Brian de devoir lui mentir, mais elle ne l'interroge pas non plus sur ses projets.

D'un autre côté, il est facile de vivre avec une personne aussi peu exigeante. Il dispose de son corps et elle assouvit tous ses fantasmes. La courbe de ses fesses et le balancement de ses seins… peut-il demander plus ? Peut-être pas. Et puis, ils forment « un bien beau couple », comme disent tous leurs amis. Elle, pétillante et sexy, lui, calme et rassurant.

Avec les 200 000 euros supplémentaires injectés par Patrick, les revenus en propre du garage et le crédit enfin obtenu auprès d'une banque, une démarche essentielle pour que son business n'attire pas trop l'attention, Brian a transformé l'essai : ayant eu le flair de mettre un pied dans le monde des rallyes, presque tous les propriétaires de bolides du pays passent à présent par son atelier, dont la réputation ne cesse de s'étendre. En moins de deux ans, son activité est devenue celle d'une véritable entreprise, non seulement viable, mais aussi très rentable ! Il emploie maintenant plusieurs mécaniciens et un technicien en électronique. Il peut enfin s'enrichir par lui-même, sans l'aide de Patrick.

Pour ses salariés, ses voisins et tout son entourage, sa réussite est exemplaire. Et elle atteint vraiment son summum quand un consortium de constructeurs automobiles allemands le démarche pour lui proposer de devenir l'importateur et le représentant régional de leurs marques. Après cette signature, il agrandit encore ses locaux, revoit leur agencement et lance de nouvelles embauches. Signe suprême de cette ascension sociale, il a désormais sa propre secrétaire.

Les voitures, leur mécanique complexe et l'électronique dont elles sont truffées continuent d'ailleurs de le fasciner, même si tout ça n'a plus de secrets pour lui depuis longtemps. Son plaisir, à présent, c'est de faire découvrir ce bonheur à d'autres, à ces privilégiés qui achètent pour la toute première fois de leur vie un véhicule haut de gamme, 8 ou 10 cylindres, tout en cuir et en ronce de noyer. Il aime leur expliquer le comment et le pourquoi du bloc 6,2 litres V8, fort de 525 chevaux, ou les performances d'un roadster qui passe de zéro à cent kilomètres-heure en trois secondes pour arriver à une vitesse maximale de trois cent dix-sept kilomètres-heure…

Quand il y pense… des revenus confortables, une compagne, des amis. Oui, il a tout pour affronter l'avenir.

Pourtant, cette impression désagréable d'avoir perdu à la loterie de la vie ne le quitte pas. Car, même s'il sait qu'un rien suffirait pour qu'il intègre une bonne fois pour toutes un cercle vertueux, ce satané pacte passé avec Patrick plane au-dessus de sa tête telle une épée de Damoclès…

Brian a conscience qu'il doit tout à cet homme, mais il regrette amèrement d'avoir accepté son offre. Il aimerait tant dénoncer cet accord et se libérer de ce poids. Il a bien essayé une fois d'en parler à Patrick, mais celui-ci lui a lancé un regard noir en le rabrouant sans ménagement :

— Il n'y a pas d'avenant, dans mon monde ! Tiens ta parole ! Moi, j'ai tenu la mienne…

Il en est resté sans voix et, depuis ce jour, leur relation a commencé à changer. À présent, Patrick sait que Brian renâcle à respecter sa part du contrat, et ce dernier supporte de moins en moins de s'en remettre au seul bon vouloir de son mentor. Brian sait aussi qu'il n'a pas les moyens de forcer la main à Patrick, qu'il n'est pas vraiment de taille ! Lucide, il comprend que seule la mort de Patrick ou la sienne pourrait mettre un terme à leur marché. En attendant, il reste condamné à mener deux existences aussi distinctes qu'inconciliables.

Quand il fait le bilan de sa vie, Brian est très attristé par le fait que sa mère, aimante et attentionnée, ait sombré dans cette maladie qui lui vole tout, de ses souvenirs à sa dignité. Et puis il pense à son père, mort beaucoup trop tôt.

Il revoit aussi son adolescence. Il sait qu'il a réussi à éviter le pire. Ses copains du quartier cambriolaient nuitamment les entrepôts environnants, autant par désœuvrement que pour l'argent. Il les avait accompagnés une fois ou deux, mais ce n'était vraiment pas son truc. Dès qu'il était à l'intérieur des bâtiments, il devenait claustrophobe et, contrairement aux autres, était terrorisé à l'idée que la police puisse arriver. Il s'était donc éloigné d'eux, ce qui ne voulait pas dire qu'il était en reste pour les conneries...

En effet, son côté *borderline* s'était juste exprimé autrement : il faisait des à-côtés en marge de son travail. Au début, il volait de simples accessoires tels que des roues, des rétroviseurs ou des phares, pour finir par les voitures elles-mêmes... Grâce à ses connaissances en mécanique et un accès aux mallettes MXR, couvertes par le secret industriel et réservées aux seuls équipementiers, il avait rapidement démontré qu'il était en mesure de s'emparer de n'importe quel type de véhicule. En outre, il était capable de reproduire ou réencoder des clés à l'infini comme de neutraliser les systèmes tracking des bolides haut de gamme qui le faisaient tant rêver.

Sans qu'il s'en rende vraiment compte, il était ainsi devenu un redoutable voleur de voitures. Il en dérobait peu, mais de très belles. Il agissait toujours seul, et le plus souvent sur commande, ce qui lui rapportait pas mal d'argent, suffisamment en tout cas pour financer ses vacances et faire des cadeaux. Autre avantage, ces à-côtés prenaient peu de temps et lui permettaient de garder l'apparence d'une vie normale.

Pour ses amis du quartier, les choses étaient beaucoup plus compliquées. Avec les progrès de la police scientifique, les cambriolages s'étaient transformés en infractions à haut risque et ils passaient tous, les uns après les autres, par la case prison. Quoi qu'on vous en dise, cette expérience vous marque au fer rouge et change définitivement votre vie. Les passerelles pour en revenir sont inexistantes. Brian l'avait bien compris. Il ne regrettait pas d'avoir suivi une autre voie. Certes, son business était moins pimenté que celui de ses copains, mais le travail en solitaire et les voitures lui convenaient mieux. Et il faisait d'autant plus attention qu'il savait que sa mère n'aurait jamais survécu à l'humiliation de voir son fils derrière les barreaux.

Aux yeux du monde, Brian était donc le seul à être resté sur le droit chemin. Mais lui avait conscience qu'il avait surtout évité intelligemment tous les faux pas.

Finalement, Léa a traversé la vie de Brian comme une météorite. Et il a eu beaucoup de mal à se remettre de sa rupture avec sa brune incendiaire. Il a alors multiplié les rencontres pour l'oublier, sans vraiment y parvenir, jusqu'à ce qu'il tombe sur Judith, celle qui allait devenir sa femme. Encore une élégante brune aux yeux bleus et aux jambes interminables. Il a appris à l'aimer, même si les cris et la lingerie de Léa le hantent toujours.

Il a bien sûr caché ça à Judith, tout comme la face sombre de son existence. Elle ne connaît que l'histoire du père mort, de la mère qui se sacrifie, et du jeune homme qui s'est construit à force de persévérance. Quand elle le sent torturé, elle se dit que son histoire familiale douloureuse continue de lui peser.

« Brian, reprends-toi, tire un trait sur le passé ! » dit-elle parfois. Et il voudrait tant que ce soit possible. Tous les jours ou presque, il fait l'amer constat qu'il ne possède pas vraiment sa vie et que jamais il n'échappera à ce passé. Ça ne fait aucun doute pour celui qui, certaines nuits, est contraint de se glisser dans la peau de Speedy, l'ami des fourgonniers…

Bien sûr, il ne bosse plus que pour Patrick et sa bande, comme ce dernier l'a exigé. C'est même seulement avec Patrick qu'il est en contact, une des rares conditions qu'il a réussi à imposer. Le Grand n'a jamais besoin de ses services pour son usage personnel. Comme tous les autres membres du gang, il a suffisamment de fric et de faux papiers pour louer ou acheter ce qu'il veut. Il ne s'adresse donc à lui que pour obtenir des voitures de guerre, les véhicules qui servent aux braquages. Pas très souvent, c'est vrai, cinq ou six fois par an, mais trois ou quatre bolides à trouver chaque fois tout de même ! Et, comme convenu, il touche alors un bonus, une somme plutôt rondelette…

Au tout début, ces rentrées d'argent frais avaient une certaine importance pour Brian. Les crises économiques et le moral des consommateurs n'avaient ainsi jamais grande prise sur la trésorerie de son garage… ni sur son train de vie. Mais avec le temps et le développement spectaculaire de son affaire, il n'en a plus du tout l'utilité et il souhaite ardemment que tout cela s'arrête.

En attendant un hypothétique arrangement en ce sens, Speedy doit continuer à voler. Et son complice en la matière est, contre toute attente, un officier de la Brigade des stupéfiants, le capitaine Gilles Sabban.

Les deux hommes se sont rencontrés il y a plusieurs années à l'Ogre, un lieu réservé aux aficionados du cigare et aux amateurs d'alcools rares, mais pas seulement… Les fauteuils en cuir vintage accueillent aussi quelques charmantes créatures peu farouches, et Sabban, comme d'autres, avait pris l'habitude d'y venir pour s'encanailler. Brian a tout de suite remarqué ce drôle de type, un solitaire un rien mélancolique portant un regard désabusé sur la vie en général, et sur la sienne en particulier, ne faisant pas mystère du désintérêt qu'il éprouvait depuis un moment pour son métier. Un homme vénal aussi, qui avait grandement besoin d'arrondir ses fins de mois, ce qui a naturellement facilité leur rapprochement. Et le policier s'est vite révélé précieux pour le business, ne serait-ce que pour son accès au fichier des cartes grises.

Il a, en outre, des contacts partout et est toujours renseigné sur les enquêtes en cours.

Pour chaque mission, c'est le même rituel. Patrick passe commande à Brian en lui indiquant ce qu'il veut – berlines, 4 × 4 ou utilitaires –, et l'endroit où il faut les déposer – généralement un box situé dans un parking. La recherche et les repérages qui constituent en réalité la phase la plus longue de l'opération peuvent alors commencer.

Le vol en lui-même ne dure que quelques secondes grâce au savoir-faire de Brian. Ce dernier repart aussitôt avec le véhicule dérobé, précédé par Sabban qui lui ouvre la voie. L'étape suivante est la neutralisation du tracking. Cette opération doit s'effectuer le plus tôt possible pour qu'on ne puisse pas tracer le véhicule une fois le délit découvert. Un jeu d'enfant pour Speedy, mais qui suppose de trouver un emplacement au calme et loin de toute caméra de surveillance. Là aussi, les compétences du capitaine Sabban sont bien utiles. Et c'est après ça seulement que la voiture peut être livrée au lieu imposé par Hanssen. Brian s'acquitte lui-même de cette mission, une des exigences formelles du chef des fourgonniers.

Ces nuits-là, même fourbu par les centaines de kilomètres qu'il est parfois obligé de parcourir, Speedy s'arrange toujours pour rentrer avant l'aube, afin que Brian se lève comme si de rien n'était… Ainsi est née la légende de ses insomnies chroniques.

Et malgré le manque cruel de sommeil et la fatigue occasionnée par ces escapades, Brian est, comme toujours, debout à 6 h 30 le lendemain, quitte à devoir faire une sieste clandestine au garage dans l'après-midi.

Quelques jours après, son compte personnel à Lugano est crédité d'une belle somme en provenance d'une banque autrichienne…

28

Ce jour-là, Paul Van Erste est à son bureau, occupé à préparer sa participation à la prochaine conférence qu'Europol a organisée à Rome. Conscient qu'il va devoir s'absenter pour l'occasion deux jours consécutifs, le directeur de la police criminelle en avise le directeur général, puis le procureur du roi.

— Monsieur le procureur, je voulais vous informer que je serai absent deux jours en fin de semaine prochaine...

— Vous comptez vous absenter en ce moment ?

— Oui, je dois me rendre à Rome pour participer à une conférence européenne des chefs de police, juste un aller-retour...

— Quel en est le thème ?

— Les mafias et le trafic international de véhicules.

— Vous vous y connaissez, dans ce domaine ?

— Sur le trafic de voitures, pas vraiment..., confesse Van Erste en souriant. Mais on m'a préparé quelques fiches là-dessus, il faut juste que je les digère si je veux pouvoir les restituer le moment venu.

— Monsieur le directeur, j'ai parmi mes amis l'un des plus grands spécialistes qui soient en matière de voitures et d'électronique ! Je peux programmer un déjeuner avec lui si vous voulez, s'enthousiasme le magistrat.

— Il est inutile de le déranger… Vous savez, il va surtout être question de statistiques et d'organisations criminelles…

— Alors disons juste un café à mon bureau ? Ça ne vous engage à rien, et vous verrez si vous voulez reprendre contact avec lui par la suite. Personnellement, il me semble que vos services gagneraient beaucoup à s'ouvrir davantage sur l'extérieur. D'autant que cet homme est un véritable expert !

— Un café me va, cède alors le directeur, qui n'entend pas livrer bataille sur un sujet aussi futile.

— Bon, j'organise cela avant que vous ne partiez et je vous rappelle pour confirmer.

29

Ce matin-là, Brian est en train de boire son café dans la cuisine quand la radio commence à donner les détails d'une attaque de fourgon commise la veille au soir, attaque au cours de laquelle un convoyeur de fonds a été tué et un gendarme grièvement blessé.

Le chef d'entreprise a aussitôt un nœud à l'estomac. Les témoignages qui se succèdent n'arrangent rien, et lui donnent plutôt la chair de poule. Il reste d'abord assis un moment sur sa chaise, le regard dans le vague, comme prostré. Il faut qu'il réfléchisse. Quand il se relève enfin, il va dans le salon. Il cherche nerveusement à mettre la main sur la télécommande de la télévision. Elle n'est pas à sa place habituelle sur la table basse.

— Fait chier, lâche-t-il à haute voix, à cran.

Il écarte sans ménagement tous les coussins du canapé, puis ceux du fauteuil. Il jette un coup d'œil sous le meuble télé et parcourt même l'épais tapis pour découvrir qu'elle est en fait posée juste sous son nez, sur le rebord de la cheminée. Là où il l'a lui-même laissée la veille… Il allume aussitôt le poste en s'empressant de mettre le son au minimum pour ne pas réveiller Judith.

On parle du braquage sur toutes les chaînes. L'autoroute, le camion éventré, les portes arrière noircies, le pare-brise constellé d'impacts, un corps évacué, des carcasses de voitures calcinées dans une forêt… Les images passent partout en boucle.

Il est décidément trop mal pour continuer à s'infliger ça. Il préfère éteindre et rejoindre son coin bureau, attenant au salon. Il ouvre le grand tiroir situé sous le ventre du meuble qui lui sert de table de travail. Une partie de sa vie est là. Il écarte les dossiers bien alignés et sort une sacoche noire dont il extrait un ordinateur portable gris acier. Il le démarre et entre son mot de passe. Il accède ainsi à la boîte mail qu'il partage secrètement avec Patrick. Personne ni aucun service ne peuvent intercepter leurs communications. Et pour cause. Ils ne s'envoient jamais rien. Les deux hommes n'utilisent que la fonction « brouillon ». Ils lisent leurs messages et les effacent immédiatement. C'est par ce canal qu'ils s'organisent quand ils ont besoin de se téléphoner ou de se rencontrer.

Comme d'habitude, la boîte est vide. Brian commence à taper sur le clavier : « J'ai écouté la radio ce matin… », mais il se ravise. Pourquoi envoyer un message ? Juste parce qu'il se sent accablé ?

C'est vrai qu'il est au plus mal. Cet événement le renvoie d'un coup à la mort, et surtout à sa responsabilité… Parce qu'il a livré cinq voitures il y a quelques semaines, dont deux BMW, et que les reportages évoquent deux BMW utilisées par les braqueurs. Et parce que le Grand ne s'en prend qu'aux blindés…

Mais concrètement, les images des carcasses brûlées sont trop furtives pour qu'il identifie à coup sûr « ses » voitures, et puis, il y a certainement d'autres équipes de fourgonniers qui sévissent dans le pays… Il veut se convaincre que rien, à ce stade, ne prouve l'implication de la bande de Patrick. On lui met toujours tout sur le dos, c'est un peu facile. Hors de question qu'il l'accuse lui aussi à tort et à travers ! Non, il n'est pas concerné, pas vraiment, et il n'y a pas lieu de se tourmenter. Il referme donc son ordinateur.

De retour dans la cuisine, Brian se fait couler un autre café. Quand il se retourne, la tasse à la main, Judith se tient dans l'encadrement de la porte. Elle vient de se réveiller…

— Il est déjà 7 h 30. Tu es en retard, non ?

— J'allais filer, mais j'ai pris le temps d'un autre café…

— Tu as une sale tête, encore tes insomnies ? Tu n'es pas malade, au moins ? insiste-t-elle.

— Non, je suis fatigué, c'est tout.

— Un jour, il faudra quand même aller consulter…

— Tu sais bien que les médecins et les hôpitaux me font peur, répond-il en s'approchant d'elle pour l'embrasser tendrement sur le front.

Elle lui sourit tandis qu'il s'éloigne. Il n'y a plus rien de sexuel entre eux. Dans un couple, rien n'est jamais simple. Il n'y a qu'avec Léa que tout était différent…

Il gagne la grande entrée cathédrale et rejoint le garage par la porte de service. À peine assis dans sa voiture, il appuie sur le bouton du boîtier électronique qui commande l'ouverture. Comme tous les matins, il lance un rapide regard à sa Zagato, et le voilà parti. Aujourd'hui, il fait beau. Il roule tranquillement jusqu'au poste de garde. Là, le gardien reconnaît aussitôt la puissante berline. Parmi toutes celles de la résidence, il n'y a qu'une seule Mercedes S 600 Maybach. L'homme en uniforme lui adresse alors un salut quasi militaire, et l'imposant portail vert s'ouvre.

Tout à ses pensées, Brian quitte sa retraite protégée et se rend à son bureau à petite vitesse. Durant le trajet, il ne prête guère attention à la circulation ni aux voitures environnantes, au point qu'il frôle plusieurs fois l'accident. Il est absorbé par les nouvelles à la radio.

Arrivé au garage, il file à son bureau, sans faire le tour de la concession comme à son habitude. Il a sa tête des mauvais jours.

— Bonjour, monsieur, vous allez bien ?

— Bonjour, Christelle, oui, je fais aller…

— Vous voulez un café ?

— Volontiers.

Tandis que sa secrétaire se penche pour déposer la tasse de porcelaine, il contemple sa poitrine et perçoit son parfum. Elle lui sourit. Cette gestuelle habituelle et empreinte de gentillesse l'apaise.

— Rien de spécial pour ce matin ? demande-t-il.

— Non… Enfin, si ! Le procureur Atlan vous a téléphoné. Il souhaite que vous le rappeliez.

— Il vous a dit ce qu'il voulait ?

— Non, il ne me l'a pas précisé.

— Bien, passez-le-moi, exige Brian dont l'estomac recommence à se nouer. Je ne veux pas être dérangé, merci de fermer la porte, Christelle.

La jeune femme s'éclipse et s'exécute : elle compose le numéro de la ligne directe du procureur et passe la communication à son patron. *Que de mystère pour convenir de leur prochaine partie de golf !* sourit-elle avec indulgence.

— Brian ? Bonjour, c'est Victor à l'appareil.

— Bonjour, Victor, comment allez-vous ?

— Comme un procureur que tout le monde emmerde, mon pauvre !

— Vous m'appelez pour le golf de samedi ? Un contretemps ?

— Non, non, on se voit toujours samedi, et j'espère être bien meilleur que la dernière fois !

— Des ennuis avec votre Mercedes ?

— Non, pas du tout ! En fait, j'ai cherché à vous joindre, car j'ai vu le directeur de la police criminelle. Ils ont besoin des conseils d'un as de la mécanique et de l'électronique. Et j'ai bien sûr pensé à vous !

— Je ne vois pas en quoi je peux les aider..., réplique Brian en se crispant.

— Brian, enfin, vous êtes un spécialiste, un « sachant », comme on dit maintenant. Il est essentiel que la police échange avec des gens tels que vous ! Je vous l'ai d'ailleurs déjà dit, vous êtes trop modeste, vous devriez demander une habilitation comme expert auprès les tribunaux.

— Je n'ai guère le temps, hélas...

— Vous avez tort, il faut savoir trouver du temps pour les choses importantes. Bon, on se voit quand même demain à 10 heures dans mon bureau ?

— C'est d'accord, Victor, s'entend alors répondre Brian, contraint et la gorge serrée.

— Vous verrez, le type que je vais vous présenter est plutôt sympathique. Un peu bourrin, comme tous les flics, la tête trop dans le guidon, mais il gagne à être connu. Allez, à demain ! Vous saluerez bien Judith pour moi.

— Je n'y manquerai pas.

Après avoir raccroché, Brian reste un long moment pensif. Comment interpréter tout ça ? Il cherche du regard sa sacoche noire et sort le petit ordinateur portable gris acier. Cette fois, il est bien concerné, il doit se passer quelque chose... Il ouvre sa boîte mail et tape son message : « TTU. J'ai un rendez-vous lié au travail... »

Tandis que la matinée se passe avec son lot d'appels et de clients, Brian s'impatiente. Il vérifie mille fois sa messagerie, mais ce n'est que vers 11 heures que Patrick lui envoie un laconique : « Pas de souci. »

Brian est furieux. Patrick ne semble pas comprendre la situation. Il supprime aussitôt le brouillon et écrit rageusement un nouveau message, faisant fi de la sécurité : « Pas de souci ? Proc et chef police veulent me voir ! Je ne sais pas pourquoi… » Patrick lui répond, cette fois presque dans la foulée : « RAS. Coïncidence. Tu flippes pour rien. »

Le lendemain, en lui tendant la main sur le seuil de son bureau, le procureur Atlan lui adresse un bonjour très chaleureux avant de l'inviter à s'asseoir. Les visages n'expriment aucune tension. Brian décrypte au fur et à mesure sa gestuelle et se dit que Patrick avait peut-être raison. Tout va bien. C'est lui qui devient parano, il est vraiment temps que tout cela s'arrête…

— Mon cher Brian, je vous présente Paul Van Erste, le directeur de la police criminelle et un ami. Il se prépare pour une réunion Europol dont le thème est le trafic de voitures volées. J'ai pensé que vous pourriez l'aider…

Van Erste salue poliment Brian, mais s'il sourit, c'est moins par politesse qu'en raison de la présentation faite par le procureur. En effet, on est ami avec un juge comme ça tant qu'on veut, mais jamais au point qu'il vous reçoive chez lui. Car, même si chacun feint de ne pas les voir, il existe encore des castes, dans nos sociétés. Le flic ne peut s'empêcher d'observer ces deux bourgeois dont il devine qu'ils se fréquentent, eux, dans la vie privée. Il sait qu'il ne sera jamais admis dans leur monde.

— Monsieur le directeur, expliquez-nous donc vos problèmes de voiture…

— Merci, monsieur le procureur, merci à vous aussi, monsieur Spencer, d'être venu.

— Il n'y a pas de quoi, mais je ne sais pas si je pourrai vraiment vous être utile, répond Brian, sur ses gardes.

— Nous portons une attention particulière aux gangs spécialisés dans le vol de véhicules, d'autant que, vous vous en doutez peut-être, certaines sont ensuite utilisées par le grand banditisme.

— J'ai lu dans la presse qu'il y avait effectivement des gangs de Géorgiens redoutables.

— Oui, mais il n'y a pas qu'eux. Nous sommes confrontés à des voleurs « haut de gamme » ou « high-tech », c'est comme on veut. Beaucoup de voitures sont protégées par des systèmes d'alarme très sophistiqués, quelques-unes ont même un système de géolocalisation intégré qu'il est normalement très difficile de neutraliser, sans parler des clés électroniques… Il faut vraiment être de la partie pour déjouer ces dispositifs !

Brian écoute attentivement, mais se contente de hocher mollement la tête. Van Erste poursuit donc :

— Dans plusieurs affaires d'attaque de fourgons par exemple, nous avons constaté que les véhicules utilisés par les malfaiteurs avaient été dérobés sans bris de glace, et apparemment sans qu'on ait eu besoin de forcer la moindre portière.

— On peut forcer une voiture sans laisser de trace sur les portières, explique Brian.

— Sans doute, mais sur les véhicules haut de gamme, je me suis laissé dire que les clés comportent des éléments électroniques très complexes qui ne se réduisent pas seulement au verrouillage centralisé. Elles possèdent un transpondeur, un système lui aussi électronique, unique et relié à la voiture, comme vous le savez. C'est ce système qui autorise le déverrouillage une fois le code unique de la clé reconnu par le véhicule, termine le directeur.

— Si ce n'était que ça…, sourit alors Brian.

— C'est-à-dire ?

— Sur les tout derniers modèles, il n'y a plus de transpondeur classique, comme celui auquel vous faites référence. Les clés nouvelle génération sont encore bien plus sécurisées. Elles comprennent un transcripteur de code tournant, dont la fonction est de générer un nouveau code à chaque démarrage. Si celui-ci ne correspond pas à celui du véhicule, elle refusera de démarrer.

— Vous êtes donc d'accord avec nos analystes qui émettent l'hypothèse que les voleurs pourraient disposer des mallettes constructeur ?

— Je ne saurais vous dire, mais cela paraît assez invraisemblable…

— Et pourquoi donc ?

— Parce que ces « mallettes », pour reprendre votre expression qui ne correspond du reste à aucune réalité tangible, sont des outils répertoriés et très coûteux. D'autre part, il ne suffit pas d'en posséder une, encore faut-il être un électronicien confirmé avec de solides connaissances en informatique pour savoir s'en servir.

Brian se force à adopter un ton léger, mais il a tellement chaud qu'il commence à transpirer. Il a peur de bredouiller. Heureusement, son émoi échappe au flic et au procureur, mais il ne faudrait pas que cela dure trop longtemps.

— Un professionnel pourrait-il être compromis ? demande Van Erste.

— Il pourrait y avoir une autre explication…, répond Brian.

— Et laquelle ? Comment peut-on neutraliser tous ces dispositifs si l'on n'est pas du métier ?

— Les gangs des pays de l'Est sont, paraît-il, à la pointe en ce domaine. Ils en ont parlé à la télévision. Il y aurait même parmi eux d'anciens agents des services de renseignement.

— Brian… Vous permettez que je vous appelle Brian ?

— Je vous en prie.

— Les voitures volées chez nous par ces fameux gangs que vous évoquez sont exclusivement destinées à l'exportation. Ils les revendent chez eux. Pour ne rien vous cacher, je ne vois pas le gang Hanssen, par exemple, aller faire ses courses en Moldavie ou en Pologne !

Quand il entend le flic prononcer le nom de Patrick, Brian accuse le coup.

— Je ne sais pas… Peut-être que vos bandits font le boulot eux-mêmes ? lâche-t-il, hésitant.

— C'est peu probable. Quand ils passent à l'action, les gars de cette trempe ne font pas dans la finesse, ils emploieraient une méthode plus violente, type *carjacking*.

Brian tente de signifier qu'il n'entend rien à tout ça en haussant les épaules, mais Van Erste n'en a pas tout à fait fini avec lui :

— Vous connaissez bien la Belgique, Brian ?

— Bien sûr, j'y suis né et j'y travaille !

— Ah, dans quel coin ?

— C'est un interrogatoire ? se braque alors Brian, sans plus sourire.

Fâché par la tournure soudaine de la conversation, le procureur Atlan intervient :

— Messieurs ! Messieurs ! Je vous en prie… Mais qu'est-ce qui vous arrive, Van Erste ? Nous sommes entre amis !

— Vous avez raison, se radoucit le chef de la police criminelle pour calmer le jeu. Pardon, je me suis laissé aller. En ce moment, je suis un peu à cran. Je vous présente mes excuses.

— Il n'y a pas de mal. De toute façon, il est temps que je vous libère et que je vous laisse tous les deux retourner à vos occupations, conclut le procureur, très embarrassé.

Sur la route qui le ramène à son bureau, le directeur Van Erste est pensif. Même s'il n'a rien laissé paraître, il a bien perçu que ce Brian Spencer était sur la défensive. Mais pour quelle raison ? Une faiblesse dans le dispositif de protection des véhicules dont le réseau constructeur auquel il appartient ne souhaite pas parler ? Il téléphone à François Kennel, le patron de la BRB.

— Bonjour, François, c'est Paul.

— Bonjour, chef.

— J'avais besoin d'un service.

— Bien sûr.

— Pouvez-vous faire un point sur un certain Brian Spencer, né en Belgique, environ 35 ans ?

— Je m'en charge, chef !

— Vous savez, il n'y a pas d'urgence, ajoute le directeur qui trouve de plus en plus pénible que Kennel fasse usage de « chef » à tout bout de champ.

30

En sortant de chez le procureur, Brian Spencer a lui aussi téléphoné à la police. Enfin, en quelque sorte... Il a appelé le capitaine Sabban pour, à son tour, l'inviter à déjeuner au Saint-Raphaël.

Après cette petite réunion qui, comme il le redoutait, a été pénible, il a besoin de discuter sérieusement avec lui. Brian a apprécié que le procureur remette ce flic à sa place, mais, même si la police semble n'avoir aucune information, il a un mauvais pressentiment.

— Gilles, j'ai réfléchi. Il faut vraiment que ça s'arrête...

— De quoi tu parles ?

— Les bagnoles, les virées nocturnes, tout ça, quoi... Je n'y arrive plus !

— Mais tu m'as dit que ton copain ne voulait rien savoir !

— Je m'en fous... Imagine-toi que je sors d'une entrevue avec le procureur et un flic. Ils m'ont parlé de Hanssen, de fourgons et de voitures volées !

— Ils te soupçonnent ? s'exclame à mi-voix Sabban, gagné par l'inquiétude.

— Non, pas du tout ! Au contraire, ils me demandent des conseils... Mais je n'y arrive plus, il faut que ça s'arrête.

— Comment tu vas t'y prendre ?

— J'ai une idée, mais j'ai besoin de toi !

— Je t'écoute.

— Je suis ton indic.

— Tu es mon indic ? Toi, tu es mon indic ! répète Sabban en s'esclaffant.

— Exactement, lui répond très sérieusement Brian.

— Mais comment ça ?

— Je vais te donner une information, tu comprends ?

— Tu déconnes, là !

— Non. Je suis ton indic et j'ai un super tuyau. Je suis prêt à te dire où ils planquent leurs voitures.

— C'est très risqué, il est hyper venimeux, ton copain... S'il apprend que tu l'as balancé, t'es un homme mort. Personne, pas même moi, ne pourra l'arrêter.

— Je sais à quoi m'en tenir, je n'ai pas besoin de tes mises en garde ! Le métier le plus dangereux du monde, c'est traître. Quelqu'un me l'a déjà dit.

— Te voilà donc averti... Et tu envisages quoi ?

— Il faudrait juste que tu transmettes l'info à la bonne personne. Tu as sans doute un collègue qui sera intéressé par un renseignement sur les Hanssen, non ?

— Oui, je connais quelqu'un à l'Antigang..., réfléchit Sabban. C'est sa brigade qui cherche les Hanssen, et le Balafré a tué un des leurs. Ce flic est d'une espèce rare, il a une mémoire, comment dire, minérale ! Il ne pardonnera jamais, il les poursuivra jusqu'en enfer !

— C'est parfait ! Alors, tu peux le faire ?

— C'est délicat. Je te rappelle qu'on est impliqués !

— Écoute, un bonus de 20 000 en cash en plus de ce que je te donne d'habitude, ça t'irait ?

— Ça reste quand même très tendu ! Il va falloir que je reprenne contact avec lui et que je lui donne suffisamment de renseignements pour être sûr qu'il réagisse, mais pas trop non plus, car il ne faudrait surtout pas qu'il comprenne ce qu'on cherche à lui faire faire… C'est un malin.

— T'as qu'à lui donner la planque de Verviers, là où on a livré les dernières voitures. Avec un peu de chance, certaines y sont encore. Qu'est-ce que t'en dis ?

— J'y pensais aussi, mais il ne faut pas traîner. Ils peuvent s'en servir à tout moment.

— Fais pour le mieux, mais je te le demande, sors-moi de là, l'implore Brian.

31

En cinq ans, Brian, ou plutôt Speedy, n'avait connu qu'un incident, un « coup de chaud », comme il disait, mais il n'était pas près de l'oublier…

À l'époque, Brian déjeunait régulièrement dans un café, Le Globe. La cuisine y était excellente et la carte des vins, remarquable. Situé aux abords d'une zone pavillonnaire assez cossue, l'établissement avait aussi l'avantage d'être suffisamment éloigné du boulot pour qu'il n'y pense plus. Il pouvait ainsi manger en toute tranquillité et on prenait soin de lui. Une des serveuses avait même le béguin pour le jeune homme, ce qui n'était pas pour lui déplaire.

La clientèle du restaurant était presque exclusivement composée d'habitués. Des employés, des artisans, des représentants de commerce ou des cadres de société qui venaient s'offrir un bon repas. Au comptoir, les choses étaient différentes. Les consommateurs étaient davantage soucieux de la rapidité du service que de la qualité des mets. L'ambiance y était aussi plus animée, d'autant que de jeunes turbulents s'y retrouvaient de temps en temps. Or, tous les règlements s'effectuant à la caisse située au bout du bar, ce point de passage voyait se rencontrer les représentants du monde industrieux et les membres d'un univers plus… hétéroclite.

Cette mixité avait donc conduit Brian à échanger quelques mots avec un jeune homme souriant plutôt bien élevé et son amie, une belle jeune femme dont les yeux verts ne laissaient pas indifférent. Bien que sans qualification ni expérience professionnelle, le garçon se disait à la recherche d'un travail ou de petits boulots. « Même au black… », avait-il précisé avant de donner son numéro de téléphone. Sans rien lui promettre, Brian en avait pris bonne note.

Quelques jours plus tôt, Hanssen avait passé commande pour trois véhicules, dont un monospace V6 ou V8 qui devait impérativement pouvoir transporter six personnes et des équipements en conséquence. Un oiseau rare…

Brian en avait parlé à Sabban qui avait fini par le rappeler un matin pour lui dire qu'il venait juste de remarquer un grand Ford Tourneo qui correspondait à leurs attentes. Immatriculé au Luxembourg, il était stationné sur un parking de surface dans le quartier d'affaires implanté au nord de Bruxelles. Sabban avait vu le conducteur en descendre avec des bagages et se rendre jusqu'à un hôtel situé à une centaine de mètres. En toute logique il en avait conclu que la voiture allait passer la nuit sur place. En rentrant au service, il avait vérifié, comme chaque fois, qu'aucune caméra ne couvrait le secteur. Tous les voyants étaient au vert, mais la fenêtre de tir était étroite. C'était ce soir-là ou jamais…

Brian s'était alors rendu aussitôt sur la zone pour voir par lui-même. Et comme les conditions étaient en effet optimales, il avait décidé d'opérer la nuit même, de peur que le Ford ne lui échappe. Mais l'affaire se révéla plus compliquée que prévu : Sabban était de permanence toute la semaine, ce qui impliquait une astreinte à domicile pendant la nuit. À l'entendre, c'était non négociable, il devait rester chez lui, le service pouvant le contacter à tout instant. En conséquence, accompagner Brian sur ce coup et l'aider à voler le véhicule lui était possible car rapide, mais participer à son convoyage jusqu'à l'endroit voulu par Hanssen était exclu.

Brian pestait. Faute de solution de remplacement, l'oiseau rare allait sans doute s'envoler. C'est alors qu'il se souvint du jeune homme qu'il avait rencontré au Globe. La petite graine plantée à l'occasion d'une banale conversation de comptoir commençait à germer… Il lui téléphona dans la foulée et lui donna rendez-vous sur le parking du restaurant.

— Toujours à la recherche d'un petit boulot ?

— Oui, monsieur.

— Ta copine n'est pas là ?

— Non, elle est malade.

— Rien de grave ?

— Non.

— Tu as ton permis de conduire ?

— Oui, bien sûr…

— Tu peux me le montrer ?

— Voilà…, dit le jeune homme en sortant son portefeuille d'une des poches arrière de son pantalon.

— Très bien. « Sébastien Wouters », lut Brian en découvrant l'identité de son interlocuteur. J'ai peut-être un truc pour toi…

— Ce serait super !

— Un de mes amis doit arriver ce soir à la gare de Courtrai. Comme j'ai horreur de prendre le volant la nuit, nous sommes convenus que je lui laisserais une voiture sur le parking de la gare. Est-ce que tu te sens capable d'aller la déposer là-bas ?

— Ça n'a pas l'air très difficile…

— Tu la mettras sur le parking payant situé juste en face de la gare. Il n'est pas très grand, c'est pratique. Ensuite, tu reviendras par le train.

— D'accord.

— Je te donnerai 500 euros cash pour cette course. Cent maintenant, et le reste au retour, quand je récupère les clés…

— Vous pouvez compter sur moi, s'enthousiasma le jeune homme.

— Tu es déjà allé à Courtrai ?

— Oui, plusieurs fois.

— Très bien, voici les clés, c'est la Golf bleue là-bas, expliqua-t-il en désignant le véhicule. Elle est en parfait état et les papiers sont dedans. Tu feras attention à respecter les limitations de vitesse. Je ne veux pas recevoir un PV dans quinze jours !

— C'est d'accord.

— Il faudrait que tu te charges de ça en fin d'après-midi. Il y a quatre-vingt-dix kilomètres à faire et le retour en train ne prend que cinquante minutes.

— Comment on fait pour les clés ? s'inquiéta alors Sébastien.

— Mon ami a un double. Simplement, laisse bien les papiers dans la boîte à gants et n'oublie pas de glisser le ticket de parking avec.

— Vous ne préférez pas que je l'attende et que je le ramène ?

— Non, non. Il sera tard et je ne veux pas rester toute la nuit à veiller. Il ira comme un grand, tout seul, à l'hôtel de son choix, c'est prévu comme ça…

— Comme vous voulez.

— Les papiers et le ticket de parking dans la boîte à gants… Tu te rappelleras ?

— Oui. Je n'oublierai pas !

— Tu t'intéresses aux voitures ? demanda Brian alors qu'il lui remettait l'avance promise.

— Oui, mais je suis plus attiré par les motos !

— C'est la tienne, là, dehors ?

— Oui, c'est une Royal Enfield, une vieille anglaise.

— Une anglaise fabriquée en Inde…, s'amusa Brian.

— C'est exact.

— C'est une Continental GT, bicylindre, arbre à came en tête, 47 CV, c'est bien ça ?

— Vous vous y connaissez en mécanique, on dirait ! s'exclama le jeune, bluffé.

— Un peu, c'est même mon métier, confia Brian qui avait l'impression de revivre une autre rencontre. Mais revenons-en à notre affaire.

— Je crois que j'ai tout compris, le rassura Sébastien sur un ton plutôt convaincant.

— OK, juste un dernier point : j'apprécierais beaucoup que tu ne fasses pas le con et que tu restes discret, même auprès de tes potes. Sauf si tu veux que je demande à quelqu'un d'autre la prochaine fois…

L'opération se déroula au cœur de la nuit. Sabban conduisit Brian à l'Espace Nord, là où il avait repéré le monospace. Il était toujours là. Tout se passa comme prévu et très vite : Brian réussit à ouvrir la portière sans déclencher l'alarme, puis, une fois installé au volant, il neutralisa le système antivol et démarra dans la foulée.

Il est quand même très fort, se dit Sabban en regardant le monospace s'éloigner et avant de partir de son côté pour rejoindre son domicile, comme l'exigeait l'astreinte de nuit à laquelle il était assujetti.

Après une vingtaine de kilomètres, Brian s'arrêta sur une aire de repos pour s'assurer que la future voiture de guerre était « propre ». Il savait que ce modèle n'était équipé d'aucun dispositif de géolocalisation en série, mais il voulait quand même en avoir le cœur net. Son détecteur de balise lui confirma qu'il n'y avait rien.

Il reprit alors la route en direction de Courtrai pour aller jusqu'au box désigné par Hanssen. Après y avoir mis à l'abri le Ford, il se dirigea à pied vers la gare toute proche pour y récupérer la Golf qu'il avait fait déposer dans l'après-midi. Il la trouva sans mal, d'autant que, comme il l'avait imaginé, il restait bien peu de véhicules stationnés à une heure aussi tardive. Les papiers et le ticket de parking étaient à leur place dans la boîte à gants. Le gamin avait bien fait le job !

Plus tard dans la nuit, de retour à son garage et une fois la Golf remisée sur le parking, Brian reprit sa Mercedes pour gagner son domicile. Il y arriva un peu avant 4 heures.

Le lendemain, pour que les choses ne traînent pas, il envisagea d'aller déjeuner au Globe afin de payer son « voiturier » et de récupérer le double des clés. Mais sur le coup de 11 heures, Sabban l'appela pour « fêter son anniversaire » au Saint-Raphaël. Il ne pouvait pas refuser. C'était le signal convenu entre eux quand il y avait quelque chose d'important ou d'urgent qui ne pouvait être dit par téléphone.

Quand il s'y pointa, Sabban était déjà là, assis, en train de siroter un scotch. Il avait sa tête des mauvais jours…

— Décidément, les permanences ne te réussissent plus, ça doit être l'âge…, lui lança Brian en s'installant.

— Tu es en retard, répondit le flic d'un ton sec.

— De quelques minutes seulement. Pour quelqu'un qui a dormi moins de trois heures, ce n'est rien, tu ne trouves pas ?

— Tu es en retard quand même !

— Qu'est-ce qui t'arrive ?

— Je ne serai pas toujours là, lâcha aussitôt Sabban en lui tendant son téléphone.

— Qu'est-ce que tu veux que je foute avec ton portable ?

— Regarde cette photo.

— On dirait des clés…

— C'est tout ce que tu peux en dire ?

— D'après le logo, ça doit être des clés de Volkswagen, répondit cette fois Brian avec un brin d'incertitude, pendant que tous ses neurones venaient de se lancer dans une intense recherche…

— Agrandis et regarde bien, insista son interlocuteur.

— Ce sont mes clés ? s'exclama Brian en reconnaissant l'anneau en laiton torsadé qui les reliait.

— Je te le confirme…

— Mais comment est-ce possible ?

— Et lui, tu le remets ? demanda le flic en lui montrant à présent la photo d'un jeune homme à l'allure fatiguée.

— C'est un des habitués du Globe…

— Je vais te raconter la belle histoire du jour…, dit alors Sabban avec un regard blasé. Hier soir, Sébastien Wouters s'est fait arrêter pour une affaire de stupéfiants. Le petit imbécile s'est fait pincer par les bleus.

— Les bleus ?

— Oui, la police en tenue ! Il avait sur lui une dizaine de barrettes de shit, soit environ 40 grammes de résine de cannabis, qu'il venait sans doute d'acheter à son dealer.

— Quel rapport avec mes clés ?

— Au commissariat, le gosse a essayé de négocier. Apparemment, il pouvait balancer des renseignements sur un éventuel trafic.

— Putain…

— Je continue ?

— Oui, vas-y, souffla Brian.

— Le gamin pense qu'on l'a utilisé pour lui faire faire une livraison de came. Il a parlé d'une voiture qui ne lui appartient pas, mais qu'on lui a demandé d'aller déposer sur un parking tout près de la frontière française. Et d'un type qui devait arriver en train pour la récupérer…

— Mais il est complètement barge. Pourquoi il dit toutes ces conneries, ce petit con ! Pourquoi ?

— Parce qu'il a peur d'aller en prison, parce qu'il ne veut pas être poursuivi, parce que sa copine ne sait pas qu'il deale, parce qu'il a la trouille que son père l'apprenne, parce qu'il va trop au cinéma…

— Qu'est-ce qu'il a dit, exactement ?

— Je te rassure, il n'a pas donné ton nom ! lâcha Sabban, sarcastique.

— Je ne suis pas sûr qu'il connaisse mon identité…

— Oui, mais il a quand même parlé du Globe. Tu sais, le restaurant où tu vas manger tous les midis… Et d'un garage. Comme il fallait vérifier ses déclarations, les collègues l'ont conduit à la Brigade des stups.

— Et alors ?

— Alors, le flic qui s'est occupé de lui a malencontreusement fait comprendre, au détour de la conversation, qu'on ne le confondait pas avec Pablo Escobar et qu'il ne risquait donc strictement rien pour cette malheureuse affaire de shit. Le gamin, qui est quand même loin d'être bête, en a aussitôt déduit qu'il était inutile de cafter quoi que ce soit. D'autant que l'officier venait de lui expliquer que, s'il accusait quelqu'un sans preuve, la personne le saurait et qu'il s'exposait à de graves difficultés en retour…

— Comment ça s'est terminé ?

— Conformément à la procédure, il s'est engagé à aller consulter un médecin pour son addiction et il a été libéré, tes clés en poche.

— Merde !

— Tu as de la chance que j'aie été d'astreinte et qu'ils m'aient appelé cette nuit pour traiter cette affaire…

— N'en rajoute pas, je t'en prie, rétorqua Brian, prenant conscience que le danger était derrière lui.

— Brian, il faut que tu arrêtes immédiatement de voir ce type et que tu cesses d'aller bouffer tous les jours au même endroit !

— Mais comment je vais faire ?

— Pour manger le midi, ou pour mater le cul de la serveuse ? questionna Sabban sur un ton toujours ironique.

— Je n'ai pas l'esprit à plaisanter. Je dois absolument récupérer les clés, et accessoirement le payer, sinon ça va se compliquer…

— Sur ce coup-là, je ne peux pas t'aider. Maintenant, il sait qui je suis, je suis hors jeu, je ne peux pas me griller !

— Je ne sais pas à qui je vais pouvoir demander ça…

— Tu en es sûr ?

— Patrick…

Couper les ponts avec ce garçon au plus vite, ne plus jamais mettre les pieds au Globe, et ne plus jamais improviser… Brian admit sans mal que Sabban avait raison en tout ! Il lui restait désormais à en parler à Patrick. Celui-ci connaîtrait sûrement une petite main capable d'aller porter l'argent au jeune en échange des clés...

— C'est vraiment urgent ? s'enquit Patrick en l'appelant après avoir lu son mail.

— Oui, j'ai un souci. Un *vrai* souci...

— Je ne veux pas me déplacer en ce moment, c'est chaud pour nous... Tu comprends ?

— Oui, mais moi, je peux bouger...

— Je ne sais pas.

— J'ai vraiment besoin de ton aide, sinon ça va être la merde pour moi.

— Laisse-moi réfléchir ! ordonna alors le Grand.

Après une minute de silence qui parut une éternité à Brian, le chef des fourgonniers lança :

— Tu connais Braine-le-Château ?

— Non, mais je trouverai. Je peux faire un aller-retour dans la journée ? Il faut compter combien de temps ?

— Une petite heure avec le trafic et la pluie. C'est à une trentaine de bornes.

— Ah, quand même ! Je ne sais pas si je vais réussir à me dégager un créneau de deux heures aujourd'hui...

— Je croyais que c'était urgent ?

— Ça l'est, mais je dois m'organiser.

— Il faudrait surtout que tu fasses gaffe à ne pas être suivi ! lança Patrick, agacé par l'insouciance dont son interlocuteur semblait faire preuve. Je suis l'homme le plus recherché de Belgique, au cas où tu l'aurais oublié !

— Oui, je ferai très attention, ne t'inquiète pas.

— Si je m'inquiète ! Écoute, en y réfléchissant bien, je crois que le plus prudent, c'est qu'on fasse la moitié du chemin chacun. Rhode-Saint-Genèse, ça te parle ? C'est moins loin et tu vas venir en train.

— En train ?

— Oui, tu viens en train, pas de voiture ! imposa Patrick avec fermeté.

— Comme tu veux…

— Tu vas faire comme je te dis ! Prends un billet aller-retour Bruxelles-Nivelles et tu descends à Rhode, au tout dernier moment, juste avant que le train reparte. Ensuite, tu attends tranquillement à la sortie de la gare jusqu'à ce que je te récupère, le temps que je vérifie que tu n'es pas suivi.

Après avoir suivi à la lettre les instructions de Patrick, Brian débarqua donc à la garc de Rhode. Malgré la pluie, Patrick patientait déjà devant le bâtiment, mais Brian ne le reconnut pas tout de suite. Et pour cause, le Grand portait une perruque, des lunettes, et il était coiffé d'une casquette.

Ils discutèrent tout en marchant dans la rue. Brian remarqua que Patrick gardait en permanence les mains dans les poches de son blouson, et il en conclut qu'il était sans doute armé. Quand il lui expliqua enfin ce qui s'était passé, celui-ci devint comme enragé.

— Comment as-tu pu faire une telle connerie ?

— Je sais… J'ai voulu trop bien faire, j'avais peur de rater une belle occasion.

— C'est ta responsabilité ! Tu te rappelles notre accord ? Tu te le rappelles ? demanda Patrick en haussant la voix.

— Oui… Mais le gosse n'a rien compris, il s'est juste fait un film sur un prétendu trafic de stups.

— Ça n'empêche que, si les flics enquêtent, tu vas être emmerdé, et nous avec…

— Personne n'accorde de crédit à ce que raconte ce môme. J'ai même des témoins pour dire que j'étais au bureau toute la journée et que je ne me suis jamais déplacé à Courtrai. Et puis, il n'y avait pas de caméra sur le parking où il a déposé la Golf, j'ai choisi cet emplacement pour ça.

— Que comptes-tu faire, maintenant ?

— Maintenant ? Je ferai tout, tout seul, sans aide extérieure.

— Ce n'est pas de ça que je te parle ! éructa Patrick. Qu'est-ce que tu vas faire avec ce type ?

— Qu'est-ce que tu veux que je fasse ? C'est un gamin… Il faut juste que je le paie et que je récupère les clés.

— Comment s'appelle ce petit con ?

— Sébastien.

— Sébastien comment ?

— Wouters…

— Il sait que tu es au courant pour son histoire avec la police ?

— Non.

— Alors il faut le faire venir au garage ou chez toi…

— Pour quoi faire ?

— D'après toi ?

— Écoute, je pense qu'on peut régler tout ça en douceur…

— Toi, écoute-moi ! Ce n'est plus ton problème, fais-le venir ! l'interrompit Patrick.

— Mais sous quel prétexte ?

— Tu dois le payer et récupérer tes clés, non ? Alors tu le contactes et tu le fais venir à l'atelier en soirée.

— Le garage sera fermé… Ça va faire trop bizarre !

— Dans ce cas, préviens-le qu'on va l'appeler ce soir pour lui fixer un rendez-vous vers chez toi et lui remettre l'argent qu'on lui doit.

— Je vais appeler dès mon retour…

— Non, tu le fais maintenant, depuis cette gare. Si un jour on remonte l'appel, ce sera loin de chez toi et de notre planque.

— Et après ?

— Après, c'est mon affaire, pas la tienne.

— Patrick, j'ai l'impression que tout ça prend une tournure excessive... En plus, il tombe des cordes, il va se demander pourquoi je lui donne rendez-vous par un temps pareil et aussi tard, contra vainement Brian. Et puis je te rappelle que, chez moi, il y a des contrôles à l'entrée de la propriété.

— Ne t'occupe pas de ce qu'il va se passer, je vais régler cette affaire. On l'interceptera avant le portail.

— Ce n'est pas un mauvais type, c'est qu'un gosse...

— Ça va, j'ai compris ! On va régler ça en *douceur*, comme tu dis !

— Vous allez faire quoi, au juste ?

— Le payer et récupérer les clés, dit Patrick en le fixant droit dans les yeux.

Dans le train, sur le chemin du retour, Brian se repasse en boucle la discussion qu'il vient d'avoir. Sur le moment, la teneur de la conversation et le ton de la voix de Patrick lui ont glacé le sang, mais à présent, c'est vrai qu'il est soulagé d'avoir repassé le bébé à quelqu'un d'autre. Il essaie de se convaincre que tout va progressivement rentrer dans l'ordre et que le garçon en sera quitte pour une bonne frayeur... *Ce petit con le mérite bien*, pense-t-il même un instant.

En y réfléchissant, il se dit aussi qu'il faut qu'il se protège, au cas où les choses tourneraient au vinaigre... un alibi pour la soirée à venir. Aussitôt arrivé à Bruxelles, il téléphone à Judith pour l'inviter à dîner au Chagall, le restaurant chic à la mode de la capitale. Il lui propose de convier également un couple d'amis, les Hardy, dont il sait que sa femme apprécie la compagnie.

Il ne s'est pas trompé, elle accepte immédiatement et avec enthousiasme, y voyant la garantie d'une bonne soirée.

— Mais que fête-t-on ?

— Une belle vente, improvise-t-il.

— Et si on commençait par aller à l'opéra ?

— Je ne connais rien à l'opéra, mais pourquoi pas, lui répond Brian sans entrain.

— Laisse-moi faire, je m'occupe de tout !

Et voilà, reste plus qu'à attendre la suite, soupire-t-il intérieurement en raccrochant et, surtout, en se faisant la promesse de ne plus jamais approcher Le Globe.

32

Le 29 mars, après une nuit blanche, la Brigade antigang est de retour à Bruxelles. Dans la cour de l'immeuble de la place Frédéric-Toussaint, le silence des premières heures du jour n'est troublé que par le bruit que font les hommes en déchargeant les voitures. Sous la férule du commandant Hartmann, certains montent déjà dans les étages pour ranger les équipements, tandis que d'autres se rendent à l'armurerie pour remiser armes et munitions. Même si l'épuisement se lit sur les visages, personne ne relâche son effort. Chacun se hâte dans l'espoir de rentrer le plus vite possible chez lui, pour enfin pouvoir dormir. Il n'y a que Delise qui restera aujourd'hui au bureau.

Dès qu'il pénètre dans le hall de l'immeuble, ce dernier se sent agressé par l'éclairage blafard des lieux, au point qu'il en plisse les yeux. En quelques secondes, il arrive au pied des marches qui mènent directement à son bureau. Mais plutôt que de les grimper quatre à quatre, comme il s'impose de le faire quotidiennement, il se dirige d'un pas ralenti par la fatigue vers une porte latérale qui se trouve à demi cachée derrière l'escalier, une porte de service qui conduit tout droit dans les entrailles du bâtiment.

En charge de la maintenance technique du matériel d'intervention de l'Antigang depuis des lustres, le brigadier Pellerain règne en maître sur cet antre qui baigne dans la pénombre et où très peu de gens ont l'occasion de s'aventurer. Un monde presque irréel, tant les locaux semblent dédiés à l'aquariophilie, la grande passion de Pellerain. En effet, de nombreux aquariums tropicaux de toutes tailles sont savamment répartis dans chaque pièce. Leurs lumières bleues et roses fluorescentes offrent un aspect très particulier à l'endroit, mi-kitsch, mi-futuriste. Des dizaines de poissons vivent dans des bacs en verre posés à l'intérieur d'anciens cadres de télévision. D'autres, dans de grands vases tulipes. Et l'atmosphère est bercée par un doux ronron, celui des pompes à oxygène.

Quand Delise atteint enfin le coin où l'intéressé officie, il le surprend, assis dans un fauteuil, derrière un bureau en bois, en train de lire une bande dessinée. À l'arrivée de Delise, Pellerain se lève en toute hâte.

— Bonjour, patron...

— Salut, Pellerain.

— Je ne pensais pas que vous viendriez vous-même. Vous n'auriez pas dû, je me serais déplacé, se justifie le brigadier, embarrassé.

— C'est la première fois que je viens ici, mais ça vaut le détour, lance le chef de l'Antigang en continuant à passer les lieux en revue.

— Oui, j'ai un peu aménagé les locaux. Pour tout vous dire, je ne croyais pas que vous alliez rentrer si tôt. Mais tout est prêt, le rassure le brigadier en désignant d'un geste de la main le coin atelier situé juste derrière lui.

Le regard du commissaire tombe alors sur un grand établi dont le plateau est marqué par des morsures d'étaux. Il remarque aussi, perdus entre des limes, des brosses, des ressorts, des bouteilles d'acétone et autres solvants, des chiffons gras et des burettes d'huile, des carcasses de revolvers et des canons de pistolets, un tissu en lin dont la propreté tranche avec l'environnement et sur lequel des percuteurs ont été disposés.

— Il n'y a que les quatre pistolets à remettre en état, annonce Delise en déposant les sacs qui contiennent les armes de Hanssen et de Nielsen.

— Je sais, Hartmann m'avait prévenu quand il a apporté les percuteurs la dernière fois.

— Quand vous aurez fini, vous irez aussitôt porter le tout à la balistique.

— Compris.

— Vous avez moins d'une heure.

— J'aurai fini dans les délais, patron.

— Il vaudrait mieux pour nous tous…

Après ce détour par les sous-sols, Delise prend le chemin de son bureau. Tout en gravissant les marches du grand escalier de pierre, il se prépare mentalement à téléphoner au directeur Van Erste, comme on lui en a fait la requête par radio sur le chemin du retour.

Arrivé dans son repaire, le commissaire s'affale dans son fauteuil en poussant un soupir. Il est épuisé. Il allonge ses jambes, pose ses pieds sur le plateau du bureau et croise les mains derrière la tête avant de bâiller. Il a envie de dormir, mais il se fait violence. *Autant régler ça tout de suite…*, se dit-il.

Vu l'heure très matinale, il compose le numéro de portable de son supérieur. Son interlocuteur décroche à la première sonnerie et, au son de sa voix, le chef de l'Antigang comprend que l'homme est bien réveillé, sans doute déjà alerté par son état-major de ce qui vient de se passer. *Ça ne va rien arranger*, pense-t-il alors.

— Monsieur le directeur, l'état-major m'a demandé de vous appeler dès que possible.

— Delise ! Il va quand même falloir m'expliquer, le coupe Van Erste, qui paraît en rogne.

— Il y a peu de choses à dire, monsieur le directeur. Je crois que le ministère de la Justice a déjà fait une dépêche à ce sujet...

— Ne vous foutez pas de ma gueule ! Je ne suis pas un de ces connards du parquet qui gobe toutes vos conneries !

— Je ne me permettrais pas, monsieur le directeur.

— Alors je vous écoute !

— Vous savez, les interventions, ça ne se passe pas toujours comme on le prévoit...

— Deux morts, putain ! C'était utile, deux morts ?

— C'étaient des criminels, ils sont morts en criminels...

— Delise, être flic, c'est un métier qu'il faut savoir faire sans haine ni colère !

— Je ne suis ni en colère ni haineux, monsieur le directeur. Je fais simplement partie de ceux qui pensent que, pour laver le sang que certains ont sur les mains, l'eau ne suffit pas.

— C'est valable pour vous aussi, Delise.

— Moi, je ne chasse pas le faisan en veste de tweed et cravate ! Je traque des bêtes dangereuses et dans le *bush* épineux ! Je fais donc pour le mieux, se défend alors plus sèchement Delise.

— Vous étiez vraiment obligé ? demande Van Erste sur un ton qui se veut moins virulent, dans l'espoir d'un sursaut chez son subordonné.

— C'était une opportunité..., lâche Delise qui semble ébranlé.

— Je vous plains. Je vous plains vraiment d'en être arrivé là…

— Je n'ai pas eu le choix.

— Je n'en crois pas un mot. Je viens moi aussi du terrain, vous ne me la ferez pas. Mais dites-moi, ça ne vous gêne pas d'entraîner tout le monde avec vous, tous ces hommes qui vous font confiance et qui ne jurent que par vous ?

— Je suis le patron de l'Antigang et le seul responsable des actions de cette brigade.

— Vous vous gourez, Delise ! Les magistrats ne se délectent jamais autant que quand ils peuvent mettre en pièces un flic, ou, mieux encore, un service de police entier ! Vous ne pourrez protéger *personne* !

— Je n'ai guère de leçons à recevoir de ces gens propres sur eux si prompts à vous dire comment vous auriez dû agir sans jamais avoir été eux-mêmes confrontés à l'action.

— On s'en fout de comment sont les gens ou de ce que vous pensez… Bordel, deux hommes ont été tués !

— Je l'assumerai si besoin, conclut l'intéressé qui a retrouvé son ton froid et monocorde habituel.

Van Erste reste silencieux un long moment avant de raccrocher, sans ajouter un mot. Au cours de sa carrière, il a tout vu ou presque : des policiers ignorer un témoignage par fainéantise, d'autres tordre des faits pour qu'ils aillent dans le sens de leur enquête, des magistrats lui demander de taire une écoute pour des raisons peu avouables, un ministre le menacer personnellement parce qu'il ne pouvait pas tenir les promesses délirantes qu'il avait faites, mais ça, ce que vient de faire Delise, jamais.

33

Assis dans sa cuisine, Brian Spencer ne fait plus qu'écouter les informations à la radio. On y annonce la libération du ministre Boutemens et la mort du très recherché fourgonnier Patrick Hanssen...

En apprenant la nouvelle, il est envahi par une vague de tristesse. Avec nostalgie, il repense à la première fois où il a rencontré cet homme, ses yeux bleus, son sourire – le sourire du diable –, mais aussi les mojitos du Blue Corail, l'atelier de mécanique, la Mustang, la Zagato, la servante rouge avec tous ses outils étincelants. Du coup, il repense aussi à Léa. Il revoit son visage, ses seins, son ventre ferme, sa toison rase et ses jambes si longues. Il ne l'a jamais oubliée, elle n'a jamais cessé d'occuper son esprit.

Les journalistes parlent également d'un autre membre du gang abattu par la police, mais sans jamais mentionner son identité. Brian songe aussitôt à ce type balafré qu'il a aperçu une fois en compagnie de Patrick, au tout début. Une gueule et une silhouette qui sont restées gravées dans sa mémoire.

Il n'arrive toujours pas à les imaginer morts. En tout cas, la presse se trompe complètement sur le compte de Patrick. Il n'y avait pas que le fric qui comptait pour lui. Il y avait quelque chose de plus profond. En y réfléchissant bien, Brian prend conscience que leur relation ne se réduisait pas à des vols de voitures et à des questions d'argent. Cet homme lui a ouvert les yeux. C'est lui qui lui a permis de comprendre que les politiques étaient trop préoccupés par leur propre sort pour s'inquiéter des gens simples. C'est lui qui lui a permis de ne plus subir et de reprendre le contrôle de sa vie.

Puis peu à peu, les radios continuant de commenter les événements de la nuit, la réalité finit par s'imposer. Il se dit alors que cette fin était prévisible, avant de se rendre compte qu'il y a eu un autre mort cette nuit. Une troisième victime dont personne ne parlera jamais. Avec le décès de Hanssen, « Speedy » vient lui aussi de disparaître, et pour toujours.

En effet, sa dette s'est éteinte définitivement. C'est la fin du pacte qui le liait à son diable de mentor. Il est libre désormais. Libre ! Il va enfin pouvoir vivre pleinement sa vie. Un soulagement soudain et immense le submerge, immense à en avoir le vertige !

Ne plus jamais être Speedy…

34

L'arrestation du Serbe à Metz a eu un effet bénéfique inattendu. Elle a apporté du crédit à la prolongation de la surveillance imposée par le commissaire Rey à Nice.

Le problème, c'est que Georgette Revert ne sort de son domicile que pour faire des choses tout à fait insignifiantes. Quant aux interceptions téléphoniques, elles ne donnent absolument rien. Le chef de l'OCRB est bien obligé d'admettre qu'il n'y a aucun élément nouveau depuis presque deux semaines. Et deux semaines, c'est long.

Pourtant, ce matin, en lisant la synthèse des écoutes qu'on lui a déposée, il comprend confusément qu'il est question de bagages qu'on doit transférer sous cinq jours de Nice à Vintimille, dans un nouvel entrepôt. Et instantanément, il s'interroge. D'où sortent ces bagages ? À qui sont-ils ? Pourquoi les envoyer en Italie ? Pourquoi maintenant ?

Pour en avoir le cœur net, il décide de contacter Lemarchand, son collègue de la PJ de Nice. Les deux hommes ne s'apprécient guère. Lemarchand est d'une autre génération, il est de la vieille école, celle du « petit jaune[1] » au

1. Le pastis.

coin des bars et même au bureau. Avec sa nomination en qualité de commissaire divisionnaire échelon exceptionnel, il est aujourd'hui un des poids lourds de la PJ. Depuis six ans qu'il occupe ce poste, Lemarchand est même devenu une sorte de potentat local qui connaît tout le monde et que tout le monde connaît.

Mondain et séducteur, ce colosse d'un mètre quatre-vingt-douze aux yeux clairs a cependant perdu de sa superbe. Les « fourchettes », entendez les bouffes à répétition avec les copains, et l'alcool ont eu raison de ce physique avantageux qui le rendait si redoutable auprès des dames.

— Lemarchand ? Bonjour, c'est Rey.

— Ah, salut, comment vas-tu ?

— Ça va, je te remercie.

— Tu m'appelles pour cette histoire de cantines ? demande aussitôt le chef de la PJ de Nice.

— Ah, t'es déjà au courant ?

— Oui, tes officiers ont passé un coup de fil aux miens à ce sujet.

— Je voudrais savoir ce qu'il y a dans ces caisses et à qui elles appartiennent avant qu'elles ne partent en Italie…

— Écoute, je ne sais pas ce que t'ont raconté tes gars, mais surtout, surtout, ne t'emballe pas ! l'interrompt Lemarchand. On a des liens privilégiés avec la société transitaire et on a déjà fait regarder à l'intérieur de tes boîtes.

— Ah bon ! s'exclame Rey, un brin irrité qu'on se mêle de ses affaires.

— Il n'y a vraiment rien d'intéressant dans tes malles ! Bien sûr, ni armes ni cagoules, même pas un ordinateur ou un album photo, pas de clés, pas de carnet… Rien du tout ! Juste des conneries comme on en entasse tous avec le temps et dont on ne sait plus que faire au bout d'un moment !

— Il doit quand même y avoir un truc, sinon pourquoi les bouger, et pourquoi maintenant ? insiste Rey.

— Figure-toi qu'on a vérifié, et la réponse est que mémère veut faire des économies ! Elle n'a pas beaucoup d'argent et ça revient moins cher de faire garder le tout en Italie plutôt qu'en France. Or, je ne t'apprends rien en te disant que Vintimille n'est qu'à deux pas de Nice… Tu perds ton temps avec ces cantines, il n'y a rien qui mène à tes braqueurs dans ce bric-à-brac. Crois-en mon expérience.

— Je ne sais pas… J'aurais quand même bien voulu qu'on prenne le temps d'examiner plus en détail leur contenu avant qu'on ne puisse plus le faire…

— Légalement, je ne peux pas empêcher le transfert de ces malles, le coupe Lemarchand, qui cherche visiblement à en finir avec cette conversation. Il faudrait qu'on sollicite la douane, mais tu n'ignores rien de l'état de nos relations avec ces autistes. En tous les cas, moi, il n'est pas question que je leur demande quoi que ce soit !

— Je vais y réfléchir…

— C'est toi qui vois. Mais je te préviens, si tu veux gratter plus, il va falloir que tu renvoies du monde ici. Je t'ai déjà donné quatre enquêteurs qui travaillent à temps plein pour ta surveillance sur la vieille. Je ne peux pas faire plus.

— Vu comme ça…

— Tu sais très bien que j'ai de moins en moins d'archers[1] et de plus en plus de boulot. Et puis, toi qui vis à côté d'eux, tu connais par cœur la rengaine du ministère et de la direction : « Les stats et les chiffres d'abord ! »

1. Policiers, enquêteurs de base.

Quel connard, ce Lemarchand ! se dit Rey en raccrochant, même s'il a conscience que son collègue n'a pas tout à fait tort. Aujourd'hui, au ministère de l'Intérieur, on ne parle plus que de chiffres, de statistiques, de rentabilité, de réduction des coûts et même d'externalisation… Quelle connerie ! Mais il ne baisse pas les bras pour autant, et appelle aussitôt l'état-major pour convoquer l'officier de permanence. En attendant que celui-ci se présente à lui, il décide d'aller boire un café, mais, le temps qu'il se dirige vers la machine et qu'il explore ses poches pour trouver une pièce, le lieutenant Lejeune est déjà là, planté devant lui.

— Lejeunc ! Vous avez fait vite…

— J'ai cru comprendre que c'était assez urgent.

— C'est exact… Il faut que vous vous rapprochiez tout de suite du service des missions. Je voudrais que vous descendiez à Nice par avion cet après-midi.

— Maintenant ? s'exclame l'officier qui avait prévu tout autre chose pour les prochains jours.

— Vous êtes de permanence, non ? J'ai besoin d'une fouille de garde-meubles sur place, explique le chef de l'OCRB en lui tendant un bout de papier.

— Un garde-meubles ?

— Oui, on doit vérifier le contenu d'une sorte de déménagement.

— Un déménagement ? Je dois vérifier un déménagement !

— Déménagement est un grand mot, il s'agit juste de quatre cantines en métal.

— Et je les fais ouvrir à quel titre ?

— La commission rogatoire internationale des Belges ! Là-bas, Pierre Savoy, de la douane, vous assistera, je vais le prévenir…

— Vous allez mettre la douane dans la boucle ? s'enquiert Lejeune qui semble désapprouver cette décision.

— Oui, et vous verrez que ce sera bien utile pour examiner les documents déclaratifs d'exportation.

— Si vous le dites...

— Oui, je le dis ! assène le commissaire sur un ton passablement agacé.

Arrivé à l'aéroport de Nice, le lieutenant Lejeune est attendu, comme convenu, par Pierre Savoy, l'adjoint du chef de la division régionale des opérations douanières, un ami d'enfance du commissaire Rey. Ensemble, ils se rendent aussitôt au siège d'Epidéas, la société de déménagement et de garde-meubles située boulevard René-Cassin à laquelle Georgette Revert a fait appel.

Quand ils se présentent dans leurs locaux, le responsable, un homme d'une cinquantaine d'années, tout en rondeurs, le crâne rasé et parlant avec un fort accent provençal, les reçoit aimablement et se propose de les accompagner à l'entrepôt pour voir les fameuses malles.

Là, après un premier examen, Lejeune appelle son supérieur, comme celui-ci l'a exigé.

— Alors ?

— Alors ce sont bien quatre cantines en métal, de couleur verte, bourrées de chaussures et de vêtements de femme. Aucun vêtement d'homme. On a aussi quelques objets qui ne doivent avoir de valeur que dans une brocante, ou plutôt un vide-greniers.

— C'est-à-dire ? questionne Rey.

— Des vieux 33 tours, un tourne-disque à l'ancienne, des livres reliés cuir, une machine à écrire Remington, relique des années 80, un grand moulin à café de marque Peugeot, un télescope sur pied, des statuettes africaines en bois et deux lampes de chevet qui se voudraient de style Gallé…

— Et il n'y a que ça ?

— Non, il y a également beaucoup, beaucoup de lainages : des gros pulls de ski, des écharpes, et même des couvertures…, conclut l'officier en se disant qu'il va peut-être pouvoir se tirer de là plus tôt que prévu.

— Les vêtements, ce sont ceux de la vieille ?

— *A priori*, non ! Pas vraiment adaptés à une femme de cet âge, si vous voyez ce que je veux dire. Entre les nombreuses chaussures, dont certaines à hauts talons, et les pantalons près du corps…

— Vous croyez que ça appartient à sa fille ?

— Ce serait assez logique.

— Qui a demandé le transfert vers l'Italie ?

— Une femme. Elle leur a expliqué qu'elle avait appris que c'était moins cher chez nos voisins.

— C'est donc Revert qui leur a téléphoné…, réfléchit Rey à voix haute.

— Ça, rien ne le dit.

— Comment ça ?

— C'est bien une femme qui les a contactés, mais de là à affirmer que c'est Georgette Revert…

— C'est vrai…, se ravise Rey avant de poursuivre : Et c'est réellement plus économique ?

— Oui, de l'ordre de 80 euros par an.

— Pas grand-chose, quand même…

— Pour un commissaire, peut-être pas, mais pour un officier, oui !

— Lejeune, vous me cassez les couilles, avec votre lutte des classes à deux balles ! Vous m'avez compris ? s'emporte le chef de l'OCRB, lassé de l'impertinence de son subordonné.

— Désolé, se reprend Lejeune.

— Et pourquoi faire bouger ces malles maintenant ?

— Je ne sais pas, je ne vois même pas pourquoi la fille voudrait récupérer tout ce fourbi... À part un truc affectif, la nana n'a aucune raison de ne pas se débarrasser pour de bon de ces vieux machins.

— Regardez-y quand même de plus près et ne vous avisez surtout pas de remonter à Paris avant de m'avoir rappelé ! ordonne Rey.

Dans le calme de son bureau, le commissaire essaie à présent de mettre de l'ordre dans tout ce qu'il vient d'apprendre : la compagne du Balafré laisse des affaires à sa mère, laquelle les met au garde-meubles. Comme elle n'a pas de nouvelles de sa fille et que les tarifs sont plus avantageux en Italie, la Georgette choisit la solution la moins coûteuse. Le tout n'a pas de lien apparent avec l'arrestation du Serbe et la mort de Hanssen.

Possible, logique même, mais difficile à admettre, car, dans ce cas, les surveillances à Nice étaient sans doute vaines, ce qui implique que ce con de Lemarchand avait raison ! Inutile de dire que cette perspective horripile Rey.

Il se repasse encore une fois le film dans sa tête quand la sonnerie du téléphone le tire brutalement de ses réflexions : le secrétariat du directeur l'informe qu'on attend de lui, pour le lendemain, un rapport détaillant les circonstances de la découverte de la maison du Touquet et expliquant pourquoi personne n'a pensé à aviser la PJ de Lille, territorialement compétente. Rey comprend qu'il va encore pisser de l'encre !

La nuit est maintenant tombée sur Paris. Les entreprises se vident peu à peu de leurs employés et la circulation se densifie. Dans son antre, au troisième étage, Rey s'attelle enfin au rapport que ses supérieurs lui ont commandé. Il a du mal à trouver ses mots. Même le café ne lui est d'aucun secours.

Les soirs comme celui-ci, il ressent comme une pointe de découragement. Toute cette paperasse pour se justifier, cette hiérarchie qui ouvre le parapluie en permanence, et les « bons » qui se taisent en vous regardant vous débattre… Oui, il a oublié de prévenir le service territorial lors de l'opération conduite par le commandant Florence Delambre au Touquet. Mais sans malice ! Juste guidé par la volonté d'agir au plus vite. La fatigue aussi a certainement joué…

Au milieu de ce marasme, son téléphone se manifeste… Encore ! Un simple coup de fil, mais magique celui-là :

— Patron, c'est Lejeune.

— Ne me dites pas que vous avez déjà fini !

— Non, pas encore.

— Vous êtes au restaurant, ou quoi ? J'entends beaucoup de bruit autour de vous…

— Non, nous ne sommes pas au restaurant. Certainement pas. On est toujours à l'entrepôt, et ce que vous entendez, ce sont les gars de l'Identité judiciaire qui sont en train d'arriver.

— Les gars de l'IJ ? Bon Dieu, mais qu'est-ce qui se passe ?

— On a tout passé au peigne fin, on a feuilleté tous les livres, fouiller les poches de chaque vêtement, sorti chaque disque, on a même vérifié s'il n'y avait pas de cachettes dans les statuettes…

— Lejeune, allez droit au but, ça m'arrangerait. J'ai encore ma dose d'emmerdes à traiter, ici..., l'interrompt le commissaire d'un ton las.

— En fait, le seul truc intéressant, c'est la machine à écrire.

— Vous ne m'aviez pas dit que c'était un vieux rossignol à bande, comme on en voit dans les films avec Humphrey Bogart ?

— Si, mais elle marche quand même.

— Et ? questionne Rey, tout à coup plus attentif.

— On s'est d'abord demandé s'ils avaient pu l'utiliser pour la revendication de l'enlèvement...

— Mais non, c'est un mot *manuscrit* qui a été retrouvé dans la voiture. *Manuscrit*, vous percutez ! s'exclame le chef de l'OCRB, accablé.

— Je ne m'en souvenais pas bien...

— Mais où avez-vous la tête ?

— Peu importe, revendication dactylographiée ou pas, on a déroulé le ruban et on a commencé à reconstituer, lettre par lettre, tout ce qui avait été tapé avec cette bécane, un travail de Romain ! Et devinez quoi ?

— Putain, venez-en au but, Lejeune !

— Ce ruban est une mine d'or ! exulte ce dernier en laissant exploser sa satisfaction.

— C'est-à-dire ?

— Je vous la fais courte : la personne qui s'est servie de cette machine a tapé une sorte de carnet d'adresses, genre des numéros d'urgence et des notes... Vous voyez ?

— Plus ou moins...

— Sur cette liste, il y a l'adresse et le numéro de téléphone de Georgette Revert, ceux du fils Revert, l'adresse d'un garage à Bruxelles avec la mention « Speedy », l'adresse d'une boîte postale au Brésil au nom d'un certain Patrick Poussin, les coordonnées d'un avocat belge, les coordonnées d'une agence immobilière à Marina Baie des Anges, un fixe parisien et un portable, avec la mention « Mme Olivier », le téléphone d'un dénommé Charles en Belgique…

— Il faut absolument finir l'exploitation du ruban de cette machine, et le plus tôt possible. Ensuite, il va falloir tout saisir et l'intégrer en procédure.

— Nous avons prévu de travailler toute la nuit avec l'IJ, et votre ami Savoy a proposé de rester avec nous le temps qu'il faudra. Pour être franc, heureusement qu'il était là ; « douane », c'est un mot magique. C'est comme ça que le type de la société a accepté qu'on vérifie tout en détail. Ces mecs-là ont bien plus peur de la douane que des flics !

— Très bien. Demain matin, une visite s'impose à cette agence immobilière de Marina Baie des Anges, et à la première heure, on ne sait jamais. De mon côté, je vais demander à Florence d'en faire autant à Paris avec cette mystérieuse Mme Olivier.

— Nous, on va tout apporter à la PJ de Nice et commencer les procès-verbaux…

— Oui, mettez tout à l'abri, mais on fera de la belle procédure plus tard ! Je veux déjà savoir tout ce qu'il y a sur cette bande !

— Vous n'oubliez rien, chef ?

— Je ne crois pas. Vous pensez à quoi ?

— Vous ne nous dites pas bravo ?

— Si, bien sûr…, concède le commissaire, un sourire au coin des lèvres. Bravo, bravo à tous !

Aussitôt après avoir raccroché, le chef de l'OCRB contacte Bruxelles.

— Allô, Marius ?

— Oui…, répond le colonel Deysel.

— Désolé de ce coup de fil tardif…, dit Rey.

— Je t'en prie. Jusqu'à présent, on ne peut pas dire que tes appels soient envahissants, plaisante le Belge.

— J'ai des informations importantes à te communiquer.

35

Villeneuve-Loubet,
agence immobilière de Marina Baie des Anges,
9 heures

— Bonjour, monsieur, je suis le lieutenant de police Xavier Lejeune et voici mon collègue Pierre Savoy, de la douane, nous voudrions vous poser quelques questions.

— Je vous écoute, répond l'homme, la quarantaine élégante, un rien précieux avec sa pochette en soie bigarrée.

— Vous êtes le responsable de cette agence ?

— Oui, j'en suis le gérant.

— Bien. Avez-vous des intérêts en Belgique ?

— Je ne suis pas sûr de comprendre…

— Avez-vous des clients belges ?

— En ce moment, je ne crois pas.

— Pourriez-vous vérifier dans votre fichier, s'il vous plaît ? insiste le lieutenant sur un ton agacé.

— Bien sûr, obtempère, toujours aussi placidement, leur interlocuteur. Je dois d'abord allumer l'ordinateur. Ça va mettre un peu de temps, il est lent…

— Si ce n'était que lui…, soupire alors Lejeune à voix basse.

— Oui, je ne suis pas un geek ! réplique l'homme à qui, en revanche, rien n'échappe. Voilà, poursuit-il après un moment. Maintenant, il faut que je retrouve le papier où sont notés les mots de passe !

— Bon, on va faire autrement. Connaissez-vous ces personnes ? lance le policier en déballant sur le comptoir un lot de photographies anonymisées.

L'homme prend son temps tandis que Lejeune et Savoy observent chacune de ses réactions. Il finit par relever la tête pour s'adresser à eux.

— Tous ces gens, non, mais cette femme, oui, affirme le gérant en pointant son index sur l'un des clichés. Elle nous a loué une maison à Opio pour deux semaines.

— Et la location est toujours en cours ?

— Oui, elle s'achève dans quarante-huit heures, il me semble.

— Pouvez-vous nous communiquer l'adresse ?

— Je vous donne ça, le temps de rechercher dans notre index.

— Pouvez-vous également me dire son nom et comment elle a payé ?

— Je regarde.

Pendant qu'ils patientent, Lejeune en profite pour jeter un regard à Savoy. Celui-ci lui fait un petit geste de la main pour lui indiquer d'y aller doucement.

— C'est bon, j'ai trouvé ! s'exclame le gérant.

— Alors ?

— Non, rien à voir avec la Belgique…

— C'est-à-dire ? demande Lejeune, qui trépigne de plus en plus.

— C'est une dame qui vit en Suisse, Mme Roepcke. Une cliente sans histoire.

— Mais c'est bien celle que vous avez reconnue sur la photo ?

— Tout à fait ! Une femme charmante. Elle est passée à l'agence pour tout régler en liquide, location et caution.

— Et ça ne vous a pas paru étrange ?

— Oui et non. Je pense, d'après ce qu'elle a laissé entendre, que l'homme qui est avec elle n'est peut-être pas son mari, si vous voyez ce que je veux dire…

— Et vous avez eu l'occasion de voir son « ami » ? questionne aimablement Savoy, qui essaie de reprendre la main.

— Non… jamais…

— Vous êtes sûr ? insiste le douanier qui a perçu une hésitation.

— Pour tout vous dire, elle est venue avec une voiture de sport noire, une Porsche, et j'ai entraperçu quelqu'un au volant.

— Est-ce que cette personne peut correspondre à un des clichés qu'on vient de vous montrer ?

— Non.

— Voudriez-vous quand même regarder une nouvelle fois ? l'invite Savoy en faisant signe à Lejeune de ressortir son jeu de photos, lequel s'exécute de mauvaise grâce.

— Non, définitivement non. Mais je ne l'ai vu qu'une fraction de seconde. Quand bien même il serait sur une de vos photos, je serais incapable de le reconnaître avec certitude…

À ce moment, Lejeune estime qu'il n'y a plus rien à tirer du gérant. Il s'éclipse pour téléphoner à Rey.

— Patron ?

— Oui ? répond le commissaire.

— Ce sont eux ! C'est la femme du Balafré, le gars de l'agence l'a formellement identifiée. Elle a loué une maison à Opio sous le nom de Roepcke et il se pourrait bien qu'ils soient encore là-bas.

— Nom de Dieu ! murmure Rey.

— On va se les faire ! s'exclame l'officier sans retenue.

— Écoutez bien ce que je vais vous dire, Lejeune ! Vous allez à l'adresse tout de suite, mais interdiction absolue de tenter quoi que ce soit ! Vous attendez les renforts ! C'est un ordre, vous m'entendez, Lejeune ?

— Ça va, j'ai compris. Je ne suis pas sourd, vous savez !

— J'appelle immédiatement ce con de Lemarchand pour qu'il vous envoie un groupe d'intervention. Commencez par me donner l'adresse exacte de cette maison…

Paris, 8e arrondissement,
domicile de Mme Olivier,
9 heures

— Madame Olivier ?

— Oui, dit la femme dans l'entrebâillement de la porte.

— Je suis officier de police, explique le commandant Florence Delambre en lui présentant sa carte tricolore. Je suis avec le lieutenant Klaine, lui aussi de la police judiciaire.

— Que puis-je pour vous ?

— Nous avons quelques questions à vous poser dans le cadre d'une enquête que nous menons sur commission rogatoire.

— Est-ce urgent ? Je partais au travail.

— Ça l'est, madame, lui répond Florence Delambre d'un ton ferme.

— Dans ce cas, entrez…

Les deux collègues découvrent alors l'appartement. Il paraît vaste, les pièces sont baignées de lumière et les plafonds sont hauts. Le mobilier, très bourgeois, laisse à penser que l'occupant des lieux a pour habitude de chiner. Dans le couloir, un énorme bouquet de fleurs trône dans un vase Gallé posé sur un guéridon en bois. Sans doute intrigué par le bruit de la conversation, un gros chat fait son apparition, un persan bleu magnifique presque aussi raffiné que sa maîtresse semble l'être. Celle-ci a la soixantaine alerte et élégante. Elle donne l'impression d'être vive d'esprit et nullement impressionnée par la présence de la police. Une femme de caractère, à n'en pas douter.

— Vous habitez seule ? demande Florence Delambre.

— Oui, je suis veuve.

— Vous hébergez parfois quelqu'un ?

— Jamais.

— Avez-vous des liens avec la Belgique ?

— Aucun.

— Êtes-vous en contact avec des ressortissants belges ?

— Non, mais pouvez-vous m'expliquer de quoi il s'agit exactement ?

— Quelle est votre profession ? continue Florence Delambre sans prêter attention à sa requête.

— Je suis agent immobilier. J'ai deux agences, une à Paris dans le 15e arrondissement, et une autre à Nice, plus exactement à Villeneuve-Loubet.

— Bien, dit laconiquement Florence Delambre qui, malgré le lien qu'elle établit avec les recherches qu'est en train de mener Lejeune, en est toujours à se demander pourquoi le numéro personnel de cette femme se retrouve dans la cantine d'un voyou à Nice.

— En tout cas, vous faites bien des mystères pour rien, lâche l'occupante des lieux. Si vous croyez que je ne sais pas pourquoi vous êtes là…

— Et pourquoi donc, selon vous ? interroge Florence Delambre, incrédule.

— C'est pour la villa du Touquet !

Quand elle sort enfin de chez Mme Olivier, le commandant Delambre se réjouit des informations qu'elle a récoltées et contacte sans attendre son supérieur.

— Maxime ? C'est Florence.

— Alors ?

— Mme Olivier, c'est la reine de l'immobilier !

— Comment ça ?

— C'est la propriétaire de l'agence de Nice où Lejeune et Savoy sont en ce moment même ! Elle en a une autre à Paris, dans le 15ᵉ, qu'elle gère elle-même et qui correspond au numéro fixe trouvé par Lejeune. Dans celle du Sud, elle a placé son neveu. Quant à son numéro de portable perso, il est sur toutes ses cartes de visite…

— Je commence à comprendre.

— Et ce n'est pas fini ! Tiens-toi bien, c'est elle qui a loué la villa du Touquet ! À une femme qui s'est présentée à son agence parisienne.

— Tu as son nom ?

— Oui, il s'agit d'une certaine Liliana Roepcke domiciliée en Suisse, sûrement un toc.

— À mon tour de te surprendre, je sais qui est cette femme !

— Ah bon ?!

— Ta « Roepcke », c'est la femme du Balafré, annonce Rey après quelques interminables secondes de silence.

— Comment tu peux affirmer ça ?

— Lejeune vient de m'apprendre que cette même femme avait loué une villa à Opio. Et le gérant de l'agence – donc le neveu – l'a formellement reconnue sur photo !

— Nom de Dieu ! explose Florence Delambre.

— *A priori*, ils sont peut-être encore sur place. Lejeune et Savoy sont en route, et ils seront bientôt rejoints par une unité d'assaut, si Lemarchand veut bien se bouger le cul. C'est à eux de jouer, et à nous d'attendre !

— Pourvu que tout se passe bien...

— Oui, je croise les doigts...

— Tu es inquiet ?

— Tu ne le serais pas, toi ?

— Si..., concède Florence Delambre.

— J'espère que ce couillon de Lejeune va respecter les consignes et que les renforts ne vont pas trop tarder non plus.

Opio,
10 heures

Lorsqu'ils arrivent à l'adresse communiquée par l'agence immobilière, le lieutenant de police Lejeune et le douanier Savoy découvrent une luxueuse villa située aux abords d'un golf. Prudent, Savoy gare son véhicule à bonne distance, dans un endroit en retrait d'où on aperçoit parfaitement les entrées de la maison. Puis il sort ses jumelles Bushnell, tandis que Lejeune cale sa radio sur la fréquence de la PJ de Nice.

Ils en sont là, et le moteur de la voiture est encore chaud, quand deux femmes quittent la villa sans crier gare. Elles sont à pied et se dirigent d'un pas pressé dans la direction opposée à eux.

— Putain, c'est quoi, ça ! s'exclame aussitôt Lejeune.

— Deux femmes... Tu ne vois pas ? ironise Savoy.

— Et si c'était leurs gonzesses ?

— Possible, acquiesce le douanier tout en les scrutant avec son équipement.

— On va pas les laisser filer, quand même !

— Tu veux qu'on fasse quoi ? On doit attendre les renforts.

— Si on les interpelle, elles pourraient nous dire qui est à l'intérieur. Tu te rends compte, si c'est les meufs des voyous ? On fait déjà une belle prise !

— Je sais pas...

— On y va et on se remet tout de suite en place. Qu'est-ce que t'en penses ?

— J'en pense que ce ne sont pas les consignes.

— Allez, on tente le coup ? insiste encore Lejeune. Je prends tout sur moi...

— Tu prends tout sur toi ? Tu me fais bien rire !

— C'est vrai ce qu'on dit, que t'es copain avec Rey, le taulier ?

— Oui, nous sommes amis, et sois sûr que c'est moi qu'il engueulera en premier si on fait une connerie...

— Il m'engueulera aussi ! Moi, il ne m'apprécie pas, il n'a aucun humour...

— T'es surtout chiant comme la pluie !

— Écoute, si on serre ces deux nanas, ça nous évitera de planquer des heures pour rien. Et puis notre enquête va faire un sacré bond !

— Ou ça va nous foutre dans une belle merde ! Imagine qu'une des filles réussisse à s'arracher et qu'elle donne l'alerte. Les mecs à l'intérieur doivent pas être des enfants de chœur...

— Oui, mais si on opère assez loin de la maison, on ne risque pas grand-chose.

— À condition que nos lascars ne sortent pas pendant ce temps-là !

Le douanier est hésitant, tiraillé. Mais, même s'il redoute encore de commettre la bourde de sa vie, il cède. Avec Lejeune, ils se contentent d'abord de suivre du regard leurs cibles qui cheminent sur le bord de la route. Puis, quand ils estiment qu'elles sont suffisamment éloignées de la villa, ils les rattrapent d'un coup de voiture. Juste avant, Lejeune a sorti sa paire de menottes. Savoy, le voyant faire, s'est fendu d'un conseil : « Tu ferais mieux de prendre une arme, on ne sait jamais comment ça peut tourner... »

C'est ainsi que les deux femmes sont gentiment interceptées, sans qu'elles cherchent à aucun instant à fuir ni qu'elles paraissent inquiètes. *Mauvais signe*, se dit aussitôt Lejeune qui constate qu'aucune d'elles ne correspond aux photos des compagnes des fugitifs.

Après le traditionnel jeu des questions-réponses, les espoirs des enquêteurs s'effondrent : il s'agit de femmes de ménage venues achever le nettoyage commencé la veille. Celles-ci leur apprennent que les locataires ont écourté leur séjour et sont partis depuis quarante-huit heures. Il n'y a plus personne dans la maison !

Autant par dépit que pour ajouter au ridicule de la situation, Lejeune s'adresse alors à Savoy sur le ton de la confidence :

— T'avais raison, il fallait être bien armés pour arrêter ces deux malheureuses !

— Tu ferais mieux de téléphoner pour annuler le déplacement du groupe d'intervention..., le rabroue Savoy.

— Certainement pas ! Ça fera les pieds à nos Rambo, et puis ça les changera de leurs entraînements à répétition !

— T'es vraiment un chieur !

À son arrivée, en découvrant Lejeune, Savoy et les deux jeunes femmes en grande conversation juste au pied de la villa, le chef du groupe d'intervention voit rouge.

— Qu'est-ce que c'est que ce bordel ?

Pressentant la difficulté, Savoy va à sa rencontre tandis que Lejeune l'ignore et continue de papoter comme si de rien n'était.

— Je suis désolé, nous venons d'apprendre que le logement était vide… Les occupants ont déserté les lieux il y a deux jours.

— Vous auriez pu nous prévenir !

— On n'a pas eu le temps.

— Et vous êtes sûrs qu'il n'y a plus personne dedans ?

— *A priori*, mais nous ne sommes pas entrés, admet Savoy en lui tendant les clés de la villa.

— Vous avez les clés ? s'étonne le commandant.

— Oui, ce sont celles qu'utilisent les femmes de ménage.

— Bon, on va quand même regarder…

Une fois les lieux sécurisés par les hommes en noir, Lejeune et Savoy pénètrent à leur tour dans la maison, précédés par les techniciens de la police scientifique qui viennent de les rejoindre. Chacun peut constater les dégâts : les placards ne contiennent plus rien, la vaisselle a été lavée et rangée, les draps changés, les cendriers et les poubelles vidés, l'aspirateur a été passé partout, même sur les coussins du divan qui ont été repositionnés par une main experte de façon à faire alterner les tons marron et rouille… Il ne reste plus grand-chose à se mettre sous la dent ! Les techniciens réalisent tout de même quelques prélèvements, mais sans grande conviction.

Appel du colonel Marius Deysel depuis Bruxelles, 11 h 30

— Bonjour, Maxime, c'est Marius Deysel.

— Bonjour, Marius.

— On a vérifié les informations que tu m'as passées cette nuit. C'est vraiment du lourd… L'avocat belge, c'est celui de Yanis Meertens, le Balafré.

— En effet ! lâche Rey.

— Quant au fameux Charles, c'est le médecin qui suivait Corinne Sénéchal, la compagne du Balafré, avant qu'ils se mettent en cavale. On est en plein dedans !

— On dirait bien…

— En revanche, l'adresse et le nom du type au Brésil ne nous disent rien. Cette identité n'apparaît nulle part dans nos archives, mais comme le prénom Patrick est aussi celui de Hanssen, il faut qu'on approfondisse. C'est peut-être une planque au Brésil… Pour l'instant, on a juste laissé de côté le garage.

— Pourquoi ? s'étonne le commissaire.

— On est allés voir. Ce n'est pas du tout un centre Speedy comme indiqué. C'est une concession de voitures de luxe très connue dans le pays. Le patron est même une relation du procureur. Nos bandits ont dû être tentés à une époque par l'achat d'une belle bagnole. À moins que ce soit tout simplement une erreur de numéro.

— Oui, c'est possible… Nous, on a fait les vérifications sur cette mystérieuse Mme Olivier à Paris, et sur l'agence immobilière près de Nice. Intéressant, mais rien d'exploitable…

— C'est-à-dire ?

— La maison d'Opio, c'est négatif. Les occupants sont partis il y a deux jours. Certainement Meertens et sa femme…

— Nom de Dieu, on est quand même tout près !

— Oui, mais on ne les a pas...

— Le fil n'est pas rompu, on est toujours dans la course. Il faut y croire, Maxime ! dit Deysel, qui a perçu une sorte d'abattement chez son interlocuteur.

36

Même s'il ne veut rien montrer à personne, Delise n'en peut plus de tourner en rond. Il n'a jamais eu le tempérament d'un pêcheur à la ligne. Il ne sait pas attendre. Il s'y refuse même. C'est un chasseur dans l'âme, il est de ceux qui aiment avant tout l'action, remonter une piste, approcher silencieusement une cible ou la poursuivre à grand bruit…

Mais ce soir, rien n'est comme d'habitude. Il se dit qu'il faudrait peut-être laisser à d'autres l'épilogue de cette histoire des fourgonniers. Après tout, il a fait l'essentiel. Il est las. En même temps, il est bien tard. Il est grand temps d'éteindre et de rentrer chez soi. Il ne doit d'ailleurs plus y avoir grand monde dans le bâtiment, à part certainement les Stups, qui n'arrêtent jamais.

Il se trompe. Une lumière est encore allumée : celle du « Hibou ». Le bureau du commissaire Zargas, le chef du renseignement criminel, est situé tout au bout du couloir, comme au fond d'une impasse. On ne s'aventure jamais là-bas par hasard, seulement pour aller le voir. Cet isolement lui convient parfaitement. Pas de va-et-vient intempestifs ni d'importuns qui se croient obligés de glisser une tête pour un bonjour de convenance quand la porte est ouverte.

Ses services sont déployés à l'étage supérieur. Des locaux ultramodernes où des informaticiens et des analystes criminels moulinent sans cesse toutes sortes de données pour en tirer une substantifique moelle censée aider les enquêteurs de terrain dans leurs recherches.

L'antre de Zargas, lui, tranche avec toute cette modernité. La pièce est assez petite, encombrée par des piles de documents reliés, des études et des organigrammes en tout genre. Derrière lui trône une bibliothèque en bois avec une impressionnante quantité de livres, dont quelques-uns sont présentés de face, sans qu'on sache s'il en est ainsi parce que le maître des lieux leur accorde une importance particulière ou s'il s'agit simplement de nouveaux arrivages. Juste devant lui, il y a un sous-main en cuir vert et un pot à stylos à côté duquel s'agglutinent des Post-it de toutes les couleurs. Il y a aussi une lampe de bureau défraîchie avec un abat-jour géant jaunissant et un grand cendrier débordant de mégots.

Il est sans doute le seul chef de service de tout l'immeuble qui connaît le nom de chacune des personnes chargées du ménage. Il faut dire qu'il est toujours là quand, très tard le soir, elles passent vider les corbeilles, et il lui arrive fréquemment de discuter un moment avec elles.

— Salut, Fred, lance Delise en entrant dans son repaire.

— Tiens, Delise ! Il y a longtemps qu'on ne m'a pas appelé Fred... Je ne te demande pas comment tu vas depuis la dernière réunion de cet après-midi ! dit-il en riant.

— En effet, inutile ! Qu'est-ce qu'ils nous emmerdent, ces messieurs d'en haut, avec leur réunionite !

— Tu veux boire quelque chose ?

— Non, je te remercie, je suis crevé, il faut que j'aille retrouver mon lit.

— C'est vrai qu'il commence à se faire tard.

— Pour toi aussi…

— Tu sais bien que je suis de la nuit. On ne me surnomme pas le Hibou pour rien !

— C'est vrai qu'entre tes nocturnes et tes lunettes rondes en écaille, ça te va comme un gant. Pourquoi tu rentres pas chez toi ?

— Pour la même raison que toi : personne ne m'attend…, explique le Hibou en allumant une cigarette.

— Et qu'est-ce que tu fais quand il n'y a plus personne ?

— Je lis. Et je lis encore. Toutes les notes de renseignement, les productions, les analyses, les synthèses, les statistiques, mais aussi un tas de livres ou d'études qui contribuent à mieux comprendre les profils et les comportements criminels.

— On est en panne, lâche soudain Delise en se laissant tomber sur un des sièges.

— Je me doutais que tu avais quelque chose à me dire. On ne vient pas jusqu'ici sans raison…

— Finalement, je boirais bien quelque chose…

— Ne te désole pas, nous sommes tous en panne ! le rassure Zargas en sortant deux verres et une bouteille de whisky d'un de ses tiroirs.

— J'ai envie de tout arrêter.

— C'est juste un coup de blues, ça te passera…

— Tu sais, j'en ai marre de guerroyer tout le temps et contre tout le monde. Je ne suis pas sûr qu'on puisse vraiment continuer ainsi longtemps, en accumulant autant d'ennemis…

— Ça, c'est autre chose. Tu ne parles plus de tes fourgonniers, tu parles de toi…

— Mon pauvre, restons sur les fourgonniers ! Je ne vois pas comment on va les retrouver, je n'en ai aucune idée.

— Tu as toujours réussi jusqu'à maintenant, en quoi cette affaire serait différente des autres ?

— Je ne sais pas… On a plus ou moins bien cerné leur environnement, je crois qu'on connaît bien leurs personnalités, mais on n'arrive pas à anticiper leurs actions.

— Ce n'est pas moi qui vais t'apprendre que la traque d'un fugitif produit toujours des effets étranges sur les hommes, non seulement sur celui qui est poursuivi, mais aussi sur le poursuivant, lâche le Hibou en regardant fixement Delise.

— Tu peux développer ?

— Ça provoque toujours une sorte de régression animale. D'abord chez le fugitif, qui comprend qu'il est devenu une proie. Il est alors pris d'un mal indispensable s'il souhaite rester libre : il devient complètement paranoïaque. Il scanne en permanence tout ce qui l'entoure pour détecter une éventuelle présence policière. Mais le plus important, c'est qu'il ne veut surtout pas être reconnu. Il se fait le plus discret possible, jusqu'à vivre parfois dans la clandestinité la plus totale et en s'interdisant même toute activité. Une sorte de confinement, une autre forme de prison…

— Tu penses qu'ils sont cachés quelque part et qu'ils ne bougeront plus une oreille avant un très long moment, c'est ça ?

— Oui.

— Alors c'est foutu ?

— Laisse-moi d'abord te dire encore un mot, cette fois sur les poursuivants. Car eux aussi régressent…

— Je t'écoute, lance Delise, amusé, qui s'attend à en prendre pour son grade.

— L'instinct de prédation, enfoui au plus profond de nous, ressurgit parfois si violemment que le discernement peut faire défaut.

— Tu n'exagères pas un peu ?

— Non, tu ne t'en rends peut-être pas compte, mais c'est une bataille de tous les jours, de garder une enveloppe civilisée, et j'en sais quelque chose, confie le Hibou en tapotant sur sa bouteille de Jack Daniel's posée à côté du cendrier rempli de mégots.

— Je ne parlais pas de ça, mais de ta remarque sur le discernement, s'amuse Delise.

— L'excitation de la traque peut l'emporter sur le reste, y compris sur la capture proprement dite ! Tu avoueras quand même que cette quête est d'autant plus jouissive que la proie est dangereuse *et* intelligente.

— C'est vrai.

— Ce que tu dois comprendre, c'est que cette intelligence se révèle par la capacité de la proie à se mettre à la place de ses poursuivants. Elle commence à penser comme eux pour mieux deviner ce qu'ils attendent qu'elle fasse, pour deviner de quelle manière ils l'exploiteraient aussitôt contre elle. Elle finit tout bonnement par s'interdire d'accomplir ce qu'elle croit qu'on attend d'elle. Anticipation et évitement, mon vieux ! Ce sont les ressorts de son jeu.

— Je ne suis pas comme toi, Fred. Je ne suis pas un intellectuel. C'est compliqué pour moi de te suivre, encore plus à cette heure… Dis-moi plutôt clairement ce que je devrais faire.

— Selon moi, on ne les trouve pas parce qu'ils se sont réfugiés dans une planque sûre, et comme ils n'ont plus besoin d'argent, ils ne sont pas près de remonter sur un braquage. Ils n'ont aucune raison de s'exposer maintenant. Ils savent très bien qu'on est passés en mode « affût » et qu'on en est réduits à guetter leur passage dans les aéroports, les gares et aux frontières !

— Mais qu'est-ce que tu veux qu'on fasse d'autre ? On n'a rien ! Pour une fois, les nains d'en haut ont raison…

— Tu me déçois si tu te contentes de ça ! rétorque le Hibou en refaisant le niveau de leurs verres.

— Et qu'est-ce que tu proposes ? demande Delise en vidant le sien d'un trait.

— En fait, il n'y a qu'une solution. Je pense que tu devrais retamponner le tonton qui t'a si bien rancardé sur Hanssen, lance le Hibou avec malice.

— Comment tu sais qu'on m'a rancardé ?

— Le renseignement, c'est mon métier, je te rappelle. Je reconnais sa signature. Ce qu'il faut garder à l'esprit, c'est que le fugitif laisse toujours des traces derrière lui. Comme il a conscience qu'on va les utiliser, il fera en sorte qu'elles soient aussi peu nombreuses que possible, ou il les brouillera, mais il y en a forcément ! Et je te parie que ton informateur sait autre chose, une chose qui est sans importance pour lui ou qui, au contraire, le gêne, raison pour laquelle il ne t'en aura pas parlé. Mais cette chose peut être primordiale pour toi.

— Tu crois ? dit Delise, pensif.

— Oui, définitivement. Tu ne peux pas être partout. Abandonne aux autres les points d'affût traditionnels et cherche plutôt une information pour te placer là où tu seras sûr de pouvoir les rencontrer.

En quittant l'immeuble de la place Frédéric-Toussaint, Delise a repris du poil de la bête. Sans doute cette discussion particulièrement instructive, peut-être aussi les verres d'alcool… À peine assis dans sa voiture, il s'empresse de téléphoner à Hartmann. Il sait qu'il est tard, très tard, même, mais il y a longtemps qu'il vit comme ses hommes, sans plus prêter attention aux heures.

— Bruno, il faut que ton copain des Stups nous file encore un coup de main.

— Ce n'est pas mon copain ! s'exclame Hartmann.

— Fais pas ta mijaurée ! On est en carafe, on a vraiment besoin de lui.

— Je vais voir...

En réalité, même si la démarche lui coûte, ça n'empêche pas le commandant d'appeler aussitôt Sabban. Il n'y a pas de raison qu'il patiente jusqu'au lendemain, ces putains de Stups ne dorment jamais, eux non plus.

— Allô, Sabban ?

— Oui.

— C'est Hartmann...

— J'avais reconnu ta voix. Tu me passes un coup de fil pour me remercier ? Fallait pas !

— Oui, en quelque sorte...

— Eh ben, c'est sympa, j'apprécie. À la prochaine ! lance Sabban en faisant mine de raccrocher.

— Non, attends ! Écoute, on a besoin que tu recontactes ta source... On est sans son et sans image, tu comprends ? dit Hartmann.

— C'est vrai que vous avez l'air de pédaler dans la semoule.

— Tu vas nous aider ?

— J'essaie de voir l'informateur demain.

— Il y a une certaine urgence, insiste Hartmann.

— J'ai bien compris. Je reviens vers toi dès que possible

37

Comme souvent, les chefs des différents services de police se retrouvent autour d'une interminable table ovale. Remisés un peu à l'écart, quelques inévitables ronds-de-cuir se fondent à merveille dans le mobilier ancien. La réunion, qui se tient portes fermées, aborde la question de la gestion des ressources humaines et des budgets, de plus en plus compliquée, et laisse peu de place à l'examen des affaires en cours. L'opérationnel a cédé la place à l'administratif. Chaque échelon de la hiérarchie, du cabinet du ministre aux directions centrales, en passant par la direction générale, ne pense maintenant qu'à se couvrir. Les notes, rappels et autres instructions se succèdent en un véritable déluge : conservation des scellés, prévention des suicides, gestion des heures supplémentaires, dialogue syndical, notation, accidentologie, réduction des effectifs, attentes citoyennes, participation aux conférences européennes, actions de formation, bilans, évaluations de l'activité… On fait des tableaux de bord de tout !

Le système en est même arrivé à un stade où il faut faire des tableaux de bord de tableaux de bord pour ne pas oublier ceux qu'on doit faire ni à quelle date ! Désormais on doit rendre compte de tout, et tout le temps.

Le problème, c'est que cette bureaucratie est comme un immense serpent constricteur qui vous étouffe progressivement et vous empêche d'exercer votre vrai métier.

Tout le monde est si lassé par ces rencontres improductives que, quand elles prennent fin, chacun n'a qu'une hâte : s'éloigner au plus vite ! Le commissaire François Kennel, chef de la brigade de répression du banditisme, a ainsi tout juste le temps d'intercepter son directeur à la sortie.

— Chef, j'ai un peu tardé car j'étais débordé, mais j'ai quelque chose pour vous.

— Quoi donc ? questionne Van Erste.

— La recherche que vous m'avez demandée sur Brian Spencer, vous vous rappelez ?

— Oui…

— J'ai tout consigné dans ce mémo…, commence à expliquer Kennel en tendant le document à son supérieur.

— Merci, François, dit le directeur en le récupérant.

— Je vous accompagne jusqu'à votre bureau, comme ça, je vous en dis rapidement un mot, si vous voulez…

— Allons-y.

— Votre Brian Spencer est né en 1987 dans la banlieue de Bruxelles. Il est belge. Son père est décédé quand il avait 15 ans. Il est marié, sans enfants. Aucun antécédent criminel, il a été entendu une fois pour une affaire mineure, qui remonte à dix ans, comme simple témoin.

— Parfait, c'est bon, François. Je parcourrai tout ça à l'occasion, l'interrompt Van Erste, affichant son manque de réceptivité.

— À votre service, chef.

Alors qu'ils continuent de marcher d'un pas alerte, le directeur s'arrête et se tourne vers son subordonné :

— Jamais mis en cause dans un trafic de voitures ?

— Jamais. Vous pensez à quoi ?

— À rien de précis…

En s'installant à son bureau, le directeur pose négligemment le mémo dans la corbeille « À lire » déjà bien remplie. Il songe à la prochaine réunion qui l'attend dans quelques heures, cette fois au ministère…

Comme d'autres, Van Erste considère que ce ne sont pas ces rassemblements qui font avancer les dossiers, mais il faut bien montrer qu'il se passe quelque chose. Alors, pendant que les véritables artisans du spectacle, qui en sont dispensés, s'affairent ailleurs, le directeur subit cette comédie. C'est un peu à celui qui fera briller le plus son service ou sa direction, à celui qui obtiendra les grâces du ministre. À ce jeu-là, les gendarmes font partie des meilleurs, et en particulier le colonel Deysel qui a réussi le tour de force d'aller travailler avec la police française au nez et à la barbe des siens. Van Erste n'en revient toujours pas. Il faut dire, pour leur défense, que ce Deysel est plein de qualités et qu'il est, de surcroît, fort sympathique…

Sur le papier, plusieurs unités de la police judiciaire sont sur les rangs pour en finir avec ces bandits. La brigade de Delise, bien sûr, mais aussi la BRB du commissaire Kennel, qui entend bien prendre sa revanche sur l'Antigang, ainsi que la Crim' du commissaire Péroni, qui par ailleurs fait discrètement la danse du ventre devant le Hibou, le chef du renseignement criminel, dans l'espoir d'obtenir une exclusivité, au cas où fleurirait une information opérationnelle…

Mais Van Erste sait qu'il faudra aussi compter avec la Direction de la sécurité publique, une direction impressionnante qui regroupe sous sa houlette tous les commissariats et tous les effectifs de police en tenue. Par l'étendue de son dispositif et son contact direct avec la population, il ne serait pas surprenant qu'elle soit la première à recevoir le témoignage décisif…

Dans cette pièce, tout le monde joue des coudes pour se placer. Sans parler des démarches entreprises en coulisses dès le début de la traque par tous les services spécialisés, de police comme de gendarmerie, pour convaincre les autorités qu'il est trop risqué de laisser intervenir des unités généralistes peu entraînées et mal équipées. Certains même n'ont pas hésité à souffler à l'oreille du cabinet ministériel qu'en termes de communication, il serait beaucoup plus productif de filmer une belle intervention des hommes en noir… Tout bénéfice pour le ministre : il affinerait sa promotion et s'afficherait en chef de guerre rassembleur.

38

Une musique assourdissante, des lumières agressives, des odeurs mélangées de parfums et d'alcool, des femmes court vêtues, des œillades insistantes, de temps en temps des rires exagérés... L'endroit n'est pas vraiment du goût du commandant Hartmann, mais c'est là que Sabban lui a donné rendez-vous. Pas besoin de le chercher loin, il est au bar en train de siroter un verre. *Sans doute pour supporter ce bordel ambiant*, se dit Hartmann avant de l'aborder.

— Tu ne pouvais pas choisir un autre endroit ?

— J'aime bien. Pas toi ?

— Non.

— Tu n'aimes pas les femmes ?

— Si...

— Alors profite ! Ici, elles cherchent à être vues et à se faire aimer des hommes.

— Ce n'est plus de mon âge...

— Les femmes sont la seule vraie faiblesse des hommes, peu importe l'âge, dit Sabban en fixant une grande tige qui se trémousse langoureusement sous les spots.

— On se parle par signes, ou on trouve un coin plus au calme ?

— Tu fais partie de ces gens qui considèrent que ces lieux sont indécents ? demande le capitaine des Stups.

— Non, je m'en fous, c'est juste qu'il fait trop chaud et qu'on ne s'entend pas !

— On a si peu à se dire...

— Ça signifie que tu n'as rien ? questionne alors Hartmann, gagné par l'inquiétude.

— Si. Enfin, peut-être. Ça dépend..., répond Sabban en le regardant avec un sourire énigmatique.

— Ne me fais pas lanterner, je ne suis pas d'humeur !

— Je t'offre un verre ?

— Tant de générosité ! C'est *happy hour*, ou tu as quelque chose à fêter ? lui rétorque Hartmann avec ironie.

— Tu ne crois pas si bien dire..., lance Sabban, soudain redevenu très sérieux.

— Précise...

— Ils ont une planque à Braine-le-Château.

— C'est qui *ils* ?

— Ceux que tu cherches !

— Tu as plus de détails ? le presse Hartmann, qui sent monter en lui l'adrénaline.

— Non. La source est certaine qu'ils ont une planque dans ce secteur, mais elle n'y est jamais allée personnellement. C'est un petit patelin, vous allez les retrouver...

— C'est tout ? s'exclame Hartmann.

— Oui, il va falloir te contenter de ça, mon pote ! conclut Sabban en vidant son verre d'un trait.

39

Dans une cavale classique, la famille constitue le point faible le plus important du fugitif. Il finit tôt ou tard par entrer en contact avec sa femme, ses enfants ou ses parents. Les anniversaires et les fêtes, tout comme les décès, deviennent alors autant de tentations pour les uns que d'opportunités pour les autres. Pourtant, dans le cas présent, les opportunités sont réduites.

Depuis l'arrestation du Serbe, puis la mort de Hanssen et de Nielsen, seuls le Balafré et l'Italien restent dans la course. Or, aucun des deux n'a vraiment de famille, et leurs compagnes, qui pourraient constituer des cibles de choix pour remonter jusqu'à eux, ont malheureusement choisi de partager leur cavale et de plonger elles aussi dans la clandestinité… Même les informateurs, pourtant toujours prêts à vendre père et mère pour de l'argent, semblent hors jeu sur ce coup-là !

Par devoir, les policiers entreprennent donc un travail titanesque de téléphonie et d'écoutes, mais les pistes explorées aboutissent toutes à des impasses : il n'y a aucun fil à tirer susceptible de conduire aux fuyards. La lassitude règne… Au point que certains commence à s'en remettre secrètement à la chance. Un appel à témoin a été lancé par les autorités et la police a reçu plus de mille signalements en quelques heures. Les deux truands en fuite occupent par ailleurs une large place sur les écrans de télévision et sur les ondes radio. Pour tenir le pays en haleine, la presse a même eu l'idée de déclencher un décompte des jours de cavale !

Et pendant que ses hommes continuent de s'affairer, le directeur de la police criminelle, Paul Van Erste, est quant à lui contraint d'enchaîner les réunions, tantôt au ministère de l'Intérieur, tantôt chez le procureur.

— Votre Antigang a fait du bon boulot, salue ce dernier.

— Vous trouvez… ?

— Vous nous avez enlevé une belle épine du pied en faisant délivrer le ministre, et accessoirement en éliminant ce psychopathe de Hanssen.

— Si vous le dites…, répond le directeur d'un ton sec, pressentant que cette conversation va le gonfler. Il nous reste cependant Yanis Meertens, *alias* le Balafré, et Marco Manzani, celui qu'on surnomme l'Italien, à coincer.

— Vous pensez pouvoir leur mettre la main dessus bientôt ?

— La traque de fugitifs n'est pas une chose aisée…

— Je crois savoir qu'on apprécierait beaucoup en haut lieu que nous y parvenions quand même.

— Nous y parviendrons. Avec sa balafre sur le visage, Meertens ne passe guère inaperçu.

— Je suis sûr qu'ils n'ont pas quitté la Belgique. Il faut faire surveiller les gares et les aéroports, et peut-être même les ports…

— Bien sûr, acquiesce poliment Van Erste, qui n'en revient pas de voir ce type guindé et endimanché lui donner des conseils.

— Et pour cet… Italien, quelle est la situation ? demande le magistrat.

— Manzani, c'est le même, la balafre en moins… Il partage sa vie avec une certaine Natacha Wonski, et c'est peu de dire que leur couple ne passe pas inaperçu non plus.

— Comment ça ?

— Ils sont… flamboyants, lance le directeur, peinant à traduire de manière policée les mots crus de son chef d'état-major.

« La Natacha Wonski, il n'y a pas un mec qui ne mate pas son cul. Elle a une façon de marcher et de porter ses vêtements qui attire tous les regards, impossible qu'elle ne se fasse pas repérer ! Son cul est atomique ! » Non, décidément, il vaut mieux que Van Erste garde ça pour lui.

— Et donc ? reprend le procureur.

— Tôt ou tard, quelqu'un les reconnaîtra et nous donnera un renseignement.

— Justement, notre appel à témoin : je sais que vous n'étiez pas très enthousiaste, mais ça donne quoi ?

— Des centaines de coups de fil qui entraînent chaque fois une transcription par procès-verbal, transcription elle-même systématiquement suivie d'un déplacement sur le terrain pour vérification, le tout aux quatre coins du pays, avant transmission des informations aux analystes criminels…

— Quel boulot…

— Comme vous dites.

— Et ?

— Rien d'intéressant à ce jour, mais le temps est toujours l'allié de la police.

— Oui, mais ce n'est pas le mien ! Ce serait bien de ne pas trop tarder, lance le procureur, l'air un peu sombre.

— Je comprends.

— Comment allez-vous organiser la suite ?

— Vous savez, question organisation, le ministère de l'Intérieur va mettre son grain de sel. Ce sont eux qui vont décider des moyens.

— Je compte sur vous pour ne rien lâcher.

— Boutemens a été libéré et Hanssen est mort. La pression des médias va retomber et le politique va passer son chemin.

— Je crois que vous vous trompez. Lisez les journaux et regardez la télé ! La pression médiatique a juste changé de registre, mais elle est toujours aussi forte ! rétorque le procureur.

— De toute façon, on sera vite fixés. Il y a encore une réunion au ministère cet après-midi…

Doux euphémisme que de dire que le procureur est mécontent de voir l'exécutif prendre aussi ouvertement la main alors qu'il s'agit avant tout d'une enquête judiciaire. Mais il s'abstient de toute réaction ostensible : sa prudence est légendaire quand la force n'est pas de son côté. Cela fait des années que lui et d'autres militent pour le rattachement de la police criminelle au ministère de la Justice. En vain. Les gouvernements de tout bord se succèdent sans jamais donner suite à cette requête et sans oser dire pourquoi.

40

Les fugitifs ont été repérés à plusieurs reprises en différents points du territoire, mais il s'agit toujours de fausses pistes. Les enquêteurs restent cependant confiants, convaincus que la chance finira par leur sourire. En effet, chaque jour, des signalements tombent dans les services et des inspecteurs se rendent systématiquement sur place pour entendre les témoins et vérifier *in situ* leurs dires. Une certaine routine s'est installée, même si chacun sait qu'à tout moment l'un de ces appels peut être le bon.

C'est ainsi que ce matin-là les hommes de la Crim' du commissaire Péroni se déplacent jusqu'aux environs de Waterloo pour entendre la caissière et le gérant d'un supermarché, le Stone Manor. Ceux-ci prétendent avoir formellement reconnu Natacha Wonski, la compagne de l'Italien, dont ils ont vu la photo les jours précédents dans les journaux et à la télévision. Les deux enquêteurs dépêchés sur place, dont un vieux routier de la PJ, ne s'en émeuvent guère. Ils exigent avant tout de voir les bandes vidéo. Le gérant les conduit dans son bureau à l'arrière du magasin, là où se trouvent l'appareil d'enregistrement et deux écrans de contrôle crasseux. Dans une corbeille au sol, des gobelets, des couverts en plastique usagés et des emballages cartonnés indiquent que les lieux doivent servir à l'occasion de coin repas.

La recherche prend peu de temps, car la cliente n'est passée que quatre heures avant tout au plus. Sur les images, on voit une femme brune, plutôt élégante, faire ses courses avec une liste à la main. Impossible de dire qui elle est, car elle a gardé ses lunettes de soleil. Il faut attendre qu'elle arrive à la caisse et qu'elle les enlève un court instant pour distinguer son visage. Et la donne n'est plus tout à fait la même…

Sans qu'ils fassent le moindre commentaire, les policiers demandent qu'on passe et repasse la bande une dizaine de fois et au ralenti. Ils veulent ensuite visionner les vidéos qui couvrent le parking. On retrouve la même femme poussant son Caddie jusqu'à une voiture, en l'occurrence un coupé Mercedes apparemment vide de tout occupant. Il se confirme qu'elle n'est pas accompagnée : elle charge seule ses provisions dans le coffre avant de s'installer au volant et de sortir du champ des caméras.

Après avoir récupéré les images qui les intéressent, un des policiers, le plus gradé et le plus vieux des deux, pose quelques questions :

— Elle a payé comment ?

— En liquide, dit la caissière.

— Qu'est-ce qu'elle a acheté ?

— De la nourriture et des boissons. Et elle a aussi pris le journal sur le présentoir qui est là, devant la caisse.

— Elle vous a semblé bizarre ?

— Non, elle était normale.

— Et vous l'avez identifiée tout de suite ?

— Non, au début, je me suis juste dit : « Je la connais, je l'ai déjà vue… » C'est seulement après que j'ai fait le rapprochement avec la photo diffusée à la télé.

— C'est la seule fois où vous l'avez vue ?

— Oui, elle n'était jamais venue avant, répond sans hésitation la caissière.

— Et vous, monsieur ?

— Moi, je l'ai croisée dans le rayon juste avant qu'elle aille régler ses achats. Mais je n'aurais pas percuté si mon employée ne m'avait pas confié ses impressions.

— Vous l'aviez déjà vue avant ?

— Non, je m'en souviendrais, c'est une très belle femme.

— Une belle femme, dites-vous ?

— Enfin, le genre qui attire le regard, précise leur interlocuteur avec une certaine gêne. Vous pensez que ça peut être la femme qui est recherchée ?

— Je n'en suis pas convaincu du tout... Elle lui ressemble un peu, c'est vrai, mais je suis sceptique. On va vérifier tout ça tranquillement. Je vous demande de rester discrets en attendant et je vous recontacte pour vous donner le résultat des courses.

— Et si elle revient ?

— Vous ne faites rien. Vous nous téléphonez simplement au même numéro.

En sortant du supermarché, sous l'œil inquisiteur du gérant, les deux policiers prennent tout leur temps. Ils font même un tour complet du parking avant de reprendre la route. Puis le lieutenant principal Grootmans passe un coup de fil à son chef, le commissaire divisionnaire Franck Péroni, en charge de la Brigade criminelle.

— Alors ?

— C'est elle !

— Vous en êtes sûrs ? questionne Péroni, incrédule.

— Certain ! Elle s'est teint les cheveux, mais c'est elle.

— Elle a payé comment ?

— En liquide, elle n'a acheté que de la bouffe.

— Il y avait quelqu'un avec elle ?

— Non, personne. Elle conduit un coupé Mercedes gris et on a la plaque minéralogique. Je viens de vous l'envoyer par SMS.

— Bien joué, Grootmans ! Putain, bien joué ! Les gens du magasin ne vont pas balancer l'info à la presse ?

— Non, je ne crois pas. Je vous expliquerai…

— Je fais tout de suite partir des renforts.

— Très bien. Nous, on va juste commencer à tourner un peu pour chercher cette Mercedes.

— Grootmans, écoutez-moi bien d'abord. Si vous trouvez cette voiture, gardez-vous de toute intervention. C'est un ordre ! Je me fous de ces bandits si c'est pour exposer la vie des miens ! Vous m'avez compris ?

— Parfaitement.

À peine le téléphone raccroché, le commissaire Péroni consulte ses textos. Un simple numéro d'immatriculation qui peut se révéler une information capitale… Péroni le sait, mais il reste lucide. Il faut procéder par étapes. Il demande donc à son état-major de passer l'immatriculation au FVV, le fichier des véhicules volés, puis à celui des cartes grises.

La réponse est presque immédiate : la Mercedes n'est pas signalée volée et son propriétaire officiel est une certaine Sidonie Thomassen, également propriétaire d'une Porsche 991 Turbo de couleur noire. L'intéressée, âgée de 30 ans, a déclaré être célibataire et demeurer 13, impasse de la Source à Anvers. Péroni constate que son équipe est allée au-delà de ses attentes, les antécédents de la dame Thomassen ont été vérifiés, et celle-ci est totalement inconnue des archives de la police. Reste à savoir s'il ne s'agit pas d'une doublette, c'est-à-dire d'une usurpation d'identité et d'immatriculation dont cette citoyenne serait victime à son insu. Et c'est pour cette raison que le commissaire décide d'appeler lui-même le chef de la police d'Anvers.

— Bonjour, c'est Péroni de la Crim' de Bruxelles.

— Oui, Bayon à l'appareil. Qu'est-ce que je peux faire pour toi ?

— Désolé de te déranger, mais j'ai besoin d'un service en TTU dans le cadre d'une affaire de première importance.

— Je t'écoute.

— Pourrais-tu envoyer quelqu'un au 13 impasse de la Source pour me confirmer que Sidonie Thomassen habite à cette adresse ? Par la même occasion, si c'est possible de jeter un œil pour voir s'il n'y a pas un coupé Mercedes gris ou une Porsche noire dans le coin…

— Donne-moi l'état civil de cette femme et les immatriculations. Je m'en charge tout de suite, c'est à deux pas d'ici.

Suite à cet échange, le commissaire Péroni prend quelques minutes pour faire le point sur la situation. Il veut être sûr de son coup avant d'aviser sa hiérarchie. Il préfère donc retarder encore un peu ce moment et recontacte Grootmans pour lui communiquer les dernières informations dont il dispose. Il lui confirme en outre que quatre véhicules arrivent en renfort et invite une nouvelle fois son lieutenant à la plus grande prudence.

Le chef de la Crim' a à peine le temps de raccrocher que le nom de Bayon s'affiche sur son écran.

— Il n'y a pas de Sidonie Thomassen à l'adresse indiquée, lâche son interlocuteur. En fait, il n'y a même sans doute jamais eu de Sidonie Thomassen. Il n'y a pas d'habitation au 13 impasse de la Source…

— Comment ça ?

— Les numéros s'arrêtent au 9, le 13 n'existe pas ! Il n'y a pas de Mercedes ni de Porsche dans la rue non plus. Tu comprends ? Sidonie Thomassen, c'est un toc ! conclut Bayon pour enfoncer le clou.

— Merde…

En reposant son téléphone, Péroni sait que son enquête vient de faire un pas de géant. Ces deux voitures ne servent pas à des braquages, les Hanssen doivent les utiliser au quotidien pour leurs déplacements.

Quand il transmet enfin tous ces éléments au directeur de la police criminelle, Paul Van Erste, celui-ci décide de laisser la Crim' maître d'œuvre dans la poursuite des investigations, et précise qu'on fera appel au groupe Diane pour l'intervention finale. Une décision qui ne tarde pas à arriver aux oreilles de Delise et de son Antigang, leur donnant le sentiment confus que le directeur cherche à les tenir à l'écart du dispositif qui va se déployer vers Waterloo.

41

Après avoir fait son rapport à Paul Van Erste, Franck Péroni, le chef de la Brigade criminelle, s'est donc vu confier la responsabilité opérationnelle du dispositif chargé de traquer les deux derniers fugitifs. À cette occasion, il a obtenu le renfort immédiat de la BRB, des hommes aguerris et redoutés dans le monde du banditisme et dont le chef, le commissaire Kennel, est par ailleurs un adversaire déclaré de l'Antigang de Delise.

De leur côté, tous les effectifs font à présent route en direction de Waterloo avec pour mission de retrouver la Mercedes utilisée par Natacha Wonski et de loger les fugitifs, c'est-à-dire découvrir leur planque. Et dans la perspective où une intervention en force serait nécessaire, le groupe Diane de la gendarmerie a été officiellement désigné comme l'unité d'assaut. Ses membres ont par conséquent reçu l'ordre d'établir discrètement leurs quartiers dans une caserne de Waterloo en attendant.

Enfin, dans le même temps, toutes les patrouilles en tenue du pays ont été renforcées. Outre que des photos des fuyards ont été diffusées à la télévision et placardées dans tous les bureaux de police, chaque fonctionnaire sur le terrain a désormais sur lui des fiches-photos au format poche du Balafré, de l'Italien et de leurs compagnes avec une conduite à tenir en cas de découverte.

Le Stone Manor étant situé à hauteur de Grande Espinette, sur une route très fréquentée entre Bruxelles et Waterloo, le commissaire Péroni a déployé tous ceux qui se trouvaient à sa disposition sur un axe nord-sud entre ces deux villes, une sorte de grand jalonnement sur une distance d'environ trente kilomètres, avec une répartition sur des points clés aux abords des principaux carrefours. Pièces maîtresses de son dispositif, quatre LAPI – des lecteurs automatiques de plaques d'immatriculation – ont été mis en place à l'entrée de Bruxelles, à celle de Waterloo et au carrefour de la Grande Espinette. Ainsi, si la Mercedes ou la Porsche viennent à passer devant l'un de ces mouchards, la salle de commandement de la Crim' en sera avisée sur-le-champ.

Au cours de ces grandes manœuvres, la gendarmerie, qui a pourtant déjà réussi à imposer son groupe d'intervention, est revenue à la charge en se proposant en renfort pour garder les flancs du dispositif policier. Bien que tous les chefs de police y soient opposés, le directeur de la police criminelle n'a pas rejeté cette offre. Outre que le dispositif s'étirait beaucoup trop en longueur, faute d'effectifs suffisants, Paul Van Erste redoutait qu'un rejet pur et simple de sa part conduise les militaires à demander un arbitrage du ministre… Il a donc accepté leur aide, mais ne leur a confié que le flanc droit du dispositif, au nord-est, et a fait appel à la Brigade antigang de Delise pour prendre en charge le flanc gauche, à l'ouest.

Contre toute attente, et pour des raisons qui restent obscures aux yeux de tous ses collègues, Delise s'est soumis à cette décision sans broncher. Encore plus surprenant, il a établi un PC à Braine-le-Château…

À ce stade du dossier, du côté des forces de l'ordre, on a noté avec plaisir que les messieurs « d'en haut » sont devenus beaucoup moins pressants. Il faut dire que la politique a repris ses droits. Le ministre de l'Intérieur est préoccupé par d'autres affaires, notamment des accusations visant certains membres du gouvernement. Dissimulation fiscale pour l'un, frais de représentation dispendieux pour l'autre, emplois fictifs : tous ont été épinglés par une presse d'investigation plus féroce que jamais.

Et l'atmosphère n'est pas plus détendue au palais de justice, où le remplacement du procureur général a encore été repoussé de quelques mois. Le procureur de Bruxelles, qui attend impatiemment la place, commence donc sérieusement à douter. Pour ne pas compromettre son avenir, il doit se livrer à un exercice délicat : s'il a intelligemment fait accélérer quelques enquêtes dans la période préélectorale pour dégommer certains candidats, à présent il doit faire exactement le contraire pour protéger les membres du gouvernement actuel, et ce, sans qu'on s'en aperçoive.

42

Elle est là, sagement garée, quand la Ford Mondeo grise du lieutenant Grootmans déboule dans la rue Risler. En la voyant, l'officier demande aussitôt au jeune Franck Collin, qui est au volant, et avec qui il fait équipe, de ne pas ralentir et de continuer comme si de rien n'était jusqu'au bout de la rue avant de chercher à stationner.

À peine la voiture immobilisée, Grootmans en descend sans dire un mot à son collègue pour faire le chemin en sens inverse, à pied. Il ne veut surtout pas commettre d'erreur. Il faut qu'il vérifie la plaque minéralogique, et aussi qu'il « sente » un peu l'environnement...

Pas de doute, c'est la Mercedes signalée quelques heures auparavant au Stone Manor. En passant à côté du véhicule, il jette un coup d'œil rapide dans l'habitacle. Il n'y a rien sur les banquettes arrière ni sur les sièges avant. On aperçoit juste des pièces de monnaie en vrac et des tickets de stationnement fripés pris dans les plis de la gaine en cuir du levier de vitesses.

Il poursuit sa route d'un pas calme en prêtant cette fois une attention plus soutenue au lieu. Il a vite fait le tour. Une voie à sens unique, deux trottoirs assez larges plantés d'arbres et, tout le long, quasiment que des immeubles d'habitation, hormis un cabinet dentaire, un pressing et un commerce d'alimentation vers lequel il décide de se diriger. Un homme, sans doute un Marocain, est à la caisse. Il n'y a que deux clientes. À première vue, aucune d'elles n'a le gabarit de Wonski, mais il veut être sûr. Il s'avance pour acheter du beurre, du lait et du fromage. Il les entend qui parlent entre elles en flamand. Il croise même leur regard. Seulement deux amies qui font leurs courses ensemble...

C'est donc avec un sac de provisions à la main qu'il ressort du magasin. Il a fait d'une pierre deux coups : depuis des semaines, son frigo est désespérément vide de tout produit frais. Un vide qui lui rappelle tous les jours sa connerie. Il a bousillé son mariage. Ça fait une éternité maintenant qu'il mange des surgelés en compagnie de sa télé, tous les soirs, seul comme un con. Heureusement qu'il lui reste le boulot !

Tout en marchant en direction de la Mondeo, Grootmans réfléchit. Les fugitifs ont peut-être leur planque dans cette rue. S'ils guettent à une fenêtre, le sac de courses va les rassurer. À moins que Wonski ne se soit arrêtée là juste pour rendre visite à quelqu'un...

Dans le fond, peu importe, la priorité est déjà de donner l'alerte. Le plus simple et le plus rapide serait de le faire par radio en arrivant à la voiture, mais il a déjà vécu des affaires où des malfaiteurs et même des journalistes scannaient les fréquences de la police et arrivaient à intercepter des communications. Il se dit aussi qu'il n'est peut-être pas utile qu'un autre service soit immédiatement avisé, autant laisser toutes ses chances à la Crim' de rappliquer la première... Non, c'est décidé, il va utiliser son portable quand il aura rejoint son coéquipier.

— Allô ?

— C'est encore Grootmans. On vient de retrouver la Mercedes…

— Putain ! jure le commissaire Péroni.

— Elle est garée rue Risler, à l'entrée de Waterloo. Au niveau du numéro 6. Il n'y a personne autour.

— On vient tout de suite. Comptez quand même vingt minutes avec la circulation !

— En attendant…

— En attendant, *rien* ! l'interrompt Péroni. Vous patientez et vous ne faites *rien* ! Si ça redémarre, regardez si vous pouvez suivre, mais si c'est chaud, lâchez tout immédiatement ! Ne prenez aucun risque. De toute façon, si c'est leur planque, ils vont y revenir…

— J'ai compris, dit Grootmans, résigné.

— On ne s'annoncera à la radio qu'en arrivant sur zone, c'est pas la peine de prévenir la terre entière. Entre-temps, on ne se parle qu'au téléphone ! conclut Péroni.

Lorsque Grootmans raccroche, il débriefe le jeune Collin et lui fait un rapide topo sur la suite des événements.

— Pour l'instant, tu vas rester là en te calant bien dans ton siège et tu vas mater dans le rétro pour voir si quelqu'un se pointe à la Mercedes. L'idéal serait que tu parviennes à repérer de quel bâtiment ça sort. Moi, je vais retourner à la voiture, ce serait trop con qu'ils se barrent avant que la cavalerie débarque…

— Vous y retournez ? Mais pour faire quoi ?

— Je vais faire le nécessaire, lâche mystérieusement Grootmans avant de s'éclipser.

Tandis qu'il s'éloigne, Collin l'observe dans le rétroviseur. Il regarde la longue silhouette redescendre la rue et disparaître d'un coup à hauteur de la Mercedes. Un moment d'inquiétude, heureusement vite passé. Grootmans réapparaît presque aussi soudainement qu'il a disparu et il se remet en marche.

Quand il revient de sa promenade, il s'assoit en s'exclamant joyeusement :

— Voilà, c'est fait !

— Qu'est-ce qui est fait ? interroge alors son jeune coéquipier.

En guise d'explication, Grootmans sort de sa poche un vieux couteau qui ressemble à un Opinel.

— Je lui ai crevé un pneu pour nous donner une chance supplémentaire ! S'ils veulent bouger avant que les collègues arrivent, il faudra déjà qu'ils changent la roue...

Face à la stupéfaction de Collin, Grootmans en rajoute une couche :

— Eh oui, mon gars, on n'apprend pas ça à l'école de police, hein !

— Non, effectivement...

— Tu vois, maintenant, tu peux te détendre, on a un peu de marge !

Sur ces mots fanfarons, Grootmans s'installe confortablement. Il recule son siège au maximum et en incline le dossier vers l'arrière, tandis que Collin, lui, s'agite. Il se penche en avant et peaufine le positionnement de son rétroviseur...

— Mais qu'est-ce que tu fous ? s'exclame Grootmans.

— On dirait...

— On dirait quoi ?

— Je crois qu'il y a quelqu'un à la voiture.

— Merde ! Un couple ? demande Grootmans qui se redresse et abaisse aussitôt son pare-soleil dans l'espoir de distinguer quelque chose dans le miroir de courtoisie.

— Non, c'est un type tout seul, plutôt bien habillé. Il a ouvert la portière.

— Putain, ça doit être l'Italien, lâche le lieutenant qui n'arrive toujours pas à orienter correctement la minuscule glace.

— Ça lui ressemble, mais il est trop loin pour que j'en sois sûr. Il doit revenir du pressing, il a un cintre à la main. Certainement une veste ou une chemise qu'il est en train de poser sur la banquette arrière…

— Putain, je suis pas allé voir au pressing !

— En tout cas, il regarde sans arrêt autour de lui. Soit il ne sait pas changer sa roue, soit c'est chaud. Ah, ça y est ! lance Collin après quelques secondes. Il fait le tour, il fouille dans le coffre.

Le lieutenant sait qu'il faut agir vite. Il compose donc le numéro de Péroni et s'écrie sans préambule :

— Vous êtes là dans combien de temps ?

— Ça roule très mal. Pourquoi ?

— Ne traînez pas, il y a un type qui vient d'arriver à la Mercedes !

— Merde, on sera jamais là à temps…

— Il a un pneu à plat, précise Grootmans.

— Bien joué. On va accélérer le mouvement. Mais de votre côté, pas de connerie, surtout ! Ce sont des tueurs, je vous rappelle.

— Ne vous faites pas de bile, patron.

Tandis que Grootmans consulte régulièrement sa montre avec impatience, l'homme s'affaire à changer la roue… La tension est insupportable.

— Je vais y aller, annonce Grootmans au bout d'un moment.

— Aller où ? interroge Collin, inquiet.

— Je vais passer, juste pour voir où il en est…

— Vous ne préférez pas rester et qu'on le prenne en filature quand il démarrera ?

— Non. Tu as dit qu'il était hyper méfiant quand il a vu sa roue crevée. Quand il va démarrer, il va être bouillant comme la braise. On va tout de suite se faire repérer.

— Vous ne voulez pas qu'on y aille tous les deux, au moins ?

— Certainement pas ! lance l'inspecteur en ouvrant sa portière.

En observant Grootmans se diriger droit sur la Mercedes, le jeune Collin se demande s'il oserait faire ça... Il trouve terrifiant de s'approcher ainsi d'un tel fauve.

Grootmans, lui, constate que le conducteur, qu'il ne voit que de dos, est sur le point de resserrer les derniers boulons. Le policier prend tout à coup conscience qu'il sera reparti bien avant que ses collègues n'interviennent. Il doit prendre une décision sans tarder... Il lève alors son arme et hurle :

— Police ! Haut les mains !

L'homme, qui est toujours agenouillé, ne dit pas un mot. Il monte les mains au-dessus de sa tête.

— Pose tes mains sur l'aile ! Je veux voir tes *deux* mains sur l'aile ! hurle encore Grootmans.

— Ne vous énervez pas, monsieur... C'est sûrement une erreur...

Assis dans la voiture, le jeune Collin n'en croit pas ses yeux. Il voit Grootmans de profil, son pistolet braqué en direction de la Mercedes... Il hésite un court instant, il n'a jamais imaginé pareil scénario. Juste le temps de vérifier qu'il n'oublie pas ses menottes dans la précipitation et il sort pour seconder son collègue. On ne peut pas menacer un homme et lui passer les menottes en même temps ! Ça, il en est sûr, il l'a appris à l'école !

Il court à présent sur le trottoir. Un rapide tour d'horizon lui permet de vérifier qu'aucun complice susceptible de les prendre à revers n'est en vue. Non, personne à l'horizon…

— Ne bouge pas, Manzani, sinon je te fume, rugit Grootmans qui a vu du coin de l'œil que Collin approchait.

— Je ne bouge pas, mais je vous dis que vous vous trompez, monsieur ! Je ne m'appelle pas Manzani et cette voiture n'est pas à moi ! C'est une cliente du pressing qui m'a demandé de l'aider. Elle y est encore.

— On verra ça plus tard, en attendant, laisse bien tes deux mains apparentes, répète le lieutenant qui continue de pointer son pistolet sur l'individu tout en jetant un regard furtif vers le pressing, situé sur le trottoir d'en face.

— Je ne comprends vraiment rien à ce qui se passe…, se désole le type qui secoue la tête de gauche à droite.

Soudain, un bruit métallique résonne près d'eux. L'homme ne peut s'empêcher de pivoter pour regarder, tout comme Grootmans. Dans le feu de l'action, Collin, qui arrive en courant, vient de laisser échapper son arme. Elle est tombée au sol avec fracas et a glissé jusque dans le caniveau. *Une chance que le coup ne soit pas parti…*, se dit Grootmans.

Une infime fraction de seconde s'est écoulée avant que celui-ci ne reporte son attention sur le suspect, qu'il tient en joue. Ce dernier n'a pas bougé, ou plutôt presque pas… car sa main gauche n'est plus visible ! Grootmans comprend immédiatement. Son index quitte déjà le pontet pour se positionner sur la queue de détente. Son expérience lui commande de tirer et il est sur le point de le faire, son doigt a même commencé à exercer une pression. Il sait qu'à cette distance, une balle de neuf millimètres à la base du cou ou en plein thorax, et c'est la mort assurée, mais il préférerait le neutraliser, ce qui n'est pas évident avec un homme dans une telle position.

En fait, tant qu'il ne voit pas cette foutue main gauche, il se sent en grand danger sans être certain pour autant que l'homme est armé. Pourvu qu'il s'agisse bien de l'Italien et pourvu qu'il soit armé… Grootmans, vingt ans de métier, s'imagine alors commettant l'erreur de sa vie : pas de légitime défense et un innocent tué ! Il ne se fait pas d'illusions, il sait que son administration le livrera aux chiens en se foutant royalement de ses états de service. Tout le monde le critiquera sans vergogne et dénoncera son erreur comme son manque de sang-froid.

Bon Dieu, est-il vraiment en état de légitime défense ? Son questionnement s'arrête là… L'individu se retourne d'un geste si vif qu'il en est imprévisible, et tire instantanément avec le pistolet automatique qu'il tient dans sa main gauche. La balle atteint Grootmans en plein thorax, dans la région du cœur. Le lieutenant s'effondre. Le type vise ensuite Collin, tétanisé, qui ne doit son salut qu'à la protection des véhicules en stationnement.

Le jeune policier réfléchit à toute vitesse. Même s'il a réussi à récupérer son arme, il décide d'attendre que l'homme se redresse et cherche à s'enfuir au volant de sa voiture. C'est à ce moment-là qu'il tentera de l'abattre. Mais là encore, tout ne se passe pas comme prévu, car sa cible, qui renonce à la Mercedes, s'éloigne à couvert et finit par intercepter une Alfa Romeo verte qui remonte la rue au pas, à la recherche d'une place de stationnement. L'homme en extrait violemment la conductrice. Celle-ci résiste. Il l'exécute sur-le-champ avant de démarrer en faisant rugir le moteur. À son passage, Collin parvient à lâcher deux balles sans avoir vraiment pris le temps d'ajuster son tir…

La femme est touchée à l'abdomen. Elle est étendue sur le sol, presque au milieu de la chaussée. Des gens accourent, ils l'entourent et lui parlent. En vain, elle ne leur répond pas. Collin s'assoit sur la bordure du trottoir. Il reste seul dans son coin. Il a toujours son arme à la main et personne n'ose l'approcher. Quand il tourne la tête, il aperçoit Grootmans qui gît dans son sang, à quelques mètres de lui...

43

On ne mesure jamais assez l'effet domino de certains événements de la vie…

La Brigade antigang de Delise, qui a pris ses quartiers à Braine-le-Château, en est toujours à chercher la planque des fugitifs lorsque la nouvelle tombe sur les fréquences de la police : Grootmans vient d'être tué et son assassin a pris la fuite à bord d'une Alfa Romeo verte dont l'immatriculation est aussitôt diffusée à tous. L'appel général s'achève par un ordre de conduite à tenir : « Ne pas interpeller, individu particulièrement dangereux, signaler immédiatement sa présence ou celle de la voiture à l'état-major de la police judiciaire de Bruxelles. »

À peine dix minutes plus tard, c'est Tauziède qui le premier l'aperçoit, puis Hartmann, et bientôt toute une colonne de véhicules banalisés qui se sont approchés pour voir à leur tour. L'Alfa Romeo verte que tout le monde traque est là, stationnée sur le parking de la gare de Braine-le-Château. On ne voit plus qu'elle.

Le trafic radio s'est soudainement interrompu. La tension est palpable. À bord de leurs bolides, les équipages se sont tus, conscients qu'une intervention à risque se prépare. Tous les hommes sont sur le qui-vive. Certains commencent à regretter de ne pas avoir enfilé leurs gilets pare-balles restés par négligence dans les coffres, d'autres vérifient machinalement leurs armes. Le tueur est là quelque part, libre et dangereux.

Hartmann attend encore un instant, le temps que tous les effectifs de la brigade soient correctement positionnés. Et quand tout est enfin en place, il s'élance, seul, pour aller inspecter l'Alfa Romeo. En arrivant à sa hauteur, il pose d'abord sa main sur le capot et constate qu'il est encore chaud. Il remarque dans la foulée qu'un déflecteur arrière du véhicule est brisé et que des débris de verre jonchent le tapis de sol, dans l'habitacle. Après avoir fait lentement le tour du véhicule, il se risque à ouvrir la portière conducteur qui n'est pas verrouillée. Et, la première chose qu'il découvre, c'est une tache de sang sur le dossier du siège. Il voit ensuite les clés restées sur le contact et enfin le tableau de bord perforé par un trou bien net qui fait penser à un impact de balle. Il jette alors un coup d'œil au sol. Il sait par expérience qu'en quittant précipitamment une voiture, les malfaiteurs laissent parfois de précieux indices derrière eux. Au début, il ne remarque rien, et puis soudain, il lui semble discerner un infime point brunâtre. Il s'agenouille pour s'en approcher : des petites gouttes de sang parsèment le sol à intervalles réguliers en s'éloignant de la voiture. Quand il se relève et suit du regard la trajectoire que lui indique ce rayon sanglant, il aperçoit une station de taxis...

Sans perdre de temps, Hartmann rejoint son équipier et appelle Delise par téléphone :

— On vient de tomber sur l'Alfa Romeo sur le parking de la gare.

— Putain, à tous les coups, il a pris le train...

— Non, je ne crois pas.

— Comment tu peux savoir ? questionne Delise.

— Il est blessé, il y a du sang dans la voiture…

— Personne n'a signalé de blessé pourtant, s'étonne le commissaire en l'interrompant.

— Peut-être, mais celui qui a conduit cette Alfa l'est, et sans doute sérieusement ! Et les gouttes de sang ne vont pas vers la gare, mais vers une station de taxis. Il a peut-être pris un sapin[1].

— Pourquoi il aurait fait ça ? Il avait un véhicule à disposition…

— Je pense qu'il n'a pas voulu aller avec jusqu'à sa planque. Il savait qu'on recherchait cette bagnole et qu'on allait finir par la retrouver. Il l'a laissée là pour nous égarer.

— Oui, peut-être bien.

— Je vais envoyer des équipages vérifier les cliniques du coin et les pharmacies. Tauziède et moi, on va taper les taxis qui sont sur la place.

— Et moi je suis coincé ici au bureau ! enrage Delise. Il y a encore une réunion à la direction.

— T'en fais pas, je m'en occupe et je te contacte dès que j'ai du nouveau.

— Faites super gaffe !

— T'en fais pas…, répète Hartmann.

1. Un taxi, en référence au sapin de Noël, avec ses lumières toujours allumées sur le toit et dans l'habitacle.

44

Aussitôt le décès de Grootmans connu, une énième réunion a été programmée en urgence par le directeur Van Erste. Les chefs des brigades engagées dans la traque des fugitifs sont donc de nouveau rassemblés autour de lui.

Le supérieur direct de Grootmans, le commissaire Franck Péroni, est là lui aussi. Son regard est vide de toute expression. La fatigue et surtout la tristesse ont gagné. Il vient de perdre un de ses hommes. La mort est la compagne au quotidien des gars de la Crim', mais on ne s'y fait jamais vraiment. Plus de dix ans qu'ils travaillaient ensemble… Quand il y réfléchit, il s'aperçoit qu'il ne savait pas grand-chose de la vie de son subordonné, juste qu'il était divorcé et qu'il avait deux enfants. Qu'il aimait lire également, mais il n'a jamais pris le temps de lui demander quel genre de livre.

Et puis il y a ce jeune enquêteur qui accompagnait Grootmans et qui se trouve dans un triste état. Il va falloir prendre soin de lui. Dire qu'ils étaient si près du but !

Alors que ses pensées sont ailleurs, tous ses collègues lui présentent leurs condoléances au fur et à mesure qu'ils arrivent, et ça n'arrange rien. Il s'est muré dans le silence. Il sait que c'est à lui que va revenir la charge d'aller voir l'ex-femme de Grootmans et ses enfants. Ce n'est pourtant pas la première fois qu'il annonce une mauvaise nouvelle à une famille, mais là, c'est un des siens. Il n'a plus que ça en tête : « Madame, j'ai la triste responsabilité de vous faire part du décès de votre ex-mari... » Et puis il songe à cette putain de cérémonie qui aura lieu dans la cour d'honneur : le ministre viendra alors en personne dire tout le bien qu'il pensait de Grootmans dont il ignorait pourtant jusqu'à l'existence avant cette triste journée. Il est las de tous ces faux-semblants.

Quand tout le monde est enfin installé, Delise étant arrivé le dernier, comme à son habitude, Van Erste fait un point de la situation. Il commence par détailler les circonstances dans lesquelles le lieutenant Grootmans a trouvé la mort à Waterloo, il insiste sur le tir de l'enquêteur Collin et conclut sur la découverte de l'Alfa Romeo ensanglantée à Braine-le-Château.

En apprenant que le véhicule utilisé par Marco Manzani vient d'être repéré là-bas, le chef de la BRB, le commissaire Kennel, ne peut s'empêcher de dire à mi-voix :

— L'Antigang a quand même le cul bordé de nouilles ! Ce con de Rital flingue un flic et il va se foutre en plein milieu de leur dispositif ! C'est à croire que Delise savait qu'il se réfugierait là...

— Un peu de décence, s'il te plaît, exige alors sèchement le Hibou qui est assis juste à côté de lui.

— Puis-je envoyer mon équipe à Braine-le-Château ? demande soudain le commissaire Péroni en sortant de son mutisme.

— Non, ce n'est pas une bonne idée, répond le directeur, embarrassé.

— Pourquoi ? relance Péroni d'une voix lasse.

— Pour deux raisons. D'abord, si la Crim' déniche Manzani et qu'elle le tue, la presse laissera entendre qu'on s'est vengés et le ministre ne lèvera pas le petit doigt pour venir à notre secours. Et puis, il y a pas mal de boulot ailleurs !

— Comme quoi ?

— Comme vérifier si les hôpitaux ont reçu un blessé par balle ou visionner les bandes vidéo des gares, à commencer par celle de Braine. Mais vous savez tout ça mieux que moi, Péroni, je n'ai rien à vous apprendre.

— Monsieur le directeur, tout se passe à Braine, c'est là qu'il faut être ! intervient le commissaire Kennel.

— Les hommes de l'Antigang y sont déjà et on n'est pas sûrs d'être dans le vrai. On ne peut pas tout miser sur cette ville alors que personne à ce stade n'est en mesure d'affirmer avec certitude qu'il n'a pas pris le train ou que le Balafré ne l'a pas tout simplement récupéré sur le parking. Il faut travailler main dans la main, bien se répartir les tâches, sans rien négliger, à moins bien sûr que Delise nous dise qu'il a besoin de renfort, conclut Van Erste en regardant ce dernier avec insistance.

— Le directeur a raison et je n'ai pas besoin de renfort, rétorque Delise qui était resté silencieux, coupant ainsi court à toute nouvelle discussion.

45

Les vérifications dans les pharmacies et les cliniques proches de Braine sont restées vaines. En milieu d'après-midi, Hartmann et Tauziède réussissent enfin à mettre la main sur le dernier des chauffeurs de taxi basés sur la place principale. Et il semblerait qu'ils tiennent enfin quelque chose.

— Et ce client, où l'avez-vous emmené ? demande Hartmann.

— Pas très loin d'ici, rue Rivière.

— Il y avait quelqu'un avec lui ?

— Non, personne. Il n'avait même pas de bagage, rien du tout.

— Il vous a payé comment ?

— En liquide. Ça faisait 15 euros... C'est pas avec des courses comme ça qu'on peut gagner sa vie ! se plaint alors le chauffeur.

— Il avait l'appoint ?

— Non, il m'a donné un billet de 20 euros et il m'a dit de garder la monnaie.

— Cinq euros de pourboire ? C'est beaucoup, non ?

— C'est 5 euros, il n'y a pas de quoi en faire un plat, non plus !

— Vous l'aviez déjà vu ?
— Jamais.
— Il venait d'où ?
— Je n'en sais rien.
— Il n'y a rien qui vous a paru anormal ?
— Rien d'anormal, non. Enfin…
— Oui ? Je vous écoute…, le pressa Hartmann.
— C'est juste une impression… Son visage, on aurait dit quelqu'un qui a une rage de dents.
— Une rage de dents ?
— En fait, il n'a pratiquement pas parlé et il avait les mâchoires serrées. Moi, je suis comme ça quand j'ai une rage de dents.
— Je vois… Quelle est l'adresse précise ?
— Il ne m'a pas donné de numéro. Une fois qu'on est arrivés dans la rue Rivière, il m'a dit qu'il m'indiquerait quand m'arrêter, et finalement je l'ai déposé à peu près au milieu…
— Vous l'avez vu entrer dans un immeuble ?
— Il n'y a que des maisons individuelles, mais non, je suis reparti tout de suite.
— Vous avez eu combien d'autres clients depuis ?
— Deux, mais ceux-là, je les connais, c'est des habitués. Un papy qui a du mal à marcher, je crois que c'est un ancien boulanger, et la femme du coiffeur. Celle-là, c'est une drôle !
— Sexy ?
— Alors là, pas du tout ! réagit le chauffeur de taxi, surpris par cette question.
— Quel âge ?
— Plus de 50 ans. Le problème, c'est qu'elle se prend pour une jeune !
— Sinon, autre chose à signaler ?
— Non, je ne vois pas…

— On peut jeter un œil dans votre véhicule ?

— Oui, bien sûr…

Après avoir enfilé une paire de gants en latex, Hartmann ouvre la portière arrière et regarde à l'intérieur. Il inspecte tout minutieusement sans toucher à rien en attendant que Tauziède revienne avec le technicien de la police scientifique. Quand ce dernier arrive, Hartmann lui cède aussitôt la place. L'homme penche le haut du corps dans l'habitacle et pulvérise du Blue Star. Le résultat ne tarde guère. Le test révèle instantanément la présence de micro-traces de sang partout sur la banquette arrière et sur le tapis de sol. Tout le monde s'observe en silence…

— Dites, ça va pas tacher le cuir, hein ! s'inquiète le chauffeur.

— Nous allons devoir immobiliser votre taxi, lui répond Hartmann en souriant devant tant de naïveté.

— Pour quoi faire ? J'en ai besoin pour travailler, moi…

— Vous le récupérerez dès que nous aurons fini. Le plus rapidement possible, ajoute Hartmann en recherchant l'approbation du technicien de la police scientifique qui finit par acquiescer. Pendant ce temps, nous allons recueillir votre témoignage par procès-verbal.

— Mais qu'est-ce qui se passe, exactement ?

— On va vous expliquer tout ça. Tauziède, tu t'occupes de monsieur… Tu feras aussi enlever l'Alfa, qu'on la pose à l'abri pour que les gars de l'IJ puissent faire des prélèvements. Notre homme ne reviendra pas la chercher, lance Hartmann avant de s'en retourner benoîtement à sa voiture pour passer un message à la radio.

Après avoir sonné le rassemblement place de la Gare et débriefé l'équipe, le commandant organise un départ en convoi jusqu'à la rue Rivière, située à moins de trois kilomètres.

46

Les policiers se sont installés dans l'attente. Ils observent tous ces gens qui passent sur le trottoir juste à côté d'eux et qui ignorent tout de leur monde…

La rue Rivière est une voie à sens unique, plutôt étroite, bordée de platanes, desservant des petites maisons de ville entourées de minuscules jardins. Conformément aux instructions de Hartmann, le dispositif de l'Antigang s'est déployé de façon à pouvoir boucler à tout moment l'entrée et la sortie de cette bande d'asphalte. Un véhicule banalisé a reçu l'ordre de visiter les lieux à petite vitesse en faisant mine de chercher une place de stationnement. En réalité, un précurseur qui éclaire la zone pour le reste des effectifs. Rien à signaler. Le ballet des policiers piétons peut donc commencer : un couple bras dessus bras dessous, un joggeur, un homme seul avec un sac de courses, puis une femme affairée au téléphone, mais aucun d'eux ne détecte quoi que ce soit, pas même le frémissement d'un rideau derrière les fenêtres des habitations.

Il y a peu de va-et-vient dans cette rue. Mais dès qu'une personne quitte son domicile à pied, un enquêteur s'empresse de la croiser pour vérifier qu'il ne s'agit pas d'un de leurs objectifs. De même, quand une voiture démarre, il s'en trouve toujours une autre pas loin qui manœuvre de façon à la ralentir suffisamment pour qu'on en identifie le conducteur.

En dépit de toute cette organisation, rien n'y fait, la journée avance sans apporter d'élément nouveau, jusqu'à cet appel de Tauziède à Hartmann :

— On a fini avec le chauffeur et les véhicules. Les gars du labo sont tous venus donner un coup de main pour gagner du temps.

— C'est super ! Et il en sort quoi ?

— Parmi toutes les photos qu'on lui a présentées, le chauffeur de taxi croit reconnaître Marco Manzani. Et son témoignage est confirmé par les empreintes relevées dans son tacos, mais aussi l'Alfa…

— Putain ! Il est là, tout près ! s'exclame Hartmann, sentant les poils de ses bras se hérisser.

47

La soirée approche et des lumières commencent même à s'allumer dans les maisons. L'attente… encore et toujours. Et Hartmann, en repensant à la dispute qui l'a récemment opposé au bureau des moyens mobiles – qui ne voulait pas d'un essuie-glace arrière autonome pour les sous-marins –, songe que c'est dingue de devoir toujours se battre pour obtenir du matériel. Comment expliquer à des types qui ont le cul vissé à leur chaise de bureau qu'on ne peut pas sortir d'un véhicule de planque, censé être vide, pour aller essuyer les vitres arrière d'une fourgonnette, et encore moins mettre en route le moteur pour déclencher les essuie-glaces ! Il fulmine quand la radio se remet soudain à crépiter…

— Il y a une femme qui arrive vers vous, annonce un des policiers du dispositif.

— Je ne vois personne, répond Hartmann. Elle peut correspondre ?

— On ne l'a aperçue que de dos et pas très longtemps.

— Elle sortait d'où ?

— On n'a pas vu précisément, mais trottoir de droite.

— Je n'ai toujours pas de visuel ! Vous êtes sûr que vous n'avez pas rêvé ?

— C'est bizarre, on va faire un passage en voiture, lâche l'équipage situé à l'autre bout de la rue.

... silence radio...

— Elle est bien là, mais elle se déplace tout doucement. En fait, elle promène un chien.

— Un chien ! s'exclame Hartmann.

— Oui, un petit chien...

— Quel âge ?

— Le chien ? Je sais pas...

— Arrête tes conneries, gronde Hartmann. Un des nôtres est mort, je te rappelle.

— Excusez-moi...

— On peut avoir une réponse, maintenant ? tonne Hartmann.

— Concernant l'âge, il est possible que ce soit une de nos cibles.

— Bon, reste dans ta bagnole, j'envoie un piéton pour vérifier. Lionel, tu m'entends ?

— Oui, parlez, commandant...

— Tu descends la rue à pied tranquillement. Il y a une nana avec un chien, tu la croises en jetant un coup d'œil discret pour nous dire si c'est pas une des gonzesses qu'on cherche.

— C'est parti...

... silence radio...

— Commandant...

— Vas-y, Lionel, je t'écoute.

— C'est Sénéchal ! Je répète : la nana en question, c'est la femme du Balafré !

— Tu en es sûr ?

— Certain ! C'est Corinne Sénéchal. Elle balade un yorkshire en fumant une cigarette. Elle est exactement comme sur la photo !

— Elle t'a remarqué ?

— Non. C'est très étrange, mais elle semblait perdue dans ses pensées.

— À tous : on la laisse remonter encore et on va la serrer en douceur avec Tauziède. Tout le monde fait super gaffe à tout ce qui va bouger maintenant ! ordonne Hartmann d'une voix grave.

Philippe Delise est sorti de la réunion de direction plutôt satisfait. La BRB n'a pas obtenu ce qu'elle souhaitait, et lui a les mains libres pour faire ce qu'il veut à Braine-le-Château. Enfin, presque… La mort de Grootmans et celle de cette malheureuse automobiliste sont pour lui de sinistres rappels à l'ordre sur la dangerosité extrême de ceux qu'il traque.

À présent, il aimerait pouvoir rejoindre ses hommes sur le terrain, mais il est obligé de réfréner son impatience. Il n'en a pas fini avec la paperasse, loin de là…

Et, alors même que, quelques heures plus tard, il récupère enfin son arme de service et un gilet pare-balles, son téléphone sonne.

— Philippe ? C'est Hartmann. Écoute, on a Sénéchal, la compagne du Balafré !

— Comment ça, *vous l'avez* ?

— On l'a arrêtée…

— Putain, mais comment vous avez fait ?

— Je te raconterai plus tard. Pour l'instant, l'urgence, c'est la maison où ils sont planqués…

— Vous l'avez localisée ?

— Oui.

— C'est comment ?

— Un garage en sous-sol, deux étages, peut-être des combles.

— Tu peux poser un sous-marin à vue de l'objectif ?

— Non, il n'y a aucune place possible et la rue est très étroite.

— Est-ce que Sénéchal dit quelque chose ?

— Non, elle ne parle pas.

— Je vais aviser le directeur…

— Tout de suite ? demande Hartmann, qui ne cache pas sa surprise.

— Tu as oublié que Grootmans venait de se faire tuer ? On ne va pas se lancer dans un assaut improvisé. Tu as chopé Sénéchal, ça veut dire que le Balafré est peut-être dedans, et en plus avec l'Italien. Ça nous fait deux dingues à maîtriser ! Il faut boucler tout autour de la maison au cas où ils chercheraient à se tirer par l'arrière.

— C'est pas le genre à se tirer ! lance Hartmann.

— Je sais, raison de plus… Je ne veux pas de mort chez nous !

— Et s'ils sortent parce qu'ils ne voient pas Sénéchal revenir ?

— Je ne te le souhaite pas…, assène Delise.

Il ne s'est pas écoulé trente minutes depuis cet échange téléphonique quand les membres du groupe Diane arrivent. Trois grosses camionnettes grises déversent les hommes en noir qui se déploient aussitôt en deux colonnes, forte chacune de neuf membres armés de fusils d'assaut et de pistolets automatiques. Avec les cagoules, les casques et l'épaisseur des visières antiballes, impossible d'identifier leurs visages. Deux *door breakers*[1] et un sarcophage[2] viennent compléter leur équipement.

En plus de ce dispositif, des tireurs d'élite sont positionnés sur les toits des habitations environnantes, deux véhicules du Samu ainsi qu'une équipe de démineurs patientent à l'entrée de la rue au cas où... Tout le quartier est bouclé. L'atmosphère est devenue lourde et le silence radio est de mise. On attend l'autorisation d'intervention. Celle-ci est donnée par le directeur général qui a pris la précaution de se couvrir en sollicitant lui-même le ministre de l'Intérieur. De son côté, le directeur de la police criminelle a avisé le procureur de la reine.

À peine le groupe Diane a-t-il reçu le feu vert que la porte du pavillon est soufflée par le bruit sourd d'une déflagration. La première colonne d'assaut pénètre à l'intérieur en hurlant : « Police, rendez-vous ! » Sa progression est ponctuée par l'explosion de grenades assourdissantes, mais sans qu'on entende le moindre tir. Puis tout s'arrête d'un coup... Un des hommes en noir apparaît alors à une des fenêtres de l'étage qu'il ouvre avant de faire un signe du pouce pour indiquer que tout va bien.

À l'extérieur, tout le monde continue de retenir son souffle. L'Italien et le Balafré ne vont pas se rendre comme ça... Et pourtant. Natacha Wonski sort la première. Elle est menottée dans le dos et encadrée par deux gars. En survêtement, les cheveux en bataille, pieds nus, elle est méconnaissable. Son maquillage a coulé et elle ressemble à une sorte de clown triste déchu. Elle est suivie par le

1. Outil hydraulique utilisé par la police pour enfoncer les portes (à la place d'un bélier manuel).

2. Surnom donné aux boucliers lourds blindés utilisés lors des assauts.

commandant de l'unité d'intervention qui se dirige vers Hartmann.

— Il n'y a que cette femme dans la maison et un type mort.

— Un type mort ?

— Oui, dans une des chambres.

— Vous savez qui c'est ?

— Non, et la femme ne veut rien dire. Ce qui est sûr, c'est qu'il est bien mort et aussi froid que le marbre.

— Des blessures apparentes ?

— Non, mais on l'a apprêté. Il porte un costume avec une chemise blanche, des chaussures cirées et il est peigné. Quelqu'un a pris soin de lui…

— OK, et il n'y a personne d'autre ? demande Hartmann, toujours aussi incrédule.

— Absolument personne. Les lieux sont sécurisés. Donnez le temps aux démineurs de jeter un œil et vous pourrez y aller tout de suite après.

— Et dans le garage ?

— Une Porsche noire Turbo, les clés sont dessus.

— Vous avez fouillé ?

— On a juste ouvert le coffre pour s'assurer qu'il n'y avait pas quelqu'un de planqué dedans, mais on a fait attention pour que l'Identité judiciaire puisse faire son travail !

Après une dizaine de minutes, Hartmann pénètre à son tour à l'intérieur. On lui indique la chambre où gît le mort et il s'y rend directement. Aucun doute, c'est l'Italien.

Le moment de se relâcher n'est pas encore venu, car entre-temps les grands chefs ont débarqué et les autorités se sont annoncées. Le directeur général de la police et le procureur ont fait le déplacement. Van Erste et Delise les accueillent sur le trottoir pour leur faire un point de la situation.

À la demande de Van Erste, c'est Delise qui s'y colle. Il souhaite le mettre en avant compte tenu du travail accompli par sa brigade, mais aussi pour saluer le fait qu'il ait joué collectif, même tardivement. Le chef de l'Antigang, de son côté, se dit que son supérieur fait tout pour l'emmerder, mais il obtempère.

— Voilà ce que l'on sait à ce stade : Manzani est arrivé de Waterloo vers midi. Il a abandonné sa voiture sur le parking de la gare et s'est fait conduire par un taxi dans cette maison qui est louée à l'année par une certaine Sidonie Thomassen, la même que celle qui est propriétaire – sur le papier – de la Mercedes abandonnée après la fusillade rue Risler et de la Porsche qui est dans le garage ici. La bâtisse est assez grande, environ deux cents mètres carrés. C'était sans aucun doute leur planque, on a retrouvé beaucoup d'affaires leur appartenant, pas mal d'argent en cash, de nombreux téléphones portables et un ordinateur. Manzani est vraisemblablement mort d'une hémorragie suite à une blessure par balle, *a priori* quand le gars de la Crim' a tiré sur l'Alfa Romeo. Le projectile a explosé une vitre arrière, traversé le dossier et touché Manzani à hauteur du thorax. Il est ensuite allé se ficher dans le tableau de bord où les techniciens de l'Identité judiciaire l'ont récupéré.

— Et que disent les deux femmes ? s'enquiert le procureur.

— Sénéchal et Wonski ont été emmenées au commissariat pour être auditionnées. Wonski est en état de choc, elle ne fait que pleurer. On n'en tirera rien pour l'instant. Sénéchal, elle, commence un peu à parler. Elle affirme que son compagnon, Yanis Meertens, les a quittés hier soir. Elle ne sait pas ce qu'il est parti faire, et, du coup, nous non plus.

— Vous n'avez même pas une hypothèse ? insiste le procureur.

— Non, et comme la Porsche est dans le garage, on ne sait pas s'il se déplace à pied, en taxi, ou si quelqu'un est venu le chercher.

— Bon... Elle ne dit rien d'autre ?

— Elle dit qu'elle n'a plus de nouvelles de lui. Elle pense qu'il a dû lui arriver quelque chose, car il ne les aurait jamais abandonnés...

— Cette vie doit être terrible, pour ces femmes..., lâche le procureur.

— Certainement, lance Delise. En même temps, elles ne se posent pas trop de questions quand elles craquent une liasse de billets pour aller s'acheter des fringues ou quand elles posent leurs culs dans une Porsche...

La remarque fait l'effet d'une douche froide et la conversation s'arrête aussitôt.

— Quoi qu'il en soit, félicitations à tous ! Force est restée à la loi, réplique le directeur général pour rompre ce silence gênant.

— Nous avons quand même vécu des moments très difficiles ! souligne à mi-voix le procureur en hochant la tête. Maintenant, vous m'excuserez, je dois rentrer pour préparer mon point presse...

— Je vous ramène, lui propose le directeur général.

— Volontiers, mais j'allais oublier... Monsieur Van Erste, ne vous éloignez pas du téléphone. Il est possible que j'aie besoin de précisions supplémentaires pour rédiger le texte de mon intervention. Je veux également que vous vous teniez à mes côtés quand je vais m'adresser aux journalistes, conclut le procureur avant de s'engouffrer dans la voiture du directeur général.

Drôle de type, se dit Van Erste en regardant la voiture s'éloigner. *Le voilà qui me demande de venir faire office de plante verte à sa conférence.*

TROISIÈME PARTIE

AU-DELÀ DES OCÉANS

48

Une bande de jeunes avait établi ses quartiers au Globe, une grande brasserie-restaurant idéalement située, à mi-chemin entre un lotissement résidentiel un rien ennuyeux et une zone industrielle prospère où de nombreuses sociétés sont installées. Une situation géographique dont découle d'ailleurs l'éclectisme de la clientèle de l'établissement, des cadres, des chefs d'entreprise, des artisans, mais aussi des garçons et des filles qui se cherchent encore et qui se contentent pour l'instant de reluquer les belles voitures des nantis venus y déjeuner.

Sébastien Wouters était la figure de proue de ce petit groupe. C'était un garçon à la personnalité très affirmée et farouchement déterminé à réussir dans la vie, toujours à vendre quelque chose ou à servir d'intermédiaire dans une transaction, n'hésitant pas à offrir ses services dans les domaines les plus variés, de la plomberie à la mécanique, en passant par le jardinage ou la peinture. Un jeune homme qui faisait rire ses amis, mais qui avait parfois tendance à boire plus que de raison et qui ne fumait pas que du tabac. Sa compagne se prénommait Béatrice, une brune exaltante aux iris verts et aux pantalons moulants qui attirait tous les regards et dont la meilleure amie était l'exact opposé. Une certaine Héléna, une blonde à la peau diaphane, mince à en paraître fragile, un visage fin, des yeux bleu délavé. Une jolie jeune femme, mais qu'on ne remarquait guère. Jamais maquillée et toujours affublée de pulls trop grands qui cachaient sa féminité. Depuis le décès aussi brutal que soudain de ses parents, qui lui avait causé tant de chagrin qu'elle avait perdu goût à la vie, elle vivait dans un petit studio non loin de là, à Germinston, et elle travaillait régulièrement au Globe comme serveuse pour se faire un peu d'argent.

C'est là qu'elle avait rencontré Pascal, un garçon poli et timide qui détonnait avec l'aplomb qu'affichaient les autres mâles de la bande. Le petit couple s'était formé silencieusement et sans précipitation. Longtemps de simples regards furtifs, puis quelques sourires complices, et enfin des mots et des gestes tendres, avant de connaître la passion et les jeux de l'amour.

Après ça, l'amitié de très longue date qui unissait Héléna et Béatrice avait naturellement conduit leurs compagnons respectifs à se rapprocher, même si Sébastien avait vite pris l'ascendant sur Pascal. Ensemble, les quatre amis passaient l'essentiel de leur temps à refaire le monde et à essayer d'imaginer l'avenir. En attendant, Sébastien continuait à essayer de tirer son épingle du jeu en acceptant toutes sortes de petits boulots, y compris celui que Brian Spencer, dont il ne connaissait rien, pas même l'identité, venait de lui proposer. Convoyer une voiture était tout à fait dans ses cordes, surtout pour la somme promise.

Personne n'aurait pu imaginer quelles allaient être les conséquences de cette mission…

49

Héléna est rongée par l'angoisse. Quarante-huit heures ont passé et Pascal n'est pas encore revenu. Au petit matin, toujours sans nouvelles, elle prend sa décision : elle va signaler la disparition de son compagnon...

Devant le commissariat de son quartier, dont elle connaît bien l'imposante façade, elle prend conscience qu'elle n'a jamais eu l'occasion d'en pousser la porte. En entrant, elle découvre avec stupeur le côté sordide de l'endroit. Les lieux sont plus que défraîchis. Ils sont même franchement sales, et certains murs sont couverts de graffitis. Elle se demande comment on peut encore prétendre faire respecter la loi quand on en est arrivé là...

Il n'y a que deux flics à l'accueil. Ils sont installés derrière un grand bat-flanc, de sorte qu'on ne voit que leurs bustes. Il y a aussi des gens, des gens qui semblent attendre patiemment leur tour avant de pouvoir s'adresser à ces hommes-troncs, qui les écouteront sans empathie ni manifester le moindre intérêt. *Certainement l'ennui d'avoir été affectés contre leur gré à cette tâche*, en conclut Héléna.

Juste avant elle, il y a un couple venu de province. Le mari et la femme sont âgés. On vient d'endommager leur véhicule et ils semblent encore très émus. Tout en suivant l'échange avec le policier, Héléna se fait la réflexion que ce type de vol ne doit pas être courant là où ils habitent.

— C'est pour un roulottage, c'est ça ? demande le plus jeune.

— Un roulottage ? Je ne sais pas..., bredouille le vieux monsieur.

— Comment ça, vous ne savez pas ?

— Je suis là parce qu'on a brisé une des vitres de ma voiture.

— Oui, c'est pareil. Casser la vitre d'une voiture et dérober ce qu'il y a à l'intérieur, on appelle ça un roulottage, explique le fonctionnaire en dévisageant le plaignant avec une pointe de mépris. Que s'est-il passé exactement ?

— Nous sommes là pour un mariage. On s'est rendus à l'hôtel et, le temps qu'on fasse les formalités à la réception, quelqu'un a fait exploser la fenêtre avant droite et a ouvert les portières et le coffre de notre Renault qui était stationnée sur le parking. À croire qu'on nous guettait ! On nous a tout volé. Nos bagages, nos vêtements, la caméra, le téléphone, les cadeaux... On n'a plus rien, à part nos papiers...

— Il ne faut jamais rien laisser en vue quand on quitte son véhicule. On ne vous l'a jamais dit ? lâche alors le policier sans cacher son exaspération.

— Que va-t-il se passer, maintenant ?

— Un OPJ va venir prendre votre plainte, allez vous asseoir là-bas, lui répond l'agent avec un mouvement du menton indiquant le banc dont ils viennent de se lever.

Quand elle se présente à son tour devant le gardien de la paix, Héléna se fait la réflexion que celui-ci n'est guère plus âgé qu'elle. Puis elle commence à lui raconter son histoire...

— Votre compagnon est majeur ?

— Oui.

— Alors c'est trop tôt !

— Comment ça « c'est trop tôt » ? demande-t-elle, surprise.

— Vous vous tracassez pour rien. Votre copain doit être occupé à faire la fête, lance son interlocuteur en lui souriant malicieusement, laissant entendre par là qu'il serait bien capable, lui, d'agir comme ça.

— Non ! On ne fonctionne pas comme ça. Je suis très inquiète..., insiste-t-elle, un peu gênée.

— Comme vous voulez. Allez vous asseoir là-bas, alors, on va vous appeler...

Sur le banc, Héléna se met à redouter que l'attente ne soit longue. Elle semble en tout cas l'être pour tous ceux qui, comme elle, sont venus quémander l'aide des forces de l'ordre et patientent à ses côtés. *Comment peut-on traiter les gens ainsi ? Se présenter à un commissariat n'est pas rien, c'est un appel à l'aide...*, se dit-elle.

Elle en est là, perdue dans ses pensées, quand un gradé en uniforme apparaît.

— Mademoiselle Cornuet, Héléna Cornuet ?

— Oui, c'est moi, répond-elle en se levant prestement.

— Suivez-moi, s'il vous plaît.

Arrivés dans le petit bureau dédié aux plaintes, chacun prend place de part et d'autre d'un grand écran d'ordinateur désuet dont tous les fils débordent à l'arrière. Le policer commence par batailler pour brancher le clavier qui n'est plus relié à l'unité centrale, puis se lève, tout en bougonnant, cette fois à la recherche d'une ramette de papier pour charger l'imprimante. Quand il revient, il s'excuse pour l'attente et invoque aussitôt une surcharge exceptionnelle de travail. Indifférente à tout cela, Héléna veut surtout qu'on en vienne rapidement à son affaire. Et, pour la deuxième fois, elle raconte son histoire.

— Pour résumer, Pascal Lempereur est votre compagnon, vous n'êtes ni mariés ni pacsés et vous vivez ensemble depuis plus d'un an. C'est bien ça ? demande le fonctionnaire.

— Oui. Nous vivons ensemble depuis dix-sept mois exactement, précise-t-elle.

— Je continue : il y a deux jours, votre compagnon a quitté votre domicile en début de soirée, en vous expliquant qu'il avait un rendez-vous avec quelqu'un. Et vous ignorez qui est cette personne.

— C'est exact.

— Il vous a dit qu'il devait aller à Silver Lakes, mais sans vous informer de la raison pour laquelle il s'y rendait. Et depuis, vous ne l'avez pas revu.

— Oui, il s'est purement et simplement volatilisé…

— Vous êtes donc venue signaler sa disparition…

— Je suis certaine qu'il lui est arrivé quelque chose de grave !

— Écoutez, je comprends votre émoi, mais il ne faut pas vous alarmer trop vite, s'empresse de dire le policier tout en lui souriant pour l'apaiser.

— C'est-à-dire ?

— C'est un adulte et il est… Comment formuler ça ? Il est en quelque sorte autorisé à disparaître.

— Autorisé à disparaître… ?

— Oui. Vous savez, les adultes sont libres de leur vie, explique gentiment l'agent.

— En ne donnant plus aucune nouvelle ? En abandonnant ses amis ? En laissant son passeport à la maison ? En partant presque sans argent ?

— Je sais que ça peut paraître surprenant, mais cette situation est plus fréquente que vous ne le pensez. Il y a des gens qui s'éclipsent seulement quelques jours pour faire un break, d'autres qui laissent vraiment tout tomber…

— Pascal n'a pas pu faire ça ! l'interrompt Héléna.

— Je vois… Y a-t-il quelque chose qui vous ferait envisager un enlèvement ?

— Non…

— Est-il dépressif ?

— Non…

— Suit-il un traitement médicamenteux particulier ?

— Non…

— Vous croyez qu'il a pu être victime d'un accident ?

— On m'aurait prévenue, non ? Il avait sa carte d'identité et son permis de conduire sur lui.

— Dans ce cas, les hôpitaux auraient en effet déjà pris contact avec vous ou avec nous, confirme le policier.

— A-t-il de la famille ?

— Oui, il a encore son père.

— Il est au courant de sa disparition ?

— Oui, bien sûr.

— Il sait donc que vous êtes là ?

— Oui.

— Pourtant, il ne vous a pas accompagnée… Pourquoi ?

— Nous sommes un peu en froid. Il désapprouve notre liaison.

— Ah… Et il est inquiet, lui aussi ?

— On l'est tous les deux beaucoup.

— Bon, écoutez, à ce stade, il s'agit de ce qu'on appelle une disparition non inquiétante de majeur… Vous comprenez ? demande le fonctionnaire en guettant l'approbation dans le regard de la jeune femme.

— Si on veut…

— Ce serait très différent si nous parlions d'un mineur ou si votre compagnon était dépressif. Avec un majeur, nos pouvoirs sont limités. Ce que je vous propose, c'est d'attendre encore un jour ou deux et, si vous n'avez toujours pas de nouvelles, vous revenez nous voir. On lancera alors une RIF, une recherche dans l'intérêt de la famille.

— Je ne sais pas..., souffle Héléna, un peu confuse.

— Cela dit, je suis sûr que tout va très vite rentrer dans l'ordre. La plupart du temps, les personnes réapparaissent ou donnent signe de vie dans les soixante-douze heures qui suivent leur disparition. Il en est ainsi dans 80 % des cas, selon les statistiques nationales.

— Si vos statistiques le disent...

50

Héléna ne s'en remet pas. Cela fait cinq mois que les investigations sont au point mort, et la police n'a toujours pas la moindre piste.

Cinq mois à attendre en vain un signe de vie. Cinq mois à faire l'amer constat que l'oubli s'installe autour de soi. L'oubli auquel s'ajoute peu à peu, pire que tout, l'indifférence.

Cinq mois à tout ressasser, avec pour seule certitude le devoir de garder espoir. Elle est envahie d'interrogations, notamment sur le travail des forces de l'ordre… Peut-on vraiment compter sur elles ?

Et puis il y a le doute… Et si le flic du commissariat avait raison ? Et si Pascal l'avait tout simplement quittée pour retrouver sa liberté ? S'il avait rencontré quelqu'un et qu'il ne voulait plus la voir ? Elle admettait qu'elle avait été parfois pénible, mais la vie en couple est ainsi faite. Pascal n'était pas comme les autres. Ils s'aimaient vraiment.

Non, elle n'a pas pu se tromper à ce point…

51

Si le commissaire Lambeert a décidé de reprendre la main sur ce dossier qui n'avance pas d'un iota, ce n'est pas pour montrer qu'il est meilleur que les autres. Il n'a pas besoin de ça pour qu'on le respecte. Tout le monde sait d'où il vient, et son nom est associé aux plus grandes enquêtes criminelles de ces dix dernières années. Sa démarche n'a pas non plus pour but de vérifier le boulot de ses hommes, il leur fait confiance ! Tant d'abnégation...

La motivation de Lambeert est donc tout autre. Les menus larcins, les histoires de camés, les délits de fuite et les bagarres ne l'ont jamais intéressé, pas plus que les tâches de management. Il n'est pas entré dans la police pour s'occuper de ça. En réalité, s'il a quitté sa brigade, la Brigade criminelle, quelques années auparavant, c'est pour une seule raison : il ne supportait plus de côtoyer la mort au quotidien. Paradoxalement, ce travail, l'action lui manquent terriblement.

Ainsi, en se chargeant d'une affaire de disparition, il espère revivre un peu de ce qu'il a connu dans son ancienne affectation. Renouer avec l'adrénaline de l'investigation, si modeste soit-elle, suffit pour qu'il se sente renaître.

En revanche, pour se donner bonne conscience et ne pas prêter le flanc à la critique, le commissaire a pris le parti de ne plancher sur ce dossier qu'en dehors de ses heures de service. Il n'ignore pas que tout cela peut être le prélude à la découverte d'un meurtre – il y a pensé tout de suite –, mais il se dit qu'il verra bien le moment venu.

Ce jour-là, c'est à l'heure du déjeuner que Lambeert se rend au Globe où il commence à poser des questions aux uns et aux autres. Comme toujours, son style bonhomme et décontracté facilite d'emblée les échanges. Il faut dire que c'est sa force : toujours calme et à l'écoute, même des choses les plus terrifiantes, il ne laisse jamais rien paraître de son émotion ou de ses sentiments. Sur ce point, il n'avait failli qu'une seule fois, à ses tout débuts, et cela lui avait servi de leçon.

Oui, tout le monde se souvient de Pascal. Chacun sait qu'il a disparu et que sa compagne a prévenu la police. On lui raconte aussi que des flics en civil sont déjà passés dans le cadre de cette enquête. On les lui décrit même en détail, au point qu'il en reconnaît certains, ce qui ne manque pas de le faire sourire. On plaint beaucoup Héléna qui n'est pas revenue travailler depuis. Tous sont unanimes pour dire qu'il ne s'est jamais rien passé qui aurait pu laisser présager la disparition de Pascal.

Une seule petite touche cependant quand un serveur laisse échapper, au détour d'une conversation et sur le ton de la confidence, qu'il y avait « un drôle de type » dans la bande qu'il fréquentait, un certain Sébastien… Lambeert n'a rien lu de tel dans le dossier qu'il a consulté, et cette observation éveille donc son intérêt. Le mince espoir s'estompe hélas vite, car ce garçon n'a semble-t-il pas marqué les mémoires et personne n'a plus de contact avec lui.

Heureusement, il en va différemment pour sa copine. Un des employés a conservé son numéro personnel ainsi qu'une photo de groupe où la belle, très à son avantage, prend la pose.

— Elle est vraiment belle, se permet le commissaire.

— Vous voulez dire qu'elle est canon ! corrige aussitôt le serveur, tout sourire.

— Comment s'appelle-t-elle ?

— Béatrice. Béatrice Courvoisier. Son nom est écrit au dos, répond le serveur en retournant le cliché.

— Elle vient encore ici ?

— Hélas non, elle s'est évaporée en même temps que son mec…

Un fil ténu, mais un fil que Lambeert entend exploiter sur-le-champ. Pas question d'attendre, il veut en avoir le cœur net. Après s'être mis à l'écart du bruit ambiant, il compose le numéro qu'on vient de lui donner. La sonnerie retentit longuement. Alors qu'il n'y croit plus, une voix féminine se fait entendre à l'autre bout du fil…

Lambeert a alors un regain d'enthousiasme, mais, dès les premiers mots échangés, il comprend que les choses ne vont pas être simples. La jeune femme se montre très réticente. Bien qu'il lui ait annoncé qu'il est commissaire, elle ne s'en laisse pas conter. C'est même elle qui l'interroge, et plutôt sèchement ! Comment l'a-t-il retrouvée ? Qui lui a donné son numéro ? Pourquoi les forces de l'ordre ne font-elles pas correctement leur boulot ? Cerise sur le gâteau, elle conclut en déclarant qu'il est inutile qu'ils se rencontrent !

Lambeert prend conscience que tout est en train de partir en vrille, mais il est trop vieux pour qu'on la lui fasse à l'envers. Il décide donc de changer de ton et d'employer les grands moyens : si elle refuse de coopérer, il ordonnera qu'on aille la chercher *manu militari*, sur son lieu de travail s'il le faut !

Le silence qui s'installe lui indique qu'il a fait mouche.

— Vous perdez votre temps, lâche-t-elle.

— J'ai besoin de vous voir et de parler, même si c'est de façon très informelle, explique Lambeert en se radoucissant.

— Je ne veux pas être mêlée à quoi que ce soit, murmure-t-elle.

— Il s'agit juste de discuter…

— Pourquoi ne pas le faire simplement par téléphone ?

— Parce que ça ne me suffit pas, déclare le commissaire d'un ton ferme.

— Je ne viendrai pas au commissariat ! Si on se voit, je veux que cela se fasse selon mes conditions, c'est-à-dire le plus discrètement possible.

— Vous préférez chez vous ?

— Certainement pas ! rétorque Béatrice, comme s'il venait de franchir une ligne rouge.

— Je ne comprends pas…

— Je ne vous communiquerai pas mon adresse, je n'ai pas déménagé pour rien ! On peut se donner rendez-vous au bistro de la gare de Lindebeek. À 16 heures.

— Lindebeek, 16 heures…

— Oui, c'est en banlieue. Venez seul et n'en parlez à personne, s'il vous plaît !

— Ne vous inquiétez pas, a tout juste le temps de prononcer le commissaire avant que son interlocutrice ne lui raccroche au nez.

Aussitôt arrivé au bistro de la gare de Lindebeek, Lambeert boit deux cafés coup sur coup. L'endroit est quelconque, sans charme et un rien désuet. Quand Béatrice franchit la porte à son tour, il la reconnaît tout de suite. Elle est exactement comme sur la photo que le serveur du Globe lui a remise, et en effet elle ne passe pas inaperçue, comme en témoignent certains regards à son entrée dans l'établissement. En la voyant, le commissaire lui fait un signe de la main. Oui, c'est une très belle femme, plutôt sophistiquée, dotée d'une longue chevelure brune parfaitement lissée, de traits fins mis en valeur par un maquillage léger, d'ongles longs couverts d'un vernis rouge carmin impeccable, de jambes interminables que laissent apparaître une jupe plutôt courte et un long un manteau laissé ouvert.

— Merci d'être venue, dit le commissaire en lui désignant le siège en face de lui.

— Je vous écoute…

— Comme je vous l'ai expliqué au téléphone, j'enquête sur la disparition de Pascal Lempereur et j'ai besoin de votre aide. Je sais que vous étiez amis…

— J'étais surtout amie avec Héléna, sa copine. Je suppose que c'est par elle que vous avez obtenu mes coordonnées !

— Pas du tout, je ne suis pas en contact avec elle.

— Alors comment avez-vous eu mon numéro ?

— Peu importe… D'après les premiers témoignages que j'ai recueillis, Pascal semblait très proche de votre compagnon. Pourriez-vous m'indiquer comment celui-ci s'appelle ?

— Wouters… Sébastien Wouters…

— Je voudrais le rencontrer.

— Je ne suis plus avec lui, lui répond-elle.

— Vous êtes séparés depuis longtemps ?

— On ne s'est pas exactement séparés.

— C'est-à-dire ?

— Il a disparu, déclare-t-elle en fixant le policier droit dans les yeux.

— Disparu ?

— Oui, disparu. En même temps que Pascal.

— Le même jour ? questionne Lambeert, qui ne cache pas sa surprise.

— Disons plutôt la même nuit !

— Vous êtes sûre de ce que vous dites ? insiste le commissaire.

— Absolument !

— Ils se sont disputés ?

— Non ! Et n'allez pas vous imaginer que Sébastien a pris la fuite après avoir fait du mal à Pascal !

— Je n'ai pas dit cela.

— Vous le pensez si fort…

— Je cherche juste à comprendre.

— Je veux bien vous dire tout ce que je sais, mais après, il faudra me laisser tranquille ! Je ne veux plus d'histoires.

— C'est d'accord, promet Lambeert sans être certain de pouvoir tenir sa parole.

— Ce soir-là, j'étais avec Sébastien chez lui. Nous étions au lit, si vous voyez ce que je veux dire, quand quelqu'un l'a appelé pour lui demander de le rejoindre. J'ai râlé, je voulais qu'il l'envoie balader ! On s'est même engueulés à cause de ça. Mais ça ne l'a pas empêché de s'habiller et de partir. Juste avant de sortir, il a téléphoné à Pascal. Il souhaitait qu'il l'accompagne à ce rendez-vous. Ma théorie, c'est qu'il ne voulait pas y aller seul.

— Vous croyez qu'il craignait quelque chose ?

— Il n'était pas tranquille. Le connaissant, il avait sûrement fait des conneries, et je suppose qu'il devait rendre des comptes.

— Des conneries ? C'est-à-dire ?

— Sébastien, c'était le roi de la magouille. Tout était bon pour se faire un peu d'argent.

— Mais en quoi Pascal était-il concerné ?

— Honnêtement, je ne sais pas.

— Pascal trafiquait-il avec Sébastien ?

— Je ne crois pas, c'était pas son genre. C'était un garçon très poli, très respectueux, et il n'avait pas besoin de s'impliquer dans des plans foireux, son père lui donnait du fric. En revanche, Sébastien avait beaucoup d'ascendant sur lui. Trop, certainement...

— Il aurait donc pu l'accompagner juste parce qu'il le lui avait demandé ?

— Je pense, oui.

— J'ai appris qu'un jour vous avez conseillé à Héléna de ne plus chercher.

— C'est Héléna qui vous a dit ça...

— Non, la coupe-t-il. Je vous l'ai dit, je ne suis pas en contact avec elle. J'ai lu ça dans un rapport.

— Tant mieux, il faut la laisser en dehors de tout ça. En fait, j'étais beaucoup moins inquiète qu'elle ! Sébastien m'avait déjà fait le coup. Il lui arrivait de partir sans prévenir personne. Il découchait plusieurs nuits et réapparaissait comme une fleur.

— Vous lui avez dit que Pascal et Sébastien étaient sans doute ensemble ?

— Non, je ne l'ai pas fait...

— Ça l'aurait pourtant rassurée, vous ne croyez pas ?

— En fait, j'ai l'impression que vous ne réalisez pas bien l'état dans lequel Héléna se trouvait. Elle cherchait Pascal partout ! Elle venait au Globe, pour y interroger tout le monde, elle me téléphonait vingt fois par jour, elle tournait en rond, elle devenait complètement folle ! Son problème, c'est qu'elle ne connaissait pas le début d'histoire...

— Le début de l'histoire ?

— Oui, le début..., répète à mi-voix la jeune femme, comme si elle se parlait à elle-même. Un type a appelé Sébastien beaucoup plus tôt dans l'après-midi pour lui dire de se tenir prêt en début de soirée. Il lui a raconté qu'il avait demandé à quelqu'un de lui remettre la somme convenue et que cette personne le rappellerait pour fixer le lieu exact du rendez-vous.

— Vous savez qui était cet homme ? demande le commissaire, qui va de surprise en surprise.

— Peut-être...

— Bon Dieu, arrêtez de tourner autour du pot, s'il vous plaît ! Qui est-ce ?

— Brian Spencer, murmure enfin Béatrice après un temps de réflexion. La veille de sa disparition, il lui a proposé un petit boulot : 500 euros juste pour qu'il lui dépose une voiture à Courtrai.

— 500 euros ? C'est beaucoup d'argent..., commente Lambeert, pensif.

— Ce mec est bourré de thunes !

— Vous savez où ils avaient rendez-vous ?

— Je suppose que ce devait être au garage des Bouteries, dans la zone nouvelle. Un grand bâtiment qui en jette. Au rez-de-chaussée, il y a plein de voitures exposées qui coûtent toutes une blinde.

— Les deux garçons devaient donc se retrouver là ? C'est ce que Sébastien vous a dit ?

— Non, c'est moi qui le suppose... En tout cas, quand Sébastien a raccroché l'après-midi, il était content. Il allait toucher son argent le soir même et il a ajouté qu'il ne fallait surtout pas qu'il oublie les clés de voiture. Je ne sais pas de quoi il s'agissait, précise-t-elle comme pour anticiper les questions de son interlocuteur.

— Ça ne fait rien. Continuez, s'il vous plaît.

— Plus tard, dans la soirée, Sébastien a donc reçu un autre coup de fil.

— Spencer ?

— Aucune idée.

— Écoutez, c'est important, je veux savoir exactement ce qu'il vous a dit ou ce que vous avez entendu.

— Sébastien a répondu qu'il savait où était le carrefour de Verstrasse et qu'il voyait où était le domaine.

— Le domaine ?

— Oui, une maison ou une propriété, j'imagine. J'ai simplement compris qu'il y avait un grand mur tout autour. Tout de suite après, Sébastien a appelé Pascal, il lui a détaillé l'itinéraire pour aller jusqu'au carrefour de Verstrasse.

— La cité de l'auto est à l'opposé…, fait aussitôt remarquer le policier, dubitatif. Mais revenons une minute en arrière… Comment êtes-vous sûre que c'est ce Brian Spencer qui a contacté Sébastien lors du premier appel cet après-midi-là ?

— J'ai reconnu sa voix au téléphone, finit par lâcher la jeune femme.

— Il faut m'expliquer plus clairement, maintenant ! s'impatiente Lambeert. Vous connaissiez donc cet individu ?

— Brian Spencer venait manger tous les midis au Globe et il est arrivé qu'on discute ensemble. Il a une voix très identifiable. Toute la bande savait qu'il était plein aux as. À vrai dire, il attirait tout le monde, il y avait même une des serveuses qui lui faisait du gringue pour son fric…

— Et depuis ce fameux soir, vous n'avez plus eu de nouvelles de Sébastien ?

— Aucune. Plus jamais. Ce n'est qu'en parlant avec Héléna que j'ai appris que c'était pareil pour Pascal.

— Et vous en êtes restée là ?

— Non ! Bien sûr que non ! J'étais amoureuse de Sébastien et j'ai tenté de trouver des réponses. Mais ma seule piste, c'était Spencer. Or, du jour au lendemain, on ne l'a plus vu au Globe. Avec Héléna, on a même cru qu'il avait disparu lui aussi ! Alors je suis allée jusqu'à son garage.

— Et il vous a reçue ?

— Non, il n'a jamais donné suite à mes demandes. En revanche, à force de guetter la sortie du garage, j'ai quand même réussi à me mettre sur son chemin. Il n'avait pas l'air très content de me voir.

— Qu'est-ce qu'il vous a dit ?

— Pas grand-chose... Qu'il était désolé, mais qu'il fallait tourner la page...

— Il vous a menacée ?

— Jamais !

— Et c'est tout ? Il n'a rien dit d'autre ?

— Seulement que les garçons avaient peut-être été obligés de partir très loin en catastrophe à cause d'une connerie qu'ils avaient faite...

— Quelle connerie ?

— Connaissant Sébastien, il ne peut s'agir que d'argent. Mais je ne voulais pas baisser les bras si vite. Je l'aimais. Et puis... à part moi, Sébastien n'avait plus personne pour s'alarmer de sa disparition...

— Et ses parents ?

— Il n'avait plus de famille. Il n'avait même pas un patron pour s'inquiéter de ne plus le voir puisqu'il ne travaillait pas. Je ne pouvais pas l'abandonner comme ça.

— Qu'avez-vous fait, alors ?

— Je suis allée voir vos copains flics, lâche Béatrice, amère.

— Est-ce que ça signifie qu'ils savent déjà tout ce que vous venez de me raconter ? demande le policier, abasourdi.

— Oui, je leur ai déroulé toute l'histoire, comme à vous. Ils ont enquêté et ils m'ont même convoquée deux mois plus tard...

— Je n'en reviens pas..., souffle Lambeert. Et cette convocation, en quoi consistait-elle ?

— Vos collègues m'ont appris que, juste avant qu'il ne disparaisse, Sébastien avait été arrêté pour une histoire de trafic de drogue. Du coup, ils étaient convaincus qu'il était en cavale parce qu'il devait de l'argent à des trafiquants qu'il ne pouvait pas rembourser.

— Et c'est possible ?

— Non, il ne trafiquait rien du tout ! Il fumait de temps en temps comme tout le monde, ça oui, mais c'est tout.

— Non, pas comme tout le monde ! tient à corriger le commissaire.

— Peu importe. Je leur ai reparlé de Spencer à cette occasion, mais ils m'ont affirmé qu'il ne pouvait pas avoir rendez-vous avec mon compagnon ce soir-là. Ils avaient soi-disant tout vérifié, absolument tout. Spencer était avec sa femme et un couple d'amis au théâtre de la Monnaie à Bruxelles, paraît-il...

— À l'opéra ?

— Oui, à l'opéra, confirme la jeune femme avec un petit rictus de dépit aux lèvres. Ils m'ont dit qu'ils avaient des vidéos de surveillance où on voyait distinctement Spencer entrer et sortir du bâtiment, et qu'ensuite il était allé dîner dans un resto chic. Là aussi, ils avaient des images.

— Mais c'est quand même lui qui a appelé Sébastien dans l'après-midi, n'est-ce pas ?

— J'en étais sûre, mais il faut croire que je me suis trompée… Lorsque vos collègues l'ont interrogé, il a juré qu'il n'avait jamais téléphoné à Sébastien. Il leur a même déclaré qu'il ne le connaissait pas, si ce n'est de vue quand il venait déjeuner au Globe.

— C'est incroyable, cette histoire ! tonne Lambeert. Et les inspecteurs n'ont pas pu remonter les appels pour retrouver celui qui a contacté votre compagnon le soir en question ?

— Selon eux, le seul coup de fil qui pouvait correspondre à ma déposition provenait d'un café situé assez loin de Bruxelles et pas du tout de chez Spencer. Comme ils m'ont demandé si je connaissais quelqu'un à Rhode-Saint-Genèse, je suppose que ça devait venir de ce secteur…

— Et vous connaissez quelqu'un là-bas ?

— Pas du tout ! Je ne sais même pas où c'est.

— Pas simple, tout ça…

— Je vous ai dit que vous perdiez votre temps. J'ai fini par comprendre qu'il n'y avait rien à attendre de l'enquête ni de vos collègues… L'un d'eux m'a même avertie que je serais poursuivie pour diffamation si je continuais d'insinuer des choses sans preuve… Mais pour être franche, ce n'est pas cette menace qui a eu raison de ma détermination. C'est cet incident…

— Quel incident ? veut savoir Lambeert, impressionné par la force de caractère de Béatrice et sa faculté à distiller les informations au compte-gouttes.

— Je n'ai pas envie d'en parler !

— S'il vous plaît, il faut tout me dire, maintenant !

Malgré l'insistance du commissaire, la jeune femme se tait de longues minutes, le regard absent. Visiblement, il lui en coûte d'aller au bout de son récit, mais, d'expérience, le policier sait qu'il faut accepter ces silences pour mieux deviner la douleur ou la peur qu'ils peuvent cacher.

— Un soir où je rentrais à l'appartement, un type m'a chopée, finit-elle par raconter. Un type qui a surgi de nulle part, un type qui foutait vraiment la trouille. Il m'a dit en me fixant droit dans les yeux : « Sois intelligente, ne m'oblige pas à revenir te voir. Tu m'as bien compris ? »

— Et qu'avez-vous fait ?

— Rien du tout ! Il avait une force incroyable, il serrait si fort le col de mon blouson que j'étais en train de suffoquer ! J'ai juste acquiescé pour qu'il me lâche...

— Il ne vous a rien volé ?

— Non.

— Excusez-moi, mais... comment dire... Il vous a touchée ? Y a-t-il eu tentative d'agression sexuelle ?

— Mais non !

— Il ressemblait à quoi, ce type ?

— Un grand balèze. Il portait une cagoule, je n'ai pas vu son visage.

— Une cagoule ? Vous le connaissiez peut-être, alors...

— Je ne crois pas ! Je ne connais personne de cette carrure et, pour le coup, j'ai bien distingué ses yeux : je ne l'avais jamais rencontré avant ! Ce dont je suis également sûre, c'est que c'est bien moi, et moi seule, qu'il attendait dans l'obscurité du couloir de l'immeuble où j'habitais ! Il n'était pas là par hasard.

— Sans doute..., admet Lambeert.

— J'ai eu la peur de ma vie ! J'en ai encore des frissons rien qu'en évoquant ce souvenir ! Et depuis, je suis terrorisée à l'idée qu'il puisse revenir. C'est pour ça que j'ai déménagé, lance-t-elle en éclatant en sanglots.

— J'imagine aisément ce que vous avez pu traverser, mais calmez-vous, s'il vous plaît… En avez-vous parlé à la police ?

— Non. Ça ne sert à rien. J'ai appris que ce Spencer était un homme puissant qui avait des amis même au palais de justice. Et comme je pense que tout est lié à lui…

— Vous croyez qu'il retient Pascal et Sébastien quelque part, ou qu'il les a tués ? se risque le commissaire.

— Je n'en sais rien, mais je suis certaine qu'on ne les reverra plus jamais. C'est comme ça, on n'est que des petites gens, lâche la belle brune, les yeux toujours chargés de larmes.

— Et vous savez où habite ce Spencer ?

— Oui, dans l'enclave des riches, à Silver Lakes.

Avant même de quitter Béatrice, le commissaire Lambeert a pris sa décision. Il ira faire un tour sur les lieux du supposé rendez-vous.

52

Au carrefour de Verstrasse, Lambeert prend la première route à droite et tombe presque aussitôt sur un haut mur surmonté d'un fil électrifié. Un mur qui n'en finit pas, seulement interrompu par un grand portail métallique vert, posé tel un œil improbable au milieu d'un trait sans fin. Un mur qui fait face à une immense forêt, avec une petite maison située juste au niveau du portail. Il s'agit du poste de garde du domaine dont le nom est inscrit en lettres d'argent : « Silver Lakes ».

Après avoir garé sa voiture sur le parking extérieur, le commissaire s'approche à pied du petit édifice, bien décidé à questionner les hommes chargés de la sécurité. Et alors qu'il redoutait d'avoir à les menacer de les convoquer au commissariat s'ils ne coopéraient pas, ceux-ci se montrent au contraire particulièrement bienveillants. L'un d'eux va jusqu'à lui proposer un café et sortir de sa cahute pour mieux discuter avec lui. Signe encourageant, ils sont de la même génération, ils devraient se comprendre.

Lambeert commence par expliquer sa démarche, mais il remarque que son interlocuteur prend un air contrit en secouant la tête. Il a déjà tout raconté aux policiers qui sont venus quelques mois plus tôt et il est formel : aucun visiteur ne s'est présenté cette nuit-là.

— Vous semblez très sûr de vous...

— C'est normal, puisque j'étais de garde, lui répond calmement son interlocuteur. Avec un collègue.

— La personne qui est avec vous actuellement ?

— Non, le collègue qui était avec moi le soir en question ne sera là que demain matin.

— Expliquez-moi quand même : comment pouvez-vous vous rappeler aussi précisément cette nuit-là après tant de temps ? Généralement, on ne se souvient pas de tout, seulement des moments durant lesquels il se produit quelque chose de particulier, insiste le commissaire.

— En fait, c'est très simple, nous tenons un registre des entrées et des sorties. Toute entrée y est mentionnée dès lors qu'il s'agit de non-résidents. C'est d'ailleurs ce qui a été dit aux agents qui sont passés au début de l'enquête.

— Et il n'y a absolument rien sur votre registre concernant un certain Pascal Lempereur ?

— Je suis désolé, mais non.

— Il aurait pu donner un faux nom ?

— Impossible, nous ne nous contentons pas d'une déclaration, nous exigeons une pièce d'identité et nous en faisons une photocopie chaque fois.

— Dites-moi, pourriez-vous vérifier si le nom de Sébastien Wouters apparaît ?

— Si vous voulez, mais vous savez, les policiers qui sont venus ont dressé la liste de tous les visiteurs du jour, et je crois qu'ils souhaitaient ensuite prendre contact avec chacun d'entre eux...

— Et si un résident était venu jusqu'au portail pour accueillir et faire entrer un individu ? s'entête Lambeert.

— Les noms des résidents ne sont pas portés sur le registre, mais une chose est certaine, ceux des visiteurs, même accompagnés par un résident, le sont toujours.

— Vraiment ? Jamais de passe-droit ?

— Non, jamais.

— Très bien. Vous n'auriez pas souvenir d'un résident qui aurait patienté à proximité du portail, comme pour attendre quelqu'un, et qui serait ensuite parti avec lui ?

— Non, et je crois que je m'en serais rappelé…

Tout en l'écoutant répondre, le commissaire Lambeert jauge son interlocuteur. L'homme lui paraît droit, un peu strict, peut-être bien un ancien militaire. Rien ne permet de penser qu'il soit impliqué dans cette affaire et il n'a certainement aucune raison de mentir. Le policier n'abandonne pourtant pas. Il décide d'attaquer sous un autre angle.

— J'ai vu une caméra de surveillance…

— En fait, nous en avons deux, l'interrompt le garde. L'une couvre l'entrée et filme toutes les personnes qui se présentent au poste pour solliciter une autorisation d'accès au domaine. L'autre couvre le portail et se focalise sur les véhicules qui le franchissent dans un sens comme dans l'autre. Nous avons aussi deux lecteurs automatisés de plaques minéralogiques, ce qui nous permet de bloquer les voitures non répertoriées, comme celles des visiteurs ou des fournisseurs, et de laisser passer celles des résidents sans les contrôler chaque fois.

— J'imagine qu'on ne voit rien de particulier sur les vidéos de ce soir-là ?

— Non. Nous avons visionné toutes les bandes avec vos collègues et il n'y avait rien. Pourtant, nous les avons examinées longuement, avec soin, et en débordant largement avant et après le créneau horaire qui les intéressait.

— Si j'en crois les documents que j'ai parcourus, il pleuvait énormément. Est-il possible qu'on ne voie pas bien sur les images ?

— Il pleuvait effectivement beaucoup, mais cela n'affecte pas la qualité des images, pas plus que la chaleur ou le gel, du reste. Nous utilisons une caméra PTZ de chez Bosch. Il n'y a pas mieux sur le marché ! déclare fièrement l'homme.

— Ça paraît très étrange…, murmure Lambeert comme s'il se parlait à lui-même.

— Pas vraiment, se permet le garde. Cela signifie juste que la ou les personnes que vous recherchez n'ont jamais franchi le portail de Silver Lakes !

— Et je pourrais voir ces bandes vidéo ? relance le commissaire que rien ne semble convaincre.

— Vous savez mieux que moi que la loi nous interdit de les stocker plus d'un mois. En revanche, les policiers qui sont venus ici en ont fait des copies. Vous devriez les retrouver dans vos archives, dit le garde en lui souriant.

Lambeert ne peut que constater que ses gars au commissariat ont fait leur boulot, et plutôt bien. Seul bémol qui le chagrine, ils ont disjoint les deux disparitions : un dossier pour Pascal Lempereur et un autre pour Sébastien Wouters. À moins que les deux plaintes n'aient été prises par des enquêteurs différents et que personne n'ait été à l'époque en mesure de faire le lien…

Avant de remonter dans sa voiture, il scrute une dernière fois les lieux. Pas d'autre signe de vie que cette immense copropriété cloîtrée par un haut mur. En regardant les alentours, Lambeert commence à se dire qu'il n'y a sans doute aucun lien entre ce domaine et la disparition des deux hommes.

Et, sur le chemin du retour, la phrase du garde tourne en boucle dans sa tête : « Ils n'ont jamais franchi le portail de Silver Lakes ! »

53

En gravissant les marches du grand escalier qui conduit au palais de justice, Brian Spencer prend tout son temps. Il répète encore une fois le numéro qu'il a travaillé pour présenter au mieux les choses, respire et se jette à l'eau.

— Bonjour, Brian, comment allez-vous ? l'accueille le procureur en l'invitant à s'asseoir.

— Bonjour, Victor. Merci de me recevoir, répond poliment Brian.

— Que puis-je pour vous ? Je suppose que vous n'êtes pas venu jusqu'à moi juste pour parler golf, n'est-ce pas ?

— Non, en effet. Je suis... Je suis ennuyé... Il semblerait qu'un policier que je ne connais pas me cherche querelle...

— Comment ça ? réagit le magistrat, intrigué.

— Ce policier aurait relancé une enquête datant de quelques mois. Elle concerne la disparition d'un jeune homme et, pour une raison que j'ignore, on dirait qu'il fait maintenant une fixation sur ma personne !

— Une fixation ? C'est-à-dire... ?

— Il pose des questions à mon sujet, partout, à tout le monde. Pas plus tard qu'il y a deux jours, le responsable de la sécurité de Silver Lakes m'a informé qu'il avait interrogé deux de ses gardes à l'entrée. Un de mes employés a également été abordé par lui. Je ne sais pas quoi faire…

— Ce que vous me dites paraît incroyable !

— Ce flic tourne sans arrêt autour de Silver Lakes, au point qu'on dirait qu'il croit que j'y séquestre quelqu'un ou que j'y ai caché un corps… Vous connaissez Silver Lakes, c'est de la folie !

— Quel est le nom de cet agent ?

— Lambeert.

— Vous connaissez son grade ?

— *A priori*, il est commissaire à Hatfield.

— Ah…, lâche le procureur, qui semble ennuyé. Est-ce que vous l'avez rencontré ?

— J'avoue que non. Il n'y a rien de rassurant à aller au-devant d'un type qui s'est déjà fait tout un film contre vous, à plus forte raison quand il appartient aux forces de l'ordre.

— Je comprends, acquiesce son interlocuteur.

— Si ça se trouve, c'est un gaucho qui veut se faire un chef d'entreprise… Il n'y a plus rien qui m'étonne, dans le monde d'aujourd'hui !

— J'en doute. Il n'y a pas beaucoup de « gauchos », comme vous dites, dans la profession, croyez-en mon expérience ! lui répond le magistrat en souriant. Mais ça peut être du harcèlement. Êtes-vous prêt à porter plainte contre lui ?

— Écoutez, Victor, je n'ai rien contre cet homme, et encore moins contre la police. Je voudrais juste que tout cela ne prenne pas des proportions délirantes. J'aspire à une vie normale. Et je m'inquiète aussi pour ma femme.

— Je comprends. Je vais voir tout ça avec un des substituts de mon équipe. Il va se rapprocher du commissariat de Hatfield pour qu'on mette le holà à tout ce cirque, mais si ça ne suffit pas, il vous faudra alors déposer plainte contre ce policier pour que je puisse agir, avertit le procureur.

— Je vous remercie, dit Brian avant de prendre congé, soulagé. Sincèrement...

54

Quand le substitut du procureur l'a appelé, le chef du commissariat de Hatfield ne se doutait pas de la discussion qui l'attendait…

— Commissaire Lambeert ?

— Oui…

— Je suis Dieter Ranchon, substitut du procureur du roi.

— Bonjour, monsieur le substitut. Que puis-je faire pour vous ?

— C'est un peu embarrassant, mais je dois vous informer que quelqu'un s'est plaint de vous en haut lieu…

— Une plainte ?

— Oui, enfin, ce n'est pas une plainte formelle, rassurez-vous.

— Mais de quoi parlez-vous ? demande le policier, abasourdi.

— Un homme, M. Brian Spencer, prétend que vous le harcelez. Il dit que vous vous renseignez sur lui, que vous interrogez beaucoup de gens autour de lui. Est-ce vrai ?

— En effet, finit par répondre le commissaire après quelques secondes de silence.

— Vous l'accusez formellement de quelque chose ?

— Non…

— Vous le soupçonnez d'être impliqué dans une affaire criminelle ?

— Disons que je cherche à comprendre…

— Pourriez-vous être plus clair et m'expliquer ?

— Cet homme apparaît dans le cadre d'une affaire de disparition.

— Avez-vous recueilli des éléments ou des indices le concernant directement et qui puissent le mettre en cause ?

— Pas encore.

— Agissez-vous sur commission rogatoire d'un juge ?

— Non, concède Lambeert.

— Auriez-vous reçu une instruction du procureur pour relancer cette enquête ?

— Non plus…

— Vous n'êtes pas sans savoir qu'une disparition, surtout celle d'un majeur, n'est pas forcément synonyme d'enlèvement ou de meurtre…

— Oui, bien sûr.

— Pour aller au fond des choses, monsieur le commissaire, je dois vous dire que j'ai fait ressortir le dossier concernant la disparition qui vous préoccupe actuellement, celle de Pascal Lempereur. Et je vais me permettre d'être très synthétique. Je constate d'abord que vos services n'ont pas été capables de retrouver cette personne. Ensuite, qu'aucun corps n'a été découvert. Enfin, que vous n'avancez pas puisque vous en êtes réduits à faire des notices de recherche Interpol. Est-ce que je me trompe ?

— Non, c'est à peu près cela…

— Je note également que Brian Spencer n'avait aucun lien direct avec ce M. Lempereur. Vous en convenez ?

— C'est exact, admet le policier.

— Y aurait-il donc un élément nouveau ou quelque chose qui m'échappe ?

— En fait, il est possible que cette affaire soit liée à une autre, celle d'un homme qui était en contact, lui, avec Brian Spencer. Il s'agit de Sébastien Wouters.

— Et en quoi ces deux disparitions seraient-elles liées ?

— Ces deux personnes se connaissaient et se sont volatilisées le même jour.

— C'est tout ? Une simple concomitance de temps ? ironise le magistrat.

— Sébastien Wouters a contacté Pascal Lempereur pour lui demander de l'accompagner à un rendez-vous, un rendez-vous qui aurait été fixé par M. Spencer...

— Honnêtement, comment pouvez-vous accorder crédit à pareille histoire ? Brian Spencer n'avait rendez-vous ce soir-là avec aucun de ces garçons puisqu'il était à l'opéra avec sa femme et un couple d'amis. Plus d'une dizaine de personnes l'ont confirmé et vous ne l'ignorez certainement pas, vos services ayant saisi, au cours de leur enquête, des bandes vidéo qui l'attestent ! précise le substitut pour enfoncer le clou.

— Je vous le concède, mais un témoin m'a récemment affirmé que c'était bien Spencer qui avait téléphoné à Wouters. En fait, il y a eu deux appels, l'un dans l'après-midi et un autre le soir même. Selon l'ex-compagne de Wouters, c'est Spencer qui a passé le premier. Alors je suis en train de regarder tout cela de plus près, tente de faire valoir Lambeert.

— Monsieur le commissaire, parlons donc de ce Wouters qui semble vous être si cher. J'ai lu dans son dossier qu'il était sans argent et qu'il ne vivait que de débrouilles plus ou moins légales. C'était un fumeur et un revendeur de cannabis, arrêté plusieurs fois pour détention et trafic. Et ce n'est pas n'importe quel service qui le notifie, c'est la Brigade des stups, brigade qui a traité la dernière affaire dans laquelle il était impliqué et où 200 grammes d'herbe ont été saisis, juste quelques jours avant qu'il ne s'évanouisse dans la nature.

— Qu'est-ce que vous essayez de me dire ?

— Que cet individu a peut-être préféré s'éclipser après son arrestation, car il ne pouvait pas rembourser son fournisseur...

— Ce ne sont que des supputations. Le seul fait objectif, c'est qu'il a disparu, lui répond calmement le policier.

— Il a disparu, ou il a pris la fuite pour une sordide histoire de dette ! Vous n'en savez rien du tout.

— Et Pascal Lempereur, dans tout ça ?

— Il n'a strictement rien à voir avec cette affaire ! Vos propres services ont eux-mêmes considéré qu'il s'agissait de deux dossiers distincts.

— Ils n'avaient peut-être pas tous les éléments...

— Je trouve au contraire qu'il y a beaucoup de bon sens dans la façon dont ils ont traité les choses.

— Vous ne voulez pas qu'on les cherche davantage, c'est ça ?

— Comment osez-vous dire ça ? s'insurge le substitut, très irrité par la remarque.

— Alors vous suggérez quoi, au final ?

— Pour l'instant, contentez-vous d'espérer un résultat avec vos diffusions Interpol.

— Vous savez aussi bien que moi qu'une notice Interpol, c'est comme une bouteille jetée à la mer. On ne peut pas juste attendre...

— Dans ce cas, retrouvez cet homme ou découvrez un corps ! Je ne vais pas faire le travail à votre place ! Mais je vous demande d'arrêter de harceler M. Spencer, faute de quoi il portera vraiment plainte contre vous et vous risquez d'être poursuivi.

— Je ne suis pas aux ordres de M. Spencer, lâche Lambeert d'un ton sec avant de raccrocher.

55

Un utilitaire Peugeot appartenant à une entreprise paysagiste vient de le déposer. On pourrait croire à un ouvrier consciencieux gagnant son chantier avant que le jour ne se lève.

L'homme est d'assez grande taille et plutôt imposant. Il porte une combinaison de travail verte semblable à celle du personnel des pépinières en charge de l'élagage et de la tonte des pelouses. Il marche le long de l'enceinte électrifiée qui ceinture la résidence de Silver Lakes, tout à l'opposé du poste de garde, et se dirige d'un pas assuré vers les plantations qui jouxtent le mur, puis disparaît dans la végétation à la recherche du canal d'écoulement des eaux de pluie qui se trouve à cet endroit.

Il ouvre le regard avec le passe qu'il a en sa possession. Il descend ensuite l'échelle métallique qui donne accès au boyau humide situé deux mètres sous terre. Il ressort trente mètres plus loin par un autre regard, mais cette fois à l'intérieur de la zone protégée. Il se défait ensuite de sa salopette et de ses sabots en caoutchouc couverts de boue.

Le voilà relooké avec un survêtement gris, des baskets propres aux pieds et un petit sac à dos. En le voyant ainsi, on se méprendrait aisément, il a la parfaite allure d'un simple joggeur. Et c'est précisément ce qu'il veut. Il part en trottant, emprunte d'abord le chemin Thoraval, un chemin tortueux où les maisons s'affichent orgueilleusement, puis celui de Flandres, plus modeste, pour atteindre l'impasse Anatole-France.

À une heure si matinale, il y a peu de chances qu'on l'observe quand il crochète la serrure du garage de la villa numéro 9, d'autant que l'opération ne lui prend que quelques secondes. Les résidents de ce domaine se sentent tellement en sécurité que beaucoup d'habitations n'ont pas d'alarme. Il entre dans le garage, progresse avec précaution entre les trois voitures, et va jusqu'à la porte qui le sépare du hall de la maison. Elle est fermée à clé. Le mécanisme est assez simple, mais il n'est pas prévu qu'il le force. Il pose son oreille contre le battant et écoute attentivement. Aucun son ne lui parvient, tout le monde dort encore. Il est 5 h 40. Il est largement dans les temps…

Il s'en retourne alors vers les véhicules. Il délaisse la Mercedes avant de marquer un temps d'arrêt devant la Zagato. Il admire le bolide et caresse la carrosserie. Puis il décide de passer aux choses sérieuses et commence à s'affairer.

Brian s'est levé à 6 h 30, comme d'habitude. Son rituel ne change jamais ou presque. Dès qu'il est debout, il prend sa douche, se rase et s'habille. Il gagne ensuite la cuisine, allume la radio, met la cafetière en route, et découpe deux tranches de pain qu'il place de façon ordonnée dans le toasteur. Il ouvre la porte du réfrigérateur, en sort le beurre et la confiture de fraise, la seule qu'il apprécie. Le bruit et l'odeur du café qui coule, le toasteur qui crache les tartines, voilà ses repères du matin. Il peut enfin s'asseoir et déjeuner en jetant un œil sur l'état du ciel à travers la grande baie vitrée. Il se dit que la journée sera belle et ensoleillée.

Après avoir réveillé Judith, il se dirige vers le hall. Il est 7 h 25. Il file jusqu'au garage, il est vraiment content de cet accès direct, et referme derrière lui. Il est presque devant la portière de sa Mercedes quand un individu encagoulé surgit de nulle part, une arme à la main.

L'effet de surprise passé, Brian reste interdit, mais il n'a pas réellement peur malgré la carrure impressionnante de son agresseur. Il jauge la situation. L'homme porte des gants et une cagoule… Pourquoi cet attirail ? Peut-être quelqu'un de la résidence qui craint d'être reconnu ? Il l'observe. Il a beau chercher, ce regard, la seule chose qu'il capte de son visage, ne lui dit rien du tout ! Il est certain que cette personne ne fait pas partie de son entourage. Sûrement un cambrioleur qu'il a interrompu, peut-être même un voleur de voiture. *Un voleur de voiture… ce serait vraiment un comble !* songe-t-il.

La confrontation entre les deux hommes se joue à huis clos, mais Brian est comme absent, il ne pense qu'à sa femme. Il ne faut surtout pas que ce type entre dans la maison. Judith s'y trouve, à présent probablement nue sous la douche.

Il lève donc spontanément les mains et parvient à articuler :

— Prenez tout ce que vous voulez. Pour la Mercedes, voilà les clés. Sinon, j'ai 400 euros sur moi et une carte bancaire…

— Les clés ! ordonne son agresseur en faisant un mouvement du menton pour accompagner son ordre.

— Voilà, dit Brian en lui tendant le trousseau.

— Non, délocke déjà les portes, je ne veux pas qu'une alarme me pète à la gueule ! aboie l'inconnu, nerveux.

Obéir… C'est la plus sage décision. Un clic sonore, et les portières du véhicule sont maintenant déverrouillées. Aucune alarme ne s'est déclenchée, mais l'individu semble toujours aussi tendu.

— Le garage, maintenant… Ouvre ce putain de garage !

— C'est à l'intérieur de la voiture, le bip près du levier de vitesses.

— Donne aussi ton portefeuille, ton téléphone et ta montre. Grouille-toi !

La bagnole, le fric, le portable, et à présent la montre ! Une Audemars Piguet à 40 000 boules ! *Il ne se fait pas chier, ce petit con, il est bien là pour me dépouiller !* Brian n'en revient pas. Il s'exécute de mauvaise grâce.

— Dépose tout sur le capot et recule contre le mur.

— C'est d'accord. Restez calme, s'il vous plaît…

— Ta gueule ! Je t'ai dit de reculer ! lui lance l'inconnu en pointant son arme sur Brian.

L'homme s'installe ensuite au volant et démarre le moteur tout en laissant sa portière ouverte. Tandis que le V12 commence à tourner, le type ressort avec la télécommande à la main. Pour ne pas quitter Brian des yeux, il l'actionne sans regarder derrière lui, ne se fiant qu'au bruit du rideau métallique et à la lumière du jour qui irradie progressivement ce lieu clos…

Le cerveau de Brian est en ébullition. Comment un tel énergumène a pu arriver jusqu'ici ? Comment a-t-il fait pour pénétrer dans la résidence ? Peu probable qu'il ait sauté par-dessus l'enceinte : elle fait trois mètres de haut et le sommet est électrifié. Sans doute s'est-il introduit par ruse en se cachant dans le coffre d'une voiture, ou lors d'une livraison...

En revanche, ce qu'il ne saisit pas, c'est la manière dont il compte franchir le poste de garde. Il semble assez idiot pour croire qu'il peut le faire avec la Mercedes volée. Il faut être naïf pour ne pas comprendre que l'alerte sera donnée bien avant qu'il atteigne la rue ! Même s'il lui a prix son téléphone, il y a toujours le fixe de la maison ou les voisins. Et quand bien même il réussirait à tromper ces connards de la sécurité, il n'irait pas loin. Le bolide est équipé d'un système de géolocalisation. *Ce n'est qu'un amateur...*, pense Brian. *Heureusement que je n'ai jamais opéré comme ça !*

Puis il arrête de divaguer et revient enfin à la réalité : le plus important, pour l'instant, c'est que cet abruti se tire au plus vite et que Judith aille bien. Il respire déjà mieux, l'homme est tout près de partir. Mais voilà qu'au moment de s'approprier la Mercedes, l'inconnu enlève sa cagoule... *Décidément, il est encore plus con que je le croyais !* s'étonne Brian. Désormais, il a hâte de voir à quoi peut bien ressembler ce type, et il ne va pas se gêner pour le regarder. Apparaît alors un visage dur, mais finalement en harmonie avec ce corps massif, un visage gâté par une immense balafre. Aussitôt, Brian est saisi d'un frisson...

Il est projeté des années en arrière. Il se revoit au bar du Blue Corail avec son ami Patrick. Il revoit les outils étincelants alignés sur la servante rouge. Il se rappelle aussi les odeurs du garage, les discussions sans fin, il entend même le vrombissement des moteurs à l'essai... Et puis soudain, il repense aux femmes de sa vie, sa mère, Léa et Judith. Il revoit la douceur de leurs traits. Son corps est là, mais son esprit est désormais ailleurs. La peur vient de le quitter.

Il pose les yeux sur la Zagato, *sa* Zagato, et il sourit.

56

Le procureur Atlan arrive à son bureau comme tous les matins à 8 h 30. Il quitte sa veste et la met délicatement sur un cintre. Il a toujours eu horreur des vestons froissés ! Une fois assis, il commence par prendre connaissance des événements de la nuit. Une lecture fastidieuse et assez déprimante. Une litanie de vols, d'escroqueries, de casses, de violences, d'agressions et de viols, parfois ponctuée d'un meurtre. Quand il en a fini avec ce pensum, il décide de s'épargner le rapport mensuel sur l'évolution de la délinquance, préférant s'octroyer une petite pause avant d'aller à sa réunion hebdomadaire avec le procureur général qu'il est amené à remplacer prochainement.

Il en est là quand sa secrétaire l'interrompt pour lui passer l'appel urgent d'un certain commissaire Lambeert.

— Navré de vous déranger, monsieur le procureur…

— Monsieur le commissaire, je vous écoute. Que se passe-t-il donc de si grave que le substitut de permanence n'y suffise pas ?

— Il s'agit de Brian Spencer. Je vous contacte, car on m'a dit que vous étiez proches…

— C'est exact. Qu'y a-t-il ? s'enquiert le procureur avec une pointe d'inquiétude dans la voix.

— J'ai le regret de vous annoncer qu'il est mort.

— Brian est mort ? Ce n'est pas possible. Il a eu un accident ?

— Non. Il vient d'être tué chez lui.

— Mon Dieu ! C'est terrible…

— En fait, c'est son épouse qui m'a demandé de vous prévenir personnellement.

— J'arrive, lance le magistrat.

Au 9 de l'impasse Anatole-France, Brian est encore étendu sur le sol du garage. Une première balle l'a touché en pleine poitrine. Il est tombé sur le dos. Ses deux mains se sont portées sur sa blessure et une de ses jambes est repliée sur le côté. On dirait un pantin désarticulé. La deuxième balle a été tirée à bout touchant alors qu'il devait déjà être à terre. Certains de ses cheveux ont été brûlés par la poudre. Une partie de la boîte crânienne a explosé sous l'effet du choc hydrostatique. Il y a du sang et des débris humains partout. Ce n'est pas beau à voir. Et puis il y a cette odeur de sang si particulière qui flotte, comme toujours sur les scènes de crime.

Lorsque le procureur Victor Atlan arrive sur place, des techniciens de l'Identité judiciaire vêtus de leurs combinaisons blanches sont en train d'effectuer des prélèvements. Ils s'interrompent. Personne n'ignore plus que le magistrat et la victime étaient amis. On le scrute, on attend de voir comment il va réagir. Tous remarquent son teint presque cireux, ses traits fatigués et le nœud de cravate relâché. L'homme de loi ne laisse pourtant rien paraître en voyant le corps et le sang. C'est au moment où il aperçoit Judith prostrée dans le salon que son émotion est la plus forte.

Leurs regards se croisent. Cette femme qui pleure, ces larmes lourdes, ces yeux vides et désespérés, puis son cri…

Ce cri qui vient des tripes le déchire. Il se dirige vers elle et la prend dans ses bras. Il connaît cette douleur. Elle lui rappelle la sienne quand il a perdu son fils. De tels drames vous fragilisent pour le restant de votre vie. Vous n'êtes plus jamais le même. Éternel faux-semblant, on croit que tout est définitivement enfoui au plus profond de soi, mais c'est juste qu'on n'y pensait plus, jusqu'à cet instant où le passé vous rattrape...

Le procureur a la gorge serrée. Tant bien que mal, il tente de maîtriser son émoi quand un homme s'adresse à lui :

— Bonjour, monsieur le procureur, je suis le commissaire Lambeert. C'est moi qui vous ai téléphoné, se présente le policier avec ce ton propre à ceux qui sont habitués à vivre des choses épouvantables.

— Qu'est-ce qu'on a ?

— À ce stade, pas grand-chose. On n'a pas retrouvé de douilles au sol. Soit le meurtrier les a ramassées, soit il a utilisé un revolver. Quant au calibre, il faudra attendre les résultats de la balistique.

— Aucun témoin ?

— Pas de témoin direct. Mme Spencer n'a rien entendu, tout au plus un bruit sourd, mais elle n'est pas sûre.

— Vous avez relevé des traces ?

— Des traces papillaires et de l'ADN, mais ce ne sont peut-être que ceux de la victime ou de sa femme. On va vérifier. Par contre, selon les techniciens de la scène de crime, les chaussures et les bas de pantalon du tueur doivent être maculés de sang. Par conséquent, ça exclut *a priori* l'épouse. On a passé au crible tous ses vêtements et la salle de bains. Le Blue Star n'a rien révélé.

— Mais nom de Dieu, comment a-t-on pu entrer et sortir de cette résidence ? Je croyais que tout était hermétiquement clôturé et électrifié ! Que c'était un bunker !

Ce n'est pas possible, l'assassin doit encore être dans l'enceinte ! s'écrie le procureur.

— Pour arriver jusqu'ici, on ne sait pas comment le tueur a fait, mais pour quitter les lieux, ça, on sait ! C'est même d'une simplicité biblique… Le meurtrier est tout naturellement reparti avec la voiture de sa victime. Le LAPI de la résidence a reconnu la plaque du véhicule, et le portail s'est ouvert automatiquement, c'est la procédure pour les résidents.

— Mais il y a bien des gardiens, quand même !

— Oui, et celui de ce matin se souvient de la Mercedes. Il l'a même saluée au passage. Mais pour le conducteur, c'est une autre histoire ! Avec les vitres teintées, il ne l'a pas réellement vu…

— Il salue juste la bagnole, c'est ça ?

— On peut le dire comme ça…

— Mais bon Dieu, pourquoi ce carnage ?

— C'est vrai que ça fait penser à un règlement de comptes ou à un contrat, mais, d'un autre côté, on a volé sa voiture… une voiture très haut de gamme.

— Des Mercedes, il y en a plein les rues. Pourquoi chercher à ce point la difficulté et tuer un homme ?

— Ce n'est pas n'importe quelle Mercedes. C'est le modèle Maybach S 600, qui coûte au bas mot entre 300 000 et 400 000 euros.

— Comme quoi, l'argent…, marmonne le procureur.

— Selon sa femme, on lui aurait également dérobé sa montre, de grande valeur, son portefeuille et son téléphone. Il pourrait s'agir du mobile : un cambriolage qui tourne mal.

— Quand je pense qu'on lui a cherché des ennuis pour une pseudo-disparition… Mais je ne vous apprends rien, je crois, lâche le magistrat avec amertume.

— En effet, un de vos substituts m'a sermonné à ce sujet. Je ne faisais pourtant que mon travail. Pour le cas présent, il va falloir faire preuve de patience, car nous risquons de commettre une erreur en voulant aller trop vite…

— Je n'attends qu'une chose, c'est que vous fassiez votre métier, c'est-à-dire que vous arrêtiez l'auteur de ce crime, même si je doute que vous en ayez les capacités ! conclut Atlan avec mépris.

De retour à son bureau, le haut magistrat s'affale dans son fauteuil. Il est vidé comme s'il venait de courir un marathon. Il reste prostré de longues minutes avant de sortir progressivement de sa torpeur, et décide de contacter Paul Van Erste, le directeur de la police criminelle de Bruxelles.

— Bonjour, monsieur le directeur.

— Bonjour, monsieur le procureur, répond Van Erste qui croit à un appel purement professionnel.

— Je voudrais qu'on se voie, explique Atlan d'une voix méconnaissable.

— Vous allez bien ?

— Non, pas vraiment…

— Que se passe-t-il ?

— Vous vous souvenez de Brian Spencer ?

— Oui, très bien.

— On l'a tué !

— Tué ? Mais comment ça ?

— Dans sa maison…

— Un drame conjugal ? demande le directeur.

— Non, sa femme est complètement en dehors de ça, je la connais très bien, ce sont des amis.

— Un cambriolage, alors ?

— C'est ce que pensent vos collègues en charge de l'enquête.

— Je ne sais pas quoi vous dire…

— Il a été exécuté, marmonne le procureur.

— Monsieur, vous allez bien ? répète Van Erste.

— Cette nouvelle m'a bouleversé. Je suis aussi très troublé, car je ne peux m'empêcher de me demander si ce meurtre n'a pas un lien avec la conversation que nous avons eue tous les trois au sujet des voitures volées…

— Quel rapport ?

— Je ne sais pas, c'est juste une impression. Depuis ce fameux jour, il n'était plus le même. Il était devenu beaucoup plus distant avec moi.

— Vraiment ?

— Je n'ai jamais su s'il avait été froissé par votre échange aigre-doux ou s'il cachait des choses à propos des vols que nous avons évoqués.

— Vous croyez ?

— En fait, je n'en sais rien du tout, mais reconnaissez que sa mort est bien mystérieuse.

— Elle est surtout soudaine, rectifie à dessein le directeur.

— Vous avez sans doute raison, soupire le magistrat.

— Si vous le voulez, je passerai vous voir en fin de matinée après ma réunion avec le directeur général.

— Je vais dessaisir le commissariat de quartier. Celui qui a pris l'affaire en main, un certain Lambeert, me paraît mou !

— Vous devriez lui faire confiance et lui laisser un peu de temps. C'est un ancien de chez nous, il a fait quinze ans à la Crim'. Il est très expérimenté.

— Non, il ne m'inspire pas, et le temps n'est pas notre allié. Je vais saisir votre Brigade criminelle. Il faut m'attraper l'assassin !

Après avoir raccroché et alors qu'il est sur le point d'aller chez le directeur général, il revient à l'esprit de Paul Van Erste que le chef de la BRB lui a remis il y a quelque temps une note sur la victime. Il cherche dans tous ses tiroirs, fouille grossièrement les dossiers, quand apparaît une fine chemise de papier sur laquelle est écrit au feutre noir « Brian Spencer ». À la lecture du document, il éprouve le besoin de se rasseoir.

Confidentiel

Brian Spencer est né à Charleroi le 20 octobre 1987 de Steven et Anna Spencer (née Jadoz), tous deux décédés. Il est marié à Judith Spencer, née Audrain le 24 mars 1990, dentiste exerçant 7, rue du Château à Bruxelles. Le couple, sans enfants, demeure à Silver Lakes, 9, impasse Anatole-France.

Emplois successivement occupés (sources : impôts-Caisse des retraites)

Employé chez Speedy, garage/Bruxelles

Employé chez Shiva LTD, entreprise de nettoyage industriel/Bruxelles

Mécanicien au garage BOFIL, mécanique et électronique auto/Charleroi

Mécanicien-concession BMW, vente et mécanique auto/Bruxelles

Société NUMIX, expertise ingénierie électronique moteur/Bruxelles

Premium Cars, importation de voitures/Charleroi

Société Dream's Cars – L'atelier/directeur général/Bruxelles

Propriétaire d'une maison à Silver Lakes et d'une résidence secondaire à Lugano en Italie.

Membre du conseil d'administration du domaine de Silver Lakes, vice-président du *golf course* de Silver Lakes, membre de l'association internationale des collectionneurs de voitures.

Inconnu des différents fichiers de police.

Note

M. Spencer n'a jamais attiré défavorablement l'attention des services de police. Il a néanmoins été entendu comme témoin en octobre 2010 à la suite d'une bagarre dans un établissement de nuit, le Blue Corail à Uccle. Il était alors en compagnie de Léa Rajowski, mannequin, relation notoire de Corinne Sénéchal suspectée d'être la compagne de Yanis Meertens, dit le Balafré, membre du gang Hanssen.

57

Le Balafré a quitté le domaine au volant de la Mercedes sans aucun problème. En réalité, il ne pouvait pas y en avoir. Si le garde s'était fendu d'un contrôle, il l'aurait tout simplement abattu. Un mort de plus ou de moins, ça n'aurait rien changé à l'affaire ni à son palmarès. Le revolver pourtant prêt à l'emploi est donc resté sagement entre ses jambes...

En bon professionnel, Yanis a gardé un œil attentif sur le rétroviseur pendant tout le trajet qui l'a conduit jusqu'au Bella Vista, un petit hôtel des quartiers mal fréquentés de la banlieue sud. Pas question de conserver cette voiture qui se remarque comme le nez au milieu de la figure. De toute façon, il n'aime pas les Mercedes.

Quand il est arrivé sur le parking, Léo était déjà là, assis à l'attendre au volant d'un de ses fourgons de livraison. Quand leurs regards se sont croisés, ce dernier lui a juste fait un signe de tête pour lui signifier que tout allait bien. Le Balafré s'est aussitôt garé juste à côté. Avant de descendre du bolide, il a pris le temps de nettoyer le volant, le levier de vitesses et le boîtier des clés avec un chiffon qu'il a trouvé dans le vide-poches. On était bien loin des dispositifs sophistiqués de Hanssen et d'Axel qui vitrifiaient l'intérieur des bagnoles en un instant, ruinant ainsi par avance tout le travail de la police scientifique. À présent, il faisait comme il pouvait.

En partant, il a laissé la vitre avant à demi baissée et les clés sur le tableau de bord. Il a également déposé la montre Audemars Piguet et le téléphone de ce salaud de Brian bien en évidence. Ça lui semblait être un bon appât. Si quelqu'un avait eu envie de faire un tour avec la grosse berline avant qu'on la retrouve, ça l'aurait bien arrangé…

Ensuite, il s'est glissé sur le siège passager du véhicule à bord duquel Léo était affairé à ranger un pistolet dans la boîte à gants, et les deux hommes ont alors paisiblement pris la route en direction de Braine-le-Château.

— Ça te change de ta Porsche, hein ? le taquine Léo.

— Ça oui ! Comment tu peux rouler toute la journée là-dedans ?

— Bon alors, comment ça s'est passé ? demande plus sérieusement Léo.

— Nickel.

— Pas de témoin ?

— Non, personne.

— Tu es sûr que c'était lui, la balance ?

— Oui. Il n'y avait que Speedy qui savait où était posée la Lancia.

— Ça ne peut pas être un hasard ?

— Aucune chance. Une caisse planquée en France, dans un box loué sous un faux blaze, et des flics belges qui viennent la baliser pour nous piéger, puis nous flinguer… ça fait beaucoup ! Beaucoup trop…

— Je ne connaissais même pas son vrai nom.

— Moi si. Il s'appelait Brian Spencer. Je l'avais vu une fois avec Patrick, il y a longtemps. Le Grand avait une confiance aveugle en lui. N'empêche que, par deux fois, j'ai été obligé de monter au créneau pour régler des conneries qu'il avait faites… Résultat des courses : deux mecs à occire et une gonzesse à secouer !

— Pourquoi il a fait ça ? Pourquoi il nous a vendus ?

— Aucune idée, mais Patrick et lui, là où ils sont, vont pouvoir s'expliquer entre eux, maintenant…

— D'après toi, il a compris pourquoi tu étais venu le flinguer ?

— Je crois que oui.

— Putain ! Il a dû flipper, le mec…

— Je ne sais pas, il souriait…

— Non ! Il souriait ?

— Oui… Comme s'il acceptait son sort.

Alors que la route défile, le Balafré s'autorise une sieste. Léo n'en revient pas, il tourne régulièrement la tête dans sa direction comme pour s'en convaincre. C'est bien la première fois qu'il voit son complice dormir ainsi au retour d'une opération. Du coup, lui aussi se laisse aller à une certaine sérénité. Mais, aux abords de Braine-le-Château, le trafic devient anormalement dense, et de nombreux véhicules de police les dépassent toutes sirènes hurlantes, ce qui le crispe aussitôt. Il préfère réveiller Yanis, au risque de se faire engueuler.

— Putain, tu m'emmerdes ! lance en effet ce dernier.

— J'ai l'impression qu'il y a beaucoup de flics, par ici…, Léo se justifie sur un ton d'excuse.

— Bon, on ne va pas aller directement à la planque, lui répond le Balafré qui a immédiatement repris ses esprits.

— Tu sais, je ne pense pas que ce soit pour nous, tempère le conducteur, même s'il n'en mène pas large. On fait un passage dans la rue sans s'arrêter, juste pour prendre la température ?

— Non ! tranche sèchement son complice qui a un mauvais pressentiment. Tu vas déjà aller à la gare. Ça va nous donner une idée.

— Comme tu veux… Je me demande comment il va…, dit alors Léo sur un ton grave.

— …

— Tu ne t'inquiètes pas pour lui ? insiste le conducteur en jetant un bref regard sur sa droite.

— Bien sûr que si. Je crois qu'il va mourir.

— Putain, dis pas ça !

— Tu ne l'as pas vu quand il a débarqué… Il tenait à peine debout, il avait perdu beaucoup de sang…

— Faudrait qu'on l'amène à l'hôpital, on ne peut pas le laisser comme ça ! L'Italien ne nous balancera jamais, on n'a pas de souci à se faire.

— T'as pas besoin de me le dire, je le sais très bien ! Mais attendons déjà de voir ce qu'on va trouver…

Quelques minutes plus tard, en arrivant à la gare, le fourgon fait le tour de la place à petite vitesse, comme s'il cherchait un endroit pour stationner, le temps pour le Balafré de vérifier.

— Elle n'y est plus, l'Alfa n'y est plus ! s'égosille Léo.

— Oui, confirme son complice, laconique, en réfléchissant au coup suivant.

— Une des femmes l'a peut-être déplacée ? suggère Léo sans y croire.

— Certainement pas…

— Alors, elle est passée où, cette bagnole ?

— C'est ces enfoirés de flics, gronde à voix basse le Balafré. Ils ont dû la repérer et l'embarquer pour leur police scientifique de mes couilles !

— Qu'est-ce qu'on fait ?

— On reste pas là !

— On va vite à la planque récupérer tout le monde ?

— Je sais pas...

— Yanis, on va pas les laisser dans ce merdier !

— On n'aura peut-être pas le choix.

— Marco va crever, si on ne le conduit pas aux urgences...

— OK, on fait un saut là-bas, mais il va falloir faire gaffe, capitule le Balafré en s'emparant des deux fusils d'assaut et de tous les chargeurs que Léo a stockés derrière la banquette juste avant qu'ils partent.

— Putain, ça finira jamais..., murmure le fleuriste alors qu'il se réinsère dans la circulation.

Après avoir quitté le secteur de la gare, le fourgon prend la direction de la rue Rivière. Et ce n'est qu'au moment où ils parviennent sur le rond-point qui dessert cette voie à sens unique qu'ils découvrent deux grandes barrières métalliques grises et des policiers en uniforme équipés de gilets pare-balles et de pistolets-mitrailleurs. Au loin, dans la rue dont l'accès est désormais interdit, on aperçoit de nombreuses lumières bleues et rouges qui clignotent par intermittence. Sans éveiller les soupçons, les deux complices s'éloignent de ce qui ressemble à un guet-apens.

— Je n'ai pas eu beaucoup de temps pour regarder, mais on aurait dit que c'était plutôt des lumières d'ambulances ou de pompiers.

— Non, ils ont trouvé la planque, affirme le Balafré, l'air sombre.

— Tu crois ?

— T'es con ou quoi ? T'as des flics en armes de partout !

— Mais l'Italien ?

— Il est sûrement à l'hôpital... ou mort.

— Et les femmes ?

— Ils ont dû les prendre aussi. Ils les relâcheront plus tard.

— Qu'est-ce qu'on fait ?

— On part d'ici sans traîner, c'est fini...

— Mais après, on fait quoi ?

— Je ne sais pas, soupire Yanis, qui ne peut cacher un certain abattement.

58

Il est confirmé que Judith Spencer n'a aucun lien avec le meurtre de son mari. Le couple ne possédait en effet aucune arme à feu. Et les techniciens de la Scientifique ont passé toute la maison au peigne fin. Ils ont poussé leurs recherches jusque dans les moindres recoins, tambour de machine à laver et siphons de lavabo compris : pas la moindre tache de sang ni de poudre sur son corps ni sur aucun de ses vêtements.

La police s'est donc résignée à « aller à la pêche ». Elle a passé au crible toute la vie de la victime. En vain. Spencer n'avait pas de dettes, ne jouait pas et n'avait pas de maîtresse. En fait, il ne faisait que travailler, beaucoup trop même, selon son entourage. Il ne reste donc plus que le mobile du vol, un vol de voiture qui tourne mal avec un assassin inconnu. Telle est l'hypothèse officiellement retenue, jusqu'à la découverte d'une modeste salopette de travail qui va tout bouleverser…

Tirant la leçon du limogeage de son prédécesseur à la suite du meurtre, le nouveau directeur du complexe résidentiel décide de signaler sur-le-champ la trouvaille d'un de ses employés au commissariat de Hatfield : celui-ci est tombé sur une combinaison verte en coton ainsi que sur des boots en caoutchouc dans un des canaux d'écoulement des eaux de pluie de Silver Lakes.

Dans la foulée, Lambeert téléphone à son collègue de la Brigade criminelle :

— Salut, Péroni, c'est Lambeert.

— Bonjour, Lambeert. Comment vas-tu ? Ça fait longtemps qu'on ne s'est pas vus !

— Oui, le temps passe vite…

— Tu ne t'ennuies pas trop dans ton commissariat ? Tu peux revenir à la Crim', tu sais ! plaisante amicalement Péroni.

— Oh, je suis trop vieux pour tout ça, maintenant !

— Plus sérieusement, que puis-je pour toi ?

— Tu te rappelles le meurtre de Spencer ?

— Bien sûr.

— Tu as avancé ?

— On n'a pas grand-chose, non… Officiellement, la thèse retenue, c'est un vol de voiture qui a mal tourné, mais on est nombreux ici à penser que ça ressemble davantage à une exécution, une sorte de contrat.

— Je ne sais pas si ça va t'être utile ou pas, mais le syndic de Silver Lakes vient de nous signaler un truc bizarre. Ils ont retrouvé une salopette de travail et des chaussures dans une canalisation d'évacuation des eaux de la résidence…

— Quel rapport avec notre affaire ?

— *A priori*, aucun. Mais le vêtement est quasi neuf. Comme si quelqu'un s'en était volontairement débarrassé.

— Je ne comprends pas bien…

— Ma théorie, c'est que quelqu'un est entré dans le domaine en passant par cette canalisation et qu'il a mis cet habit pour ne pas se salir.

— Merde ! tonne aussitôt Péroni.

— Comme tu dis… Selon le directeur de la résidence, la canalisation est étroite et longue. On a un regard d'un côté de l'enceinte et un second de l'autre côté. Bref, le moyen idéal pour pénétrer cette forteresse en échappant à tous les contrôles.

— Putain, et les miens n'ont pas vu ça ! Font chier !

— Même s'il n'y a pas de lien direct avec ton homicide à ce stade, tu pourrais peut-être ordonner des prélèvements ADN dans le cadre de ton enquête ?

— Mais toi ?

— Moi, je n'ai aucun cadre juridique, et tu sais combien la sécurité publique est rapiat ! Si c'est pas bon, elle m'engueulera pour avoir gaspillé de l'argent, et si c'est positif, ton procureur me dessaisira.

— Vu comme ça… Bon, j'envoie une équipe de chez moi pour régler tout ça.

— Je te laisse aviser le proc'. Il ne me fait pas un effet bœuf, si tu vois ce que je veux dire…

— Je m'en occupe. Merci, l'ami, conclut Péroni en souriant.

59

En montant l'escalier qui le conduit à la Brigade antigang, Sabban en est toujours à se questionner sur la raison pour laquelle Hartmann, qui hait les mecs des Stups, lui a demandé de passer. Il a bien essayé de lui tirer les vers du nez au téléphone, mais rien n'y a fait. L'autre, un brin mystérieux, s'est contenté de lui répondre : « Pour une affaire te concernant. » Pas très rassurant…

Quand il se présente dans l'encadrement de la porte du bureau, Hartmann est à la peine sur un rapport, comme la dernière fois.

— Ne me dis pas que tu es toujours sur le même ! plaisante faussement Sabban.

— Je ne t'ai pas fait venir pour ça, ne t'inquiète pas, lui répond assez froidement le commandant en interrompant sa tâche.

— Alors j'en conclus que c'est pour me remercier encore…

— Ton informateur est donc mort ? lâche tout à coup Hartmann en le fixant droit dans les yeux.

— Je… Je ne saisis pas…

— Ce n'était pas Brian Spencer ?

— Mais qu'est-ce que tu racontes ?

— Je te demande si Spencer était ton indic…

Comme Sabban reste silencieux, il ajoute :

— Ton silence en dit long.

— C'est délicat…, concède Sabban du bout des lèvres, pendant que son cerveau mouline à toute vitesse.

Si son collègue lui parle de ça de cette façon, c'est que l'Antigang a fait un lien entre Spencer et lui. Il est donc inutile de nier qu'ils se connaissaient. D'un autre côté, s'ils avaient quelque chose de concret contre lui, ce serait les affaires internes qui seraient en face de lui. En définitive, la prudence est de mise, et il retrouve aussitôt ses vieux réflexes : ne surtout pas donner l'impression de mentir ou de cacher quelque chose, dire le minimum, et essayer de comprendre quelles sont les cartes que l'autre a en main.

— C'était lui ? insiste Hartmann.

— J'ai pas pour habitude de parler de mes informateurs !

— Certes, mais tu ne réponds toujours pas à ma question…

— Oui, c'était lui, lâche Sabban, qui n'arrive pas à voir dans le jeu de son adversaire.

— Tu aurais dû nous le dire, on l'aurait protégé !

— C'est compliqué, tu le sais bien…

— Tu avais vraiment confiance en lui ?

— Franchement, on s'était rencontrés deux fois, peut-être trois, pas plus ! Et un jour, il a voulu me voir pour me renseigner. C'était un indic très, très occasionnel. J'ai même cru un moment qu'il avait eu son tuyau de façon presque accidentelle…

— J'en doute un peu…

— Pourquoi ?

— Il était très ami avec le procureur Atlan, ce sont des copains de golf de longue date.

— Et ?

— S'il avait eu vent de quelque chose comme ça, vraiment par hasard, sans lien personnel, c'est à son copain juge qu'il aurait parlé, pas à toi.

— D'accord, disons que j'avais essayé de le brancher sur le trafic de voitures…

— Tu bosses plus aux Stups, toi ?

— Pour les trafiquants, les bagnoles, c'est vital ! tente d'argumenter Sabban. Alors je l'avais branché au cas où on l'aurait approché pour un *go fast*.

— Tu me prends vraiment pour un con ? Tu y crois une seconde, à ton histoire de petits dealers qui vont démarcher le concessionnaire le plus connu de Bruxelles et lui demander un véhicule pour convoyer leur merde ? Et tu sais au moins qui l'a buté, ton Brian Spencer ?

— Évidemment que non !

— C'est bien ce qu'il me semblait. Si tu savais qui a tué ton copain, tu trouverais ta prestation pathétique !

— Je ne comprends pas, c'est un vol de voiture qui a mal tourné, non ?

— Pas exactement, mais je vais te dire qui l'a abattu, et tu vas voir que ton Spencer ne pouvait pas être celui que tu décris.

— Je t'écoute, souffle Sabban, inquiet.

— Celui qui a assassiné ton indic, c'est Yanis Meertens, autrement dit le Balafré, le lieutenant de Patrick Hanssen.

— Qu'est-ce que tu racontes ?

— Le Balafré ! Tu piges ?

— Tu en es certain ?

— On a découvert une combinaison de travail dans un conduit d'évacuation des eaux de pluie du domaine de Silver Lakes, là où vivait Spencer. L'extraction ADN nous a appris que cette salopette avait été portée par le Balafré.

— Putain ! s'exclame Sabban qui vient de comprendre.

— Comme tu dis... Quand tu es venu me parler ce soir-là, tu m'as expliqué que ton indic avait peur, et il avait bien raison !

— Je n'aurais jamais pensé...

— Ton copain, il fricotait avec le diable, et trahir le diable, faut quand même oser !

— Traître, c'est le métier le plus dangereux..., marmonne Sabban en se remémorant une de ses conversations avec Brian.

— C'est lui qui leur fournissait les voitures ?

— Je n'en sais rien...

— Tu me dis tout ?

— Oui, bien sûr.

— Et c'est pour ça qu'il ne voulait pas être payé ? Parce qu'il trempait dans leurs affaires ?

— Il n'avait pas besoin d'argent, il voulait juste couper un lien. C'est en tout cas ce qu'il m'a raconté.

— C'est lui qui volait les bagnoles ? insiste Hartmann.

— Je n'en sais rien, je te dis ! répond Sabban sur un ton ferme.

— Tu crois qu'il avait des complices ? continue Hartmann, sans jamais quitter des yeux son interlocuteur.

— Des complices... ? balbutie Sabban. Je ne vois pas pourquoi il aurait eu des complices...

— Tout simplement parce qu'on ne peut pas arriver avec un véhicule pour en voler un autre et repartir tout seul avec les deux.

— Ça me semble logique, en effet.

— Aussi logique que de considérer que Spencer était largement impliqué puisqu'il connaissait le box de Lille ou encore leur planque de Braine-le-Château ?

— Peut-être..., lâche Sabban, abattu.

— C'est quand même à Lille qu'on a trouvé la Lancia, et à Braine-le-Château tout leur matériel ou presque, avec en prime le cadavre de l'Italien...

— Je ne sais pas, moi... C'est toi qui voulais que je le recontacte pour obtenir des informations complémentaires, alors lâche-moi !

— Pourquoi un notable plein aux as fréquente-t-il ces tueurs ? *That is the question...*, murmure Hartmann, indifférent à la tension qu'il sent monter chez son collègue.

— Pourquoi tu me dis tout ça, pourquoi tu m'as fait venir dans ton bureau ?

— Parce qu'on court toujours après le Balafré et qu'on essaie de trouver un fil à tirer avant qu'il flingue encore quelqu'un.

— Puisque mon indic est mort, tu te doutes bien que je ne peux plus rien pour toi ! Il va y avoir une enquête sur les relations de Spencer ? demande Sabban en feignant la légèreté alors qu'il transpire à grosses gouttes.

— Non, je ne crois pas.

— Comment ça ?

— Delise a transmis nos infos au directeur, et le directeur en a parlé au procureur. Comme ce dernier connaissait très bien Spencer, il a été décidé en haut lieu qu'on n'allait pas risquer de ternir la réputation du défunt.

— Il n'y aura pas d'investigations pour tenter d'éclaircir les éventuels liens qui unissaient Spencer aux fourgonniers ?

— *A priori* non. Ni sur toi..., ajoute Hartmann en fixant Sabban. Quand tu es venu me voir la dernière fois, tu as fait ce que j'appelle une « poussette »... Ton copain et toi, vous vouliez qu'on se tape le sale boulot à votre place, vous n'aviez pas les couilles de le faire vous-mêmes !

— Je t'ai donné un tuyau, et même un bon tuyau, c'est tout !

— Écoute, tu vas t'en tirer comme ça. Considère que c'est le paiement pour le renseignement que tu nous as donné, et qu'on est donc quittes.

— C'est-à-dire ? demande Sabban, dont l'inquiétude est plus que jamais visible.

— C'est ce que Delise m'a dit de te dire.

— Pourquoi, il… ?

— Tiens-toi à carreau, l'interrompt Hartmann. Dans la vie, il y a toujours quelqu'un pour te faire payer ta dette, et ce n'est pas forcément la personne à laquelle on s'attend…

60

— J'ai trouvé comment tu peux échapper à tout ce merdier, lance Léo.

— Il est hors de question que je continue de me terrer pendant des mois. Je ne veux pas d'une prison qui ne dit pas son nom ! éructe le Balafré.

— Bien au contraire… Je te propose de refaire ta vie à l'autre bout du monde !

— Tu proposes un miracle ?

— Si tu es d'accord, je peux tout organiser.

— Commence déjà par m'expliquer ce que tu as en tête.

— Tu vas quitter la Belgique et…

— Je t'arrête tout de suite : ma photo est partout et je vois ma gueule tous les jours sur ta putain de télé ! Tous les aéroports et toutes les gares du pays sont sous surveillance. Impossible de passer à travers les mailles du filet avec cette saloperie de balafre. Tu as conscience que le premier contrôle sera le bon ? Remarque, ils ne seront pas déçus ! lâche Yanis, qui tient à montrer qu'il reste combatif, même aux abois.

— Ne t'inquiète pas. Contrôler une gare ou un aéroport est une chose, mais un port, c'est une tout autre affaire. Crois-moi, je sais de quoi je parle !

— Je doute qu'Anvers ne soit pas également quadrillé par la police...

— C'est pour ça que tu vas aller à Rotterdam.

— Rotterdam ? Tu penses vraiment que je peux m'enfuir de cette ville comme ça et me pointer à Rotterdam comme une fleur pour y prendre un de ces bateaux de croisière qui traverse l'Atlantique... C'est ça, ton plan ?

— Je vais te faire embarquer, mais pas sur n'importe quel bateau. Ce sera un cargo et tu ne seras pas passager, mais marin ! Les procédures de vérification ne sont plus du tout les mêmes... Il ne s'agira pas d'aller d'un point A à un point B, mais de naviguer, et naviguer encore, jusqu'à ce que tu sortes définitivement du radar des flics et que tu décides, toi, et toi seul, de la dernière escale...

— Un marin... Mais je suis censé faire quoi sur à bord ?

— Rien du tout, sauf que, sur le papier, tu es mécanicien en second. Tout est déjà réglé avec le commandant du navire. C'est un ami à moi de longue date, un Thaïlandais en qui j'ai toute confiance. Le cargo est un vraquier long de quatre-vingts mètres et ta place y est réservée.

— Un cargo vraquier ?

— Oui, l'*Anchan*.

— Ça ne me dit toujours pas comment on se débrouille pour atteindre Rotterdam.

— Au cas où tu l'aurais oublié, je n'ai pas que des camionnettes de livraison. J'ai aussi un camion qui va régulièrement à Rotterdam pour y charger des fleurs pour la boutique, mais aussi pour réceptionner des outils et de menus objets de décoration que j'importe de Chine et de Thaïlande pour ma société de jardinage. À force d'y aller et de dédouaner de la marchandise, j'ai mes entrées dans le port et de bons amis qui parcourent les mers.

— Tu prends des risques...

— Moins qu'en t'hébergeant dans ce petit appartement en plein centre-ville que j'ai justement acheté pour me cacher si je devais un jour me mettre en cavale ! répond Léo avec un sourire bienveillant.

— Excuse-moi, je ne vois pas de lumière au bout du tunnel, et ça me rend parfois ingrat avec toi.

— T'en fais pas, Yanis, je sais que ce n'est pas facile pour toi et que tu es à cran...

— Tu crois que c'est possible, ton histoire ? demande le Balafré sur un ton cette fois plus apaisé.

— Bien sûr. En réalité, ça ne pose aucun problème, c'est juste une question de timing.

— C'est-à-dire ?

— Mon camion ne part de Bruxelles que dans quinze jours. Ça peut paraître loin, mais d'ici là, il y a des choses à régler, comme te faire faire un nouveau passeport.

— J'en ai déjà plusieurs.

— Oui, mais toujours avec la même gueule et cette foutue cicatrice...

— Tu sais, j'aurai toujours cette gueule sur tous les passeports du monde, et il est un peu tard pour songer à la chirurgie esthétique...

— Oui, mais il n'est pas trop tard pour une opération *total relooking* !

— De quoi tu parles ? lance Yanis.

— Tu continues à te laisser pousser la barbe. Ensuite, on va te couper les cheveux et les teindre. Tu vas également mettre des lentilles pour changer la couleur de tes yeux et porter des lunettes par-dessus. Il faut que tu fasses plus vieux, et tu vas faire plus vieux, parole de Léo ! Ah, j'allais oublier, on renouvelle ta garde-robe : des vêtements simples, mais beaucoup plus amples. Fini, tes chemises cintrées, tes blousons et tes jeans à la con. Fini aussi, le cuir, que du lin et du coton qui se déforment. Ça va atténuer ta carrure de gorille !

— Putain, ça va être un sacré chantier ! s'exclame le Balafré qui sent l'excitation le gagner. J'ai peur du résultat.

— Yanis, changer d'apparence ne sera pas suffisant, tu dois te faire le plus discret possible ! Même après, quand tu auras réussi à embarquer sur le cargo, je te conseille de ne jamais te faire remarquer, surtout pendant les premières escales. Après, tu verras bien…

— Il reste quand même un problème.

— Lequel ?

— Le chauffeur du camion, on peut lui faire confiance ?

— Absolument, puisque c'est moi qui vais t'emmener ! s'amuse Léo.

— Toi ? Tu déconnes… ?

— Qui est-ce qui faisait la tournée avant que je recrute un chauffeur, à ton avis ?

— Et ton mec ne va pas trouver ça bizarre ?

— Ne t'inquiète pas. Il m'arrive encore d'y aller moi-même.

— T'as une meuf là-bas ?

— Plus ou moins. Peut-être qu'un jour je t'expliquerai…, répond Léo, un peu embarrassé. En attendant, je suis désolé de te dire ça, mais le mieux serait que tu restes confiné deux semaines dans cet appartement. Moins tu t'exposes, moins tu cours de risque. Le frigo est plein, le congélateur aussi, et je passerai de temps en temps pour voir si tu ne manques de rien.

— Deux semaines…, répète le Balafré comme s'il se parlait à lui-même.

— Oui, deux semaines. Tu tiendras le coup ?

— Oui, ça va me permettre de régler certains trucs avant de partir, surtout si c'est pour ne plus jamais revenir…

— Tu vas sortir ?

— Oui. J'ai une affaire dont je dois m'occuper…

— Dans ce cas, promets-moi une chose : surtout pas de contact avec Corinne, pas même par téléphone ! On est bien d'accord qu'ils l'ont remise dehors uniquement pour pouvoir te niquer ! Regarde-moi et dis-moi que tu as bien imprimé.

— Mais oui, bordel ! Tu me prends pour qui ? En revanche, il est possible que j'aie encore besoin de toi…

— C'est-à-dire ?

— Pour qu'il y ait trahison, il faut un traître. Enfin, tu l'appelles comme tu veux : traître, balance, informateur…

— Mais on l'a trouvé. Tu lui as même réglé son compte, à ce Speedy !

— Ça ne me suffit pas !

— Comment ça ?

— Une traîtrise suppose *deux* maillons. La balance a besoin de parler à un flic, l'aviseur à un douanier, l'informateur au journaliste, le traître à l'ennemi… Tu vois, il y a toujours *deux* maillons !

— J'ai du mal à te suivre, se risque Léo.

— Je connais le maillon de Speedy. Chaque fois qu'il était dans le pétrin, il appelait Patrick. Et chaque fois, celui-ci me demandait aussitôt d'aller chouffer… Évidemment, avant d'intervenir, je vérifiais toujours que Speedy n'était pas filoché par la police. C'est comme ça que j'ai découvert son contact. Je les ai vus plusieurs fois ensemble.

— Je crois que j'ai compris où tu veux en venir…, soupire Léo.

En fait, depuis déjà une semaine Yanis Meertens rumine, cloîtré dans cet appartement, et il en est arrivé à la conclusion qu'il n'y a plus que deux perspectives pour lui : la prison, ou finir en beauté…

La première option est à ses yeux impensable, il envisage de s'en prendre à ces enfoirés de flics dont il a vu les visages dans les innombrables reportages télévisés consacrés à l'affaire Boutemens. Son désir de vengeance est tel qu'il n'écarte pas non plus la possibilité d'assassiner le procureur qu'il a vu pérorer lors de ses conférences de presse. C'est de loin l'idée la plus grisante et aussi la plus facile à réaliser. Côté armement, il est équipé. Il a encore son Glock 17, des grenades et les deux fusils d'assaut. Quant aux munitions, il en a pléthore. S'il n'a rien dit de tout cela à Léo, c'est pour ne pas l'inquiéter, mais aussi pour ne pas lui signifier clairement sa résignation.

Or la donne vient subitement de changer. Il a peut-être une réelle ouverture pour échapper à tous ceux qui sont désormais ligués contre lui. Restent ces fameux quinze jours… Finalement, il n'est pas mécontent d'avoir ce délai supplémentaire, ne serait-ce que pour réfléchir un peu à l'organisation de son futur à l'autre bout du monde. Et puis il lui faut revoir aussi tous ses plans… Aller faire sauter une bombe dans des locaux de police ou abattre un procureur, comme il l'a imaginé, scellerait irrémédiablement son destin. Même si, par le plus extraordinaire des miracles, il s'en tirait vivant, tout ne ferait alors plus qu'empirer. On le considérerait cette fois comme un terroriste, et il deviendrait aussitôt l'homme à abattre pour toutes les polices européennes, sans personne pour l'aider, sauf à entraîner Léo dans sa chute, ce qu'il ne souhaite surtout pas.

Après avoir longuement tourné ça dans tous les sens, il en conclut qu'il doit renoncer à son projet ou mettre à profit le laps de temps qui s'offre à lui pour essayer d'imaginer quelque chose de plus chirurgical contre ses ennemis, et de moins risqué pour lui.

61

— Nous sommes ici en petit comité pour parler encore une fois de cette pénible affaire, soupire le ministre en ouvrant la réunion. Il ne reste, à vous entendre, plus qu'un seul membre du gang des fourgonniers en liberté, mais, d'après ce que j'ai saisi, il s'agit peut-être du plus dangereux. C'est bien cela ?

— Oui, monsieur le ministre, répond le directeur général.

— Je continue donc… Vous considérez ce Yanis Meertens comme dangereux, et même comme « extrêmement dangereux », si j'en juge par le bandeau rouge qui barre les affiches que vous m'avez demandé de faire diffuser d'urgence dans tous les commissariats. Ce que je comprends moins bien, c'est la mention qui déconseille de procéder à son arrestation sans l'aide d'un groupe d'intervention. Quelqu'un peut-il m'éclairer ?

— Oui, monsieur le ministre. Cette mention a été ajoutée suite à une recommandation expresse du directeur de la police criminelle qui est ici présent. Je crois qu'il estime que des fonctionnaires *lambda* s'exposeraient gravement s'ils tentaient d'interpeller eux-mêmes cet individu.

— Vous confirmez, Van Erste ?

— Oui, monsieur le ministre.

— Très bien, je poursuis. Vous affirmez que ce criminel est toujours sur notre territoire et qu'il constitue une menace importante. Mais expliquez-moi déjà en quoi un type qui doit être terré au fond d'un trou à rats et qui doit surtout prier pour qu'on ne l'y trouve pas constituerait un tel danger ?

— Il ne se rendra jamais. Et comme ce n'est justement pas le genre à se terrer longtemps, Van Erste pense qu'il peut s'en prendre à un officier de police, voire à un magistrat, histoire de finir sur un coup d'éclat.

— Je suppose que c'est l'imposant dispositif que vous m'avez fait déployer qui l'a contraint à rester parmi nous, n'est-ce pas ?

— Sans doute, souffle le directeur général.

— Et ce n'est que maintenant que vous m'informez que ce type est une bombe à retardement ? s'emporte le haut fonctionnaire.

— Malheureusement oui, monsieur le ministre...

— Vous noterez, messieurs, que je n'ai pas lésiné sur les moyens depuis que vous m'avez sollicité, au point qu'on m'en fait à présent le reproche. Je suis dans le collimateur de l'opposition, ce qui n'est pas pour déplaire à certains de mes « amis » au gouvernement. Ah, et j'allais oublier la cerise sur le gâteau : grâce à vous, la photo de ce criminel passe en boucle tous les soirs au journal de 20 heures, comme une piqûre de rappel quotidienne de votre incurie. J'espère que vous avez bien conscience de tout cela !

— Nous avons parfaitement conscience de la situation et nous sommes reconnaissants de votre soutien et des moyens que vous avez mis à notre disposition, lance le directeur général, flagorneur.

— Très bien ! Alors maintenant, je vous le demande solennellement : pourquoi n'êtes-vous pas capables de mettre la main sur ce connard ? Comment un type, tout seul, peut-il échapper à une armée de soi-disant super flics tels que vous ? Mais qu'est-ce que vous foutez, nom de Dieu !

Paul Van Erste se sent particulièrement visé par l'attaque, d'autant que, sans surprise, son supérieur a choisi son camp et en rajoute une couche :

— Vous avez raison, monsieur le ministre, il nous faut réagir, et je pense qu'on peut compter sur Van Erste pour remuer ses troupes...

Ce dernier encaisse sans broncher, même si l'envie de balancer ses quatre vérités à ce bureaucrate mielleux le démange.

Le soir même, de retour à son bureau, au septième étage de l'immeuble de la place Frédéric-Toussaint, Van Erste prend le temps de mieux regarder cette ville de Bruxelles qu'il aime tant. Là, en bas, un individu dangereux rôde quelque part. Il peut encore tuer, à tout instant, il suffirait d'un policier qui s'aventurerait à vouloir le contrôler ou, plus simplement, de quelqu'un qui le reconnaîtrait. Comme l'a signalé le directeur général, il le sait aussi capable de planifier un assassinat de sang-froid sur un représentant de l'État, une apothéose, en quelque sorte.

C'est pour cette raison qu'il est convaincu qu'il faut prendre toutes les précautions. Il a d'ailleurs déjà commencé à renforcer la sécurité de l'immeuble qui abrite ses services, tout comme l'a fait de son côté le procureur pour le palais de justice. Il a également adressé des recommandations à chaque chef de service de sa direction en exigeant qu'elles soient relayées auprès de chaque enquêteur :

« Vérifiez que vous n'êtes pas suivi, soyez attentif à votre environnement, portez votre arme en permanence, appelez le service dès que vous constatez quelque chose d'anormal, n'intervenez pas seul. » Mais cela suffira-t-il ?

La peur est en train de changer de camp, et il enrage. Et si Delise et son Antigang avaient finalement raison ? Et s'il fallait être habité par la même violence que celle des salauds qu'on poursuit pour bien faire ce métier ?

62

Quand Sabban s'arrête au feu rouge, la radio de sa Clio rediffuse un concert de Peter Schilling. Il vient de quitter son bureau et se rend au Speed Park, une boîte de la banlieue de Bruxelles où il a pris l'habitude d'établir ses quartiers.

Depuis la mort de Brian, plus rien n'est comme avant. Il a l'impression que les gens parlent dans son dos. Il n'est pas dupe. Pour une raison qu'il ignore, les gars de l'Antigang semblent lui reprocher la mort de Grootmans, et ceux de la Crim' ne lui adressent presque plus la parole…

Du coup, le soir, il n'arrive plus à rentrer directement chez lui. En fait, il a toujours une bonne raison de faire une halte et prendre un verre en chemin. Pas question de rester seul avec lui-même, il ne supporte plus sa gueule.

Le temps que ça passe au vert, Sabban observe les gens dans la rue autour de lui. Certains ont l'air heureux. Sans doute des innocents qui ne connaissent rien du monde obscur qu'il côtoie. Tout à ses pensées, il n'a pas un regard pour la Range Rover qui vient de se positionner juste à côté de lui, jusqu'à ce que son passager balance négligemment un mégot par la fenêtre, entre leurs deux voitures. Le 4 × 4 étant plus haut perché que sa Clio, il ne voit que le buste et la tête du type, et ce qu'il aperçoit lui laisse penser qu'il doit être assez massif et plutôt bien habillé : veste style saharienne, avec une belle casquette en tweed.

Sabban est en train de se faire la réflexion que malgré sa voiture et son élégance, ce mec n'est qu'un vrai dégueulasse qui balance ses déchets sur la voie publique, quand ce dernier se tourne légèrement dans sa direction, comme s'il l'avait entendu. Le policier en sourit, mais le feu passant au vert, leurs regards n'ont pas le temps de se croiser. Le capitaine des Stups enclenche la première et concentre son attention droit devant lui, attendant que les voitures qui le précèdent se mettent en mouvement. Il s'apprête aussi à monter le son de la radio, car Peter Schilling entame « Major Tom », une de ses chansons préférées. Ce titre lui remonte le moral et, en même temps, porte en lui quelque chose de mélancolique… Toute sa vie.

Les deux premières balles lui transpercent le corps de part en part, latéralement, du haut vers le bas. La première traverse les poumons, un électrochoc suivi d'une brûlure insupportable qui irradie dans tout son corps. La deuxième balle entre au niveau des côtes flottantes et ressort en faisant exploser une partie de son foie. Tandis que Sabban reste immobile, affaissé sur son siège, un troisième projectile le touche en pleine tête. L'habitacle est vite saturé d'hémoglobine, que les bris de verre semblent faire miroiter. La Rover s'éloigne comme s'il ne s'était rien passé…

Aussitôt annoncée, la mort de Sabban fait l'effet d'une bombe. Quand il apprend la nouvelle, le ministre est sincèrement attristé. Ce décès est pour lui un sinistre rappel à l'ordre : cette affaire n'est pas que politique, des vies sont en jeu…

Le tête-à-tête qu'il a voulu avec le directeur général de la police, un ami d'enfance, se fait sans formalisme, et les deux hommes retrouvent le tutoiement qu'ils évitent en public. Le ministre demande si Sabban était marié et s'il avait des enfants, mais ses bons sentiments s'éclipsent quand son interlocuteur se risque à entrer dans les détails de l'exécution.

— Donc, si je comprends bien, selon toi, il y a deux explications possibles à cet assassinat. Soit c'est un règlement de comptes commis par des dealers sur un flic sulfureux, soit c'est notre braqueur fou qui continue de défier l'État. C'est bien ça ?

— Oui, en gros...

— Je te repose donc la question que je vous ai déjà posée moult fois, à toi et au chef de la sécurité intérieure : à quoi vous me servez, si vous ne savez pas me protéger ? Hein, à quoi ? rugit le ministre. L'opposition va encore s'en donner à cœur joie ! Et je vais devoir m'expliquer auprès du Premier ministre qui, chacun le sait, me voit comme son rival ! Ils finiront par avoir ma peau, avec vos conneries à répétition.

— Je ne sais pas quoi dire..., répond simplement « la voix qui tue », qui ne s'est jamais faite aussi douce.

— Déjà, commençons par ne pas parler de corruption, surtout qu'on n'est sûrs de rien ! Je n'ai aucune envie de me foutre tous les syndicats à dos en ce moment ! C'est bien compris ?

— Et qu'est-ce qu'on va dire, alors ?

— Rien ! Mon conseiller va s'occuper de tout, ne vous en mêlez surtout pas ! Vous avez fait assez de dégâts comme ça !

— Je dois quand même te prévenir qu'une enquête administrative a été lancée. Je ne pouvais pas faire autrement, mais tu n'as pas à t'inquiéter de ce côté-là, ils sont aux ordres.

— Ce serait bien les seuls dans cette maison ! s'exclame ironiquement le ministre, qui ne décolère pas.

— Je t'assure qu'il n'y a rien à craindre d'eux, ils font toujours comme on leur dit. En revanche, il va y avoir plus dur…

— Tu fais allusion à quoi ?

— Je pense que ce sera une autre paire de manches avec l'enquête judiciaire.

— Je vois ! Eh bien, tâche donc de tenir aussi ta Crim' ! Et cette fois, il faudra faire davantage qu'essayer ! lâche le ministre en anticipant la réponse de son interlocuteur. Ça serait bien que tes hommes ne nous la fassent pas à l'envers en se cachant derrière leur juge… Je serais féroce !

— Il n'y a pas de juge, on est en flagrant délit, fait alors sobrement remarquer le directeur général.

— Garde tes leçons de droit pour ta fille ! Tu m'as très bien compris ! Je vous demande de rester aussi distants que possible du procureur. Je te rappelle que c'est moi qui fais vos carrières ! lâche le ministre, menaçant.

— Tu peux compter sur moi.

— Et je ne veux pas non plus d'informations anxiogènes ! On entre dans la période préélectorale, alors les vols, les cambrioleurs, tout ça, je m'en fous, ça peut même être bon pour nous, surtout si ce sont des Roumains ou des Géorgiens, mais que l'État se montre faible et vulnérable, c'est hors de question ! D'autre part, je ne pourrai pas maintenir longtemps un état de siège qui ne dit pas son nom. Tu vas progressivement lever tous les contrôles. Désormais, il faut faire en sorte que ce connard se tire de chez nous !

— Si ça se sait, excuse-moi l'expression, on va passer pour des cons…

— Ce que vous êtes ! rétorque son interlocuteur. Bordel, vous ne levez jamais la tête du guidon ? On s'en tape, de vos courses-poursuites et de tout votre cinéma, ce mec doit dégager pour que tout cela s'arrête ! Il ne manquerait plus qu'il nous tue un juge. Un flic, passe encore, mais un juge…

Connard ! Fait chier ! En quittant le ministère, le directeur général se soulage en jurant intérieurement. Il ne supporte plus ce type qui l'emmerde à longueur de journée. C'est sûr que la situation serait différente s'il n'y avait pas cette proximité entre eux.

— Il me traite comme un valet ! Il se croit vraiment tout permis parce que nous sommes amis ! s'exclame-t-il tout haut.

Et, à l'instant, il lui revient en mémoire ce que lui avait dit en son temps son prédécesseur : « Ne vous fiez jamais aux politiques ! Ils vous livreront aux chiens si ça sert leurs intérêts. Et ne vous y trompez pas, votre amitié avec le ministre est un handicap. Il se permettra de vous demander des choses qu'il s'interdirait avec d'autres. »

Pas faux. Mais il faut être lucide : jamais il n'aurait été nommé à ce poste sans ce lien d'amitié qui remonte à l'enfance, même s'il regrette à présent de l'avoir si souvent mis en avant pour s'imposer, car, désormais, le ministre s'en sert contre lui. Il sent qu'il a perdu sa considération et son respect…

63

Dans le camion qui m'amène aux Pays-Bas, je me refais tout le film...

Quel paradoxe : la cabine embaume de l'odeur des fleurs qu'on transporte, et Léo, assis au volant, est très élégant, tandis que je ressasse les moments les plus noirs de ma vie. Je pense à tous ces types que j'ai dû tuer. Je pense aussi au nombre de fois où nos noms ont été cités dans la presse. Les journalistes n'ont cessé de nous tourner autour comme des vautours autour d'un cadavre. Tout le monde y a trouvé son compte. Les journalistes au premier chef, bien sûr, les experts et les faux-sachants en tout genre, jusqu'aux gens bien comme il faut qui bandaient par procuration en écoutant le récit de notre histoire sanglante. Sans parler des flics...

Je songe naturellement à Patrick, à Axel et à l'Italien qui sont morts, mais aussi au Serbe qui croupit en prison. Je revois leurs visages. Certaines nuits, il m'arrive même de rêver qu'on est encore tous ensemble, libres et vivants, partant à la guerre pour donner l'assaut sur un fourgon. J'entends le bruit des détonations et la déflagration des explosifs. Je me rappelle nos planques...

En revanche, je préfère ne pas imaginer la vie de Corinne. J'étais bien, avec elle. Elle me manque déjà. Je me demande ce qu'elle va devenir. Ce qu'on va tous devenir. Mais putain, pour qui on s'est pris ? Qu'est-ce qu'on croyait ? C'était évident depuis le début qu'on n'en sortirait pas vainqueurs…

Pour essayer de rompre avec ce cycle funeste, je feuillette mon passeport payé au prix fort. Il faut que je m'habitue à ce nouveau nom, à cette nouvelle vie qui m'attend.

Nous sommes maintenant à l'entrée du port. L'accès est réservé aux véhicules autorisés. Une caméra et un lecteur automatisé de plaques minéralogiques filtrent les allées et venues. Nous marquons un court arrêt avant que la barrière se lève. Le garde dans la guérite n'a même pas jeté un œil dans notre direction. Nous prenons à présent un rond-point central criblé de panneaux d'information en néerlandais. Puis nous empruntons la voie qui mène au bassin numéro 5 et à ses quais.

Je regarde Léo pendant qu'il conduit. Le doute m'assaille : et s'il m'avait trahi ? S'il était tout simplement sur le point de me livrer aux flics ? Qu'a-t-il vraiment en tête ? Il a tant insisté pour que je ne prenne pas d'arme, et le voilà qui téléphone à un inconnu pour lui annoncer qu'on arrive… En réalité, j'ai gardé mon Glock sur moi, à portée de main, mais je ne sais pas si j'aurai encore la force de tuer, je suis à bout de souffle.

Quand mon complice finit par garer son camion devant le quai, je repère aussitôt le cargo. Son nom est affiché en lettres blanches géantes sur son flanc rouge, *ANCHAN*. Un Asiatique attend au pied de la passerelle. Il fait un geste de la main et adresse un grand sourire à Léo, qui le rejoint puis se retourne vers moi et me fait signe de venir.

Tout se déroule comme prévu. Avant d'embarquer, j'embrasse mon sauveur. Je n'en reviens pas, il a les larmes aux yeux. Quel drôle de type, quand même… Comment a-t-il pu conserver ce fonds de gentillesse ? Comment a-t-il fait pour ne pas être abîmé par la vie que nous avons menée ? Il a toujours détonné, c'était assurément le plus humain et le plus normal d'entre nous.

Maintenant que je suis à bord, je converse en anglais avec mon nouvel ami, le commandant du navire. Léo connaît ce Thaïlandais depuis plus de quinze ans. Ils se sont rencontrés à Bangkok bien avant de commercer ensemble.

En cheminant dans le dédale des coursives, je ne peux m'empêcher de craindre encore d'être plaqué au sol à tout instant par des flics surgis de nulle part… Jusqu'à ce que je découvre enfin ma cabine. C'est tout petit et très austère. Là, j'apprends que nous lèverons l'ancre le soir même pour Paramaribo, au Suriname, entre le Guyana et la Guyane française. Il faut compter plus de trois semaines pour faire les huit mille kilomètres. Le Thaïlandais me dit que, aussitôt notre marchandise déchargée, nous irons franchir le canal de Panama pour aller jusqu'à Guayaquil, en Équateur, où une cargaison de conserves de fruits nous attend déjà. Il rit de toutes ses dents blanches parfaitement alignées, avant d'ajouter : « *Léo told me that you wanted to travel the oceans in all discretion, and that you had time… You will not be disappointed*[1]. »

La perspective de naviguer de longs mois ne m'effraie pas, bien au contraire. Les recherches de toutes les polices du monde ne serviront plus à rien. Je serai véritablement

1. « Léo m'a dit que tu voulais parcourir les océans en toute discrétion, et que tu avais le temps… Tu ne seras pas déçu ! »

« ailleurs », dans une quatrième dimension inaccessible à ces bâtards.

Avant de partir, je dois bien l'avouer, j'aurais bien réglé aussi son compte au commissaire de l'Antigang ou au procureur, mais j'avais trop à perdre. Je ne pensais pas tenir encore autant à la vie…

64

À bord du cargo, je vis tel un reclus. Les journées ne sont rythmées que par le bruit des plateaux-repas qu'on laisse devant la porte de ma cabine. Je ne sors de mon antre qu'à la nuit tombée quand le capitaine vient me chercher pour une balade sur le pont arrière. Là, on ne se parle pas vraiment, pas besoin. On sait bien, l'un et l'autre, que fumer et boire ne sont que des prétextes pour regarder l'océan, le ciel étoilé ou les vagues déchaînées. J'ignore si mon compagnon de voyage sait qui je suis au juste et ce que j'ai fait, mais je lis sur son visage qu'il a lui aussi sa part de tourments.

À présent, je ne ressemble plus à rien. La barbe me donne des allures de clochard et ma silhouette est voûtée, comme si l'univers entier pesait sur mes épaules. Je perds aussi la notion du temps. Les jours succèdent aux jours sans qu'aucun se distingue des autres. Une seule certitude : demain sera en tout point identique à aujourd'hui et à hier. J'en suis donc réduit à lire. Le Balafré qui lit… le Grand doit se retourner dans sa tombe.

En arrivant, j'ai découvert des bouquins et de l'alcool déposés dans ma cabine à la demande de Léo. *Le Colonel Chabert*, *La Peste*, *Maudit Karma*, *La Nuit du lion*, *L'Africain*,

Moby Dick, *La Culture pour les nuls*, *Les Misérables*, et deux cartons de Jack Daniel's… Sacré Léo ! Au début, bien sûr, j'ai tout de suite laissé les livres de côté. Il faut dire que ça n'a jamais été mon truc. Mais quand la solitude a commencé à me peser, j'ai fini par faire la rencontre de Jean Valjean, du capitaine Achab, de Tom Courteney, ou encore du docteur Rieux. Une nouvelle façon de voir le monde s'est alors offerte à moi, et cette façon qu'ont les autres de le voir est si différente de la mienne que j'ai quelquefois l'impression que nous ne vivons pas sur la même planète ! C'est certain, Léo a choisi tous ces romans à dessein.

Quand je ne lis pas, je m'occupe en écoutant de la musique. Mon spectre en ce domaine est sans limites, de Sinatra à Faithless en passant par les Stones ou Taha. En fait, j'ai pris l'habitude de me passer quotidiennement « Scorpion », de Lavilliers. Cette chanson colle bien avec ma vision de l'humanité et me conforte dans l'idée que je n'aurais jamais pu être un de ces moutons que la société affectionne.

On prétend que ceux qui survivent à une situation dramatique souffrent d'un sentiment de culpabilité. Je ne ressens rien de tel. Je ne suis pas responsable du décès de Patrick ni de ceux d'Axel et de l'Italien. C'est moins vrai pour tous les autres, bien sûr, mais eux m'indiffèrent, même si je me souviens de chacun.

Pour le commun des nantis, la mort est si lointaine, si policée, qu'elle leur est devenue abstraite. Ce n'est pas mon cas, je l'ai croisée tant de fois… Je pense même souvent à elle. Elle peut être synonyme de délivrance et, si je ne me suis pas débarrassé de mon arme, qui n'a pourtant aucune raison d'être sur ce navire, c'est bien pour ça.

65

Ce matin, le dernier du mois d'août, le commissaire Lambeert est déjà à son bureau depuis une bonne paire d'heures quand un appel l'interrompt en plein décryptage de ces foutues statistiques. Trop content d'avoir un prétexte pour mettre un terme à cette tâche fastidieuse, il prend la communication, d'autant qu'il s'agit de son collègue de la Crim'.

— Salut, Péroni, que puis-je pour toi ?

— Salut, Lambeert, j'ai une info à te donner...

— Depuis quand vous prenez la peine de tenir au courant un misérable commissariat de quartier de vos découvertes ? plaisante Lambeert.

— Écoute, j'ai quelque chose à t'annoncer..., dit alors Péroni d'une voix grave. Voilà... Une jeune fille promenait son chien dans la forêt située à proximité du quartier pavillonnaire où elle réside avec ses parents quand son toutou s'est mis à creuser frénétiquement. Elle l'a engueulé, mais rien n'y a fait, le clébard a continué. Pire, il a commencé à aboyer non-stop. Elle a trouvé son comportement inhabituel et s'est approchée pour regarder. Et c'est là qu'elle a aperçu ce qui lui a semblé être un crâne humain...

— Un cadavre..., murmure Lambeert.

— Les pompiers et la police du coin se sont rendus sur place et ils ont fini par exhumer non pas un, mais deux corps.

— Deux corps ? C'est un règlement de comptes ! réagit aussitôt Lambeert.

— Tu as raison, ça y ressemble…

— Mais quel rapport avec moi ?

— On a pu établir sans mal leurs identités. On a retrouvé leurs portefeuilles…

— On leur a laissé leurs papiers ? Des petits bras, vos tueurs ! De mon temps, on découpait plutôt les mains ou la tête pour les balancer ailleurs, histoire de corser l'identification !

— Lambeert, je crois que le ou les mecs qui ont fait ça se foutaient pas mal qu'on identifie les victimes. C'est le gamin que tu cherchais, Pascal Lempereur.

— Oh putain ! C'est moche…

— Oui, c'est toujours moche. Saleté de métier…

— Tu es vraiment sûr que c'est lui ?

— Oui. Il s'agit de lui et d'un certain Wouters, lui aussi signalé disparu. Tu comprends, comme ton service était à l'origine sur cette enquête et que tu l'avais toi-même relancée, je voulais que tu le saches.

— Merci. Et tu sais comment ils ont été tués ?

— *A priori*, on les a abattus d'une balle dans le crâne. Un mode opératoire qui ne laisse guère de doute…

— À quel endroit vous les avez trouvés, exactement ?

— Dans la forêt de Soigues. Elle est longée par la N184 après le carrefour de Verstrasse. C'est immense, ça fait presque vingt kilomètres de long et autant de large.

— Après le carrefour de Verstrasse… Vers Silver Lakes, tu veux dire ?

— Oui…

— Attends, je te rappelle plus tard, l'interrompt Lambeert en raccrochant.

Le commissaire a tout de suite repensé à Héléna et à Béatrice. Il prend conscience qu'elles avaient raison depuis le début, que leur instinct disait juste. Leurs compagnons ne les ont pas abandonnées. Ainsi donc, la clé de l'énigme a toujours été là, devant lui… Silver Lakes, le mystérieux Sébastien, l'intouchable Brian et ses terribles amis de l'ombre.

66

Au fur et à mesure de ces mois singuliers, je me focalise de moins en moins sur tout ce que je ne peux plus faire. La solitude a grignoté tout le superflu. Désormais, même l'étroitesse de la cabine m'est devenue indifférente. Je découvre avec surprise que la liberté est d'abord intérieure. Je vis cette période comme une sorte de retraite dans je ne sais quel monastère perdu… le Jack Daniel's en plus, bien sûr.

Je m'aperçois que je ne suis plus en train de fuir, mais que ce bateau m'emmène vers l'essentiel. J'entends battre mon cœur et je passe mon existence au crible. Les souvenirs inondent mon esprit, les bons comme les mauvais, les plus importants comme les plus insignifiants, le tout dans le plus grand désordre.

Je pense par exemple à Léo, fleuriste le jour, braqueur la nuit, et, en réfléchissant à notre relation, je prends conscience qu'on rencontre parfois dans la vie ce que j'appelle désormais un ami « magique », une personne bienveillante qui vous aide de façon inattendue et désintéressée. Le plus étrange, c'est que cette personne peut être complètement à l'opposé de vous.

Je pense aussi à mes parents. Surtout à mon père et à ses derniers instants. Je crois que c'est là que j'ai appris à ne jamais montrer à quel point je peux être désespéré.

Je pense à Corinne, bien sûr. De temps en temps, l'idée folle me traverse de la faire venir, et soudain je me rappelle que trop de gens attendent que je commette cette faute. Refaire ma vie ? Je ne suis pas assez naïf pour croire qu'on peut vraiment refaire sa vie, le passé ne s'efface pas. Un seul mauvais virage, et c'est fini : je suis coupable à jamais et il n'y a pas de rédemption possible. Très honnêtement, j'ai toujours su que mes péchés me rattraperaient, mais je ne regrette rien. De toute façon, il n'y a pas de retraité, dans mon monde, il n'y a que des prisonniers et des morts.

Une seule chose est sûre, je ne vais pas m'éterniser sur un cargo. Il va falloir que je me pose et que je m'installe quelque part, que je me résigne à regarder les autres vivre…

67

Hartmann et Delise s'étaient retrouvés en fin de journée au Bar de l'U, à côté de la fac de lettres. Ils étaient venus là pour se soûler. C'était loin d'être habituel, mais ils en avaient bien besoin…

L'argent n'avait jamais guidé leurs vies, et nul ne pouvait les soupçonner de chercher la gloire ou une quelconque reconnaissance. Non, ils se battaient juste pour être fidèles à la représentation qu'ils se faisaient du monde, de ses valeurs et d'eux-mêmes. À vrai dire, même leur situation personnelle ne les souciait pas, et la mort n'avait pas non plus prise sur eux. Ils savaient depuis le début qu'en faisant le choix de ce métier ils allaient forcément la rencontrer. Dans le fond, que ce soit la leur, celle de leurs collègues, celle de victimes ou de malfaiteurs, ils avaient régulièrement rendez-vous avec elle. Et pleinement conscience qu'ils pouvaient ne pas revenir d'une de leurs missions. Leur permis de tuer avait un prix, et ils étaient prêts à s'en acquitter.

Certes, ils n'en avaient ni les colliers cloutés ni les armures, mais ils s'étaient toujours perçus comme ces chiens de guerre d'antan dont on se servait et qu'on sacrifiait en cas de besoin. Ils n'avaient aucune illusion sur leur futur. Et ils n'avaient jamais prétendu être les seuls flics à garder et à défendre la société.

D'ordinaire, ils se rassuraient en se disant qu'il fallait bien que quelqu'un fasse le sale boulot, mais ce soir-là, le fardeau était devenu trop lourd. Le directeur avait raison, ce qui était valable pour les Hanssen l'était aussi pour eux : « Le sang sur les mains ne se lave pas facilement. » Tous ces hommes… ou plutôt tous ces cadavres… Et pas seulement les convoyeurs ou les policiers, mais aussi les autres, les Hanssen et ceux qui les avaient précédés, ça commençait à faire beaucoup, même pour ces deux-là, pourtant apparemment inoxydables.

Ils devaient admettre qu'ils s'étaient lancés dans une traque à mort où tous les coups étaient permis. Ils s'étaient affranchis de toutes les règles, au point de constater qu'ils ne valaient peut-être pas mieux que ceux qu'ils pourchassaient. Et maintenant, il fallait qu'ils prennent leur décision : s'arrêter là, ou aller jusqu'au bout des choses, au risque de tout perdre…

68

Il fait merveilleusement beau en cet après-midi de début septembre. Vraiment pas un temps pour un enterrement. Avec son imper, le commissaire Lambeert a l'air de ce qu'il est. Un flic vieillissant. Il constate qu'il n'y a pas foule pour accompagner Pascal jusqu'à sa dernière demeure. Ils ne sont que trois autour de ce cercueil nu, simple, sans bois précieux ni poignées rutilantes. La consigne du père et de l'ex-compagne du défunt a été scrupuleusement respectée : « Ni fleurs ni couronnes. »

Pour Lambeert, qui est un peu en retrait, il est difficile de dire à coup sûr qui sont ces gens. Avant de procéder à l'inhumation, la préposée aux pompes funèbres s'adresse à la cantonade : « Quelqu'un souhaite-t-il prendre la parole ? », mais personne ne dit mot… Un silence de mort.

Finalement, ce n'est qu'au retour, en déambulant entre les sépultures, que chacun retrouve ses marques et que quelques mots sont échangés. Il se confirme que le monsieur aux cheveux blancs plaqués en arrière est le père de Pascal. La soixantaine passée, il porte des vêtements impeccables quoiqu'un peu désuets. La silhouette est élégante, mais, à y regarder de plus près, les traits de son visage sont ceux d'un homme usé, abîmé par la vie.

Il reconnaît ensuite celle qu'il avait rencontrée dans un café à l'autre bout de la ville, la rebelle qui ne lâche rien, belle comme une madone. Il s'agit de Béatrice, l'ancienne copine de Sébastien Wouters, retrouvé mort aux côtés de Pascal. Aujourd'hui, elle est sobrement vêtue de noir. Une certaine émotion pointe chez Lambeert quand il comprend que la jeune femme aux yeux bleus tristes est Héléna, l'amie de Pascal.

Mais ce n'est ni le lieu ni le moment de s'épancher, d'autant que tout le monde semble pressé de partir. On se salue donc poliment une dernière fois avant de se séparer en abandonnant Pascal à l'éternité...

En quittant le cimetière, le commissaire dresse le bilan de toutes les vies qui ont été brisées dans cette histoire. Il revoit Brian Spencer étendu sur le sol de son garage. Un meurtre qui, même si la police a son idée sur la question, n'a pas été élucidé, du moins officiellement.

Son épouse, Judith, vit désormais seule dans un grand appartement du centre de Bruxelles. Elle a vendu la maison de Silver Lakes et l'Aston Martin Zagato que son mari aimait tant, ainsi que leur résidence secondaire de Lugano. À cette occasion, elle a découvert que son époux avait un compte dans une des banques de la ville. Elle n'a jamais saisi pourquoi Brian avait déposé autant d'argent là et, surtout, sans jamais rien lui dire. On ne connaît finalement jamais vraiment les autres. Et elle a renoncé à comprendre...

Au milieu de toute cette tristesse et cette noirceur, il y a une bonne nouvelle, ou plutôt une victoire : le gang des fourgonniers a été démantelé. Patrick Hanssen, Axel Nielsen et Marco Manzani ont été abattus par la police. Yanis Meertens a disparu des radars, au point que certains supposent qu'il est mort. Il ne reste plus que le Serbe, Branko Jovanovic, encore incarcéré.

Leurs femmes, quant à elles, ont bien morflé. Des accidentées de la vie, voilà ce qu'elles sont… Mélanie, la compagne d'Axel, inconsolable après la mort de ce dernier, s'est suicidée. Elle a rejoint la cohorte des âmes en peine qui l'effrayait tant. Corinne Sénéchal s'est installée dans le sud de la France, chez sa mère, où elle mène une existence modeste. Cela fait bien longtemps qu'aucun homme ne l'a serrée dans ses bras. Elle est habitée par la douleur, espère toujours des nouvelles de Yanis et tressaute parfois dans la rue quand elle aperçoit une silhouette massive, dans l'espoir qu'une balafre vienne illuminer le visage de l'inconnu. En attendant ce jour qui n'arrive jamais, elle traîne sa tristesse sous le regard discret des policiers qui continuent de la surveiller. Et puis il y a Natacha Wonski, la flamboyante compagne de Marco Manzani, qui est devenue l'ombre de celle qu'elle était. L'alcool et les drogues ont d'abord eu raison de sa beauté avant de dévorer sa vie. Dorénavant, tout l'indiffère. En définitive, seule la plus jeune, Samantha Jacobs, l'amie du Serbe, a trouvé la force de se relever. Elle habite maintenant à Paris où elle travaille comme serveuse dans un restaurant. Elle n'a plus aucun lien avec son existence d'avant, mais elle reste convaincue, au fond d'elle-même, qu'on ne peut pas échapper à son passé. Et c'est bien ce qui l'effraie.

69

Après avoir purgé une partie de sa peine, le Serbe est sorti aujourd'hui de prison. Il ne possède plus rien, et il sait que personne ne l'attend à l'extérieur. Peu lui importe, il a profondément changé au fil des six années qui se sont écoulées. Lui autrefois si attentif à son apparence, voilà qu'il porte un jogging sans forme et des tennis blanches d'un autre âge. Il a maigri, son visage est émacié et habillé d'une barbiche poivre et sel. Il marche voûté et traîne un peu les pieds. On dirait presque un indigent. Il a 192 euros en poche et une adresse que l'assistante sociale lui a donnée pour sa première nuit dehors…

Dans une main, il tient le précieux tabish en perles d'ambre qu'on lui a offert et, dans l'autre, un gros sac plastique contenant tous ses effets personnels : une trousse de toilette, quelques sous-vêtements, des chemises élimées, deux pantalons devenus trop larges, un gros pull, une ceinture craquelée, le cahier qui lui servait de journal de bord et un livre… Un livre qui l'a métamorphosé et qui le guide désormais.

Oui, il n'est plus le même homme et il est prêt à donner un nouveau sens à sa vie. Il a rencontré Dieu.

70

Ici, tout le monde connaît Le Provador, le pub le plus fréquenté du port d'Auckland. Face à l'établissement, côté mer, une multitude et une variété incroyable de bateaux se côtoient, d'énormes yachts pour milliardaires, de minuscules embarcations de pêche, et bien sûr des centaines de voiliers de toutes les tailles. Côté terre, de part et d'autre, une succession de bars, de galeries et de restaurants s'étirent à perte de vue.

Le patron du Provador, un certain Yann Olsen, ajoute incontestablement à l'intérêt de l'établissement. La quarantaine, crâne rasé, épaisse barbe, carrure massive, toujours habillé sans façon, cet ancien marin au long cours a bourlingué sur toutes les mers du globe avant de poser ses valises en Nouvelle-Zélande et de racheter les lieux. Trait de génie, il a misé sur une équipe de jeunes à qui il a confié la direction de son business. Résultat, l'endroit est devenu le lieu le plus branché du port, et peut-être même de la capitale, l'ambiance y est garantie et les concerts du soir sont quotidiens. La bière coule à flots, l'argent aussi.

En ce matin de l'hiver austral, le patron du Provador traverse la foule bigarrée composée d'Asiatiques, d'Indiens, de Blancs et de Maoris. Il s'est fait à ce melting-pot et à cette vie au port en permanence bouillonnante, mais il reste nostalgique. D'ailleurs, comme pour ne pas perdre la main, il cherche toujours à poser une étiquette sur chacun. Le joueur de rugby, l'artiste, l'employé de bureau, l'étudiant, le marin, le sans-le-sou, le stressé, le cœur à prendre... Ça faisait partie des choses qu'il savait parfaitement faire avant, mais il doit bien l'admettre, la machine est enrayée. Il est loin, le temps où il ressentait les choses, où il avait autant de flair qu'un animal. Aujourd'hui, il est avant tout un déraciné.

Comme d'habitude, dès qu'elle l'a aperçu le long du quai, Alexandra, la jeune barmaid, s'est mise à préparer le petit déjeuner de son chef et, bien avant que celui-ci n'entre, un café et un donut nappé de crème fouettée l'attendent au bar avec le journal posé juste à côté.

Avant d'arriver jusque-là, Yann Olsen s'est arrêté devant la boutique d'un barbier, comme il l'a déjà fait à maintes reprises. Le tenancier des lieux, tatoué de la tête aux pieds, lui a souri en reconnaissant sa silhouette imposante. Il lui a fait un signe de la main pour l'inviter à franchir la porte de sa boutique. Mais, tout en lui rendant son sourire, Olsen a encore une fois décliné l'offre et a repris son chemin d'un pas lent.

Avec le temps, la vigilance s'étiole, mais pas au point qu'il rase cette barbe, même si elle le vieillit beaucoup trop à son goût. Un jour, peut-être...

71

Le commandant Hartmann revit. Il peut enfin déplier sa grande carcasse après sept heures de vol entre Bruxelles et Dubaï, trois heures à glander à l'aéroport pour attraper une correspondance, et rebelote dix-sept heures pour atteindre la Nouvelle-Zélande. Tout ce chemin jusqu'au bout du monde pour s'assurer que Yann Olsen et Yanis Meertens ne sont pas un seul et même homme.

Pour en arriver là, Delise a âprement négocié avec les autorités judiciaires de son pays jusqu'à obtenir qu'un officier de son Antigang, en l'occurrence le commandant Hartmann, soit autorisé à faire le déplacement pour assister la police néo-zélandaise.

Pour l'occasion, on a délivré à l'intéressé un passeport de service et un visa de courtoisie octroyé par le pays hôte, mais aussi une autorisation exceptionnelle de port d'arme, comme ce dernier l'avait expressément sollicité.

La pièce de justice belge, une commission rogatoire internationale, charge donc le commandant d'expliquer par le menu la situation à ses homologues néo-zélandais et même de les aider, si nécessaire, à monter toute opération utile pour appréhender et procéder à une identification formelle de Yann Olsen. Le voilà donc chargé d'assister à une arrestation et à une comparaison d'empreintes. Comme si les Néo-zélandais n'auraient pas pu faire ça tout seuls...

En réalité, depuis sa déconvenue aux Pays-Bas, Delise redoute que le cas du Balafré ne soit pas traité avec toute la rigueur nécessaire. Un problème de confiance aggravé par l'idée intolérable que le fugitif puisse refaire tranquillement sa vie à l'autre bout du monde.

À vrai dire, pour la première fois, Hartmann est un peu moins battant que son chef. Le temps a passé, il n'y a plus d'urgence. Le gang Hanssen est démembré et les surveillances sur la compagne du Balafré finiront par donner tôt ou tard des résultats. Tout cela sans dire que le travail ne manque pas en ce moment à Bruxelles, où d'autres équipes de malfaiteurs ont repris le flambeau. Éternel recommencement.

En fait, contrairement à Delise, Hartmann n'est pas totalement convaincu que le Balafré se cache derrière ce Yann Olsen. Il imagine mal qu'un fauve puisse se transformer en un placide tenancier de bar. Dans le fond, ils sont pareils : sans le fracas des armes, ils ne sont plus rien...

À sa sortie de l'aéroport, trois policiers en uniforme l'attendent. Le chef de cette escouade se présente aussitôt, mettant fièrement en avant son grade de superintendant sans savoir que, pour Hartmann, les galons n'ont jamais rien représenté. Pour lui, il n'y a toujours eu que deux catégories de flics : les chasseurs et les autres.

Après quelques politesses, l'officier néo-zélandais lui annonce qu'il a chargé un de ses hommes de le conduire à son hôtel. Ils ne se reverront que pour la fameuse réunion qui l'amène ici. Après quoi l'agent qui fait office de chauffeur se croit obligé de lui faire la conversation et de jouer les guides touristiques. Pourtant, pendant tout le trajet, Hartmann ne décroche pas un mot, se contentant d'observer mécaniquement le va-et-vient dans les rues. Son esprit est ailleurs. Maintenant qu'il a tout organisé comme une opération militaire, il est concentré sur son objectif.

Trente minutes plus tard, le policier le dépose juste devant la porte de l'établissement dans lequel il va séjourner et s'empresse de sortir sa valise du coffre. Sa mission accomplie, l'agent l'informe qu'il ne le récupérera que le lundi en fin de matinée. Hartmann n'en demandait pas tant...

Il s'installe sans perdre trop de temps, juste ce qu'il faut pour ranger ses affaires et prendre une douche. Ensuite, il veut aller renifler les lieux pour s'assurer qu'il est sur la bonne piste. C'est d'ailleurs uniquement pour cette raison qu'il a décidé de s'offrir deux jours de liberté en arrivant le samedi matin, et de descendre au Sebel Quay West, situé au cœur d'une zone commerçante, mais surtout à deux cents mètres à peine du port...

72

Avant de s'habiller, en sortant de la douche, Hartmann s'est regardé dans le miroir. Rien de tel que la nudité pour voir vraiment qui on est, il est même persuadé qu'on peut deviner jusqu'aux reflets de son âme… Aujourd'hui, la sienne est sombre, comme chaque fois dans les instants qui précèdent une rencontre avec la mort.

Il fait le constat que le temps commence à laisser des traces. Avec l'âge, il s'est raidi et son dos le fait souffrir, les rides sont là, aussi. Heureusement, son ventre plat, ses muscles saillants, et surtout l'expression de son visage le réconfortent. Ils traduisent toujours sa détermination, son envie d'aller jusqu'au bout des choses…

Il ne peut s'empêcher de parcourir les tatouages qui recouvrent son corps. Il est très attaché à chacun d'entre eux, mais là, il s'attarde surtout sur celui qu'il s'est fait faire après la mort en opération d'un de ses collègues : « *Never forget anything*[1]. » Depuis toujours, il est convaincu que le temps conduit inexorablement à l'oubli, quand ce n'est pas à l'indifférence. Il n'y a que les fous pour ne pas le savoir. Tout, absolument tout, finit par s'effacer.

1. « N'oublie jamais rien. »

En réalité, la vraie question est de savoir combien de jours, de mois ou d'années cela va prendre. Cette encre sur sa peau, il la considère comme un talisman pour retarder ce processus scélérat.

Alors, il repense aux derniers événements qui l'ont conduit ici. C'était il y a tout juste un an...

Léo Vandaele avait été convoqué à l'hôtel des impôts pour une simple vérification fiscale. Enfin, c'était le prétexte qui avait été trouvé. Le fleuriste était donc arrivé la gueule enfarinée avec la comptabilité de ses sociétés ainsi qu'avec tous les justificatifs de la terre sous le bras. Ç'avait été à mourir de rire.

Le type avait cru s'en sortir en faisant la démonstration qu'il payait tout comme il faut. Et, de fait, c'était le cas. Mais voilà, tout ça, les deux hommes qui l'attendaient s'en fichaient royalement. Ce qui les intéressait, c'était l'origine de sa fortune, et les deux lascars avaient bien préparé leur coup.

Outre qu'ils disposaient de l'inventaire détaillé de son patrimoine, ils avaient établi en parallèle deux frises chronologiques : celle des attaques du gang Hanssen et celle des investissements de Léo Vandaele. À vrai dire, ils n'avaient rien inventé. Ils s'étaient inspirés de ce qu'avaient fait avant eux les Français lors du démantèlement de la French Connection : deux diagrammes distincts, qui, superposés, n'en faisaient plus qu'un, mettant ainsi en évidence un lien probable entre des activités plus ou moins clandestines et un enrichissement personnel.

Bien entendu, tout n'était pas parfait dans leur démonstration. Il y avait toujours un décalage de l'ordre d'un à deux mois entre les deux frises, mais, mis à part ce point – qui pouvait par ailleurs se justifier, notamment par la prudence dont avait dû faire preuve leur cible –, les deux figures coïncidaient : une attaque en mars, un investissement début mai ; un braquage en septembre, un placement financier en octobre ; un fourgon en janvier, un dépôt pour réserver un appartement en février, et tout à l'avenant pendant des années...

Le fleuriste allait donc devoir les éclairer sur ces flux d'argent et, plus prosaïquement, expliquer comment un mec qui n'avait jamais eu un rond devant lui avait pu démarrer son business.

En franchissant les portes, Léo Vandaele s'était fait la réflexion que les deux types qui s'apprêtaient à l'accueillir n'avaient pas le look de mecs des impôts. Pas de costume-cravate, pas de lunettes, pas d'ordinateur, pas de dossier volumineux...

Ils paraissaient, comment dire, bruts de décoffrage. Le plus grand et le plus athlétique portait même une sorte de blouson d'aviateur en cuir élimé avec des boots aux pieds ! Quant à l'autre, son visage lisse ne reflétait aucune expression. Il semblait froid comme le marbre et il le fixait de ses yeux gris vif. D'emblée, il s'était senti très mal à l'aise. Mais, dès qu'il avait compris l'exercice, il avait été pour le coup complètement déstabilisé. Il avait commencé à bredouiller et à tourner en rond comme un rat qui cherche vainement une échappatoire dans un labyrinthe. Aucune de ses explications ne tenait longtemps la route, il y avait toujours quelque chose qui clochait. La différence entre ce qu'il pouvait justifier et la réalité de son patrimoine dépassait le million d'euros et on butait sur les mêmes questions existentielles : qui lui donnait de si grosses sommes ? D'où venait le fric ? Qui étaient ses amis dont il ne voulait pas parler ? Il avait beau faire, il était bagué et il le savait !

Dans une sorte de baroud d'honneur, il avait quand même tenté de vendre une histoire à dormir debout. Ça ne débutait pas par « Il était une fois », mais ça y ressemblait beaucoup : « C'est un ami qui m'a prêté l'argent, je ne veux pas vous dire son nom, car vous allez lui faire des ennuis. De toute façon, on s'est perdus de vue. Je crois qu'il est parti en Amérique du Sud. Il n'a jamais repris contact avec moi… »

Ça faisait mille fois qu'on servait ce genre de soupe à tous les flics de la terre ! Personne, absolument personne ne pouvait être dupe, et surtout pas Delise et Hartmann, les deux pseudo-agents du fisc, qui l'interrogeaient à cet instant. Le chef de l'Antigang lui avait donc tout de suite cloué le bec en lui révélant qu'il ne parlait pas à n'importe quels policiers, mais à ceux-là mêmes qui avaient abattu ses copains…

En prenant conscience qu'il avait devant lui ceux qui avaient tué le grand Patrick Hanssen, l'Italien Marco Manzani et Axel l'artificier, l'émotion avait envahi le fleuriste. Pour la première fois, il avait mis des visages sur les chiens de guerre qui étaient à leur poursuite depuis des années. Des chiens de guerre qui n'entendaient d'ailleurs pas le laisser respirer, et qui lui avaient proposé un deal : soit il leur donnait un tuyau pour retrouver le Balafré et, dans ce cas, il repartait comme il était venu, soit il gardait le silence, et c'était une arrestation sur-le-champ pour association de malfaiteurs avec en prime la confiscation assurée de tout son patrimoine.

Comme Léo était resté mutique, cherchant sans doute à savoir quelle était la part de bluff dans tout ce qu'on venait de lui dire, Delise avait continué d'appuyer là où ça faisait mal, et même très mal, histoire de ne pas perdre de temps. Il lui avait d'abord présenté des photos extraites d'une vidéo : on y voyait la camionnette du fleuriste près du parking de la gare de Braine-le-Château avec deux occupants à son bord, lui au volant – tout à fait reconnaissable – et un passager qui ressemblait étrangement au Balafré. Vandaele avait accusé le coup. Accablé par les images, il avait mesuré l'ampleur des dégâts le concernant, et sa résistance avait commencé à s'effriter. Cela n'avait pas échappé à ses interlocuteurs qui avaient enchaîné en lui parlant de sa garçonnière au centre-ville. Sournoisement, ils lui avaient fait remarquer que c'était le lieu idéal pour héberger un voyou en cavale, avant de prétendre sans sourciller que les gars du labo étaient en train de tout passer au peigne fin et qu'ils finiraient bien par y trouver un poil de cul appartenant au Balafré...

Ils auraient pu s'arrêter là, car le fleuriste avait déjà rendu les armes. Il était prostré sur sa chaise, le regard dans le vague, cassé mentalement et physiquement. Mais, tel un boxeur sûr de sa puissance, Delise ne s'était pas contenté d'une victoire au point. Il avait voulu un K.-O. ! Pour l'achever, il avait annoncé qu'il allait aussi devoir fournir des alibis pour toutes les attaques de fourgon et pour cette journée où Sabban, le flic des Stups, avait été abattu en pleine rue, lui ouvrant ainsi la perspective d'un enfermement à perpétuité.

C'était beaucoup trop pour un seul homme. Le fleuriste faisait peine à voir. Il avait penché la tête en avant entre ses deux mains, comme si, d'un coup, elle était devenue trop lourde. Puis il était entré dans une sorte de torpeur qui avait duré de longues minutes. Il avait ensuite soufflé à plusieurs reprises. Enfin, après avoir pris une profonde inspiration, il s'était redressé pour demander : « Qu'est-ce que vous voulez exactement ? » C'était pourtant simple…

Léo Vandaele était à deux doigts de craquer, mais il y avait mis encore une condition : rien de ce qu'il dirait ne devait être transcrit sur le procès-verbal. Il avait pensé que sa requête serait difficilement accordée, mais il y avait belle lurette que la paperasse n'intéressait plus Delise… Alors, ce point vite réglé, Vandaele s'était couché sans aucune retenue. Il avait tout raconté : l'exfiltration de Belgique jusqu'aux Pays-Bas, le port de Rotterdam, le numéro du quai, le nom du bateau thaïlandais, sa destination et même l'identité du capitaine !

C'était presque trop beau pour être vrai. Pourquoi avait-il rendu les armes si facilement ? Sans doute pour ne pas finir sa vie au fond d'un trou comme un rat, pour ne pas tout perdre, mais il y avait une autre raison : la certitude que sa trahison serait sans conséquence. Le fleuriste était en effet convaincu que personne ne serait capable de retrouver quelqu'un qui avait disparu de la surface du globe depuis six ans.

Mais il se gourait, car c'était sous-estimer Delise et Hartmann…

Le Thaïlandais et son navire avaient été identifiés en moins de trois semaines. Et, quatre mois plus tard, le commandant du bateau avait été arrêté lors d'une escale aux Pays-Bas. Fidèle à lui-même, le chef de l'Antigang avait fait le déplacement pour lui expliquer qu'il allait devoir avertir l'armateur du navire et le priver temporairement de son commandement. À moins que…

Et le commandant avait très vite fait son choix. Il avait admis avoir rendu service à un ami de longue date, un Belge, Léo Vandaele, fleuriste de son état. À la demande de ce dernier, il avait accepté de prendre à son bord un homme qu'il jurait n'avoir jamais vu auparavant... Il avait oublié son nom, mais, en gage de sa bonne foi, il avait indiqué qu'il l'avait noté sur le manifeste du navire. Vérification faite, le passager en question était un certain Yann Olsen, lequel, après neuf mois continus en mer, avait débarqué à Dili, sur l'île de Timor, en Indonésie. On y était presque.

Mais quand Delise lui avait présenté les photos de Yanis Meertens, le Thaï n'avait pas du tout réagi comme il s'y attendait... Il avait eu un mouvement de la tête qui marquait l'hésitation et avait déclaré laconiquement : « Ça ne lui ressemble pas, je ne le reconnais pas... » Le chef de l'Antigang avait insisté encore et encore, s'était agacé, mais le Thaïlandais avait répondu à tout méthodiquement sans jamais se départir de son calme : « Non, je n'ai pas remarqué de cicatrice, mais c'est vrai qu'il avait une barbe... Il restait tout le temps enfermé dans sa cabine, ne sortait que le soir pour aller fumer sur le pont arrière... Il ne parlait à personne... Il n'était pas athlétique, il était plutôt gros... Il portait tout le temps des lunettes, faut dire qu'il lisait beaucoup... »

Le mystère Olsen demeurait donc entier. Les policiers néerlandais en avaient conclu qu'il ne s'agissait pas du fugitif que les Belges recherchaient et ils avaient avisé Delise qu'ils allaient devoir libérer le marin sans retenir aucune charge contre lui.

En fait, ce qui avait gêné le plus celui-ci, ce n'étaient pas les flottements dans le témoignage du Thaïlandais ni la description qu'il avait faite du type qu'il avait transporté, le Balafré avait très bien pu changer d'apparence. Non, ce qui clochait, c'étaient les lunettes et les livres... les livres, surtout. Il y avait bien sûr une autre possibilité, c'était que le Thaï ou le fleuriste mente…

Le doute subsistait donc, et pour Delise, le doute suffisait amplement. Il n'entendait pas lâcher le morceau aussi facilement. Dès son retour à Bruxelles, il avait pris contact avec Interpol et adressé un télégramme BCN[1] à Jakarta en sollicitant une recherche et toute information utile sur le cargo *Anchan* et Yann Olsen.

Après cinq mois de silence radio et trois relances, le couperet était tombé : le port de Dili étant situé au Timor oriental, État indépendant, les forces de l'ordre indonésiennes ne pouvaient pas répondre à sa demande ! C'était aussi simple que ça. Une gifle pour Delise. Il avait été sur le point de déchirer ce papelard exaspérant quand ses yeux étaient tombés sur les dernières lignes…

Il y était indiqué qu'un homme portant le même nom avait été enregistré à l'arrivée de l'aéroport de Denpasar à Bali en provenance de l'aéroport de Dili et qu'il en était reparti quelques mois plus tard par un vol Garuda à destination de Sydney, en Australie.

Le chef de l'Antigang tenait peut-être encore un fil, très mince certes, mais il n'avait plus que ça. Contactés par les Belges, les Australiens avaient confirmé à leur tour l'information en signalant que, après avoir passé six mois sur leur territoire, le mystérieux Olsen s'était envolé, selon la police des frontières, pour la Nouvelle-Zélande.

Delise et Hartmann étaient épuisés nerveusement par cette chasse à l'homme qui durait depuis des années. Ils avaient à la fois la sensation qu'ils étaient tout proches et que cette traque n'en finirait jamais. Jusqu'à ce que leurs homologues néo-zélandais leur apprennent que celui dont

1. Télégramme Interpol.

ils essayaient de trouver la trace avait obtenu un permis de séjour après avoir ouvert un compte bancaire et fait un dépôt d'argent suffisant, conformément à la législation.

Olsen était devenu propriétaire d'une brasserie dans le port d'Auckland…

73

L'établissement vient à peine d'ouvrir et, contrairement à la veille, il n'y a guère de monde. À cette heure matinale, les clients du Provador se comptent sur les doigts d'une main : deux types s'enfilent un imposant breakfast ; un peu plus loin, à une autre table, plus au centre, un marin esseulé se noie déjà dans l'alcool ; et, à côté du bar, deux femmes semblent faire une pause sur le chemin du retour après une nuit agitée. Derrière le comptoir, une frêle jeune fille est en train de napper de crème un donut, certainement la serveuse.

Rien qui puisse ressembler au fauve que Hartmann continue de chercher du regard. Rien d'exaltant, bien au contraire, juste un profond doute face à la vacuité des lieux. Il commence à penser qu'il perd son temps quand il remarque une grosse tasse de café fumant tout au bout du comptoir… Il reprend d'autant plus espoir que l'employée s'en approche et dépose à côté le donut qu'elle vient de préparer. Hartmann ne jure plus maintenant que par ce siège vide…

En fin stratège, il décide de se lever pour aller commander un café comme le ferait n'importe quel client. En réalité, il est tendu comme jamais. Il sait qu'il joue gros. Alors son cerveau mouline. Il se trouve grotesque de tout miser sur un donut et un café, mais il n'a que ça. L'homme à qui est destiné ce petit déjeuner est un habitué, probablement est-il déjà là, dans l'établissement. Le fameux Olsen ? Hartmann l'espère, bien sûr. Mais où peut-il être ?

La seule chose dont il est certain, c'est que l'homme sera obligé de passer tout près de lui. Ils seront à moins d'un mètre l'un de l'autre et il lui aura sauté dessus avant même que l'autre ne comprenne quoi que ce soit. Le voilà donc posté, à l'affût. Il guette le fond de la salle où se trouvent les toilettes et une petite porte de service.

Il sait qu'il n'aura pas à patienter longtemps, et il n'est pas déçu. Un gars surgit. Toilettes ou porte de service, Hartmann n'en sait foutre rien. Tout est allé trop vite, mais ça n'a plus grande importance. Silhouette massive, cou de taureau, crâne rasé et barbe bien fournie, celui qu'il a dans le viseur est habillé sans façon, une chemise à manches longues boutonnée jusqu'en haut, un bermuda délavé qui laisse entrevoir des tatouages tribaux sur les mollets et une paire de baskets qui ont peut-être été blanches un jour.

Il est trop loin pour en être sûr, mais il n'est pas impossible que ce soit celui qu'il recherche. Un physique pareil, ce n'est pas courant. Et puis il y a cette barbe qui lui mange presque tout le visage, comme s'il voulait cacher quelque chose…

Les tatouages tribaux qu'il a entraperçus sur un des mollets l'ennuient un peu, car la fiche signalétique du Balafré n'en fait pas mention, mais il se rassure en se disant qu'ils ont pu être faits après. En fait, ce qui le refroidit le plus, c'est le comportement de celui qu'il suspecte. Il n'affiche aucune méfiance, il paraît décontracté, tout le contraire des fauves qu'il poursuit d'ordinaire. *À moins que, avec le temps, il soit devenu moins vigilant, ou que, comme tous les déracinés, il ne ressente plus exactement les choses comme avant*, se dit-il.

Reste le frisson qui l'a parcouru quand ses yeux se sont posés sur l'inconnu. Tous ses sens se sont mis en alerte. À présent, la question est de savoir s'il s'agit d'une simple réaction en situation de stress, ou si c'est son instinct qui l'avertit… Il hésite. Il veut y croire. De toute façon, il va être fixé, puisque le gros balèze devrait bientôt passer devant lui. Il se tient prêt à bondir, misant tout sur l'effet de surprise.

Seulement voilà, le type a décidé de ne pas venir jusqu'à lui. Contre toute attente, il s'assoit en salle et lève la main pour faire un signe à la serveuse. Hartmann en conclut qu'il va peut-être se faire servir à table. Le policier comprend alors qu'il doit changer de plan, et son cœur se met à cogner un peu plus fort.

Mais avant même qu'il ait esquissé le moindre mouvement, le colosse barbu a relevé la tête en direction du bar, sans doute mécontent qu'on le fasse attendre, et, à cette occasion, les regards des deux hommes se croisent. Hartmann a l'expérience de ce genre de situation et il sait l'importance de ce moment. Il décrypte mieux que quiconque la gestuelle de ses adversaires, mais à cet instant, il ne lit dans les yeux de son vis-à-vis que de l'étonnement à être observé ainsi. À dessein, le Belge le fixe dans l'espoir de provoquer une réaction. Mais le colosse ne s'attarde pas, il a l'air agacé qu'on ne lui apporte pas immédiatement son petit déjeuner.

Toute l'attention de Hartmann est absorbée par cette scène quand il entend le « Bonjour, monsieur » de la barmaid… Par réflexe, le commandant regarde sans méfiance par-dessus son épaule pour savoir à qui peut bien s'adresser la jeune femme. Il découvre alors l'homme qui vient d'arriver et pour lequel le café-donut a été préparé…

74

Quand je suis arrivé, je n'ai pas fait gaffe. Je me suis dirigé vers le bar pour prendre mon petit déjeuner. Mécaniquement, trop mécaniquement. Comme tous les matins, Alexandra avait tout préparé. Un de ces rituels réconfortants dont on a tous besoin, et qui deviennent indispensables quand on est un déraciné. On est toujours victime de ses habitudes, je ne peux pas dire que je ne le savais pas.

Je ne me suis douté de rien. D'ordinaire, je repère facilement les flics dans les bars ou les restaurants. Ils se postent toujours face à l'entrée, car ils veulent avoir un œil sur les allées et venues… Service ou pas, ils ne se mettent *jamais* de dos, comme s'ils avaient peur d'être tués par surprise. J'en ai même déjà vu payer d'avance leur café ou leur sandwich, histoire d'être sûrs de pouvoir partir à tout instant derrière leur cible.

Mais celui-là attendait sereinement au bar. Assis sur un des hauts tabourets, il tournait le dos à l'entrée, le regard comme aimanté vers le fond de la salle. Il a fallu que la serveuse m'adresse la parole pour qu'il jette un œil par-dessus son épaule. Un simple « Bonjour, monsieur », et nos vies à tous les deux allaient basculer…

En fait, je crois qu'il ne m'avait pas vu ni entendu arriver. Il avait l'air si étonné ! Peut-être trop occupé à mater ce Mélanésien à la carrure de rugbyman. Un sacré morceau, mais des profils comme ça, il y en a plein, ici. Pour être honnête, s'il n'avait pas eu ce mouvement quand mon employée m'a adressé la parole, je pense que moi non plus, je ne lui aurais jamais prêté attention. Mais quand nos regards se sont croisés, j'ai tout de suite compris que c'était un flic. Sincèrement, j'ai cru que le don m'était revenu ! Et puis, j'ai tout remis dans l'ordre... Ce n'était pas une question de don ou d'instinct. Je le reconnaissais tout simplement parce que c'était un flic de chez moi, un putain de Belge, peut-être même un de ces connards de la Brigade antigang, qui avait dû faire tout ce chemin pour moi !

Ce que je ne saisirai jamais, c'est pourquoi il ne s'était pas mis en position pour surveiller la porte. Une sacrée connerie ! Parce que, du coup, pour m'atteindre, il fallait qu'il se lève et se retourne. Quand il l'a fait, j'avais déjà sorti mon flingue, et quand il a sorti le sien, ma balle l'a atteint en plein thorax dans la région du cœur. Je ne me suis pas acharné, j'étais sûr que c'était une balle mortelle, surtout avec un neuf millimètres et à une aussi courte distance.

Le plus souvent, la mort est instantanée, mais elle peut prendre aussi quelques secondes selon que le projectile pulvérise le cœur ou traverse seulement un ventricule ou les poumons. Mais dans tous les cas, l'hémorragie est importante et la perte de conscience presque immédiate. J'en ai flingué plusieurs comme ça. Ils se sont toujours effondrés d'un seul coup. Mais lui, et c'est à peine croyable, il a eu le temps, ou plutôt la force, de riposter. Comme la manifestation d'une volonté d'outre-tombe qui dépassait sa personne…

Il a tiré juste avant de toucher le sol. Au début, j'ai cru que c'était une simple éraflure à la gorge, mais quand j'ai vu le sang gicler au rythme des battements de mon cœur, il a fallu me rendre à l'évidence. Je me suis écroulé à mon tour.

On s'est retrouvés par terre tous les deux, côte à côte. On s'est regardés sans vraiment se voir, et puis tout est devenu trouble pour moi, et pour lui aussi sans doute. Il faisait froid ! C'est fou comme le cerveau continue de fonctionner tandis que le corps ne peut plus rien.

Et puis, les battements ont ralenti peu à peu, tellement ralenti que le temps s'est arrêté. Définitivement.

REMERCIEMENTS

Merci à Florian Lafani, Amandine Le Goff et Maryannick Le Du de Fleuve Éditions pour leur soutien et leurs conseils avisés.

Merci à Thierry Grillet et à Pierre Conte, mes tout premiers lecteurs sans qui rien n'aurait été possible.

Merci à Isabelle, Alexandra, Emma et Julia qui me donnent encore la force de faire des choses.

Imprimé en France par CPI
en janvier 2021
N° d'impression : 161252

Composition et mise en pages
Nord Compo à Villeneuve-d'Ascq

Fleuve Éditions
12, avenue d'Italie
75627 Paris Cedex 13

R15521/01